EL VESTIDO DE LA NOVIA

L I Z C A R L Y L E

E*L* V*ESTIDO* DE *LA* N*OVIA*

Titania Editores
ARGENTINA - CHILE - COLOMBIA - ESPAÑA
ESTADOS UNIDOS - MÉXICO - PERÚ - URUGUAY - VENEZUELA

Título original: *The Bride Wore Scarlet*
Editor original: Avon, An Imprint of HarperCollins*Publishers*, New York
Traducción: Elisa Mesa Fernández

1.ª edición Octubre 2013

Copyright © 2011 *by* Susan Woodhouse
All Rights Reserved
Copyright © 20113 de la traducción *by* Elisa Mesa Fernández
Copyright © 2013 *by* Ediciones Urano, S. A.
Aribau, 142, pral. – 08036 Barcelona
www.titania.org
atencion@titania.org

ISBN: 978-84-92916-55-9
E-ISBN: 978-84-9944-625-7
Depósito legal: B-20335-2013

Fotocomposición: Jorge Campos Nieto
Impreso por: Romanyà Valls, S.A. — Verdaguer, 1 — 08786 Capellades (Barcelona)

Impreso en España — *Printed in Spain*

Prólogo

«Trata a tus soldados como a tus niños y te seguirán hasta los valles más profundos; considéralos tus queridos hijos y permanecerán contigo hasta la muerte.»
Sun Tzu, *El arte de la guerra*

Londres, 1837

*L*as luces se mantenían tenues en la oscura y anticuada casa de Wellclose Square. Los criados se deslizaban como espectros silenciosos con la mirada baja mientras se movían por los pasillos, en los que flotaba el olor rancio a linimento, a alcanfor... y a lo que podría ser la muerte inminente.

En el piso superior, en la enorme alcoba de la señora, el fuego que se mantenía encendido desde septiembre hasta junio se había vuelto a prender para la noche, y por fin se había despedido al grupo de molestos visitantes, familiares con ojos llorosos, sacerdotes sombríos y médicos que no hacían más que parlotear, con una cortante regañina.

Ella yacía en la cama, como un adorno de cristal en una caja llena de algodón, perdida en el inmenso lecho medieval que había visto pasar de este mundo al otro a siete generaciones de su familia. El acabado de nogal de la cama se había vuelto negro con el tiempo, tan negro como había sido el cabello de la mujer en otra época. Sin embargo, la edad no había disminuido su nariz ganchuda, el brillo de sus ojos ni su carácter indómito, para consternación de su familia.

Con una mano aferraba un rosario de azabache contra el corazón, por encima del caro camisón de seda bordado a mano, y sopesaba las esperanzas de su dinastía. Ella era vieja, llevaba siendo vieja treinta años... o tal vez había nacido siendo una anciana, como lo eran tantas personas de su especie. Pero sabía que no debía dejarse nada en el tintero. Irse sin tomar decisiones. Nunca había eludido sus deberes.

Aun así, a pesar de que había sabido con el corazón de un guerrero y la mente de un tendero lo que al final había que hacer, lo había estado posponiendo durante casi una década.

Oh, todavía no era su hora; estaba casi segura... a pesar de tener ochenta y ocho años y a pesar de la desesperanza de los médicos, que desfilaban todos los días ante lo que creían que era su lecho de muerte.

Aunque tal vez tuvieran razón. Puede que ella, sólo puede, estuviera equivocada.

No obstante, haber admitido esa posibilidad... ah, que lo más probable era que Sofia Josephina Castelli fuera a exhalar su último aliento...

—¡Maria! —exclamó con aspereza, tendiendo una mano—. Llévate el rosario y tráeme a la niña.

—*Sì, signora.* —Su compañera se levantó y le crujieron un poco las rodillas—. ¿Qué niña?

—¿Qué niña? —repitió la anciana con incredulidad—. La niña. La única. Y tráeme *i tarocchi.* Sólo una vez más. Quiero... quiero estar segura de lo que voy a hacer.

Años antes, Maria la habría reprendido y tal vez le habría recordado la desaprobación de su familia. Pero Maria también se estaba haciendo mayor y se sentía cansada de luchar contra la anciana. Además, Maria era una Vittorio, una prima cercana, y sabía lo que era de esperar. Comprendía, tal vez mejor que nadie, que había que hacer planes. Que había promesas que cumplir. Y que se debía pagar la deuda que se le debía al propio linaje.

Maria se acercó al tirador y envió a un sirviente a que cumpliera las órdenes de la señora. Después se dirigió al robusto armario para sacar el cofrecito de ébano de la *signora,* que tenía bisagras y estaba ribeteado con cobre martillado tan antiguo que se había desgastado hasta el punto de quedarse liso.

Lo llevó a la cama, pero la anciana le hizo un gesto con la mano para que se apartara.

—Purifícame las cartas, Maria —le pidió—. Sólo esta vez, *sì?*

—Por supuesto, *signora.*

Sumisamente, Maria se dirigió al pequeño baúl que había junto a la cama. Extrajo un ramo de hierbas secas de cada una de las cuatro urnas de porcelana, los echó en un cuenco de latón poco profundo y les prendió fuego con una vela. Sacó un mazo de cartas del cofrecito y lo pasó cuatro veces por el humo blanco, invocando los elementos del viento, el agua, la tierra y el fuego para que guiaran su mano.

—*Bene*, Maria, *bene* —dijo la anciana con voz ronca cuando terminó—. *Molte grazie.*

Maria dejó las cartas sobre la colcha, a su lado. Pero en ese instante la puerta se abrió de golpe e irrumpió en el dormitorio una muchacha morena de largas piernas con una bata almidonada.

—*Nonna, nonna!* —exclamó, arrojándose contra la cama—. ¡Me dijeron que no podía subir!

—Pero estás aquí, Anaïs, ¿no?

Le puso una mano en la cabeza pero miró más allá de la chiquilla, hacia la mujer vestida de gris que permanecía en el umbral de la puerta, agarrándose las manos con aire vacilante.

La institutriz bajó la mirada y se inclinó, con una leve reverencia.

—Buenas noches, signora Castelli. Signora Vittorio.

—*Buona sera*, señorita Adams —dijo la anciana—. Me gustaría quedarme a solas con mi bisnieta. ¿Nos excusa?

—Sí, por supuesto, pero yo...

La gobernanta miró las cartas con desaprobación.

—¿Nos excusa? —repitió la mujer, en esa ocasión con una arrogancia acerada que contradecía su frágil cuerpo.

—Sí, señora.

La puerta se cerró rápidamente.

Maria había regresado a la mesa auxiliar y estaba recogiendo el contenido de la bandeja de plata en la que habían llevado la cena de la anciana, y que había dejado intacta, consistente en consomé y natillas. Muy seria, la muchacha había clavado los codos en la cama, inclinándose hacia su bisabuela y con la barbilla apoyada en una mano con gesto pensativo.

—Vamos, *cara mia*, súbete. —La *signora* pasó los dedos por la maraña salvaje de rizos negros—. Como hacías cuando eras una *bambina, sì?*

La carita de la joven se contrajo en una mueca.

—Pero Papa ha dicho que no debía molestarte. Que no te encontrabas bien.

La anciana se rió, aunque fue más bien un jadeo áspero.

—Vamos, *cara*, no me vas a hacer daño. ¿Eso es lo que te han dicho? Venga, acurrúcate contra mí y estudiemos *i tarocchi* juntas. Maria nos ha traído una bandeja, ¿ves?

Un momento después estaban recostadas contra las almohadas; la anciana se había incorporado un poco con ayuda de Maria. Sólo su mano izquierda, apretada con fuerza por el dolor, delataba cuánto le había costado hacer ese movimiento.

Sentada al borde de la cama con las largas piernas recogidas bajo su cuerpo, la muchacha cogió el mazo de cartas, lo cortó y lo barajó una y otra vez como si fuera una pequeña tramposa.

La anciana volvió a reírse con dificultad.

—Basta, basta, Anaïs —dijo por fin—. No las gastes, porque algún día las necesitarás. Ahora, *a sinistra*. Tres montones. Como siempre.

La chica separó las cartas en tres montones sobre la bandeja de plata, corriéndolos cada vez hacia la izquierda.

—Ya está, *nonna* Sofia —dijo—. ¿Me vas a leer el futuro?

—Tu futuro es dichoso —insistió, cogiendo la barbilla de la muchacha entre el pulgar y el índice—. *Sì*, te lo leeré, niña. Y las cartas dirán lo que siempre dicen.

—Pero nunca me has contado lo que dicen —protestó la muchacha, sacando un poco el labio inferior con un mohín—. Sólo hablas para ti, *nonna*. Y yo no puedo entenderte.

—Eso también se arreglará —afirmó la anciana—. La prima Maria empezará mañana a trabajar en tu italiano. Sólo toscano correcto, Maria, no ese revoltijo que se oye en los muelles.

—Como desee, *signora*. —Maria inclinó la cabeza—. Por supuesto.

—Pero la señorita Adams dice que una dama sólo necesita el francés —dijo Anaïs, volviendo a juntar las cartas sistemáticamente sin que se lo pidieran.

—Ah, ¿y qué sabrá del mundo una criatura tan pusilánime, Anaïs? —murmuró la anciana, observando cómo movía sus manitas—. Nada. Nada de tu mundo, me atrevería a decir. La vida que tú vas a tener, *cara mia*, está por encima de su comprensión de mortal.

—¿Qué es comprensión de mortal?

La niña frunció el ceño.

Con mano temblorosa, su bisabuela le colocó un ligero rizo negro detrás de la oreja.

—*Non importa* —contestó—. Vamos, *cara*, echa las cartas. Ya sabes cómo se hace, *sì*?

La chica asintió solemnemente y empezó a colocar las cartas en la bandeja de plata, formando primero un gran círculo y después cruzándolo por el centro con siete cartas.

—Acerca una silla, Maria —le ordenó con firmeza—. Querrás ser testigo de esto.

Cuando las patas de la silla golpearon las tablas del suelo, la anciana le dio la vuelta a la primera de las cartas que cruzaban el círculo.

Maria se dejó caer en la silla con un pequeño gemido y cerró los ojos.

—Debería ser Armand —susurró mientras se santiguaba—. ¡Son gemelos, *signora*! Éste debería ser su destino.

La mujer la miró con malicia, entrecerrando los ojos.

—Debería ser, *sì* —repitió—. Pero no lo es. Aquí está, Maria, lo ves tan claro como yo. Y lo has visto antes, una y otra vez. Nunca cambia. *La regina di spade*. Siempre en la fila de siete que cruza.

—La reina de espadas —tradujo la muchacha, y alargó una mano para tocar con cuidado la carta, que representaba a una mujer vestida de rojo con una corona dorada y una espada con la empuñadura de oro en la mano derecha—. Entonces, ¿yo soy la reina, *nonna*?

—*Sì, cara mia*. —Consiguió sonreír débilmente—. Una reina de justicia y honor.

—Pero es una chica. —Maria había empezado a retorcer entre las manos su pañuelo de encaje.

—La reina suele serlo —replicó la anciana secamente—. En lo que se refiere a Armand, está destinado a otras cosas. A ser bello. A hacernos ricos.

—Ya somos ricos —contestó Maria con algo de amargura.

—A hacernos más ricos —se corrigió la anciana.

—¿Yo no soy bella, *nonna*? —preguntó la niña con tristeza.

La anciana negó con la cabeza, restregando sus largos mechones de pelo blanco contra la funda de la almohada.

—*Non, cara*, no lo eres. Eres algo completamente diferente.

El labio inferior de la chica sobresalió un poco.

—*Nonna*, ¿nadie querrá casarse conmigo? —le preguntó—. Nellie le dijo en susurros a Nate que tú podrías decírmelo. La oí.

—Bah, Nellie es una fregona tonta.

Maria hizo un gesto desdeñoso con la mano.

—*Sì*, Nellie es una *imbecille* —se mostró de acuerdo la anciana—. Y Nathaniel debería dejar de flirtear. Pero sí, niña. Te casarás. Te casarás con un toscano bueno y fuerte. Lo he visto muchas veces.

—¿Cómo? No conozco a ningún chico en la Toscana.

—Ah, pero lo conocerás —dijo su bisabuela, y le dio la vuelta a la siguiente carta—. Mira, está esperando. A ti, Anaïs, solamente a ti. Un príncipe de paz con una capa escarlata, *le re di dischi*.

—El rey de oros —dijo Maria en voz baja.

—*Sì*, un hombre con fuerza interior que tiene el futuro en sus manos. —La anciana dirigió sus ojos negros a la chica—. Aquí, ¿lo ves? Tu príncipe ha trascendido lo místico y es sereno y poderoso. Estás destinada a ser su compañera. Su pareja.

La niña arrugó el rostro.

—No lo entiendo, *nonna*.

—No, no —murmuró—. Pero ten paciencia, niña. Ya lo entenderás.

Sin explicarle nada más, giró lentamente la siguiente carta y empezó a hablar con voz algo más ausente.

—Ah, Catulo. —Su voz había perdido la calidez—. La carta de la victoria ha ganado. Elegirás tus batallas con cuidado, Anaïs, y llevarás con orgullo tus heridas sangrantes.

Maria apartó la mirada de golpe.

—*Dio mio!* —susurró.

La anciana la ignoró y siguió volviendo las cartas.

—*Dischi* —dijo—. El seis de oros. Tienes mucho trabajo por delante, *cara*. Mucho que aprender. Muchos cambios que hacer. Debes estar moldeada antes de atravesar las puertas blancas que te conducirán a tu siguiente vida.

—Pero ese hombre es un herrero —dijo la joven—. ¿Ves? Está golpeando un yunque.

—*Sì*, y parece que está convirtiendo su reja de arado en una espada —intervino Maria amargamente—. ¡Vamos, Sofia, piensa en lo que estás haciendo! Ésa no es vida para una dama... para una dama inglesa.

La anciana miró a su prima con ojos brillantes.

—¿Acaso tengo elección, Maria? —preguntó con brusquedad—. Ya has visto muchas veces las cartas de la niña. Dios le ha asignado una tarea importante. Algo a lo que está destinada. Gira la siguiente, Anaïs.

La muchacha le dio la vuelta y apareció la figura de un ángel cargando discos dorados en una gran caja.

—*Dischi* —murmuró su bisabuela—. ¿Y la siguiente?

La joven también la giró. Maria tenía el pañuelo completamente retorcido.

—El guerrero Venturio —dijo la anciana con rotundidad—. Ah, Anaïs, has empezado un largo viaje.

—Pero *nonna*, ¿adónde voy? —preguntó la chica, mirando las cartas con cautela—. ¿Vendrás conmigo?

Durante un instante, la anciana no dijo nada, con el corazón desgarrado por el remordimiento.

—No, Maria irá contigo, niña —contestó, y se recostó en su nube de almohadones de plumas—. Yo no puedo. Que Dios me perdone.

Maria la estaba fulminando con la mirada desde su silla, junto a la cama.

—*Nonna* —susurró la niña—, ¿te estás muriendo?

—No, no, *bella*. Todavía me quedan algunos años, a menos que Dios cambie de idea. —Dejó escapar el aire con un estremecimiento—. Pero creo que, por ahora, no deberíamos volver más cartas.

—No, no es necesario —dijo Maria—. Ya lo has decidido.

—No, prima, el Destino lo ha decidido. —La anciana cerró los ojos y dejó caer las manos sobre la colcha, flácidas—. Y mañana, Maria, escribirás a Giovanni Vittorio. Es mi pariente y me debe esto. Le contarás lo que se ha decidido. Qué niño se entregará. Prométemelo.

Se hizo un silencio incómodo.

—Muy bien —dijo finalmente Maria—. Pero bajo tu responsabilidad.

—*Sì* —respondió tristemente—. Bajo mi responsabilidad.

Capítulo 1

«Solamente el dirigente iluminado y el general sabio sabrán emplear la mejor inteligencia en el ejército para propósitos de espionaje.»
Sun Tzu, *El arte de la guerra*

*E*ra noche cerrada en Wapping. En el silencio, unas espirales de niebla se recortaban contra el cielo, enrollándose como si fueran lánguidos felinos alrededor de los mástiles desnudos de los barcos fondeados en el muelle de Londres. A pesar de la hora, el rítmico sonido de la marea acercándose y alejándose era inconfundible, lamiendo el barro y la grava de la orilla.

En el dique, lord Bessett aplastó la colilla de un puro con el tacón de la bota y se subió el cuello del abrigo para defenderse del viento, intenso y fétido, que surgía del Támesis. El gesto consiguió cortar el viento, pero poco hizo por mitigar el hedor a podrido y a aguas residuales.

Gracias a Dios, era una noche fresca.

La marea volvió a golpear, más violentamente esa vez, dejando ver por un momento el último escalón, cubierto de resbaladizas algas verdes. Justo en ese instante, el agudo oído de Bessett captó un sonido. Levantó la mirada y echó un vistazo al muelle. No había nada. Nada excepto unos faroles lejanos en los barcos, unas manchas amarillas neblinosas oscilando casi imperceptiblemente con la marea, y algún ocasional aluvión de risa estridente arrastrado por el viento.

Entonces, silencioso como una tumba, un barquero emergió de la oscuridad, moviéndose con rapidez hacia el borde del río hasta que el casco de la embarcación retumbó ligeramente al encallar. Un dedo huesudo y tembloroso señaló hacia las escaleras. El pasajero, un hombre tremendamente corpulento con un abrigo largo y oscuro, apareció por completo, lanzó unas cuantas monedas brillantes al aire y saltó, cayendo sobre el último escalón con un ruido sordo.

El barquero regresó a la penumbra, tan silencioso como había llegado, y parecía considerarse afortunado de poder escapar de allí.

Con todos sus sentidos alerta, Bessett se inclinó hacia el dique y tendió una mano mientras el visitante subía hacia la luz amarillenta del farol. El desconocido aceptó la mano y, al llegar al camino pavimentado, dejó escapar un gruñido de cansancio.

No era un hombre joven, entonces.

Esa suposición resultó ser acertada cuando el hombre giró el rostro hacia el farol que colgaba del balcón de Prospect, a la ribera del río. Su cara estaba curtida y envejecida, tenía ojos pequeños y de mirada dura y una nariz que colgaba del rostro como si fuera una salchicha bulbosa. Para completar esa imagen, una cicatriz se extendía desde la barbilla hacia arriba, atravesándole la boca, de manera que el labio inferior había quedado horriblemente retorcido.

El pánico del barquero era comprensible.

—Hace bueno esta noche, ¿no es así? —dijo Bessett.

—*Oui*, pero he oído que está lloviendo en Marsella.

Tenía una voz ronca y un acento muy marcado, definitivamente francés.

La tensión de Bessett disminuyó, aunque no desapareció por completo. La frase era correcta, sí. Sin embargo, todavía podía haber problemas, y nunca había confiado totalmente en los franceses.

—Soy Bessett —dijo—. Bienvenido a Londres.

El hombre le puso una mano sobre el hombro derecho.

—Que tu brazo, hermano, sea como la mano derecha de Dios —dijo en un latín perfecto—. Y que todos tus días estén dedicados a la *Fraternitas*, y a Su servicio.

—Al igual que los tuyos —contestó Bessett en el mismo idioma.

Como no presentía ninguna hostilidad, Bessett sacó la mano izquierda del bolsillo, soltando la empuñadura de la daga que había cogido instintivamente.

—Así que usted es DuPont. Su reputación, señor, lo precede.

—Mi reputación se forjó hace mucho tiempo —respondió el francés—. En una época más joven.

—¿Su viaje ha transcurrido sin incidentes?

—*Oui*, una travesía rápida y fácil. —Se inclinó hacia él—. Me han hablado mucho del refugio que tiene aquí. Incluso nosotros, los franceses, admiramos sus esfuerzos.

—Más que un refugio, ha sido un buen trato, DuPont. —Bessett lo condujo por el estrecho callejón que unía Pelican Stairs con Wapping High Street—. Nos dedicamos en cuerpo y alma a recuperar la secta. Vivimos prácticamente expuestos, haciéndonos pasar por una especie de sociedad intelectual.

El visitante resopló con galo desdén.

—*Bonne chance, mon frère* —dijo y, al dar unos pasos, quedó a la luz del farol de gas—. Como sabe, en Francia no somos tan valientes... aunque tenemos una buena razón.

Bessett sonrió levemente.

—Le entiendo, DuPont. Me pregunto si la revuelta política en Francia terminará alguna vez.

El francés elevó un grueso hombro.

—*Non*. Al menos, yo no lo veré —respondió sin alterar la voz—. Y todos los esfuerzos que hagan en Londres no serán suficientes para cambiar eso.

—Sí. Desafortunadamente, puede que tenga razón —dijo Bessett—. En cuanto al refugio, al que llamamos Sociedad de Saint James, cualquier hermano de la *Fraternitas Aureae Crucis* que pase por Inglaterra será acogido para que se aloje con nosotros, aunque no apoye la unificación.

—*Merci*, pero no voy a quedarme mucho tiempo. —El francés encogió los hombros con algo de inquietud—. Y ahora, mi nuevo hermano de la *Fraternitas*, ¿caminamos? ¿Tiene un carruaje?

Bessett señaló con la cabeza la taberna que tenían al lado.

—La Sociedad ha venido a usted, DuPont. Nos esperan dentro.

En ese momento, la puerta de Prospect se abrió de golpe y salió un par de chicas vestidas de manera chabacana, riéndose, con un desafortunado joven alférez entre ellas, todos agarrados del brazo. Parecía adinerado, enamorado e increíblemente borracho... la santísima trinidad de las prostitutas.

El francés los observó atentamente y volvió a gruñir con desdén.

—Ah, *mon frère*, la vida es igual en todas las partes del mundo, *non*?

—Sí, con ese par, estará meando con dolor hasta el Día de Todos los Santos —murmuró Bessett—. Vamos, DuPont. En Prospect el brandy es pasable, y junto a la chimenea se está bien.

En el interior, la taberna era un hervidero. A todas las mesas, arañadas y deterioradas, se sentaban hombres de los astilleros. Las criadas de la taberna los sorteaban entre el frufrú de las faldas, llevando con gracia en lo alto bandejas y jarras de cerveza. Hombres empleados en las barcazas, carpinteros de barcos, marineros de todas las nacionalidades e incluso, a veces, algún magnate naval, todos terminaban en Prospect, donde se podía tomar una comida caliente y una pinta bien tirada en un animado ambiente de camaradería.

Bessett se abrió paso entre la muchedumbre con DuPont pegado a sus talones y atravesó la zona del bar para entrar en una sala más tranquila, donde las mesas estaban dispuestas a lo largo de una fila de ventanas paneladas con vistas al muelle.

Sus tres colegas se levantaron a la vez y le estrecharon la mano a DuPont para darle la bienvenida. Pero Bessett los conocía bien, podía ver la tensión en cada movimiento de sus músculos y percibir, en un sentido normal, humano, la desconfianza que cada uno de ellos rezumaba. Aunque DuPont fuera *Fraternitas*, venía como agente de la Confederación gala, una secta hermética.

—Bienvenido a Inglaterra, *monsieur.* —El prior, el reverendo Sutherland, señaló la silla vacía—. Es un placer conocer a uno de nuestros hermanos del otro lado del mar. Mis compañeros, Ruthveyn y Lazonby.

Se volvieron a estrechar las manos y Ruthveyn chasqueó los dedos en dirección a una de las chicas para pedirle que les llevara rápidamente una botella de brandy.

—Bueno, DuPont, mis compatriotas católicos que están en París me han dicho que hay problemas —empezó a decir Sutherland cuando les sirvieron la botella y los vasos—. ¿Es eso lo que lo trae por aquí?

DuPont le dio un sorbo al brandy y su boca marcada por la cicatriz se retorció un poco más al saborearlo. Dejó el vaso de inmediato sobre la mesa.

—*Oui*, una niña ha caído en las manos equivocadas —dijo—. Necesitamos su ayuda.

—¿Una niña? —Las facciones de Ruthveyn se endurecieron—. ¿Quiere decir un don?

El francés se pasó la mano por la barba, que parecía crecida de un día.

—Eso parece —admitió—. Aunque es muy joven; todavía no ha cumplido los nueve años, las circunstancias son... problemáticas.

—¿En qué sentido? —Lord Lazonby, un hombre desgarbado y con la espalda muy ancha, se había recostado torpemente en su silla, con las piernas separadas, y hacía girar una y otra vez su vaso sobre la perjudicada mesa de roble—. ¿Los guardianes de París no pueden cumplir con su deber?

DuPont se enfadó.

—Deben recordar que nuestra nación está muy alterada —les espetó—. Nuestro rey ahora vive aquí, en el exilio, e incluso en estos tiempos modernos no podemos evitar que la plebe imponga a *Madame la Guillotine* otra vez. No, lord Lazonby. No siempre podemos cumplir con nuestro deber. De hecho, a menudo tememos por nuestras cabezas.

Ruthveyn plantó sus oscuras manos de dedos largos en la mesa.

—Ya es suficiente —ordenó—. Seamos civilizados. DuPont, cuéntenos qué ha ocurrido. Y hágalo rápidamente. Puede que no tengamos mucho tiempo.

—Sí, muchacho, tú vas a casarte en unos días —dijo Lazonby secamente, indiferente ante la regañina—. Y, después, a casa en Calcuta. Me parece que Bessett y yo podremos adivinar quién se hará cargo de la tarea.

—Precisamente. —La voz de Ruthveyn era tensa—. Y ahora, ¿cómo se llama la niña? ¿Y está usted seguro del don?

—La niña se llama Giselle Moreau. En cuanto a lo otro, estamos lo suficientemente seguros como para temer por ella. El don es muy fuerte en el linaje del padre. Su madre, Charlotte, es inglesa.

—¿Inglesa? —repitió Ruthveyn con aspereza—. ¿De qué familia procede?

—De aristócratas empobrecidos de cerca de Colchester —dijo el francés—. Lograron reunir suficiente dinero para enviarla al colegio en París y ella se lo agradeció enamorándose de un humilde empleado de la casa real, un sobrino bastardo del vizconde de Lezennes. Desde entonces, apenas ha tenido contacto con su familia.

—¿La repudiaron?

—*Oui*, eso parece.

—¿Lezennes? —Lord Bessett intercambió una mirada de preocupación con el señor Sutherland—. Yo he oído ese apellido. Suele estar cerca de las intrigas palaciegas, ¿no es así?

DuPont asintió.

—Siempre cerca, *oui*, aunque nunca lo suficiente como para que lo culpen —dijo con amargura—. Nuestro Lezennes es un demonio muy listo. Ha sobrevivido a la caída de Luis Felipe y ahora se ha granjeado la simpatía de los bonapartistas… aunque se rumorea que sólo es un legitimista que desea restaurar el *Ancien Régime*.

—¿Usted qué piensa? —preguntó Bessett.

El francés se encogió de hombros.

—Creo que es una cucaracha, y las cucarachas siempre sobreviven. Sus ideas políticas no me interesan lo más mínimo. Pero ha acogido bajo su protección a esa inglesa para usar a su niña, y eso sí que me importa. Y ahora las ha llevado a Bruselas, donde trabaja como emisario para la corte del rey Leopoldo.

Involuntariamente, Bessett cerró los puños con fuerza.

—De una incertidumbre política a otra —murmuró—. No me gusta cómo suena. Esto es precisamente lo que queríamos evitar, DuPont, con la unificación de la *Fraternitas*.

—Lo entiendo, pero estamos hablando de Francia —contestó DuPont con calma—. Nadie confía en nadie. La *Fraternitas* en París, tal y como aún existimos, es insegura. A Lezennes no se lo conoce precisamente por su carácter benévolo. Si se ha llevado a esa niña, es con un propósito, el suyo propio, y uno malo. Por eso me han enviado aquí. Ustedes deben recuperar a la niña.

—Por supuesto que queremos ayudar —dijo Sutherland—. Pero ¿por qué nosotros?

—Como ya he dicho, la madre es inglesa —respondió DuPont—. Su reina quiere que todos sus súbditos que se encuentran en el extranjero estén protegidos, ¿no es así? Tiene algunos derechos en este asunto, creo.

—Yo… no lo sé —dijo Ruthveyn con tiento.

El francés enarcó una ceja con arrogancia.

—Usted no es un desconocido para nosotros, lord Ruthveyn. Como tampoco lo es su trabajo en Indostán. La reina lo tiene en consideración. Usted cuenta con su favor. El rey de los belgas es su querido sobrino. Usted tiene influencia. ¿De verdad castigaría a la Confederación gala sólo porque nos encerramos en nosotros mismos, cuando lo único que pedimos es que use su influencia para evitar que a nuestro don lo eduque un diablo? ¿Que la utilicen para propósitos perversos?

—Por supuesto que no —contestó Ruthveyn con voz tensa—. Ninguno de nosotros desea eso.

—¿Y qué hay del marido de esa mujer? —preguntó Bessett.

DuPont apretó sus labios deformes durante un instante.

—Moreau está muerto —respondió—. Lo mataron dos semanas antes de que abdicara el rey. Una noche lo llamaron a su despacho cerca del palacio. No estamos seguros de quién lo hizo, pero de alguna manera, las cortinas se incendiaron. Una tragedia terrible. Y nadie cree que fuera un accidente.

Lord Ruthveyn endureció su expresión.

—El muerto... ¿era un guardián?

—*Oui* —respondió en un susurro—. No tenía mucho don, aunque poseía un gran corazón y mucha valentía. Durante todos estos meses lo hemos extrañado mucho en nuestro grupo.

—¿Tenía mucho trato con su tío?

La sonrisa amarga de DuPont se intensificó.

—Apenas se conocían —dijo—, hasta que empezaron a correr por la corte los rumores sobre la habilidad de la pequeña Giselle.

—Santo Dios, ¿la descubrieron? —preguntó Bessett.

El francés suspiró sonoramente.

—¿Cómo dicen ustedes? —murmuró—. ¿Los niños y los locos dicen las verdades? La pequeña Giselle predijo la abdicación de Luis Felipe. Lo dijo de manera muy inocente, pero en público... delante de la mitad de sus cortesanos.

—Oh, cielos. —El señor Sutherland dejó caer la cabeza entre las manos—. ¿Cómo pudo ocurrir tal cosa?

—Se había organizado un picnic para la corte en Grand Parc —relató el francés—. Todos los habitantes de la casa real y su familia estaban invitados. El rey, por supuesto, salió durante unos instantes de *noblesse oblige* a saludar a las masas. Desafortunadamente, se topó con madame Moreau y decidió coger de la barbilla a Giselle. La miró directamente a los ojos y ya no dejó de mirarla.

Bessett y Ruthveyn gruñeron al unísono.

—Y aún empeora —dijo DuPont, dispuesto a contarlo todo—. Le preguntó por qué tenía una mirada tan triste en un día tan agradable. Al ver que no respondía, bromeó con ella diciéndole que, como rey, le ordenaba que hablara. Así que la pequeña Giselle se lo tomó al pie de la letra y predijo no sólo la caída de la Monarquía de Julio, sino que también profetizó que a su abdicación le seguiría una terrible pérdida… la muerte de su hija, Luisa María.

—Santo Dios, ¿la reina de los belgas?

—Sí, y se rumorea que Luis Felipe también tuvo algo que ver —continuó DuPont—. Deseaba que su hija fuera la reina de Leopoldo y, a cambio, Francia aceptaría la independencia de Bélgica.

—Creía que solamente se trataba de un rumor —apuntó Ruthveyn.

—Tal vez. —El francés abrió ambas manos en un expresivo gesto—. Pero el ejército francés se retiró, apartaron a un lado a la esposa morganática de Leopoldo y Luisa María se acomodó en el trono de Bélgica. Sin embargo, ahora se dice que la reina cada día está más débil.

—La predicción de la niña se está haciendo realidad —murmuró Bessett.

—Se rumorea que es tisis —dijo DuPont—. Es posible que la reina no llegue a finales de año, y la amante del rey ya está ejerciendo algo de influencia.

Un terror frío se estaba apoderando de Bessett. Aquello era lo que más temían los guardianes de la *Fraternitas*: que los vates más débiles, una antigua secta de adivinos, fueran explotados, y la mayoría eran mujeres y niños.

A lo largo de la historia, los hombres perversos habían intentado controlar el don en su propio beneficio. De hecho, era la razón principal por la que la organización seguía existiendo. Aunque la *Fraternitas Aureae Crucis* había tenido un comienzo misterioso y druídico, con el paso de los siglos se había ido convirtiendo en una milicia casi monástica, dedicada a proteger a los suyos. Pero la modernidad había ido borrando sus límites… y su estructura. Esa niña, ese don, corría un gran peligro.

Parecía que DuPont le hubiera leído la mente.

—Hay mil cosas peligrosas que podría hacer Lezennes, *mon freres*, para conseguir poder e influencia —dijo con un tono de voz aún más bajo—. Conspirar con los antiguos borbones, avivar las llamas de una revolución en el continente, tal vez incluso romper la amistad entre Inglaterra y Leopoldo... ¡Ah, la imaginación no tiene límites! Y todo será mucho más fácil si puede adivinar el futuro... o que una inocente confiada lo haga por él.

—Usted cree que mató a su sobrino.

El terror frío como el hielo se le había endurecido a Bessett en la boca del estómago, hasta convertirse más bien en una furia glacial.

—Sé que lo hizo —contestó el francés con seriedad—. Quería apoderarse de Giselle. Ahora ella vive bajo su techo, viviendo de su caridad. Nuestro hombre de Róterdam ha enviado a sus espías, por supuesto, pero ninguno está dentro todavía. Lezennes se está ganando la confianza de la niña, todo depende de ello.

—¿Están trabajando con Van de Velde? —preguntó Sutherland—. Es un veterano.

—De total confianza —se mostró de acuerdo el francés—. Y, según sus espías, parece que Lezennes está cortejando a la esposa de su sobrino.

—Por Dios, ¿piensa casarse con la viuda inglesa? —dijo Ruthveyn—. Pero... ¿qué hay de la afinidad y la ley canónica? ¿Qué dice su Iglesia sobre eso?

De nuevo, el galo se encogió de hombros.

—A Lezennes no le preocupa la opinión de la Iglesia. Además, Moreau era ilegítimo. ¿Qué documento no puede quemarse o falsificarse? ¿Quién sabe la verdad sobre su nacimiento? Tal vez ni siquiera su mujer.

—Cada vez peor —dijo Sutherland. El prior suspiró y paseó la mirada por la mesa—. ¿Caballeros? ¿Qué proponen?

—Raptar a la chiquilla y acabar con esto —sugirió lord Lazonby, siguiendo con la mirada el contoneo de las caderas de una de las taberneras—. Traerla a Inglaterra... con el permiso de la reina, por supuesto.

—Muy apropiado... pero tremendamente insensato —dijo Ruthveyn—. Además, la reina no puede aprobar una infracción tan evidente de la diplomacia. Ni siquiera por uno de los vates.

—Eso no importará si no nos cogen, ¿no es así, viejo amigo? —Pero Lazonby habló con tono ausente, con la mirada fija en algún punto cerca de la puerta principal. De repente, apartó su silla—. Excúsenme, caballeros. Me temo que debo dejarlos.

—Santo Dios, hombre. —Bessett le dirigió a su amigo una mirada sombría—. Esa niña importa mucho más que el balanceo del trasero de una tabernera... por muy atractivo que sea, debo admitirlo.

Sentado al extremo de la mesa, Lazonby le puso una mano a Bessett en el hombro y se inclinó hacia él.

—En realidad, creo que me han seguido hasta aquí —dijo discretamente—. Y no ha sido una golfa bien dispuesta. Contáis con mi representante. Ahora, será mejor que aleje al sabueso de vuestro rastro.

Sin más, Lazonby salió de la sala y desapareció entre el mar de mesas atestadas.

—¿Qué demonios...?

Bessett miró a Ruthveyn, que estaba al otro lado de la mesa.

—Maldita sea. —Ruthveyn sólo miraba por el rabillo del ojo—. No te des la vuelta. Es ese tipo infernal del periódico.

Incluso el señor Sutherland maldijo entre dientes.

—¿El del *Chronicle*? —preguntó Bessett en voz baja y con incredulidad—. ¿Cómo ha podido saber de DuPont?

—No sabe nada, me atrevería a decir. —Con los ojos brillantes por el enfado, Ruthveyn miró deliberadamente hacia otro lado—. Pero, para mi gusto, se ha vuelto demasiado curioso sobre la Sociedad de Saint James.

—Y demasiado curioso sobre Rance —se quejó Bessett—. En cuanto a Rance, a menudo me pregunto si no ha empezado a cogerle el gusto a este jueguecito. ¿Qué debemos hacer?

—Por esta vez, nada —dijo Ruthveyn—. Rance se ha interesado por un juego de dados junto a la chimenea y se ha sentado a una de las mozas en las rodillas. Coldwater todavía está interrogando al tabernero. No nos ha visto.

—Confiemos en que Rance se encargue de él y se asegure de que no nos ve —sugirió Sutherland—. Volviendo al problema que nos ocupa... DuPont, díganos exactamente qué quiere que hagamos.

El francés entornó los ojos.

—Envíen a un guardián a Bruselas para que vaya a buscar a la niña. Lezennes no les conoce a ninguno de ustedes. Nos hemos tomado la libertad de alquilar una casa, no lejos del palacio real…, muy cerca de Lezennes, y hemos hecho correr el rumor de que una familia inglesa llegará pronto para habitarla. Incluso se ha elegido a los sirvientes, criados de confianza de nuestras propias casas en Róterdam y en París.

—Y después, ¿qué? —preguntó Bessett—. Dejando a un lado la sugerencia de Lazonby, no podemos arrebatarle la niña a su madre. Ni siquiera nosotros somos tan desalmados.

—*Non, non*, convenzan a la madre. —La voz del francés sonó, de repente, tan suave como la seda—. Gánense su amistad. Recuérdenle Inglaterra y la vida feliz que podría llevar aquí. Sugiéranle que, si es posible, se reconcilie con su familia. Y, si todo lo demás falla, si Lezennes la tiene en un puño, secuéstrenlas a las dos.

—¿Secuestrarlas? —repitió Sutherland.

DuPont se inclinó sobre la mesa.

—Mi clíper privado va de camino a Ramsgate, equipado con una tripulación de hombres fuertes y de confianza. Los llevará a Ostende en el mayor de los secretos y esperará su huida.

—Eso es una locura —dijo Bessett—. Además, si Lezennes pretende casarse con la mujer y es tan conspirador como usted dice, no dejará que ninguno de nosotros trabemos amistad con ella.

—No uno de ustedes —contestó el francés con cansancio—. ¿Su esposa, tal vez? Alguien que pueda…

—Ninguno de nosotros está casado —lo interrumpió Bessett—. Bueno, Ruthveyn lo estará en breve, pero se marcha.

—Entonces, una hermana. Una madre. —DuPont agitó la mano con desdeñosa impaciencia—. *Mon Dieu*, ¿qué más da? Una mujer que se gane su confianza, eso es lo único que necesitamos.

—Es completamente imposible —dijo Ruthveyn—. La hermana de Bessett es prácticamente una niña. La mía apenas pasa por inglesa y tiene dos niños pequeños. Lazonby es un soldado, no tiene la sutileza necesaria para llevar a cabo esta misión. Solamente recurrimos a él cuando tenemos que someter a alguien.

—¿Y si contratamos a una actriz? —sugirió Sutherland—. O quizás a Maggie Sloane. Es una… bueno, una mujer de negocios, ¿no es así?

Bessett y Ruthveyn intercambiaron una mirada.

—Estamos confiando en un cura que sugiere contratar a una persona con ambición —dijo Bessett secamente—. Pero es cierto que a veces Maggie tiene un punto teatral.

—Sí, cada vez que Quatermaine se acuesta con ella, sin duda —intervino Ruthveyn con sarcasmo.

—Maldición, Adrian, eso es muy frío. —Bessett sonrió levemente—. Ni siquiera Ned Quatermaine merece eso, aunque nos haya puesto un antro de juegos de azar en la misma puerta. Y no nos prestaría a Maggie. Pero sí, alguien como Maggie... ¿sería tan difícil?

—¡Ah, *tant mieux*! —DuPont, que parecía aliviado, metió una de sus enormes manos en un bolsillo interior del abrigo y sacó un montón de papeles doblados—. Aquí está toda la información que necesitarán, *mon frères*. La dirección de la casa. La lista de los criados. Detalles de la historia que nos hemos inventado. Informes completos de Lezennes y madame Moreau. Incluso dibujos.

Bessett tomó los papeles y empezó a hojearlos. Ruthveyn y Sutherland miraban por encima de su hombro. Estaba detallado minuciosamente, debía concederles ese mérito a los guardianes de París.

—¿El arte y la arquitectura de Bélgica? —murmuró, leyendo en voz alta—. ¿Se supone que ése es el propósito de su hombre inglés al visitar Bruselas?

El francés se encogió de hombros.

—¿Acaso no son aficionados a eso muchos ingleses? La política habría sido algo demasiado complicado... e inquietante. ¿Un hombre de negocios? Bah, demasiado convencional para Lezennes. *Alors*, ¿qué podría haber más inofensivo que un aristócrata rico y aburrido que viene para echar un vistazo y hacer algunos dibujos, eh?

—Parece una tarea hecha para ti, amigo. —Ruthveyn miró a Bessett con algo parecido a una sonrisa—. Bessett es nuestro arquitecto, DuPont. De hecho, ha viajado por toda Italia, Francia y el norte de África haciendo dibujos... en realidad, construyéndolos.

Sutherland se estaba frotando la barbilla.

—Parece que este encargo te va a caer a ti, Geoff —murmuró el prior—. Cuando nos hayamos leído todo esto, lo someteremos a votación.

—Tú tienes que preparar una ceremonia de iniciación —le recordó Ruthveyn—. Pásamelo a mí; yo lo leeré esta noche.

Con sentimientos encontrados, Bessett echó hacia atrás su silla. Aunque no conocía bien Bruselas, se preguntaba si no le vendría bien pasar algo de tiempo fuera de Londres. Últimamente se había sentido invadido por una sensación de inquietud y, con frecuencia, por la nostalgia de su antigua vocación. Por su antigua vida, en realidad.

Había habido una época, no hacía tanto tiempo, antes de que la muerte de su hermano lo echara todo a perder, en la que se había visto obligado a ganarse la vida. Ahora trabajaba muy poco, viviendo de sus tierras y de los frutos amargos del trabajo de otros. A pesar de que conocía la *Fraternitas* desde que era un muchacho, había aprendido su propósito y sus principios, literalmente, en las rodillas de su abuela, no se había entregado por completo a sus nobles objetivos hasta el trágico fallecimiento de Alvin.

¿Era posible que se hubiera convertido en un aristócrata rico y aburrido?

Dios santo. Era demasiado repugnante como para pensarlo.

Pero fuera lo que fuera lo que lo agobiaba, Sutherland le estaba ofreciendo una vía de escape durante algún tiempo. Esa misión en Bruselas era, quizás, una forma de hacer el bien para la *Fraternitas*, para la Sociedad, mientras escapaba de las cadenas del lord Bessett en que se había convertido durante una temporada. Una oportunidad para volver a ser, brevemente, el simple Geoff Archard.

Ruthveyn había sacado su reloj de oro.

—Lo siento, caballeros, pero debo dejarlos —dijo—. Lady Anisha me está esperando para cenar.

—Y no debemos hacer esperar a tu hermana. —Bessett puso las palmas de las manos sobre la mesa con rotundidad—. Muy bien, Du-Pont, ya tenemos sus instrucciones. Si tenemos alguna pregunta, enviaremos a un hombre a París usando la misma contraseña que hemos empleado esta noche.

—Les pediría que no malgastaran el tiempo haciendo eso —les recomendó DuPont—. El *Jolie Marie* permanecerá anclado en el puerto de Ramsgate durante una semana. Los animo a que lo usen cuando lo necesiten.

—¡Ciertamente, ciertamente! —Sutherland sonrió con benevolencia—. Bueno, caballeros, ahora debo marcharme. Pronto iniciaremos a un nuevo acólito, monsieur DuPont. Si quiere quedarse un par de días, puedo prestarle una toga.

Sin embargo, el francés negó con la cabeza y se levantó para marcharse.

—*Merci*, pero me voy de inmediato a St. Katherine para reunirme con un amigo, y de allí a Le Havre. —Se volvió y le ofreció de nuevo su enorme mano a Bessett—. *Bon voyage*, lord Bessett —añadió—, *et bonne chance*.

—Gracias —dijo Geoff en voz baja. Entonces, siguiendo un impulso, le puso una mano entre los anchos hombros—. Vamos, DuPont. Las calles de este barrio no son muy seguras. Lo acompañaré a los muelles.

El francés se limitó a ofrecerle otra de sus sonrisas deformes.

—*Très bien, mon frère* —dijo—. ¿No cree que mi aspecto sea suficiente para espantar a los salteadores?

Maria Vittorio atravesaba la zona portuaria, ya de noche, en un enorme carruaje tan pesado que medio batallón podría haberse subido en él. Desgraciadamente, no disponía de medio batallón para que la acompañara en su viaje al inframundo de Londres; sólo de un lacayo y un cochero, ambos casi tan viejos como ella. Pero, como ocurría con los zapatos viejos, se sentían cómodos juntos después de tantos años, y signora Vittorio era bien conocida por desconfiar profundamente de los cambios. Cerca de Nightingale Lane, el carruaje se detuvo bruscamente, con los arneses tintineando. Se oyeron unos cuantos gritos en la calle y después Putnam, el lacayo, bajó lentamente y abrió la puerta de la *signora*.

—Dicen que el *Sarah Jane* está descargando en la parte de Burr Street, señora —dijo con su frágil voz—. Casi hemos llegado a la taberna King George, pero el camino está cortado por carretas y cosas así.

La signora Vittorio se levantó con cansancio del asiento.

—Volved al principio de la calle y esperad. Enviaré a un porteador con el equipaje.

—Sí, señora. —El lacayo se tironeó del flequillo—. ¿Está segura? Es una noche muy fría, y está empezando a haber niebla.

—*Sì, sì*, marchaos —dijo, agitando una mano enguantada—. Mis rodillas no están tan artríticas como las tuyas.

Signora Vittorio sacó sus piernas cortas y rechonchas del carruaje para bajar mientras Putnam la sujetaba del codo. Cuando el vehículo se alejó con estrépito, la mujer se quedó a un lado de la acera, a unos pocos metros de King George, asimilando todo el trajín y los gritos que le llegaban desde el patio bien iluminado.

Cuando pasaba junto a la puerta de la taberna, un hombre bajo y enjuto con un abrigo harapiento de color verde salió de repente y casi la tiró al suelo en la penumbra. Se detuvo un instante y le pidió perdón en tono burlón. Tenía un aliento rancio que apestaba a ginebra.

Signora Vittorio levantó la barbilla y se llevó una mano instintivamente al collar de perlas mientras se alejaba. Pero podía sentir la mirada del hombre sobre ella.

—¿Qué pasa, puta gorda de ojos negros? —le gritó a sus espaldas.

La signora Vittorio no miró atrás.

Se abrió paso a través de la masa de personas y de caballos hasta St. Katherine y vio que el *Sarah Jane* estaba, ciertamente, amarrado en la dársena este. Y llevaba un cargamento urgente. A pesar de la hora tardía, se estaban descargando cajones, sacos y barriles a gran velocidad y se amontonaban aquí y allá en los muelles. Los hombres sujetaban de nuevo muchos de esos bultos con cadenas y ganchos y los elevaban hasta meterlos en los modernos almacenes.

La signora Vittorio levantó la barbilla un poco más al verlo. Ella, que había crecido en la exuberante belleza de los viñedos de la Toscana, nunca podría acostumbrarse a los muelles sombríos y llenos de gente, a las tabernas, a los almacenes y a los estibadores. De hecho, bastaba el olor del Támesis para revolverle el estómago.

Algunos días le parecía perverso haber entrado por matrimonio en una familia destinada a ganarse la vida por tierra y por mar, ya que algunos de los cajones, la mayor parte, en realidad, estaban marcados con el símbolo de los Castelli: una gran y elaborada C marcada a fuego en la madera y, sobre ella, una corona de hojas de parra. Pero le bastó una sola mirada a los cajones para saber que aquel cargamento era especial.

Era la última remesa de *Vino Nobile di Montepulciano*, el vino sobre el que se habían construido los cimientos del imperio Castelli.

Y, aunque la compañía se había diversificado en los últimos cuarenta años, el preciado vino al que poetas y dioses habían cantado seguía distribuyéndose a las bodegas internacionales de Castelli directamente desde los muelles de Livorno y transportándose en cajones especiales, sólo en las embarcaciones fletadas por los Castelli.

En ese momento, su joven prima la llamó a gritos entre el bullicio.

—¡Maria! ¡Maria, aquí arriba!

Anaïs estaba en la cubierta, agitando la mano con frenesí.

La signora Vittorio se levantó las faldas y se abrió paso entre el tumulto, sorteando con cuidado los cajones, las grúas y a los pícaros mugrientos que esperaban a que los mandaran a hacer algún recado o la posibilidad de robar, porque la zona portuaria no era conocida precisamente por su ambiente agradable.

Cuando alcanzó a su joven prima, Anaïs estaba en el muelle, junto a un buen montón de baúles, y llevaba una carpeta de cuero bajo un brazo.

—¡Maria! —gritó, rodeándole el cuello con el otro brazo.

La signora Vittorio la besó en ambas mejillas.

—¡Bienvenida a casa, *cara*!

—Gracias por venir a recibirme —dijo Anaïs—. No quería alquilar un carruaje a estas horas de la noche, y tengo demasiado equipaje para ir andando.

—¡Por supuesto! —dijo la signora Vittorio—. ¿Y el *Sarah Jane*? Supongo, *cara*, que no has hecho todo el viaje en barco, ¿verdad? No estás lo suficientemente verde como para haberlo hecho.

—¿No? —Anaïs se rió y la besó de nuevo—. ¿Cómo de verde estoy, entonces?

La *signora* se apartó un poco y la miró.

—Sólo tienes un ligero color gris verdoso, como ese moho que se ve en los árboles.

Anaïs se volvió a reír.

—Es liquen, Maria —dijo, y se llevó una mano al vientre—. Y, en realidad, he venido por Francia, en tren el último tramo. Pero me reuní con el capitán Clarke en Le Havre, porque le juré a Trumbull que iba a ver cómo descargaban esta remesa. Es muy valiosa, ya sabes, y casi está vendida.

—Tu hermano Armand debería hacerse cargo de esto —añadió la

signora Vittorio con amargura—. En lugar de eso, está persiguiendo mujeres en las fiestas de las casas de campo.

Anaïs se encogió de hombros.

—En cualquier caso, el río no ha estado tan mal, y hay que cruzar el canal de alguna manera —dijo, estirando el cuello para mirar a su alrededor—. Además, no he vomitado desde Gravesend.

—No hables tan crudamente, *cara* —la reprendió suavemente la *signora*—. ¿Qué diría tu madre? Catherine es una dama elegante. ¿Y qué llevas ahí, debajo del brazo?

Anaïs sacó la carpeta.

—Papeleo para Trumbull de la oficina de Livorno —dijo—. Cartas, facturas de amarraje, cuentas vencidas de algún viticultor de París en bancarrota. Clarke se limitó a dármelo. —Hizo una pausa para mirar a su alrededor—. ¿Dónde está el carruaje? ¿Tienes una llave de la oficina? Quiero dejar esto.

—Tengo una llave, *sì* —contestó la signora Vittorio con vacilación—. Pero Burr Street está bloqueada. Envié al carruaje de vuelta para que cargaran tu equipaje.

—Bueno, iré caminando.

Anaïs agarró un pequeño baúl de viaje de cuero que había sobre la montaña de baúles y metió la carpeta dentro.

—Pero no sola —dijo la signora Vittorio.

—Eres una boba —contestó Anaïs, sonriendo—. Muy bien, hazme compañía. Clarke enviará el equipaje mañana a Wellclose Square. ¿Putnam podría coger los bolsos más pequeños?

La signora Vittorio dio unas rápidas órdenes para que los llevaran a su carruaje. Anaïs todavía tenía en la mano el pequeño baúl cuando dos hombres altos pasaron a su lado charlando, de camino al *Sarah Jane*.

Anaïs se dio la vuelta, siguiéndolos con la mirada.

—Dios mío, es el francés más feo que he visto en mi vida —susurró.

—*Sì* —dijo la *signora* secamente—, pero el otro... el alto... ah, *che bell'uomo*!

—¿De verdad? —Anaïs se giró, pero solamente pudo verles las espaldas—. No lo he visto bien.

—Pues es una pena —dijo la *signora* en voz baja—, porque yo sí que lo he visto—. Y soy vieja, *cara*, pero no estoy muerta.

Anaïs se rió.

—Ah, pero he aprendido la lección, Maria, ¿no es así? Esa lección que se aprende tan a menudo sobre los hombres atractivos y galantes. Ya no me molesto en mirar.

Al oírla, Maria se puso seria. La alegría desapareció de sus ojos.

Anaïs volvió a reírse.

—Oh, Maria, no —le rogó—. Giovanni se avergonzaría de ver esas caras largas si aún estuviera vivo. Vamos, démonos prisa. Quiero llegar a casa.

Maria volvió a sonreír. Agarradas del brazo y cotorreando como urracas, echaron a andar con paso sorprendentemente rápido, sorteando los cajones y barriles que quedaban. Salieron a la parte posterior del lodazal de St. Katherine y se internaron en las calles del este de Londres.

Ambas conocían esa zona, aunque raras veces habían ido allí de noche. Aun así, cuando el ajetreo de los muelles se fue desvaneciendo y la oscuridad se asentó sobre ellas, ninguna se preocupó. La niebla no había conseguido ocultar toda la luz de la luna y Maria sabía que Anaïs nunca iba al East End sin estar preparada... ni al West End, a decir verdad.

Pronto entraron en la calle estrecha que llevaba a la entrada de los Castelli. Pero apenas habían caminado otra docena de pasos cuando oyeron que alguien corría apresuradamente detrás de ellas. En un instante, todo se volvió borroso. Con un ruidoso ¡uf! Maria se lanzó hacia un lado y se golpeó tan fuerte contra la puerta más cercana que la campanilla sonó.

—¡Chúpate esa, puta arrogante!

Con rapidez, el hombre alargó una mano hacia la anciana.

—¡Oh, no, no vas a hacerlo!

Anaïs echó hacia atrás el baúl para tomar impulso y golpeó al hombre en un lado de la cabeza.

Tambaleándose, el asaltante maldijo y echó a correr, metiéndose por un oscuro callejón cuesta arriba.

—¡Mis perlas! —Maria se llevó una mano al cuello—. ¡Las perlas de Sofia!

Pero Anaïs ya había salido corriendo, arrojando a un lado el baúl.

—¡Detente, ladrón! —gritó, corriendo tan rápido que apenas fue consciente del segundo par de pisadas que se acercaba en la distancia.

Alcanzó al hombre en una docena de zancadas, lo agarró por el cuello de la ropa y lo arrojó contra el escaparate de la tienda de un fabricante de velas para barcos. Él peleaba con dureza, pero ella lo hacía con inteligencia, haciendo un buen uso de los codos y de su altura. En un instante, lo tuvo con la cara apretada contra la tienda, y sacó un estilete del forro de la manga.

—Tira las perlas —le dijo con determinación.

—¡Lárgate, maldita amazona! —dijo el hombre, revolviéndose.

Anaïs apretó la hoja del estilete contra su garganta y lo sintió estremecerse.

—Tira las perlas —repitió—. O haré que te desangres.

En la penumbra, sintió más que vio que abría una mano. El collar cayó al suelo y dos o tres perlas se escaparon cuando golpeó la acera.

—Dime tu nombre, perro cobarde —dijo ella con los labios apretados contra la oreja del hombre.

—No es asunto tuyo, ése es mi nombre.

Se revolvió otra vez y ella levantó una rodilla, golpeándolo donde más dolía.

El hombre gritó y consiguió girarse un poco. Hizo un movimiento con una de las manos y ella oyó el suave clic de una navaja al abrirse. La hoja brilló a la luz de la luna cuando él la levantó.

A Anaïs sólo le llevó un segundo agarrarlo con más fuerza y se armó de valor para soportar el ataque. Pero la hoja no llegó a encontrar carne. Un brazo largo surgió de la oscuridad, agarró la muñeca del hombre y se la retorció hasta arrancarle un grito.

Sorprendida, lo soltó un poco. La navaja repiqueteó al caer al suelo. El villano consiguió liberarse completamente y salió huyendo en la oscuridad.

—*Maledizione!* —exclamó ella, viendo como se marchaba.

—¿Está ilesa, señora?

Una profunda voz masculina surgió a su derecha.

Anaïs se dio la vuelta rápidamente, todavía con el estilete en la mano. Se distinguía una figura alta y esbelta en la oscuridad, apenas una sombra que levantó las dos manos.

—Sólo estaba intentando ayudar —le dijo.

—¡Maldición! —dijo ella, enfadada consigo misma y con él.

El hombre dejó caer las manos. La noche se había vuelto completamente silenciosa. Entonces sintió que su ira amainaba y que sus sentidos comenzaban a regresar a la normalidad.

—Gracias —añadió—, pero lo tenía.

—Lo que usted tenía, casi, era un puñalada en el muslo —la corrigió con calma. Ella vio que miraba el destello de su estilete—. Por otra parte, parece estar bien preparada.

—Una puñalada en el muslo, una puñalada en la garganta —dijo con frialdad—. ¿Quién cree usted que habría sobrevivido para contarlo?

—Hmm —dijo él—. Entonces, ¿lo habría atacado?

Anaïs inspiró profundamente. Aunque no podía distinguir su cara, podía sentir sus movimientos, su presencia… y el cálido e intenso aroma a tabaco y a colonia cara le decían quién era. Un hombre adinerado, del tipo que rara vez se veía recorriendo esas calles infames y serpenteantes. Y era alto, más alto que ella… lo cual era toda una hazaña.

—No, no lo habría atacado —contestó por fin—. No a menos que hubiera tenido que hacerlo.

—Y, ahora —dijo el hombre con calma—, ya no tiene que hacerlo.

Ella se dio cuenta de que tenía razón. No la había salvado del peligro; la había salvado de sí misma. Tenía falta de sueño, estaba exhausta de llevar varios días viajando y todavía sentía náuseas de la travesía. Ni su juicio ni su intuición estaban en su mejor momento.

—Gracias —dijo, un poco humillada.

Por encima de ellos, en una vivienda, alguien abrió una ventana y sacó un farol. Aun así, la débil luz apenas llegó hasta donde estaban. Sin embargo, fue suficiente, aparentemente, para que él se agachara, recogiera las perlas de su bisabuela y se las pusiera en la mano.

—Gracias, señor —repitió, sintiendo la calidez y el peso de las perlas en la palma de la mano—. Ha sido muy valiente.

Pero el hombre no dijo nada más. En lugar de eso, todavía envuelto en la penumbra, se quitó el sombrero alto, hizo una elegante reverencia y se internó en la oscuridad a grandes zancadas.

Capítulo 2

«En la batalla sólo hay dos métodos de ataque: el directo
y el indirecto; sin embargo, combinados dan pie a una infinidad
de maniobras.»

Sun Tzu, *El arte de la guerra*

*A*taviado con las austeras vestiduras de la *Fraternitas Aureae Crucis*, el conde de Bessett permanecía en la galería de piedra que rodeaba el templo abovedado de la Sociedad. En el piso inferior, la sala estaba atestada de hombres con túnicas marrones y podría pasar por cualquier pequeña capilla privada, si no fuera por la ausencia de bancos de iglesia y por la casi monástica falta de ornamentos. En realidad, iluminada por candelabros titilantes, las paredes de piedra y el suelo parecían tan adustas y grises como la balaustrada, con cada nivel roto por arcos de piedra alternados que arrojaban sombras intermitentes sobre la asamblea.

La austeridad del templo se intensificaba por el hecho de que estaba construido bajo tierra, bastante más abajo que las calles de Londres. Por debajo, incluso, de las bodegas de la elegante Sociedad de Saint James, porque el templo se había construido debajo de ellas, y los escombros se habían retirado al amparo de la oscuridad. Pocos hombres conocían aquella sala subterránea, o la propia secta, porque a lo largo de los siglos, la *Fraternitas* había sido destruida demasiadas veces por las vicisitudes de la religión, el poder y la política.

Sin embargo, la fraternidad había resurgido una y otra vez. Y aunque ahora vivían una época de iluminación, la iluminación sólo era tan buena como lo eran los hombres que se atrevían a defenderla, y la

Fraternitas se había convertido en una Sociedad profundamente hermética y a la defensiva.

Agarrándose con ambas manos a la balaustrada, lord Lazonby se inclinó hacia delante y observó con sus sardónicos ojos azules a la multitud que se congregaba abajo mientras Bessett lo miraba a él de forma escrutadora.

—¿Qué hiciste con ese tipo del *Chronicle* la otra noche? —le preguntó Bessett en voz baja.

—Lo atraje hasta Petticoat Lane y lo perdí en los rookeries.*

—Cielos, ese lugar puede ser su fin —dijo Bessett—. De todas formas, ¿qué puede estar buscando? Seguramente, el público ya no está interesado en ti. Estás fuera de la cárcel y absuelto de cualquier delito.

Con la mirada fija en la lejanía, Lazonby se encogió de hombros.

—No lo sé —contestó—. Ha empezado a ser algo... personal.

Bessett dudó unos instantes antes de decir:

—Y yo he empezado a preguntarme si tú no te estás burlando de él... y disfrutando con ello.

—¡Eso es una tontería! —Los ojos de Lazonby brillaron—. ¿Qué te ha dicho Ruthveyn?

Era una pregunta extraña. Pero a lo largo de los últimos meses, el periodista del *Chronicle*, y su misión de perseguir al conde de Lazonby hasta la tumba, se había vuelto muy irritante para todos ellos. Sin embargo, no había manera de negar que el voluble pasado de Rance lo hacía vulnerable a los chismorreos y a las conjeturas.

—Ahora que lo mencionas, últimamente he sentido cierta tensión entre Ruthveyn y tú —dijo Bessett.

Lazonby se quedó callado durante unos segundos.

—Hace algún tiempo, ofendí involuntariamente a su hermana —admitió—. Y preferiría no contar nada más.

Bessett paseó la mirada por la multitud, que iba en aumento.

—Entonces, el ardor de lady Anisha por ti se ha enfriado, ¿no es cierto?

---

* *Rookery* es un término coloquial que se empleaba en los siglos XVIII y XIX para referirse a una barriada habitada por pobres y frecuentada por criminales y prostitutas (*N. de la T.*)

Lazonby lo miró con incredulidad.

—¿Por qué soy el último en enterarme de ese supuesto ardor de la dama? —le espetó—. Como le dije a tu hermano cuando me advirtió sobre el tema, Nish no es mi tipo. La adoro, sí. Coqueteamos un poco, sí. Pero ella... diablos, es casi como una hermana para mí.

Bessett resopló.

—Pues para mí no lo es.

—Entonces, cortéjala —replicó Lazonby.

—Puede que lo haga.

De hecho, no era una mala idea. Había estado dándole vueltas en la cabeza desde hacía algún tiempo.

Lady Anisha Stafford era una belleza deslumbrante cuyos hijos rebeldes necesitaban desesperadamente un padre. Y si un hombre tenía que limitarse a acostarse con una sola mujer el resto de su vida, nadie podría ser mejor que Anisha.

Pero más importante que la belleza de la dama y su carácter era el hecho de que él nunca tenía que darle explicaciones. Ella no lo juzgaba. Comprendía la débil fachada, cuidadosamente forjada, que él mantenía, el débil muro que había construido para separar su mente consciente de la oscuridad que había detrás.

Tal vez ésa fuera la clave de su inquietud. Lo que parecía estar fuera de lugar en su vida. Quizá fuera sólo que anhelaba algo... más.

—Entonces, lo haré —murmuró—. Si tú de verdad no la vas a reclamar.

Sin apenas mirarlo, Lazonby agitó una mano, como si lo invitara a hacerlo.

Incómodo, Bessett se aclaró la garganta.

—¿No estás nada nervioso por el nuevo acólito?

Lord Lazonby giró la cabeza y la comisura de los labios se le curvó con una extraña sonrisa.

—¿Por qué debería estarlo?

—Los últimos dos días parecías algo... diferente —Bessett ladeó ligeramente la cabeza y observó a su viejo amigo—. Distraído.

Lazonby echó hacia atrás la cabeza y se rió suavemente.

—No puedes leerme la mente, Geoff —contestó—, así que deja de intentarlo. Además, ésta es una ocasión solemne... o eso es lo que no para de decirme nuestro prior.

—Me parece extraño que nunca hayas accedido a apadrinar a un acólito —murmuró Bessett—. Parece que no te tomas en serio esa parte de la *Fraternitas*. ¿Tienes miedo de que el nuevo discípulo olvide sus votos? ¿O de que dé un traspié?

Lazonby enarcó una ceja.

—Si el tipo se cae de bruces al suelo a los pies de Sutherland, no es asunto mío —dijo sin alterar la voz—. Después de todo, lo preparó el viejo Vittorio, y fue Sutherland quien me hizo hacer esto.

—Era tu turno, Rance —dijo Bessett.

—Sí, y lo he hecho. —Quitó las manos de la balaustrada de piedra y se enderezó—. Y lo que Vittorio y yo hemos unido, que no lo separe ningún hombre. Lo recuerdas, ¿verdad?

En ese momento sonó un gong y los graves ecos resonaron por los muros abovedados. Lazonby le guiñó un ojo con picardía y se puso la capucha.

—Ah, la hora bruja ha llegado —dijo—. ¡Que suba el telón!

Bessett aún dudaba.

—Maldición, Rance, ¿qué has hecho? —le preguntó, agarrando a su amigo del brazo—. ¿No te gusta el muchacho? ¿Desconfías de él?

—Ya estás otra vez intentando leerme la mente.

—Oh, por el amor de Dios, yo no hago eso.

—¿No? —Lazonby se dio la vuelta y empezó a bajar las escaleras. El borde de su túnica de lana marrón arrastraba sobre los escalones mientras Bessett lo seguía—. Pero para contestar a tu pregunta, Geoff, sí, en realidad, me gusta mucho el acólito —siguió hablando por encima del hombro—, aunque no estoy del todo seguro de que os vaya a gustar a los demás.

Tras bajar a la sala principal, Bessett y Lazonby ocuparon sus lugares al fondo, con el resto de los guardianes. La ceremonia comenzó de inmediato, con todos ellos respondiendo algo mecánicamente a la liturgia de Sutherland. Dijeron las oraciones tradicionales y después se pasó el cáliz de vino, pero Geoff bebió sin prestar demasiada atención.

La verdad era que, aunque acusara a Rance de no tomarse en serio tales asuntos ceremoniales, él también pasaba con frecuencia por encima de los puntos más sutiles del rito y el ritual. A los dos les preocupaba mucho más cómo resucitar y reestructurar una organización que, sólo algunos años antes, se había diseminado por una Europa devastada por la guerra, cayendo en un trágico y potencialmente peligroso caos.

La ceremonia de iniciación siempre se llevaba a cabo en latín, la lengua de los últimos manuscritos ceremoniales que todavía existían de la *Fraternitas*. A lo largo de los siglos, muchos de los registros escritos de la hermandad habían sido destruidos, a menudo para poder sobrevivir, en especial durante la Edad Media, cuando el don prácticamente había desaparecido, y en la Inquisición, cuando habían torturado a muchos vates.

Aunque los vates no eran quemados como herejes ni ahogados como brujas, ése era un destino bastante común para aquéllos a quienes la historia había malinterpretado gravemente. Entre tanta crueldad e ignorancia habían surgido los guardianes, para proteger a los vates más débiles.

Ahora iban a recibir a otro en el redil. Siguiendo la tradición, el joven que ahora estaba oculto tras al gran altar debía ser un familiar de uno de los vates, y debía haber nacido bajo el signo del fuego y de la guerra. Podría poseer el don, en mayor o menor medida. Pero habría sido adoctrinado desde su juventud por un miembro de la *Fraternitas*, probablemente uno de los defensores, o por algún familiar de confianza.

La abuela de Geoff era un ejemplo de esto último. A pesar de que tenía prohibida la membresía por ser una mujer, había sido una agente leal de la *Fraternitas* en Escocia, donde la secta siempre se había mantenido con fuerza. También había tenido un poderoso don, uno que Geoff deseaba con todo su corazón poder devolverle.

Regresó bruscamente al presente cuando el señor Sutherland terminó la invocación y bajó del púlpito de piedra. Se hizo un grave silencio en la sala, como siempre ocurría en las raras ocasiones en las que llegaba un nuevo miembro a la *Fraternitas*, y la iniciación de un guardián era la más rara de todas.

Sutherland se dirigió al altar que tenía detrás de él, cogió la llave de metal que colgaba de una cadena de oro atada a su cintura y abrió una antigua caja de hierro con bisagras. Echó hacia atrás la tapa, sacó con cuidado un libro envejecido, ya abierto y marcado con una larga cinta de color rojo sangre.

El *Liber Veritas*, el Libro de la verdad, era el volumen más valioso de la *Fraternitas*. El antiguo tomo describía todos los ritos que conocía la hermandad y, de una forma u otra, se había usado desde que surgió Roma.

Con la mano derecha levantada en el eterno gesto de la bendición y la izquierda sosteniendo el libro abierto, el prior leyó unas pocas palabras, invitando al solicitante a ofrecer su vida a la causa y pidiéndole a Dios que lo protegiera en su labor.

Después dejó caer la mano e hizo la señal.

Incrustado entre dos gruesas columnas, el gran altar empezó a vibrar y a rechinar, haciendo un sonido como el de la piedra de un molino. Al principio despacio, y después con sorprendente rapidez, el altar dio media vuelta.

Lo primero que Geoff vio fue que, curiosamente, el acólito no estaba desnudo.

Aunque el tipo estaba atado como debía, por las muñecas y con los ojos vendados, no se encontraba totalmente desnudo, sino que llevaba una túnica de lino sin mangas que le llegaba por debajo de las rodillas.

Y lo segundo que advirtió fue que el acólito no era un hombre.

Alguien ahogó un grito.

Y no fue él. Él no podía respirar.

Sutherland también se había quedado inmóvil delante del altar. Con los ojos muy abiertos, aferraba el *Liber Veritas* contra su pecho como si quisiera estrangularlo. Abrió y cerró la boca en silencio y después emitió un extraño sonido de borboteo, como el agua de fregar colándose por el desagüe de la cocina.

Impulsado por ese sonido, Ruthveyn se abrió paso rápidamente entre la multitud, agarró el libro y se giró para quedar frente a la muchedumbre.

—¿Qué tipo de broma es ésta? —preguntó, agitando el libro por encima de su cabeza—. ¡Por Dios, que el desgraciado responsable de esto dé un paso adelante!

Y lo tercero que descubrió Geoff fue que el acólito casi estaba desnudo, porque esa túnica, camisa o lo que fuera que llevaba dejaba poco a la imaginación. Aun así, la joven permanecía en el altar erguida y orgullosa, a pesar de tener las muñecas torpemente amarradas por delante del cuerpo. Era alta, con pechos pequeños y respingones, que subían y bajaban demasiado rápido, una melena salvaje de rizos oscuros que le llegaba hasta la cintura y largas y esbeltas piernas que parecían sorprendentemente fuertes.

¿Sorprendentemente?

Todo aquello era sorprendentemente... algo. Por no decir erótico, con todas esas cuerdas, vendas y sí, esas piernas...

La sala se había convertido en un hervidero. Ruthveyn había encontrado un puñal en alguna parte y estaba cortando las cuerdas de las muñecas. A su lado, Geoff podía oír a Rance riéndose por lo bajo.

En ese instante, la muchacha se giró un poco y la fina túnica se le deslizó por la cadera de una forma de lo más sugerente. Repentinamente excitado, Geoff fulminó a Rance con la mirada, se apresuró a subir al estrado, se quitó su túnica y la cubrió con cuidado con ella.

La muchacha se encogió ligeramente cuando la tocó.

Después, mucho más despacio, Ruthveyn cortó la venda de los ojos, que tradicionalmente llevaba el acólito hasta que se votaba su admisión.

La chica miró a la multitud con unos ojos negros muy abiertos, parpadeó y los sorprendió a todos al decir con voz alta y clara:

—Solicito humildemente ser admitida en la hermandad —pidió con un latín perfecto y preciso—. Me he ganado ese derecho con mi devoción, con mi fuerza y con mi linaje. Y prometo por mi honor que defenderé por medio de la palabra y de la espada el don, mi fe a mi hermandad y a todos los que dependen de ella, hasta que el último aliento abandone mi cuerpo...

—¡No, no, no! —exclamó Ruthveyn agitando una mano—. Mi querida niña, no sé quién te ha gastado esta broma, pero...

—He sido yo. —La voz de Rance también sonó sorprendentemente potente—. Yo apadrino a esta mujer para que se inicie en la más antigua y noble orden, la *Fraternitas Aureae Crucis*. ¿No son ésas las palabras mágicas para apadrinar?

—¿Que tú qué? —dijo Geoff—. Madre de Dios, ¿te has vuelto loco?

—Ciertamente, Rance. —Sutherland por fin había recuperado el habla—. Te has tomado a broma un ritual respetado y sagrado. Esto es totalmente inadmisible.

—¡Eso es! —gritó alguien entre la multitud de túnicas marrones.

Geoff se puso delante de la muchacha para protegerla, pero ella lo apartó con sorprendente fuerza y se quedó en medio del estrado.

—¿Por qué es inadmisible, señores? —preguntó ella. No cabía duda de que su forma de hablar era de alguien de la clase alta—. Me he entrenado durante diez largos años. He hecho todo lo que se me ha pedido, y más, a pesar de no haber solicitado nunca nada de esto. Pero porque se me pidió... no, se me ordenó, que cumpliera con mi deber, he sacrificado gran parte de mi juventud, y lo he hecho únicamente para cumplir con las tareas que me encomendaron. ¿Y ahora me quieren negar el derecho a pertenecer a la hermandad?

El rostro sombrío de Ruthveyn se contrajo en una mueca.

—Ése es precisamente el problema —replicó—. Esto es una fraternidad, señora...

—Señorita De Rohan —le espetó—. Anaïs de Rohan.

—Señorita De Rohan. —Ruthveyn estaba un poco pálido—. Bien. Como decía, esto es una fraternidad, una asociación de hombres, no de mujeres. No es una gran familia feliz. —Se dio la vuelta sobre el estrado—. Rance, deberíamos azotarte. Por el amor de Dios, llamad a Safiyah para que se lleve a esta pobre muchacha, y que le busque ropa apropiada.

Señorita De Rohan.

¿Por qué a Geoff le resultaba familiar ese apellido?

No importaba. Ruthveyn se estaba dando cuenta, al igual que él, de que aquélla no era una mujer corriente. Y no estaba casada, lo que hacía que la situación fuera todavía más precaria. Además, hablaba y se comportaba como una aristócrata... una aristócrata enfadada y molesta. A pesar de eso, permanecía allí, delante de un montón de hombres, prácticamente desnuda y fríamente sosegada.

El viejo Vittorio le había enseñado algo, eso estaba claro.

Rance, en cambio, había empezado a discutir.

—¿Dónde, caballeros, está escrito que una mujer no puede pertenecer a la hermandad? —gritaba—. Giovanni Vittorio, uno de nuestros defensores más leales, creyó conveniente tomar a esta joven bajo su protección y formarla con nuestros métodos.

—Tonterías —replicó Geoff—. Vittorio estaba enfermo. No pensaba con claridad. ¿Dejarías tu vida en sus manos, Rance? ¿Lo harías? Porque eso es lo que les estás pidiendo que hagan a todos los vates.

—Olvidas que he revisado toda la documentación de Vittorio, y he hablado largo y tendido con la chica —contestó Rance—. ¿No es ése el deber del padrino? ¿Asegurarse de que el acólito está cualificado? Pues te puedo asegurar que, en muchos aspectos, está mucho más cualificada que yo.

—Eso —dijo Geoff con severidad— no lo dudo en absoluto.

—Tu arrogancia me ofende, viejo amigo —dijo Rance.

—A mí también —intervino la joven con frialdad—. Estoy cualificada. Y usted, señor, es un necio.

Geoff se dio la vuelta para mirarla. Ella no había hecho ningún esfuerzo para cerrar la túnica que le había echado sobre los hombros y eso, inexplicablemente, lo enfadó. La recorrió con la mirada de arriba abajo y, además de enojo, sintió algo más en la boca del estómago.

—Si de verdad usted es el acólito de Vittorio —dijo con firmeza—, tendrá la marca.

Ella levantó la barbilla y la rabia brilló en sus ojos negros.

—Oh, la tengo —dijo, llevando una mano al borde de la prenda—. ¿Quiere ver la prueba?

—Dios Santo, Bessett —se quejó Rance—. Tiene la marca. Me he asegurado de ello.

Bessett se giró en la otra dirección.

—¿Te has asegurado? —repitió con incredulidad—. ¿Te importaría decirme...? No, no importa. —Volvió a darse la vuelta y agarró a la muchacha por el antebrazo—. Usted viene conmigo.

—¿Adónde me lleva?

Belkadi, uno de los defensores, había aparecido junto a Geoff.

—A ver a Safiyah —contestó Geoff en voz baja—. Me parece evidente, aunque Rance no lo crea así, que una mujer soltera de buena familia no debe estar medio desnuda en mitad de lo que es poco más que un club de caballeros.

—¡Oh, gracias! —exclamó ella con amargura—. ¡Diez años de mi vida tirados al cubo de la basura por una cuestión de etiqueta!

Geoff no contestó, sino que tiró de ella para que subiera las escaleras, atravesaron la bodega y se internaron en el pasadizo del laboratorio. Otro tramo de escaleras los llevó a la planta baja y, por fin, a la relativa intimidad de las escaleras de los sirvientes. Durante todo el camino, ella le iba hablando bruscamente.

Pero no era una chica.

No, en absoluto.

Y lo que acababa de hacer... Dios santo, era buscarse la ruina. ¿Es que no le importaba nada?

—Me está haciendo daño en el brazo, patán —le dijo—. ¿Qué es lo que teme tanto? Después de todo, sólo soy una mujer.

—Temo por usted, pequeña necia —susurró—. Y cállese, antes de que la vea alguien a quien no le podamos ordenar que guarde silencio.

Al oír aquello, ella se envalentonó y se detuvo en un rellano.

—No me avergüenzo de lo que soy —afirmó, cerrando con fuerza la túnica con una mano—. He trabajado muy duro para aprender mi habilidad.

—Usted, señora, no tiene «una habilidad» —respondió con frialdad—. Por el amor de Dios, piense en otras personas, ya que no lo hace en usted. ¿Qué pensaría su padre si supiera dónde está en este momento?

Ante aquellas palabras, se ruborizó levemente.

—Para ser sincera, puede que no lo aprobara.

—¿Puede? —Contra su voluntad, Geoff volvió a recorrerla de la cabeza a los pies con una intensa mirada—. ¿Puede que no lo aprobara? ¿Que su hija se pasee medio desnuda por un club de Londres?

Ella entornó sus ojos negros.

—No es así —dijo—. Simplemente, no se lo he contado todo. Todavía.

Geoff, dudó, incrédulo.

—¿Quiere decir que le ha contado algo?

Se sonrojó un poco más, aunque su tono de voz no se suavizó.

—Por el amor de Dios, cada vez que iba a la Toscana pasaba meses con Vittorio —replicó—. ¿Qué cree que le he contado? ¿Que estaba fuera acabando los estudios en Génova? ¿Le parece que estoy acabada?

No, no se lo parecía.

Parecía algo... salvaje y totalmente inacabada.

Como algo con lo que un hombre nunca acabaría... aunque no era precisamente bella. Pero era intrigante, sencilla y con una vitalidad que él nunca podría tener. Y, fuera lo que fuera, no se parecía a ninguna mujer que hubiera conocido... y había conocido a unas cuantas.

La ira de su padre, sin embargo, no era asunto suyo. Extrañamente enfadado consigo mismo, se giró de nuevo hacia ella para conducirla al siguiente tramo de escaleras. Pero la pilló desprevenida. Uno de sus pies se enredó en el borde de la larga túnica de lana de Geoff y se balanceó peligrosamente hacia delante.

—¡Oh! —gritó, y agitó la mano libre en busca de la barandilla.

Instintivamente, Geoff la agarró. La enlazó por la cintura con el brazo, apretándola con fuerza contra su pecho.

De repente, el tiempo y el espacio se desvanecieron. Fue como si los dos dejaran de respirar… un instante de calidez y de pura sensualidad que hizo desaparecer la lógica. Y cuando él la miró a los ojos, unos ojos del color del chocolate caliente rodeados de unas pestañas espesas y negras, sintió que algo en su interior se retorcía y se doblaba, como el metal calentándose con el fuego de alguna fragua sobrenatural.

Su labio inferior era carnoso, como un trozo de melocotón maduro y, por un momento, tembló casi seductoramente.

Entonces la muchacha lo salvó de cometer el disparate en el que había estado pensando.

—Uff —refunfuñó, apartándose un poco—. Si quiere matarme, Bessett, láceme por encima de la barandilla y acabe rápido.

—No me tiente —gruñó él.

Pero, inexplicablemente, no podía dejar de mirarla. Las redondeces de sus extraordinarios pechos se veían claramente desde donde se encontraba y, que Dios lo ayudara, porque no era ningún ángel.

Con los ojos echando chispas, la señorita De Rohan se enderezó.

—¿Le importa, señor? —dijo, subiéndose la parte delantera de la prenda—. No estoy acostumbrada a exponer mis encantos a menos que estén encorsetados en un vestido de baile.

—Y eso —contestó él en voz baja— posiblemente no se da muy a menudo.

Ella se sonrojó violentamente.

—Le pido perdón —dijo él—. Pero usted ha elegido llevar eso, señorita De Rohan. Y, después de todo, yo sólo soy un hombre corriente.

Ella se sorbió la nariz con desdén.

—Corriente, ¿eh? No creo que nadie aquí sea corriente.

—Créame, querida, cuando se trata de mujeres atractivas, todos los hombres son iguales. —Le tendió una mano con un gesto más amable—. Otra razón por la que temo por usted.

—¿Está sugiriendo que no estoy segura en esta casa? —preguntó con brusquedad.

—Su reputación no —le contestó—. Pero nadie le hará daño mientras esté aquí, señorita De Rohan. Le puede confiar su vida a todos y cada uno de nosotros... a pesar de que yo no deje de mirarla.

Con evidente recelo, ella le dio la mano.

—Ahora, sobre su padre... —siguió diciendo Geoff con voz firme—. Creo que estaba a punto de decirme quién es.

—¿Exactamente? —Durante unos segundos, ella se mordió el labio inferior—. Es un noble menor alsaciano. El vizconde de Vendenheim-Selestat.

Geoff miró atentamente esos ojos de color chocolate.

—¿E inexactamente? —insistió—. Vamos, señorita De Rohan. Apostaría a que usted ha nacido y crecido en Londres. Tal vez yo sea un lascivo, pero soy lo suficientemente sagaz para saber cuándo me están contando una verdad a medias.

Por fin, ella apartó la mirada.

—Hace mucho tiempo, se hacía llamar Max de Rohan. O, simplemente, de Vendenheim. Está en... el Ministerio del Interior. Algo así.

Bien. Eso era demasiado. Geoff reprimió una maldición y se giró para tirar de ella hacia el siguiente tramo de escaleras.

¡De Vendenheim! ¡Precisamente él! Rance debía de estar loco. Esa mierdecilla del *Chronicle* por fin había conseguido volverlo completamente majara.

No sabía mucho sobre el título de Vendenheim, pero estaba seguro de que no era el tipo de hombre al que se debía contrariar. Y no estaba «en» el Ministerio del Interior, o algo así. Él era el Ministerio del Interior... o, más exactamente, era la crueldad que había detrás del organismo. Políticamente, era intocable... no elegido, imparcial y más o menos no oficial... la última *éminence grise*.

Como si fuera un gato negro con nueve vidas, ese tipo delgado de nariz afilada había sobrevivido a una revuelta política tras otra. Había presenciado la fundación de la Policía Metropolitana, las revueltas de la Reform Bill, las sangrientas obras de los ladrones de cadáveres de

Londres y todo el cortejo de los ministros del Interior que habían pasado por el cargo. Debería estar muerto, después de toda la agitación, conflictos y violencia que había visto de primera mano.

¿Y su hija había sido entrenada para ser una guardiana? ¿Y, aparentemente, sin su consentimiento?

Santo Dios.

—Dese prisa —dijo bruscamente—. Se va a vestir ahora mismo.

—Una idea excelente, dada la corriente que hay en estas escaleras —le espetó ella—. ¿Es que no pueden permitirse comprar carbón? Pensé que todos eran ricos. Estoy descalza y no he tenido el trasero tan frío desde el invierno de...

—Señorita De Rohan —la interrumpió Geoff—, no podría estar menos interesado en el estado de su trasero.

Mentiroso, mentiroso, mentiroso.

—¡Estoy destrozada, milord! —dijo en tono burlón—. Por supuesto, se suponía que debía estar completamente desnuda, según la ceremonia... pero ni siquiera yo he podido reunir el valor necesario para hacer eso.

—Un pedacito de buen juicio por el que todos debemos estar agradecidos —dijo Geoff con los dientes apretados.

Y lo decía de verdad. Lo último que necesitaba en ese momento era tener la mente ocupada con una visión de Anaïs de Rohan desnuda.

Sin embargo, ya se lo estaba imaginando. Evocando esas piernas imposiblemente largas y preguntándose si llegarían a...

No. No debía saber nada sobre la longitud de sus piernas. Lo que tenía que hacer era deshacerse de ella.

Gracias a Dios, ya habían llegado al piso más alto de la casa, donde Belkadi tenía sus habitaciones privadas. Una vez en la puerta, Geoff llamó dos veces con el dorso de la mano, fuerte, sin soltar a la arpía. Necesitó toda su buena educación inglesa para no lanzarla al interior y salir corriendo en cuanto la puerta se abrió. Su parte escocesa quería atarla a una roca y arrojarla al Támesis.

Safiyah abrió la puerta y los contempló con sus enormes ojos marrones de cierva.

—Milord —dijo, sorprendida—. ¿Dónde está Samir?

—Su hermano se encuentra todavía en el templo —contestó Geoff, arrastrando a la señorita De Rohan al interior—. Ha sido una noche muy extraña. Siento irrumpir de esta manera, pero necesito su ayuda.

—Por supuesto. —Safiyah bajó la mirada—. ¿Quién es ella?

—El acólito —replicó la señorita De Rohan—. Y tengo un nombre.

Safiyah se ruborizó violentamente y miró hacia otro lado.

—Pondré la tetera al fuego.

La prisionera de Geoff sintió remordimientos de inmediato.

—Le pido disculpas —dijo la señorita De Rohan—. No se lo merecía.

—No, es cierto. —Safiyah se agarraba las manos con calma—. Perdónenme. Sólo será un momento.

—Soy Anaïs —dijo ella, tendiendo la mano—. Anaïs de Rohan. Discúlpeme. Haber sido maltratada en las escaleras me ha puesto de mal humor. Y me encantaría tomar una taza de té. Por cierto, tengo ropa, lord Bessett. No he venido desnuda por la calle. Porque usted es lord Bessett, ¿no es así? Después de todo, no se presentó antes de sacarme del templo a rastras para hacerme subir las escaleras.

—¿Dónde ha dejado la ropa? —preguntó él, ignorando el resto del ataque verbal.

Ella abrió mucho los ojos, irritada.

—En una pequeña habitación de la planta baja. Entré por los jardines.

Geoff se dirigió inmediatamente al tirador para llamar a la servidumbre, pero enseguida se dio cuenta de que era una estupidez.

—Siéntese y permanezca callada —le ordenó—. Yo iré por ella. Y sea amable con Safiyah. Puede que ella sea la única amiga que le quede en esta casa cuando acabe esta horrible noche.

Capítulo 3

«El combatiente inteligente impone su voluntad al enemigo, pero no permite que el enemigo le imponga su voluntad.»
Sun Tzu, *El arte de la guerra*

Anaïs observó alejarse a su captor, frotándose distraídamente las muñecas doloridas. Lord Bessett estaba resultando ser un arrogante y un cabezota. Pero ¿qué podría haberse esperado? Los aristócratas apuestos y ricos solían serlo. Aparentemente, el hecho de que fuera un miembro de la *Fraternitas* no lo hacía necesariamente un modelo de humildad... o humanidad.

Y ella... bueno, parecía una idiota con esa prenda destrozada que llevaba, cubierta ahora por la túnica de Bessett, rasposa y horriblemente gótica. La lana áspera arrastraba por el suelo y podría haberse envuelto dos veces con ella. Aun así, sabía que debía estar agradecida por llevarla.

Suspirando, se arrellanó en la cómoda butaca a la que Bessett la había empujado, hirviendo de humillación. Por supuesto que debería sentirse humillada. Sabía que debería. Las cosas habían salido tan mal como el primo Giovanni le había advertido que pasaría.

Pero ahora Giovanni Vittorio estaba muerto. Su *nonna* estaba muerta. De hecho, todos los que habían contribuido a llevarla a aquel extraño y sobrenatural momento de su vida habían desaparecido, dejándola confundida y sola en la parte más dura del camino.

Vittorio nunca había creído que educarla a ella fuera especialmente prudente. Nunca lo había dicho, por supuesto. De hecho, siempre le había dedicado toda su atención. Sin embargo, a lo largo de los años, cuando su cariño mutuo se había intensificado, Anaïs había podido sentir su preocupación. Una vez, después de que ese bastardo de Raphaele le hubiera roto el corazón, Vittorio incluso había sugerido cuidadosamente que tal vez ella prefiriera otro tipo de vida. Una vida corriente. Que tal vez la *Fraternitas*, los guardianes e incluso el propio don no tenían cabida en el mundo moderno que se estaba desarrollando a su alrededor.

Pero incluso con el corazón roto ella había querido... no, necesitado, honrar la memoria de su bisabuela. Así que se habían liado la manta a la cabeza. Mientras Anaïs hacía todo lo posible por aprender todo lo que se requería de ella, su viejo primo albergaba muchas dudas. Y en ese momento era como si todas esas dudas estuvieran fundadas. Anaïs se dio cuenta de que estaba parpadeando para no llorar.

Se incorporó bruscamente. Además, esa sensación de desesperanza no duraría; ella no lo permitiría. *Nonna* Sofia siempre decía que la desesperanza era propia de pusilánimes y que sólo les resultaba útil a las damiselas que se deleitaban en la angustia y a los poetas que buscaban inspiración.

Aun así, por un momento Anaïs se permitió cerrar los ojos con cansancio y, algo temblorosa, tomó aire profundamente. Pero sólo sirvió para recordarle al arrogante lord Bessett, porque el aroma que inhaló fue, inequívocamente, el suyo, envolviéndola en la nube extrañamente reconfortante de la pesada lana de la túnica.

Una túnica con la que la había tapado cuidadosamente, recordó. Era cabezota y machista, sí. La había recorrido con una mirada atrevida y abrasadora más de una vez. Y no tenía dudas de que, en su imaginación, había visto sus pechos desnudos. Pero por lo menos su preocupación había sido auténtica.

Era lo suficientemente apuesto como para conseguir que una chica se desmayara, si esa chica era dada a actos melodramáticos. Ella no lo era. Había conocido a hombres muy atractivos, sabía que siempre eran conscientes de su aspecto... y que lo usaban. No obstante, el hecho de saberlo no suavizaba los duros rasgos del rostro de ese hombre ni de esa mandíbula perfecta que parecía tallada en mármol.

Bajo sus cejas oscuras y rectas brillaban unos ojos fríos y la nariz era ligeramente aguileña. Solamente unos labios carnosos, casi hedonistas, lo salvaban de una masculinidad incontrolable. Sin embargo, no tenía líneas de expresión que indicaran que solía reír. De hecho, Anaïs tenía la extraña impresión de que ese hombre carecía totalmente de humor.

Tal vez un hombre no necesitara sentido del humor cuando olía de manera tan atractiva. Volvió a captar el aroma a piel masculina y a cítricos. Se había afeitado recientemente, supuso que en las últimas dos horas, lo que probablemente significaba que se afeitaba dos veces al día. Por lo que parecía, se sentía orgulloso de su aspecto, el muy engreído.

Aquello era injusto. Y Giovanni siempre le decía que el rencor era indigno de ella.

La verdad era que lord Bessett no parecía ser consciente de su aspecto. Se movía como un animal esbelto de la jungla, instintivamente elegante y delicado, como si fuera el dueño del mundo y apenas le dedicara un pensamiento. Los hombres superficiales y egocéntricos eran fáciles de entender... y de manipular, Anaïs lo sabía.

De repente, se le ocurrió que Bessett podría no resultar tan fácil. Suponiendo que estuviera dispuesta a intentar salirse con la suya en lo que respectaba a él.

Pero ¿qué opciones tenía? Allí él era un líder. Giovanni se lo había dicho desde el principio. De hecho, se había sentido profundamente agradecido por el esfuerzo que había hecho Bessett para reconstruir la *Fraternitas* y establecerla en Londres, allí, en esa casa, en la llamada Sociedad de Saint James. Y, a juzgar por la patente opulencia, se había gastado mucho dinero en el proyecto.

En ese momento, un débil sonido la sacó de sus pensamientos. Se sentó totalmente erguida y vio que la hermosa mujer morena había regresado y que llevaba una bandeja con el servicio de té y dos tazas.

Lo dejó todo sin decir ni una palabra y, haciendo una levísima reverencia, hizo ademán de marcharse.

A Anaïs le pareció divertido que una criatura tan encantadora y regia le dedicara una reverencia.

—Lo siento —volvió a decir—. He sido tremendamente grosera, y usted es muy amable, señora...

Por fin la mujer levantó la mirada hacia ella, pero no parecía nada humillada.

—Belkadi —respondió tranquilamente—. Señorita Belkadi.

—¿Y usted vive aquí? —preguntó Anaïs—. ¿En esta casa?

—Con mi hermano Samir.

—Me sorprende que se lo permitan —comentó con amargura—. Se ha montado un buen escándalo por el hecho de que yo estuviera aquí.

La señorita Belkadi paseó la mirada por el atuendo insuficiente de Anaïs, pero no hizo ningún comentario.

—Mi hermano es el administrador de la casa —contestó con frialdad—. Yo llevo las cuentas y dirijo al personal femenino.

Como un ama de llaves, pensó Anaïs.

Excepto que esa mujer tenía el mismo aspecto de ama de llaves que la reina Victoria lo tenía de vendedora. Sin embargo, lucía un atuendo sencillo, un vestido de lana merina gris oscuro que la cubría hasta el cuello, y el cabello negro estaba peinado con un recogido de lo más simple. No obstante, a pesar de tanta severidad, no parecía mucho mayor que ella misma.

—¿No quiere sentarse, señorita Belkadi? —dijo abruptamente—. Sé que no estoy siendo muy educada, pero me vendría bien tener cerca una cara amable.

De alguna manera, Anaïs sabía que su reticente anfitriona era demasiado cortés como para negarse.

—Muy bien —respondió, colocándose con cuidado las faldas mientras se sentaba—. ¿Le sirvo?

Anaïs sonrió.

—Tiene un acento encantador. ¿Es usted francesa?

La señorita Belkadi levantó un instante la mirada.

—En parte —dijo—. ¿Toma azúcar?

—No, nada, gracias.

El té estaba caliente y era increíblemente fuerte. Para su sorpresa, Anaïs lo encontró reconfortante. A pesar de toda su bravuconería, la ceremonia de aquella noche la había afectado emocionalmente más de lo que quería admitir, y una parte de ella se sentía aliviada de que hubiera acabado.

Sólo que no había terminado.

Anaïs estaba decepcionada, pero no vencida. ¿Cuántas veces *nonna* Sofia le había dicho que su vida no iba a ser fácil? No había habido una mujer en la *Fraternitas* desde hacía siglos; tal vez desde que desaparecieron las últimas grandes sacerdotisas celtas.

Una vez que todos superaran la conmoción de aquella noche, sólo debía convencer a la *Fraternitas* de Londres de que la aceptara. O suponía que podía regresar a la Toscana y recurrir a los contactos del primo Giovanni. La familia Vittorio tenía muchos. Pero como gran parte de Europa, la Toscana cada vez era más inestable y el don... bueno, no quedaba nadie que la necesitara. Las pocas personas que aún quedaban habían sido enviadas al extranjero; con parientes, con otros guardianes al otro lado del continente... todos se habían ido en busca de una vida mejor en un océano de agitación política.

La señorita Belkadi se aclaró la garganta, haciéndola regresar al presente y a sus deberes de invitada.

—Este té es increíblemente fuerte —comentó—. ¿Es algo especial?

—Es té negro de Assam —dijo su anfitriona—, cerca del Himalaya. Lord Ruthveyn hizo que se lo trajeran.

—Ah, Ruthveyn —dijo Anaïs pensativa—. Lo he visto esta noche. ¿Cómo es?

La mirada de la señorita Belkadi se endureció de inmediato.

—Es un caballero.

—¿Y es... hindú? —insistió Anaïs, que no se daba por vencida fácilmente.

La señorita Belkadi se tensó visiblemente.

—Creo que es cristiano, pero nunca he creído que debiera preguntarlo.

—No, quería decir si es...

Anaïs se interrumpió y sacudió la cabeza. No importaba lo que había querido decir.

—Le vuelvo a pedir disculpas, señorita Belkadi. Normalmente no soy tan irrespetuosa. Sólo puedo achacarlo a haber tenido una noche estresante.

Por primera vez, Anaïs vio un destello de curiosidad en sus ojos.

—Siento oírlo —dijo con suavidad.

Anaïs bajó la vista hacia su extraño atuendo.

—Y supongo que debe de estar preguntándose...

La señorita Belkadi seguía tranquilamente sentada, enarcando una ceja perfecta.

—... sobre mi atavío —consiguió decir Anaïs— y sobre qué estoy haciendo aquí.

La expresión de la mujer seguía siendo pasiva.

—No estoy en posición de preguntarme tal cosa.

En ese momento, alguien llamó a la puerta y lord Bessett entró rápidamente.

En algún momento se había puesto el abrigo, lo que era una pena, porque en mangas de camisa estaba muy atractivo. Había enrollado su ropa en un fardo y la llevaba bajo el brazo, aunque un volante de encaje de una de las perneras de los pololos asomaba por abajo.

De repente, Anaïs sintió deseos de reír. Lord Bessett, sin embargo, parecía de lo más indignado. Sin duda, no estaba acostumbrado a hacer las labores de una doncella.

—Safiyah, ¿hay algún lugar donde pueda vestirse la señorita De Rohan? —preguntó sin preámbulos.

—Por supuesto. —La señorita Belkadi señaló una de las puertas que daban a la pequeña sala de estar—. En mi dormitorio.

Bessett dejó caer el fardo en el regazo de Anaïs.

—He hecho venir mi carruaje para que la lleve a Henrietta Place —dijo él—. Yo puedo ir andando a casa, así que...

—Gracias, pero no vivo en Westminster —lo interrumpió Anaïs.

Lord Bessett la miró con extrañeza.

De manera que él sabía quién era su padre, e incluso dónde vivía. Ella lo había sospechado, por cómo había cambiado su comportamiento en las escaleras.

—En cualquier caso, en este momento mis padres están en el extranjero, lord Bessett. En sus viñedos. Vivo en Wellclose Square.

Al oírlo, él abrió mucho los ojos por la sorpresa.

—¿En East End? —preguntó abruptamente—. ¿Sola?

—No. No vivo sola. —Anaïs se mantenía inexpresiva, ya que había decidido que había mucho que aprender de Safiyah Belkadi—. Y mi cochero espera en el Blue Posts. Debo reunirme allí con él.

Lord Bessett volvió a mirarla con extrañeza y Anaïs se descubrió preguntándose de qué color eran sus ojos. Con la tenue luz de la sala de estar, era difícil de decir.

—Bueno, la noche ha resultado muy interesante —dijo él finalmente—. Pero no voy a permitir que vaya sola a una vulgar taberna. No a estas horas de la noche.

La señorita Belkadi no dejaba de pasear la mirada de uno a la otra.

—Es bastante tarde —intervino, levantándose con elegancia de su asiento—. Yo acompañaré a la señorita De Rohan. Tal vez usted, milord, pueda seguirme.

Bessett pareció dudar unos instantes.

—Si tu hermano está de acuerdo, sí. Gracias.

—Mi hermano está de acuerdo —afirmó. Había vuelto a cogerse las manos y, por primera vez, Anaïs vio la fuerza y la tenacidad que ocultaba ese gesto.

Bessett miró a Anaïs.

—Bien. Entonces, está decidido —dijo con un tono de voz más suave—. Ahora, por favor, dese prisa, señorita De Rohan. Si pasa una hora más, compartiremos la calle con las carretillas matutinas de verduras.

A la mañana siguiente, el ambiente que había entre las sagradas paredes cubiertas de seda de la sala de café de la Sociedad de Saint James era extraño. Lord Ruthveyn estaba de pie junto a uno de los amplios ventanales, con una mano en la nuca mientras observaba la entrada al local de juegos de azar de Ned Quatermaine, que era, aparentemente, un club privado para los más elegantes que no pertenecían a la alta sociedad.

A la derecha de Geoff estaba sentado el teniente lord Curran Alexander, que tenía aspecto de no haber dormido nada. Lord Manders había acudido al aparador, como si quisiera rellenarse el plato del desayuno, que dejó allí, olvidado.

Incluso el señor Sutherland había dejado su taza de café, que se estaba enfriando en la mesa.

Cuánta consternación, pensó Geoff, *por una pequeña mujer.*

Y Rance, por supuesto, el causante de toda aquella discordia, todavía no se había dignado a presentarse, ya que era el tipo de caballero al que no se le veía antes del mediodía a menos que hubiera alguna guarnición a la que atacar o fuera la temporada de los urogallos.

Sutherland se aclaró la garganta bruscamente y le hizo un gesto a Ruthveyn.

—No creo que debamos esperar más, Adrian —le dijo—. Como prior, estoy aquí para arbitrar, no para decidir. Esa labor debe recaer en todos vosotros, los fundadores.

Alexander había levantado la mirada hacia el señor Sutherland.

—No puede haber ninguna duda en rechazar a esa mujer, ¿no es así?

—Pregunta incorrecta, viejo amigo. —Ruthveyn hizo una mueca mientras se sentaba—. La cuestión es si azotamos a Rance por la broma de anoche o si sólo le damos una patada en el trasero.

—Caballeros, no nos precipitemos. —Sutherland se quitó sus gafas de plata y las dejó a un lado con aire pensativo. Era un hombre alto con modales militares y había sido elegido como prior por su sabiduría y su temperamento—. La membresía en la *Fraternitas* es de por vida. Todos lo sabemos. En cuanto a la llamada Sociedad de Saint James, no hay normas de actuación en las ordenanzas para expulsar a un fundador. Y sería muy precipitado.

—Pero con lo de anoche se pasó de la raya, Sutherland —dijo lord Manders, apartando su taza de café—. ¿Meter a una mujer entre nosotros? Piense en lo que ha visto. Imagínese todo lo que contará. Como compatriota de Lazonby, como leal escocés, estoy furioso.

—Los escoceses no tienen una gran influencia en la *Fraternitas*, milord —replicó Sutherland con cansancio—. El don es más fuerte en los linajes de esa nación, sí, más que en otros, eso lo admito. Pero no tenemos a nadie en más estima, o en menos, por su raza.

—Además, hay una mujer entre nosotros cada día —intervino Geoff—. Olvidan que Safiyah Belkadi vive bajo nuestro techo.

—La señorita Belkadi solamente trata con los empleados —dijo Manders—. Nadie la ve nunca. Apenas habla y, definitivamente, no habla con hombres. Y no sabe nada de lo que ocurre aquí.

Geoff estaba dispuesto a apostar que la hermana de Belkadi sabía más de lo que ocurría en la Sociedad de Saint James de lo que sabían la mitad de sus miembros, pero se calló prudentemente.

—Aparte de todo eso, es la hermana de Belkadi y se puede confiar en ella —continuó Alexander—. Pero esa mujer De Rohan… Me atrevería a decir que no es más que una condenada broma de Rance.

—Caballeros, ojalá fuera tan sencillo.

Geoff se giró para mirar al prior, que se estaba apretando el puente de la nariz.

—¿Qué quieres decir, Sutherland? —preguntó Ruthveyn.

El prior dejó escapar el aire pesadamente.

—He estado despierto toda la noche, leyendo los informes que Rance me dio. La verdad es que son bastante... extraordinarios.

—¿Extraordinarios? —repitió Geoff—. ¿En qué sentido?

Sutherland asintió con la cabeza.

—Ahora lo explicaré —dijo—. Pero primero déjenme añadir que también había una carta dirigida a mí, escrita antes de que Giovanni Vittorio muriera. Supongo que Rance no me la dio antes porque habría arruinado su pequeña broma... o tal vez sea mejor decir su sorpresa. Y es posible que a Rance se le pasara por alto, o que imaginara que era la carta de un moribundo para un viejo amigo.

El rostro de Alexander se había ensombrecido como un nubarrón de tormenta.

—Con todos los respetos, señor, ¿por qué tengo la impresión de que está a punto de justificar el comportamiento de anoche de Lazonby?

—O de decirnos algo que no queremos escuchar —refunfuñó Ruthveyn.

También Geoff podía notar un cambio en el ambiente. Había empezado a sentirlo la noche anterior, en las habitaciones de Belkadi. La señorita De Rohan se había mostrado demasiado imperturbable ante todo el asunto. No derrotada, sino más bien... resignada. Había perdido los estribos una o dos veces, pero en el fondo era como si esperara una batalla campal y aquello fuera solamente la salva inicial.

—¿Qué decía la carta de Vittorio? —preguntó Geoff con voz más calmada de lo que realmente él se sentía.

—Que la chica es la bisnieta de su prima mayor, una vidente llamada Sofia Castelli —dijo el prior—. La familia hunde sus raíces en la *Fraternitas* desde mucho antes de que se conservaran registros escritos.

—¿Ella tiene el don? —dijo Ruthveyn.

Sutherland asintió.

—En un grado moderado. Pero su técnica es bastante inusual... *i tarocchi.*

—¡Las cartas del tarot! —exclamó lord Manders—. Eso sólo son palabrerías de gitanos.

Pero Ruthveyn negó con la cabeza.

—A menudo el don se manifiesta de maneras extrañas —dijo malhumorado—. Suelen ser técnicas ligadas a la cultura de cada uno. En la India, a mi hermana la educaron en la sabiduría de *Jyotish...* podríamos llamarlo astrología, y también en la quiromancia. Pero si le preguntaran si es una mística, como nuestra madre, se reiría de ustedes.

—Lady Anisha piensa que es una habilidad, no un don —intervino Bessett—. Y, hasta cierto punto, tal vez lo sea.

—Hasta cierto punto —se mostró de acuerdo Ruthveyn—, tal vez.

—Y, como su hermano —añadió Geoff—, se negó a que nuestro erudito, el doctor Von Althausen, lo estudiara en su laboratorio.

—Déjalo ya, Bessett —le advirtió Ruthveyn.

Geoff sonrió.

—Muy bien. Entonces, esa prima de Vittorio echaba las cartas. —Se giró hacia el prior—. Pero como he mencionado antes, la señorita De Rohan me confesó quién es su padre. ¿Cómo ha terminado aquí la familia?

—Los Castelli comerciaban con vino por toda Europa —dijo Sutherland, acariciándose pensativamente la barba salpicada de canas—. La hija de Sofia se casó con un francés que tenía muchos viñedos en Alsacia y Cataluña, pero el hombre murió como consecuencia de la Revolución. La anciana señora Castelli trasladó todo el negocio familiar a Londres para escapar de Napoleón. Era dura como el acero y gobernó la familia con mano de hierro.

—Castelli —murmuró Alexander—. Sí, he visto sus carretas frente a Berry Brothers. Y tienen almacenes en el East End.

Sutherland asintió.

—El nieto de la señora Castelli odiaba el negocio familiar y prefirió las labores policiales, cosa que la anciana pensaba que estaba por debajo de él... y creo que con razón. Causó un gran conflicto en la familia. Pero en su madurez terminó casándose bien, con una viuda de Gloucestershire. La hermana del conde de Treyhern.

Por un instante, Geoff creyó que lo había oído mal. Sintió que palidecía. Treyhern, o cualquier miembro de su familia, era la última persona a quien desearía hacer enfadar.

—¿Estás bromeando? —consiguió decir.

Sutherland lo miró de manera extraña.

—No. Tienen cinco hijos. Los mayores son gemelos, Armand de Rohan y su hermana, Anaïs. Y hubo un hijo mayor, a quien acogieron.

Lord Manders había abierto mucho los ojos.

—Conozco a Armand de Rohan —dijo—. Un tipo muy razonable con montones de dinero. Santo Dios. Mi tío y su padre son uña y carne.

—Ése debe de ser De Vendenheim —dijo Sutherland bastante malhumorado—. Debemos andarnos con cuidado, caballeros.

—Yo diría que no deberíamos andar en absoluto —afirmó Ruthveyn—. En realidad, hemos acabado con esto, ¿no es así? Excepto por darle a Rance una buena paliza. Por supuesto, hay una posibilidad de que la chica hable, pero…

—La chica no dirá nada. —Sutherland volvió a quitarse las gafas bruscamente y las dejó sobre la mesa—. Caballeros, creo que no me entienden. Vittorio entrenó a esa mujer sabiendo lo que hacía. La instruyó ampliamente en los textos antiguos de la *Fraternitas*, al igual que en filosofía natural, religión e incluso tácticas militares. Habla seis idiomas con fluidez, incluyendo latín y griego, y sabe cabalgar como un hombre. Además, Vittorio dice que es una de las mejores espadas que ha entrenado.

—Santo cielo —susurró Alexander—. Ni la *École Militaire* ofrece una formación mejor. Pero ¿el manejo de la espada? Eso es un arte en extinción.

—Tal vez esté en extinción, pero no muerto —le advirtió Sutherland—. Nunca se sabe cuándo puede ser útil tal habilidad. En cualquier caso, Vittorio afirma que la chica fue «ofrecida» por su familia.

—¿Por su padre? —ladró Geoff—. ¡Tonterías!

—Por Sofia Castelli —contestó Sutherland—. Si el padre está al tanto de todo lo que ha estado haciendo la muchacha… bueno, Vittorio no fue tan claro en ese punto. Pero dijo claramente que Sofia Castelli estaba decidida, completamente decidida, a que se hiciera esto. Que la muchacha estaba destinada a llevar la túnica de los guardianes. Y, según decía Vittorio, la signora Castelli no estaba nada contenta con ello. Pero estaba segura.

—¿Qué está diciendo, Sutherland? —preguntó Alexander—. ¿Que deberíamos… aceptarla? La *Fraternitas* no admite mujeres, ni como priores ni defensores. Ni siquiera como eruditos. Y, por supuesto, no pueden ser guardianes.

—No puedo refutar esas afirmaciones —dijo Sutherland—, pero en la Antigüedad hubo sacerdotisas celtas, y muy poderosas. En cuanto a épocas anteriores, me temo que no podemos saber lo que se hacía, o lo que no se hacía.

—Bien —contestó Alexander a regañadientes—. Tiene razón en lo de las sacerdotisas.

—Es más, me he pasado la noche revisando los textos antiguos y en ningún sitio, en ningún sitio, insisto, se dice que las mujeres no puedan pertenecer a la *Fraternitas*. No se menciona en absoluto el asunto del sexo. Me sorprende no haberme dado cuenta antes.

—Pero eso es ridículo —dijo Ruthveyn—. Las mujeres no están capacitadas para hacer ese trabajo.

—No lo sé —dijo Geoff casi sin darse cuenta—. Puedo imaginarme perfectamente a tu hermana Anisha como guardiana, sobre todo si alguno de sus chicos está en peligro. Por lo menos, me gustaría ver al tipo que se atreviera a enfadarla.

Sutherland inclinó la cabeza con terquedad.

—La verdad es, Adrian, y he rezado toda la noche por esto, que la señorita De Rohan está idealmente capacitada para la tarea que nos propusieron esta misma semana en Wapping.

Ruthveyn se quedó helado.

—¿Ese asunto de DuPont?

—Exactamente —dijo Sutherland—. Y me pregunto… Bueno, me pregunto si en todo esto no está la mano de Dios.

Geoff de repente se dio cuenta de lo que estaba sugiriendo.

—No —dijo, levantándose bruscamente de la silla—. No, Sutherland, eso no funcionará.

Sutherland abrió las manos, con las palmas hacia arriba.

—Pero ¿y si hay algo aquí que ninguno de nosotros ve? —sugirió—. ¿Y si esa niña, Giselle Moreau, está de verdad en peligro? ¿Y si su seguridad depende de algo vital?

—No termino de entenderlo, Sutherland. —Geoff había cruzado la sala, hasta quedarse en el lugar que antes ocupaba Ruthveyn, junto a la ventana, y estaba mirando sin ver el exterior, Saint James Place—. ¿Qué estás proponiendo exactamente?

—Que escuchemos a la señorita De Rohan —dijo el prior—. Caballeros, todos creemos en el destino. ¿Y si todo lo que nos ha llevado a este punto, el hecho de que DuPont viniera hasta aquí, la firme decisión de la señora Castelli, el que Vittorio entrenara con perseverancia a la chica, y si todo es parte de un plan mucho más importante?

—Sutherland, con todos los respetos —dijo Geoff—, no puedes estar sugiriendo que me la lleve a Bruselas.

—¿Acaso no somos todos guerreros que trabajamos cada día? —insistió Sutherland—. ¿No estamos aquí para lo que nos necesiten? ¿Para proteger a los más vulnerables? Algunos de ustedes... todos ustedes, en realidad, poseen el don en mayor o menor medida. Tal vez la señorita De Rohan no sea diferente.

Geoff apretó la mandíbula.

—¿Y qué hay de su reputación?

—Eso es decisión de la joven, ¿no te parece? —replicó Sutherland—. En algún momento, decidió seguir trabajando con el signor Vittorio. Tenía que saber dónde la llevaría eso. Además, hace sólo unos días que llegó de la Toscana. Iréis a Ostende en un velero privado. Si ella lleva cuidado y es inteligente, nadie se dará cuenta de sus idas y venidas.

Geoff se pasó una mano por la mandíbula recién afeitada, todavía mirando por la ventana. ¿Sutherland tenía razón con todo eso? ¿Y sobre Anaïs de Rohan? Había permanecido despierto la mayor parte de la noche reflexionando sobre ello... obsesionado con ello, en realidad.

Para él, era la más extraña de las criaturas femeninas, descarada, tozuda y era evidente que poseía una mente penetrante. No había nada recatado en ella... y muy poca modestia, pensó. Y, aun así, la encontraba fascinante.

La verdad era que no conocía a muchas mujeres íntimamente. Había tenido amantes ocasionales, por supuesto, pero el sexo no era intimidad. Lo sabía. Al igual que Ruthveyn, él era muy exigente con las mujeres con las que se acostaba. Un hombre que llevaba con fuerza el don en la sangre debía elegir con cuidado dónde plantaba su semilla.

Su madre, a quien él amaba con todo su corazón, era una mujer tremendamente tradicional. El hogar, la casa, sus deberes y la familia lo significaban todo para ella, y lady Madeleine MacLachlan había sido rigurosamente educada para ser el modelo viviente de la moderación femenina, y al menos en una ocasión había pagado un precio muy alto por ello.

Tal vez no fuera tan malo que una mujer fuera atrevida. Que persiguiera lo que deseaba.

Si su madre se hubiera liberado de las expectativas de la sociedad y hubiera hecho precisamente eso, ¿acaso él no habría tenido una vida diferente? Tal vez le habrían ahorrado, al menos en parte, una infancia dolorosa y la incómoda certeza de que no era como los demás.

El contraste con su madre hacía que una mujer como Anaïs de Rohan le pareciera tremendamente extraña, como esa misteriosa mujer con la que se había topado aquella noche cerca de St. Catherine. La señorita De Rohan también era mucho más intrigante que cualquier persona que hubiera conocido nunca. Lo que era bastante desconcertante, sobre todo al darse cuenta de que el argumento de Sutherland tenía bastante sentido.

¿Podría viajar a Bruselas con ella? ¿Cómo sería estar en su compañía días enteros? Sin duda, lo fastidiaría durante horas… pero también saciaría esa fascinación, o eso esperaba.

Ahí lo tenía. Algo que estaba deseando hacer.

Pero era una locura.

Las voces estaban subiendo de intensidad alrededor de la mesa de desayuno que tenía detrás. Seguían discutiendo unos con otros, mientras que él… Bueno, él estaba discutiendo consigo mismo.

—Entonces, crees que debemos aceptarla —refunfuñó Ruthveyn de mal humor—. Muy bien, caballeros. Nada de lo que hagan podrá arruinar mi felicidad. El día de mi boda está a punto de llegar y, después, me iré a casa, donde estaré unos cuantos meses, posiblemente.

—En realidad, no sé lo que debemos hacer —respondió Sutherland, que parecía exasperado—. Pero creo que ha venido hasta aquí por una razón que ni siquiera ella entiende. Y, por lo que he aprendido de ella al leer los informes de Vittorio, sé que no se rendirá.

Lentamente, Geoff se dio la vuelta y alrededor de la mesa se hizo el silencio.

—Creo que tienes razón en eso —dijo—. Lo noté anoche... Que no se siente derrotada, sino que está esperando el momento apropiado. Y ahora estoy seguro.

Sutherland se levantó con indecisión.

—¿Has tenido una visión, Geoffrey?

—No. —Geoff paseó la mirada por la mesa—. No. Pero acabo de verla bajándose de un birlocho. Está a punto de dejar caer la aldaba.

Capítulo 4

«Si conoces a tus enemigos y te conoces a ti mismo,
no estarás en peligro ni en cien batallas.»
Sun Tzu, *El arte de la guerra*

Sutherland se pasó una mano por el cabello plateado.

—Bien, caballeros, ¿estamos de acuerdo? ¿Nos reunimos con la señorita De Rohan y le preguntamos si está dispuesta a ayudarnos? ¿Por lo menos con este asunto?

—No —dijo Geoff, abriéndose paso entre todos ellos—. No, yo hablaré con ella.

—¿Solo? —preguntó Sutherland.

Casi con la mano en el pomo de la puerta, Geoff se giró y los miró con intensidad.

—¿Alguien quiere ir a Bruselas en mi lugar?

Todos alrededor de la mesa lo miraron sin comprender.

—Entonces, creo que este asunto es algo entre la dama y yo —dijo con firmeza.

Geoff bajó rápidamente la blanca cascada de escaleras de mármol que se derramaba con elegancia hasta el vestíbulo abovedado del club, con cada escalón un poco más ancho que el anterior. El club era tal vez el más refinado de todo Londres, con sus lujosas lámparas de araña de cristal, sus espléndidas alfombras y la colección de paisajes europeos que engalanaba las paredes forradas de seda.

Ruthveyn, Lazonby y él habían construido un legado duradero y había sido, en muchos sentidos, la mejor etapa de su vida. Por primera vez, había estado rodeado de hombres como él; hombres que creían en la causa de la *Fraternitas*, y juntos habían conseguido grandes cosas.

Sin embargo, no se había sentido especialmente satisfecho.

A veces le parecía que su vida podía dividirse en tres capítulos. Estaba su infancia, esos años oscuros y espantosos de no saber quién era o qué le ocurría. Después había llegado lo que a él le pareció una iluminación: el tiempo que pasó con su verdadera abuela en Escocia, su educación académica y, al final, su exitosa carrera en MacGregor & Company.

Y luego Alvin, maldito fuera, había decidido ir a cazar bajo la lluvia... justo cuando la mitad de la pequeña población de Yorkshire estaba en cama, aquejada de una fiebre virulenta. Y eso había sido el comienzo del tercer capítulo.

Desde entonces, había estado esperando el capítulo cuarto.

Pero ¿por qué estaba pensando en eso ahora, parado al pie de las escaleras principales, ensimismado? La señorita De Rohan no tenía las respuestas que necesitaba. Ni siquiera se podía imaginar cuáles eran las preguntas.

Sin embargo, estaba esperando en algún lugar y merecía recibir la gentileza de un encuentro.

El lacayo que estaba de servicio lo informó de que la dama había llegado, había pedido ver al reverendo Sutherland y la habían acompañado a la sala de lectura del club, una biblioteca privada que no se abría al público.

Gracias a que se hacían pasar por una sociedad dedicada al estudio de la filosofía natural, lo que no era totalmente mentira, la Sociedad de Saint James solía permitir que gente de fuera, incluso mujeres, accediera a sus bibliotecas, archivos y manuscritos antiguos. La colección era vasta y la albergaban media docena de salas de lectura suntuosamente amuebladas diseminadas por la sede central de la Sociedad.

La biblioteca privada, sin embargo, era una sala pequeña e íntima que contenía sus volúmenes más preciados, y estaba reservada al uso de los miembros y sus invitados. Geoff abrió la puerta y, por unos momentos, se detuvo en la quietud sombría del pasillo, observando cómo ella se movía por la estancia.

Bañada por los rayos oblicuos del sol de la mañana, la elegante joven apenas parecía la diosa terrenal que había conocido la noche anterior. La señorita De Rohan estaba deambulando a lo largo de una de las estanterías, deteniéndose ocasionalmente para sacar un libro, abrirlo y volver a dejarlo en su lugar, como si nada la satisficiera.

Aquel día llevaba un vestido de paseo de brillante color azul con satén negro en la parte frontal. Se había peinado la melena negra con un recogido flojo y descuidado que daba la sensación de que lo hubiera hecho en el último momento. El inestable recogido estaba coronado por un pequeño sombrero que se había colocado un poco torcido; una creación con lazos y cordones negros decorado con tres plumas del mismo color. Para completar la indumentaria un bolsito de terciopelo negro sujeto con un cordón de seda con borla colgaba alegremente de su muñeca.

No era precisamente bonita, no, y su atavío era quizá más llamativo que estrictamente *à la mode*. Pero el sombrero… Ah, el sombrero le daba cierto toque de impudicia. En conjunto, era una visión arrebatadoramente adorable.

Ella dejó la última de sus lecturas en su sitio con un pequeño suspiro.

—Le ruego que no me mantenga en vilo, lord Bessett —dijo sin mirarlo—. Me imagino que todavía está enfadado conmigo, ¿no es así?

Sorprendido, Geoff entró en la habitación, con las manos agarradas a la espalda. ¿Cómo demonios lo había visto, si no había girado la cabeza ni una sola vez?

—¿Es que importa si estoy enfadado? —preguntó.

Ella volvió a suspirar y se giró para mirarlo.

—Sólo para que quede claro, yo no soy una de esas señoritas tontas que van por ahí causando problemas por puro placer —respondió—. Sí, importa. ¿Se trata de lo que pensó usted anoche? ¿Que yo no volvería? ¿Que todo era una broma?

Geoff ya no estaba seguro de lo que pensar.

—Señorita De Rohan, ¿puedo preguntarle qué la llevó a este extraño punto de su vida?

—¿Cómo dice? —Enarcó las cejas—. ¿Qué punto es ése?

Él eligió con cuidado las palabras, pero había cosas que tenía que comprender.

—Seguramente sabrá que sus acciones de la pasada noche pusieron su reputación en peligro —le dijo—. Una dama soltera de buena familia…

—¿… enseñando la ropa interior y los tobillos en público? —terminó ella la frase, con las manos agarradas casi humildemente por delante del cuerpo—. Por supuesto, pero también sé lo que requiere la ceremonia, y cuánto lo valora su prior. Hice lo que pude hacer. Me comprometí. No soy una… descarada, lord Bessett. Bueno, no en ese sentido.

Geoff intentó no fruncir el ceño.

—Si pretendía hacer ese disparate, debería haberse reunido primero con el reverendo Sutherland y…

—¿Y ofrecerle la posibilidad de rechazarme directamente?

—… y pedirle una exención especial.

Dio un paso hacia él, con las manos todavía agarradas con fuerza y el bolso negro balanceándose desde la muñeca.

—Una vez que se empieza, hay que continuar, lord Bessett —dijo con voz demasiado ronca para su gusto—. Una mujer no puede esperar que se la trate con igualdad si empieza pidiendo favores especiales. Además, ambos sabemos que la ceremonia establece claramente que el padrino debe presentar al candidato en la iniciación, un ritual que data del siglo XII. La tradición lo es todo para la *Fraternitas*. No estaba dispuesta a ser la persona que la rompiera… no más de lo que ya he hecho.

—Sé perfectamente lo que la tradición significa para nosotros, señorita De Rohan —respondió, suavizando el tono de voz—. Pero también sé lo que significa la reputación para una joven dama en Inglaterra. Puede que los tiempos hayan cambiado un poco para las mujeres solteras bien educadas. Pero no tanto.

—Para ser completamente sincera, lord Bessett, mi educación no es nada de lo que pueda presumir —dijo la señorita De Rohan con frialdad—. Por una parte tengo el comercio y, por otra, una larga fila de libertinos y bribones. En su juventud, mi padre trabajó durante algún tiempo como recadero en Bow Street. En las raras ocasiones en las que entraba en casa de algún caballero, solía hacerlo por la puerta de servicio. ¿Sabía eso de él? No, supongo que no.

Y no lo sabía.

—Bueno, si lo hizo, fue porque escogió hacerlo —respondió con suavidad—. No tenía que hacer algo así para ganarse la vida.

Ella levantó la barbilla y lo miró con aire reprobatorio.

—Entonces, cuando un hombre se rebaja es un noble sacrificio, pero cuando intenta hacerlo una mujer, ¿es sólo una broma? —sugirió—. Mi padre tiene una obsesión con la justicia, sí. Si usted viera que los revolucionarios queman vivo a su padre, le ocurriría lo mismo. Y yo podría hacer cosas peores que seguir sus pasos.

Geoff entornó los ojos.

—¿Es así como usted ve esto?

Ella se estremeció levemente.

—Lo vea como lo vea, su preocupación por mí es ridícula —continuó—. Ambos sabemos que se jura mantener en secreto a la *Fraternitas* con sangre. Y todos ustedes han visto ya muchos tobillos. Sin embargo, no estoy segura de que se trate de eso.

—No —dijo él—. No lo es.

Ella se acercó a uno de los mullidos sofás de cuero, deteniéndose para pasar los dedos lentamente, con un gesto casi sensual, por un busto de mármol de Parménides que descansaba sobre una mesita, junto al sofá. Él no podía dejar de mirarla. Y ese día, una vez pasada la oleada de mal genio y emoción, la mujer le parecía extrañamente familiar.

Estaba casi seguro de que la había visto antes, pero cuando intentó recordarlo, se quedó en blanco. Debía de estar equivocado. Ella nunca se mezclaría con la muchedumbre de bellezas afectadas y pálidas que no pertenecían a la alta sociedad. Nunca sería el tipo de mujer que un hombre olvidaba después de conocerla.

La señorita De Rohan levantó sus penetrantes ojos azules y los clavó en él.

—No me voy a ir, lord Bessett —dijo suavemente—. No puedo rendirme tan fácilmente. Les debo demasiado a mi bisabuela y a Vittorio. Quiero saber si el prior ha revisado mis informes. Quiero saber si hay alguna razón por la que la Sociedad de Saint James me rechaza, aparte de mi sexo. ¿Puede contestarme a esas preguntas, señor? ¿O debo acampar a la puerta de su casa hasta que salga el prior? Y, por favor, dígale que no se moleste en usar los jardines traseros y ese pasadizo oculto que lleva a Saint James Park. Conocí ese truco cuando tenía diez años.

Al oír aquello, Geoff se rió. La idea de que Anaïs de Rohan asediara al pobre y viejo Sutherland era... Bueno, en realidad era completamente plausible.

—Me alegro, lord Bessett, de que me encuentre tan divertida —dijo ella.

—Debo confesar que está empezando a gustarme. —Entonces, se puso serio—. Pero nunca se aceptará a una mujer en la *Fraternitas*. Lo siento. No sé por qué su bisabuela pensó que sería posible.

—Pero hice todo lo que...

Él levantó una mano.

—Y yo la creo. Los informes de Vittorio lo dejan claro. Él era nuestro defensor más fuerte en el Mediterráneo. Siempre estaba dispuesto a luchar por aquello en lo que creía, y no era ningún necio.

Algo parecido al dolor ensombreció el rostro de ella.

—No, no lo era. Era... era...

Se le apagó la voz, se giró y se dirigió hacia la ventana.

Aunque Geoff nunca había sido especialmente compasivo, algo se movió dentro de su corazón.

—Señorita De Rohan —dijo, siguiéndola hasta tocarla levemente en el hombro—. No pretendía...

Ella estaba enjugándose los ojos con el dorso de la muñeca.

—Está bien —contestó apresuradamente—. Es que... Era mi familiar. Mi mentor. Y lo echo un poco de menos, eso es todo.

—Toda la *Fraternitas* lo extraña —dijo Geoff con suavidad, apartando la mano.

Ella levantó la mirada hacia la ventana y miró hacia abajo, hacia Saint James Place. Él podía ver parte de su reflejo titilando en el cristal; su amplia boca, un poco trémula bajo unos ojos inundados por la tristeza.

Así vistos, eran como la luz y la oscuridad: su vestido oscuro y sus mechones de pelo negro contra su propio cabello aclarado por el sol y su pañuelo de cuello, de un blanco brillante. Era sólo la más evidente de sus diferencias, no tenía ninguna duda. Habría muchas más ocultas, y sería mucho más difícil darles cuerpo.

Pero él no necesitaba darle cuerpo a ninguna maldita cosa con Anaïs de Rohan. No necesitaba conocerla en absoluto. Solamente quería que lo acompañara a Bruselas unas cuantas semanas.

Lo que era lo mismo que decir que quería que echara a perder su reputación.

¿Cómo trabajar y viajar codo con codo con una mujer tan vivaz como ella y no conocerla? Dios, era impensable.

Pero no imposible. Podría soportarlo. Sobre todo porque la vida de una niña estaba en juego. Una niña que, incluso ahora, seguramente estaría aterrorizada y confusa. El guardián de Giselle Moreau estaba muerto. La niña no tenía a nadie que la guiara, ni que la protegiera, en los años más difíciles de su vida, esos años en los que tendría que afrontar la terrible verdad sobre ella misma. Aceptar que era diferente. Que estaba maldita con un don que en realidad no era ningún don.

Sabía por lo que pasaría Giselle Moreau porque él lo había vivido.

Tenían que traer a la niña a Inglaterra y asignarle un nuevo guardián. Ella debía estar segura durante aquella fase terrible y vulnerable. Y si eso significaba que tenía que vivir con Anaïs de Rohan, que tenía que mirar esos ojos del color del chocolate caliente todos los días durante el desayuno sin ponerle una mano encima, entonces, sí. Era posible. Sobreviviría a la experiencia.

Ella lo estaba observando por el reflejo de la ventana, consciente de que la había estado mirando. Geoff buscó desesperadamente un inofensivo tema de conversación.

—Dígame, ¿cómo era Vittorio? —le preguntó finalmente.

—Viejo —dijo con una débil risa—. Viejo y muy, muy toscano. Pero desde que yo tenía doce años, pasaba algunos meses al año con él, y llegué a quererlo como a un abuelo. Aunque al principio… Al principio no quería ir. Pero sé que él deseaba lo mejor para mí.

Geoff le hizo darse la vuelta con suavidad.

—¿Él quería… todo esto para usted? —preguntó, abriendo los brazos—. La decisión fue de su bisabuela, pero ¿qué pensaba Vittorio?

Durante un instante, su mirada se endureció y él pensó que no iba a contestar.

—Tenía sus dudas —admitió finalmente—. ¿Y quién no las tendría? Pero Vittorio era de otra época. Con un modo de vida diferente. Vivimos en un mundo cambiante, lord Bessett. Incluso la *Fraternitas* está cambiando, y ustedes han sido los instrumentos de ese cambio. Cielos, han consolidado todos los registros y genealogías, han construido laboratorios y bibliotecas y han reunido un grupo que estaba disperso por todo el continente. ¿Por qué les cuesta tanto creer que una mujer puede ofrecer algo como guardiana?

—Las mujeres tienen mucho que ofrecer —admitió—. Siempre lo han tenido. Por ejemplo, a mí me entrenó mi... Bueno, una amiga muy querida de la familia. Una vidente escocesa. Una mujer que tenía mucha influencia en la *Fraternitas*, y mucho poder. Lo dio todo de sí misma. Muchos de nuestros vates más poderosos son mujeres, y siempre lo han sido.

—Y aun así, ¿no hay lugar para mí? —La señorita De Rohan levantó la barbilla, desafiante—. Lo cierto es que yo no soy una vate, lord Bessett. Sé leer el tarot, *nonna* Sofia me enseñó. Y a veces... Bueno, a veces adivino lo que los demás están pensando, o siento su presencia. No obstante, soy fuerte, resuelta y bien dispuesta. Creo en la *Fraternitas Aureae Crucis* y en su noble misión. Así que le vuelvo a preguntar: ¿no hay sitio para mí aquí?

—Usted es una amiga de la *Fraternitas*, señorita De Rohan. Siempre lo será. Vittorio y su bisabuela se encargaron de ello. Con el tiempo, sí, podría convertirse en una de esas mujeres que tienen gran influencia en la secta.

—Entonces, ¿eso es todo? —Bajó el tono de voz, desalentada—. ¿Ésa es la respuesta final de la *Fraternitas* a mis diez largos años de esfuerzo?

Durante unos segundos, Geoff sopesó lo que estaba a punto de decir... y sus motivaciones para decirlo. Tenía la extraña sensación de estarse hundiendo en algo que no tenía fondo. Algo que sin duda sería fresco, refrescante y un poco impactante para el cuerpo al tocar la superficie y zambullirse en ello. Pero en esas profundidades había un misterio.

—En realidad, puede que haya, si usted quiere, algo en lo que puede ayudarnos.

—¿Ayudarlos? —preguntó con incredulidad—. ¿No me quieren pero tengo que ayudarlos?

—Usted escúcheme —le dijo—. Y, después, niéguese si eso la satisface. Sinceramente, creo que debería hacerlo. Y no tengo ninguna duda sobre lo que su padre desearía que hiciera.

—Lord Bessett —dio unos pasos para acercarse a él—, soy una mujer madura y puedo enfrentarme a las esperanzas rotas de mi padre. Y, francamente, no tiene muchas, rotas o no. No es exactamente el típico caballero inglés.

—Ni siquiera es inglés, ¿no es así?

—Tal vez no por linaje. —Le dedicó una sonrisa sarcástica—. Pero como ha adivinado, yo he nacido y me he criado en Inglaterra. Crecí en Gloucestershire y en Londres, excepto esos meses al año en los que iba a la Toscana. Pero volvamos a sus esperanzas... ¿Qué quieren de mí?

Geoff pensó cuál sería la mejor manera de explicárselo.

—Es algo incómodo —dijo—. Necesito una mujer...

Ella se rió.

—¿De verdad? Con ese cabello de color bronce y esa mandíbula que tiene, no creo que eso sea un problema.

—Señorita De Rohan...

—Deben de ser esos ojos sombríos —lo interrumpió, dando vueltas a su alrededor como si él fuera un caballo en la subasta de Tattersall—. Oh, son bonitos, pero no inspiran poesía... no el tipo de poesía que embelesaría a una mujer, en cualquier caso.

Geoff la miró arqueando una ceja.

—Un golpe aplastante, desde luego —murmuró—. Pero la habilidad con la pluma no suele ser uno de los talentos que busco en una mujer.

Al oírlo, una sonrisa perezosa curvó la boca de ella.

—¿Ah, no? —murmuró—. Entonces, tal vez no apunte lo suficientemente alto, milord.

Él sonrió.

—Nos estamos desviando del tema. Déjeme intentar regresar a la conversación que nos ocupa. —Señaló dos sofás de cuero que había cerca de la chimenea, enfrentados—. ¿Quiere sentarse, señorita De Rohan? Se lo habría pedido antes, pero hay algo en usted que me desconcierta.

—Ya me han dicho que causo ese efecto en la gente —dijo ella—. Bien, gracias. Me sentaré. Y usted me dirá qué es lo que quieren que haga.

Geoff ganó algo de tiempo pidiendo café a la servidumbre. La señorita De Rohan le aseguró que lo tomaba caliente, solo y muy fuerte. Era extraño, pero él podría haberlo adivinado.

Mientras esperaban, Geoff se obligó a iniciar una insípida y formal conversación sobre el tiempo inglés, el inicio de la temporada de eventos sociales londinenses y la alta sociedad en general.

Pero la señorita De Rohan no participaba mucho. Estaba indecisa sobre el primer tema, desconocía el segundo y se mostraba despectiva sobre el tercero, recordándole que, por mucho que lo intentara, posiblemente nunca la vería como una mujer cualquiera.

Cuando les hubieron servido el café, Geoff se rindió y fue directo al grano, repitiendo casi textualmente la historia que DuPont había contado sobre Giselle Moreau y la prematura muerte de su padre.

Cuando ella hubo terminado el café, dejó la taza vacía en la mesa y se reclinó en el sofá.

—Y esa dirección de Bruselas es una casa, imagino.

—Eso me han dicho.

—¿Sabe usted escalar?

—¿Escalar?

—Árboles —dijo ella—. Canalones. Cuerdas. En resumen, ¿todavía es usted ágil, milord? ¿O la rigidez de la edad se ha instalado en usted junto a su inflexible actitud?

—¡Santo Dios, señorita De Rohan! —Geoff se sentía insultado—. Todavía no tengo treinta años. —Y era verdad, aunque por poco tiempo—. Sí, sé escalar. ¿Qué tiene eso que ver con el tema?

—Bueno, quiere llevarme con usted a Bruselas —dijo ella—. Si no fuera así, otra persona estaría contándome todo esto. Así que iremos juntos. Me haré amiga de esa mujer, me ganaré su favor, incluso, y después me las arreglaré para entrar en el cuarto de la niña y abrir una ventana. Entonces usted podrá escalar por la noche… o lo haré yo, y nos llevaremos a la niña mientras un carruaje nos espera abajo. Podremos partir hacia Ostende… oh, a las dos o las tres de la mañana.

—¿Así de simple? —dijo secamente.

—Así de simple —contestó ella—. No puede estar a más de ciento treinta kilómetros hacia la costa. Una vez que el tren se ponga en marcha… sobre las cinco y media, diría yo, podremos abandonar el carruaje en Gante y llegar al puerto a tiempo para desayunar.

—Empiezo a pensar que Lazonby y usted deberían hacerse cargo de esto —refunfuñó—. Son tal para cual. Eso le destrozaría el corazón a la pobre mujer.

—¿Qué pobre mujer? —La señorita De Rohan abrió mucho los ojos—. Oh, sí, ya sé lo que quiere decir. La madre. Bueno, siempre pueden enviarle una nota cuando la niña esté a salvo en suelo inglés.

Probablemente no sea cómplice en nada de esto, aunque su sensatez al involucrarse con ese Lezennes es, en el mejor de los casos, cuestionable.

Geoff no dijo nada, pero no podía negar que había pensado lo mismo. El periodo de luto apenas había terminado. ¿De verdad estaba pensando ya en el matrimonio?

—Creo que es más probable que la mujer se encuentre en la miseria —dijo él pensativo.

La señorita De Rohan pareció considerarlo.

—Una razón más para reconciliarla con sus parientes ingleses. Mientras estemos fuera, su prior puede indagar en esa familia de Colchester. Al fin y al cabo, él es el genealogista, ¿no es así? ¿Y un ministro ordenado por la Iglesia?

—Es ambas cosas, sí —contestó Geoff.

La señorita De Rohan le dedicó una sonrisa mordaz.

—Bueno, según mi experiencia, nadie puede prodigar el remordimiento como un sacerdote dedicado a buscar la redención para el alma de algún pobre diablo. Y me parece que Sutherland podría hacer ese trabajo.

Geoff dejó su taza de café muy lentamente.

—Bueno, señorita De Rohan, parece tenerlo todo bien planeado —murmuró—. Pero le falta un elemento imprescindible.

—¿Y cuál puede ser?

—Una invitación.

Por lo menos, ella tuvo la decencia de sonrojarse.

Bueno, la verdad era que iba a invitarla. Era impulsiva, pero no estúpida. Y se había hecho una opinión de él bastante acertada. Además, el plan que había propuesto era precisamente lo que Rance habría hecho.

Sin embargo, no era lo que él habría hecho.

La miró desde el otro lado de la mesita de café.

—Señorita De Rohan, ¿cuántos años tiene?

Ella levantó la barbilla y le brillaron los ojos.

—Qué grosero. Una dama nunca dice su edad. Aunque, a decir verdad, nunca he pretendido ser una dama, ¿no es cierto?

—Creo que me está dando la razón.

Ella sonrió con picardía.

—Muy bien. Tengo veintidós años, o pronto los tendré.

—Es usted muy joven —dijo él—. Creo que todavía posee la impetuosidad y la impaciencia de la juventud.

—Oh, eso espero. Y el optimismo. Esa maravillosa sensación de que todo es posible. Sí, soy culpable de todos los cargos. Además, la impaciencia no siempre es mala.

Geoff se recostó contra el asiento del sofá y la miró escrutadoramente.

—Permítame explicarle algo, señorita De Rohan —dijo con suavidad—. Si corre el riesgo de acompañarme a Bruselas, tendrá que aceptar las consecuencias.

—Para mi reputación, quiere decir. —Le sonrió, mordaz—. Lo entiendo, lord Bessett. Y, por cierto, no estoy buscando marido.

—Es bueno saberlo, porque aquí no lo va a encontrar. Y los riesgos, por supuesto, pueden ir más allá de una reputación mancillada. Excepto por lo que DuPont nos ha dicho, no sé nada de Lezennes, ni siquiera si es un hombre muy peligroso. En realidad, ni siquiera conozco a DuPont. Nuestro contacto de la *Fraternitas* en Róterdam hará lo que pueda, por supuesto, pero la verdad es que podemos estar metiéndonos en la guarida del león.

—Comprendido —dijo ella.

—Y su familia —insistió él—. No puedo imaginarme qué les va a contar, pero es decisión suya enfrentarse a ello. No me haría mucha gracia que su padre me arrojara un guante a la cara, señorita De Rohan.

—Por favor, llámeme Anaïs, ya que está contemplando intimidades tales como un encuentro al alba.

—Hablo en serio —dijo él—. Sé la influencia que su padre ejerce en Whitehall y, particularmente, me importa un bledo. La *Fraternitas* también es muy poderosa. Incluso tiene poder en los niveles más altos del gobierno. ¿Nos entendemos?

Ella enarcó las dos cejas y lo fulminó con la mirada.

—Anoche vi a un ministro del gabinete, a dos subsecretarios y a un miembro del consejo secreto bajo esas capuchas marrones. No soy tan impetuosa, milord, como para no entender que la *Fraternitas* llega a las esferas más altas de nuestro gobierno.

—Hay una cosa más que debe comprender —continuó Geoff—. Si seguimos adelante, yo estoy al mando. Tomaré todas las decisiones en esta operación. No tendré tiempo para discutir con usted, o rebatirla. Soy un hombre franco, pero implacable, señorita De Rohan. Traeré a esa niña, se lo aseguro. Sin embargo, no le romperé el corazón a esa pobre mujer en el proceso ni pisotearé sus deseos... a menos que la vida de alguien esté en peligro. ¿Comprende lo que le estoy diciendo?

—¿Que voy a ser un simple peón en su plan maestro? —sugirió ella.

—Eso y que no tengo un plan. Pero elaboraré uno de acuerdo a las circunstancias. Y usted se ajustará a él a cada paso del camino o haré que Dieric van de Velde la lleve en persona de vuelta a Ostende y la meta en ese clíper él mismo.

—Sí, sí, capitán —se burló la señorita De Rohan.

—Entonces... ¿le parece aceptable?

Ella sonrió ampliamente.

—¿Pensaba que me iba a espantar con sus ladridos y sus amenazas, milord? No funcionará. Esto es lo que se supone que tengo que hacer: ayudar a hacer justicia en un mundo injusto.

—Tan sencillo como eso, ¿no es así?

—¿Es que pensaba que me metí en ello por el vestuario? —dijo riéndose—. Francamente, esas cosas marrones rasposas tienen aspecto de albergar alimañas... alimañas medievales.

—Entonces, ¿esto es lo que usted deseaba? —dijo él—. ¿No la membresía en la *Fraternitas*?

Todo el humor desapareció.

—Oh, definitivamente, yo no he dicho eso. —Su voz ronca hizo que Geoff se estremeciera—. Lo que estoy diciendo es que esto es... Bueno, es un comienzo, quizás.

—Un comienzo —repitió él.

La sonrisa de ella calentaba como el sol.

—Sí, y uno muy prometedor. Sí, lord Bessett, estaré encantada de acompañarlo a Bruselas, y de tomar nota de sus ladridos y gruñidos lo mejor que pueda. Ahora, ¿estoy oficialmente invitada?

Durante un segundo, él dudó.

Sin decir una palabra, Anaïs de Rohan tendió una mano por encima de la mesita de café.

Muy a regañadientes, Geoff le estrechó esa mano, pequeña y fría.

Al principio de la tarde, algo típico londinense se instaló sobre el río: una neblina fétida tan espesa que los cocheros que la atravesaban apenas podían ver las cabezas de sus caballos, y tan pestilente que el hedor hacía llorar los ojos.

A lo largo de Fleet Street, los periodistas corrían por las aceras arriba y abajo con la esperanza de cumplir con la fecha límite de la tarde, chocando unos con otros entre maldiciones y empujones mientras, abajo, una traqueteante carreta cargada procedente de Blackfriars no se dio cuenta de que se aproximaba el carruaje del correo.

Esa desafortunada circunstancia hizo que la carreta virara bruscamente, dejó a los cuatro caballos del carruaje temblando y pateando y a lord Lazonby inmóvil al comienzo de Shoe Lane, manchado de carbón hasta los tobillos. Maldiciendo su mala suerte, se sacudió el asqueroso polvo negro de las botas y pasó rápidamente junto a los conductores que, sin dejar de discutir, cada uno había agarrado el abrigo del otro.

Lazonby cruzó la calle sorteando los vehículos parados, atravesó la bruma a grandes zancadas y después giró hacia el callejón que llevaba hasta St. Bride. Las maldiciones y el barullo de Fleet Street pronto empezaron a desvanecerse, como si se hubiera puesto algodón taponándose los oídos.

Con la astucia de un hombre que sabía lo que era ser a la vez cazador y cazado, rodeó la iglesia más por instinto que porque la viera y entró en el cementerio. Tras avanzar cuidadosamente entre las lápidas, escogió un lugar: un pequeño recoveco cubierto de musgo que se encontraba detrás de una de las tumbas más grandes, junto a las ventanas de la iglesia que daban al norte.

Sintiendo que la rabia le hervía en la boca del estómago, el conde se apoyó contra la fría piedra de St. Bride y se puso cómodo para la que podía ser una larga y húmeda vigilia.

Tal vez media hora después oyó que unas pisadas, amortiguadas e incorpóreas en la niebla, se aproximaban a él desde Bride Court. Con la mandíbula bien apretada por la ira, Lazonby vio que Hutchens, el que llevaba siendo su segundo lacayo durante tres meses, se materializaba en la penumbra. El maldito idiota todavía llevaba la librea roja. Eso y el sonido de su respiración, nerviosa y nasal, lo hacían inconfundible.

Aunque normalmente Lazonby no le daba importancia a su atuendo, poniéndose sin pensar lo que su nuevo ayuda de cámara le había dejado sobre la cama, ese día se había vestido cuidadosamente, escogiendo prendas con tonalidades grises y de color carbón. Así se fundía con la niebla y la piedra, como si fuera un fantasma.

Jack Coldwater, sin embargo, lucía como siempre su impermeable parduzco. Ese bastardo confabulador dobló la esquina de la iglesia, casi rozándolo al pasar por la última de las lápidas, y entornó los ojos para ver mejor en la penumbra.

—Esto no me gusta nada, Jack —se quejó Hutchens cuando se acercó—. Los cementerios me dan escalofríos.

—Teniendo en cuenta lo que me estás costando, bien puedes temblar hasta que el infierno se congele —replicó Coldwater firmemente—. ¿Qué tienes?

Lazonby vio que Hutchens se metía una mano en el bolsillo.

—Muy poco —dijo, tendiéndole un papel doblado—. Esta noche va a ir al club Quatermaine… una juerga que suelen tener con regularidad, por lo que he oído. Y vi a su ayuda de cámara cepillando su segundo mejor abrigo, lo que probablemente significa otra rápida visita a la señora Farndale, pero no sabría decir si lo hará esta noche o mañana.

—Ese hombre tiene las inclinaciones sexuales de un chucho jadeante —dijo Coldwater con los dientes apretados mientras le arrebataba el papel—. ¿Y después?

—¿Después de qué? —dijo Hutchens a la defensiva—. Ya te dije cuando empezamos esto que Lazonby no suele ajustarse a una agenda. Tienes suerte de conseguir esto. —Hizo una pausa y tendió una mano, con la palma hacia arriba—. Y ahora, ¿dónde está mi dinero?

Coldwater se metió el papel en el bolsillo y sacó su monedero.

—Por esto, sólo te doy la mitad —refunfuñó, rebuscando en él.

Hutchens abrió la boca para protestar. En la penumbra, Lazonby se inclinó hacia delante y dejó caer unas monedas en la mano extendida.

Hutchens aulló, dio un bote y arrojó el dinero a la niebla.

—¡Santo Dios! —gritó Coldwater al ver cómo caían las monedas—. Pero ¿qué…?

—Esto es lo que se te debe desde la Anunciación, Judas. —Lazonby miró al lacayo, que estaba encogido de miedo detrás de un pequeño monumento de mármol—. Gástalo sabiamente, porque no te voy a dar ni medio penique más, ni siquiera una recomendación.

—¿M...mi...milord? —graznó el lacayo.

—Así es —dijo Lazonby fríamente—. La niebla puede ocultar una gran cantidad de pecados, ¿no crees? Ahora, largo de aquí, Hutchens. Si vas corriendo hasta Ebury Street, puede que llegues a tiempo de recoger tus cosas antes de que los golfos de la calle se las lleven. Las encontrarás amontonadas en el callejón.

El lacayo salió corriendo, olvidando las monedas. Lazonby se giró y vio que Coldwater se alejaba, caminando lentamente hacia atrás. Lo siguió con una mano apretada en un puño al costado, preparado para darle un puñetazo.

—En cuanto a ti, pequeño sinvergüenza maquinador —dijo Lazonby, haciendo que el periodista diera otro paso atrás—, donde las dan, las toman. Y, a diferencia de Hutchens, tus empleados del *Chronicle* van a tener tiempo de tomarse un pastel y una pinta.

Por un instante, Coldwater se quedó sin palabras. Con los ojos muy abiertos, dio otro paso hacia atrás, pero el tacón topó con la base de una lápida mortuoria que había encontrado recientemente su propio descanso eterno. La lápida se balanceó de manera precaria, haciendo que Coldwater cayera hacia atrás, moviendo los brazos.

Lazonby se inclinó hacia delante, lo cogió del brazo y tiró del hombre hacia él.

—Ahora, escúchame, y escúchame bien, mierdecilla —le gruñó—. Si alguna vez me entero de que miras a alguno de mis sirvientes, te dejaré sin trabajo. Compraré tu maldito periódico y me aseguraré de que no vuelvas a trabajar. ¿Me oyes?

Coldwater estaba temblando, pero no intimidado.

—Oh, sí, usted y su Sociedad de Saint James creen que pueden gobernar el mundo, ¿no es así, Lazonby? —le espetó—. Pues los tengo vigilados. Sé que algo está ocurriendo en esa casa.

—No sabes nada, Coldwater, excepto cómo levantar chismorreos e insinuaciones —gruñó Lazonby.

—¿Ah, no? ¿Y quién era ese enorme francés que estaba en el Prospect de Whitby? ¿El que usted no quería que viera?

—Si había algún francés, harías bien en olvidarlo.

—Oh, yo no olvido nada —replicó el periodista con tono amenazador—. Y sé que navegó hasta Dover en un clíper francés con al menos una docena de hombres armados. Y llevaba algo más: documentos diplomáticos falsificados en una carpeta marcada con ese extraño símbolo suyo.

La rabia y una extraña mezcla de emociones estaban empezando a bullir en la cabeza de Lazonby. Tomó aire para calmarse.

—Tú... Tú no sabes de lo que estás hablando.

—Esa marca misteriosa —insistió el periodista—. La que está grabada en piedra en su frontón. Sé que significa algo, Lazonby. Y usted está huyendo de mí por alguna razón.

—Pero tú ¿qué problema tienes? —Lazonby tiró del tipo con tanta fuerza que le castañetearon los dientes—. Por alguna razón, pareces decidido a convertir mi vida en un infierno.

Coldwater entornó los ojos.

—Porque usted, señor, no es más que un matón asesino con chaleco de seda fina —rugió—, y es responsabilidad del periódico perseguirlo si el gobierno no puede hacerlo... o teme hacerlo.

En ese momento, Lazonby quiso matarlo. Rodearle el cuello con las manos y... Dios Santo, no sabía qué quería hacer con él. Esas viles y terribles sensaciones estaban surgiendo de nuevo en su interior.

¿Iba a sentirse así cada vez que pasara un maldito momento en compañía de Coldwater? De repente el aire pareció espesarse con el aroma del joven: miedo mezclado con jabón y algo que casi le resultaba familiar.

Lazonby tragó saliva con dificultad y se obligó a soltarlo.

—No —dijo en voz baja, y dio un paso atrás—. No, esto ya no tiene que ver con mis locuras de juventud, Jack. Esto es algo personal.

Coldwater se colocó bien el abrigo.

—Tal vez es que crea que el público tiene derecho a saber cómo es posible que un hombre que fue sentenciado a la horca por asesinato ahora está libre, codeándose con los ricos y poderosos de Londres.

—Supongo que te refieres a Ruthveyn y a Bessett.

—¿Los hay más ricos y poderosos? —replicó Coldwater—. Por cierto, he oído que Ruthveyn se ha agenciado media cubierta del *Star of Bengal*. ¿Le importaría decirme qué va a hacer la Sociedad de Saint James en la India?

—Oh, por el amor de Dios, Coldwater. —Lazonby se inclinó y recogió un chelín del suelo—. ¿Es que no lees tus propias páginas de sociedad? Ruthveyn se ha casado. Va a llevar a su mujer a casa, a Calcuta.

Pero sólo le respondió el silencio.

Lazonby se incorporó y vio que estaba hablando con los muertos. Jack Coldwater había desaparecido en la niebla.

Capítulo 5

«El general que gana una batalla hace muchos cálculos
mentales antes de que se libre la batalla.»
Sun Tzu, *El arte de la guerra*

*D*os días después de las peripecias de Anaïs en la Sociedad de Saint James, un grupo pequeño pero intrépido partió antes del alba para hacer la primera etapa del viaje a Bruselas.

Viajaron en carruaje privado hasta Ramsgate, lo que quería decir que Anaïs fue en carruaje, con el lacayo y el cochero de lord Bessett en el exterior de la cabina. El conde cabalgaba junto a ella, a lomos de un enorme caballo marrón de carácter desagradable y con tendencia a morder… características todas ellas que a Anaïs le recordaban a su amo.

Para mantener el engaño, ella había insistido en que ningún sirviente los acompañara durante la travesía. Su filosofía era «de perdidos al río», y ninguna doncella iba a poder salvarla de la indecencia que estaba a punto de cometer.

Después de una larga discusión, Bessett finalmente había cedido y había enviado una nota al señor Van de Velde para pedirle que contratara a una doncella y a un ayuda de cámara para que los recibieran en Ostende. Y así fue como Anaïs pasó todo el día sola en el cómodo carruaje de Bessett sin otra cosa por compañía que un montón de revistas.

Como acababa de pasar muchos días de viaje desde la Toscana, aquel trayecto la estaba aturdiendo. Y eso también la obligó a admitir que había tenido la secreta esperanza de que lord Bessett la acompañara… sólo para aliviar el aburrimiento, por supuesto. No pensaba ni por un momento en su cabello aclarado por el sol ni en su mandíbula, dura y fuerte. Y esos ojos brillantes… Bueno, apenas les prestaba atención.

Pero el tiempo era agradable, los caminos estaban secos y Bessett no se dignó a desmontar excepto en las esporádicas paradas que hacían. Parecía decidido a mantener las distancias.

Llegaron a una destartalada posada cerca del puerto de Ramsgate justo cuando se levantaba un fuerte viento. Anaïs observó el cartel colgante de la posaba oscilando incontroladamente y empezó a temer la travesía.

Metiéndose en su nuevo papel de esposa solícita, esperó impaciente en el carruaje hasta que Bessett regresó tras hacer todos los preparativos. En el patio de la posada, él la ayudó a bajar, siempre con el ceño fruncido.

—¿No conoce a nadie en Ramsgate? —le preguntó él por tercera vez.

Anaïs levantó la vista hacia la entrada de la posada.

—Ni a un alma —contestó—. ¿Cómo es la cocina de este sitio?

—Pasable, creo. Haré que le suban la cena a las siete.

—¿No va a cenar conmigo?

—Todavía estamos en Inglaterra. Y tengo cosas que hacer.

—Muy bien —respondió ella sin alterar el tono de voz—. Que sea algo ligero. Sopa, tal vez.

Él entornó los ojos contra el sol de la tarde y le echó un vistazo al patio de la posada por quinta vez.

—Elegí este sitio porque no es especialmente popular… lo que significa que no es el mejor. Pero tienen una pequeña suite, así que Gower puede dormir en una silla, en su sala de estar.

Anaïs miró con cautela al joven lacayo de Bessett, que había empezado a desatar el equipaje.

—Estoy segura de que pretende ser amable —le dijo—. Pero ¿no sería mejor que yo durmiera en la sala de estar para cuidar de él?

Bessett la insultó con una mirada inexpresiva.

Anaïs sacó un pie y se levantó unos centímetros las faldas. Él vio el cañón de su pequeño revólver, que por un momento brilló con un rayo de sol.

—Creo que me las apañaré.

Bessett deslizó la mirada hacia arriba lentamente. Tal vez demasiado lentamente. Y esos ojos, unos ojos que ella ya había visto hacía tiempo que eran de un color azul pálido, parecieron extrañamente fríos y calientes al mismo tiempo y la hicieron estremecer.

—Ya veo —dijo él finalmente—. Pero...

—¿Pero? —Anaïs lo miró con impaciencia y bajó la voz—. Dígame, Bessett, ¿cree que estoy cualificada para hacer esto o no? Si empezamos esta misión con usted preocupándose por mí todo el tiempo, seré un estorbo, no una ayuda.

—Sólo quería decir que...

—Sé lo que quería decir —lo interrumpió con firmeza—. Gracias. Es usted todo un caballero. Pero yo no soy precisamente una dama, y puedo asegurarle que el pobre Gower no ha visto nada de mundo comparado conmigo. Tengo una navaja en el bolso, un estilete oculto en la manga y el oído de un perro guardián bien entrenado. Sin embargo, ese pobre muchacho... Francamente, parece que se acabe de caer de una carreta de una granja de Dorset. Además, no suele haber problemas en Ramsgate.

Los altos pómulos de Bessett se colorearon ligeramente y Anaïs pudo sentir literalmente cómo él luchaba por controlar su enfado... y su preocupación.

—Muy bien —le espetó—. Pero si la matan, no asistiré al funeral.

—No esperaría que lo hiciera —replicó ella—. Su única preocupación, y la mía, debe ser Giselle Moreau.

En ese momento, Gower le pasó al cochero el baúl de viaje de Anaïs. Ella echó a andar para atravesar el patio de la posada.

—Vamos, venga conmigo —le ordenó a Geoff—. Quiero saber adónde va y cuándo tiene pensado regresar.

Bessett la siguió, sonrojándose un poco más.

—¿Ya se ha metido en el papel de esposa controladora?

Anaïs siguió caminando, pero le echó una mirada de frustración.

—No, estoy actuando como su compañera en esta misión —susurró—. Ambos debemos saber qué está haciendo el otro en todo momento... empezando por ahora mismo. Lo contrario nos llevaría al desastre, y usted lo sabe.

Él lo sabía. Ella vio en sus ojos que lo admitía de mala gana.

—Voy a bajar al puerto para echarle un vistazo al clíper de Du-Pont y a sus hombres —contestó finalmente—. Volveré antes de que anochezca.

—Excelente. Yo dispondré todo aquí para que nos instalemos.

Bessett no dijo nada más. Cuando atravesaban el oscuro zaguán para entrar en la posada, la posadera, una mujer luciendo un mandil, se dirigió ansiosamente hacia ellos.

—¡Bienvenida, señora Smith!

—Oh, gracias. —Anaïs enlazó su brazo con el de Bessett—. Le estaba comentando a mi querido señor Smith que ha conseguido encontrar un mesón encantador.

Al ver la sonrisa que Anaïs había estampado en el rostro, Bessett dejó ese asunto en sus manos y desapareció. Después de dar las órdenes oportunas para que se hicieran cargo del equipaje y de cambiar por las suyas las sábanas de aspecto dudoso de la posadera, Anaïs se asomó por la ventana y se puso a mirar los tejados de Ramsgate.

En el puerto, que estaba más abajo, podía divisar unos cuantos mástiles desnudos y, más allá, el faro al final del embarcadero oeste. Pero mucho más cerca, a su izquierda, podía ver la ventana de la habitación de Bessett, ya que la posada estaba construida alrededor de un patio de establos y sus habitaciones estaban situadas en ángulo recto. Como el caballero que era, frío y contenido como él solo, el conde había insistido en quedarse con la habitación individual más pequeña.

Suspirando, se apartó de la ventana y echó los finos visillos. Después de darse un baño y de cambiarse la ropa manchada por el viaje por otra limpia, volvió a revisar el gastado montón de revistas. Luego, echándole un último vistazo a la ventana, Anaïs finalmente cedió a su impulso.

El camino por High Street, una calle en curva, no era largo y, aunque los tenderos ya estaban barriendo sus umbrales preparándose para el cierre, los escaparates aún estaban llenos de todo tipo de artículos dispuestos para llamar la atención. Anaïs pasó de largo. Cuando llegó a las afueras de la ciudad, bajó con cuidado al embarcadero. Un vapor estaba entrando en el puerto mientras que un pequeño perro negro corría a lo largo del muelle, ladrando sin parar.

Al pasear la mirada por las pequeñas embarcaciones comerciales y los arrastreros, vio un elegante barco que debía de ser el de DuPont, un pequeño y esbelto clíper con mástiles amontonados que parecía diseñado para el contrabando. Una vez divisado su objetivo, pasó junto a los marineros que estaban terminando de descargar la pesca del día y salió del muelle, en el que no había turistas a esa hora del día. A medio camino se detuvo, se giró y se puso una mano a modo de visera sobre los ojos para protegerse del sol.

Sí, ése era el barco. Incluso desde lejos podía ver la marca de la *Fraternitas Aureae Crucis*, la hermandad de la cruz dorada, tallada en la proa, si uno sabía dónde mirar.

El antiguo símbolo consistía en una cruz latina sobre una pluma y una espada. «Defenderé por medio de la palabra y de la espada el don, mi fe, a mi hermandad y a todos los que dependen de ella, hasta la muerte.» Ésas eran las palabras, igualmente antiguas, que tradicionalmente acompañaban al símbolo. Las palabras que a Anaïs le habían impedido terminar de pronunciar.

En las islas británicas, la cruz dorada solía estar situada sobre un cartucho con forma de cardo. Pero en Francia y en el resto del continente, era más común la versión más sencilla, a menos que la familia del miembro tuviera sangre escocesa. Anaïs había visto a menudo ambas versiones del símbolo en sus viajes: tallado en los frontones, pintado en los techos e incluso grabado en lápidas mortuorias.

Bessett y lord Lazonby lo llevaban en los alfileres de sus pañuelos de cuello. Ella lucía la versión sencilla tatuada en la cadera. La marca del guardián. Como la rosa Tudor, la pirámide masónica y la flor de lis, era una de esas florituras que pasaban desapercibidas a la gente, de lo popular que había llegado a ser con el paso de los siglos.

Anaïs caminó unos cuantos metros más por el embarcadero para ver mejor la cubierta. Desde donde estaba podía ver allí a lord Bessett, con una mano apoyada en el palo mayor y, la otra, en la cadera, con el codo sobresaliendo mientras hablaba, concentrado, con un miembro de la tripulación. Otro hombre estaba izando la bandera francesa. Al día siguiente, cuando ya estuvieran a cierta distancia de la costa, lejos de miradas indiscretas, la tripulación izaría probablemente la insignia inglesa. La *Fraternitas* era muy flexible.

Bessett se había quitado el abrigo, sin duda para ayudar en alguna tarea náutica, y se había quedado con el chaleco y las mangas blancas de la camisa ondeando al viento, brillantes en contraste con los lejanos acantilados de Ramsgate. Dado el comportamiento deferente de todos los que lo rodeaban, estaba claro que él estaba al mando.

Anaïs observó fascinada su cabello, que el viento apartaba de su cara. Lo llevaba demasiado largo para estar a la moda y no tenía barba ni bigote que suavizara un poco los esbeltos ángulos de su rostro. Bessett también era alto, más alto y más delgado que cualquiera de los hombres que había a bordo, y Anaïs se sorprendió al ver lo cómodo que estaba moviéndose por cubierta, señalando varios puntos de las jarcias. El hombre que parecía ser el capitán francés asintió, se dio la vuelta y dio una orden a dos subordinados. Desplegarían las velas para aprovechar la fuerza del viento, sospechó Anaïs, y se colocó distraídamente una mano sobre el estómago.

Ah, bueno. Sobreviviría.

En ese momento, lord Bessett dio media vuelta e, intuitivo, paseó la mirada por el puerto. Anaïs supo el instante exacto en que la vio. En su rostro se reflejó una emoción inescrutable y después volvió a dirigir su atención al capitán lo justo para estrecharle la mano.

Habiendo terminado con él, Bessett miró por encima del hombro hacia ella y, con un movimiento de la cabeza, le indicó que se encontrarían junto al muelle.

Anaïs se dio la vuelta y desanduvo sus pasos.

Cuando él llegó al embarcadero, ya se había puesto el abrigo y se había colocado un poco el pelo. No la reprendió como ella había pensado que haría, sino que le ofreció el brazo.

—¿Señora Smith? —dijo, doblando el codo—. ¿Damos un paseo?

Estaba muy atractivo con la luz del atardecer, a pesar de las marcas de cansancio que le rodeaban los ojos y de su expresión seria. Habiéndose quedado sin palabras, cosa rara, Anaïs entrelazó un brazo con el suyo. Se dio cuenta de que se habría sentido más cómoda si la hubiera regañado.

Pasearon entre la muchedumbre sin hablar hasta que dejaron atrás el muelle y las multitudes. El silencio que los rodeaba se había hecho expectante, casi incómodo, y Anaïs tuvo la extraña sensación de que Bessett no sabía qué decir.

Su intuición se confirmó cuando, al principio de High Street, él se detuvo y se giró para mirarla.

—He estado pensando sobre su queja —le dijo bruscamente.

Ella logró sonreír, aunque el calor de la mirada de Bessett era muy intenso e inesperado.

—Suelo quejarme de muchas cosas —le contestó—. ¿Puede ser más específico?

Una leve sonrisa le iluminó la mirada.

—En la posada —le contestó—, cuando me dijo que debía confiar en usted, o sería una carga. Tenía razón.

Anaïs retrocedió unos centímetros.

—Me necesita, Bessett —dijo con calma—. No puede pedirme que haga las maletas.

Él negó con la cabeza.

—No. Quiero decir... Sí, la necesito. Pero tendrá que aguantarme. Esto no es algo que...

—¿Que le resulte fácil a un hombre como usted? —sugirió—. Sí, conozco ese tipo de hombre, los autoritarios y controladores.

Esta vez él sonrió, pero con ironía.

—Mira quién habla.

—Yo más bien diría que algunos hombres han nacido para mandar —replicó ella, aunque no había ira en su tono de voz—. Apenas había pasado una hora en cubierta y ya estaba sermoneando al pobre capitán sobre las jarcias y disponiéndolo todo según su voluntad.

—Porque si las cosas van mal, si tenemos un retraso inesperado, el capitán Thibeaux no pagará un gran precio por ello —dijo Bessett con calma—. Pero Giselle Moreau puede que sí.

Anaïs lo miró con gravedad.

—Esa niña... su dilema... creo que le preocupa a un nivel personal —murmuró ella. Al ver que no le contestaba, continuó—: Y estoy totalmente de acuerdo con todo lo que ha dicho. Me atrevería a decir que no está acostumbrado a confiar en una mujer, ni siquiera a trabajar con ella.

—No.

Él desvió la mirada hacia el camino que acababan de subir. Tenía una mano en la esbelta cintura, apartando los pliegues del abrigo. Parecía pensativo, como si estuviera recreando la confluencia de sucesos que lo habían llevado hasta ese lugar, tal vez incluso a ese punto de su vida.

—No, no estoy acostumbrado. Pero no creo que usted sea una

ingenua. Ni una necia. De ser así, Vittorio nunca la habría enviado a vernos.

Anaïs desvió la mirada.

—Gracias por decir eso.

Tras unos instantes de indecisión, Geoff reanudó la marcha. Ella enseguida lo alcanzó, pero no volvió a agarrarlo del brazo. De repente se sentía como si el tacto de los duros músculos de su brazo fuera lo último que necesitaba notar. Y su amabilidad... Sí, tal vez también le habría ido mejor sin ella.

La situación estaba resultando ser lamentable. Dejando a un lado las palabras de Bessett, Anaïs estaba empezando a sentirse un poco ingenua... en algunos sentidos en los que no quería pensar.

En ese instante, sin embargo, él inclinó la cabeza y la miró.

—Cuando lleguemos a Bruselas, debemos tener un apellido algo más convincente que Smith, ¿no le parece?

—Entonces, ¿quiénes seremos? —Ella mantuvo un tono de voz falsamente alegre—. Supongo que deberíamos elegir algo parecido a nuestros propios nombres para sentirnos cómodos.

Durante un largo momento, él no dijo nada. En lugar de eso, adecuó sus largas zancadas a los pasos más cortos de ella y caminó a su lado sin impaciencia... y sin fruncir el ceño.

—MacLachlan —dijo finalmente, con voz queda—. Yo seré Geoffrey MacLachlan.

—¿Un apellido escocés? —comentó Anaïs y, por alguna razón, volvió a agarrarlo del brazo.

Como si fuera lo más normal del mundo, Bessett puso su mano sobre la de ella.

—Es el apellido de mi padrastro —dijo él—. Siempre puedo decir que estoy relacionado con su empresa de construcción si me veo apurado. ¿Y usted?

—Mi nombre es raro, pero nadie me conoce. Seré Anaïs MacLachlan.

—Es inusual —se mostró de acuerdo él—, aunque bonito.

—Se lo debo a mi bisabuela —le explicó—. Era de Cataluña. Todavía tenemos viñedos allí.

—Pero ¿no en Alsacia?

Anaïs negó con la cabeza.

—La hacienda se quemó durante la Revolución. Mi padre nunca ha intentado reclamar la tierra, aunque tal vez podría haberlo hecho.

—Así que tiene un título francés, pero no tierras —murmuró Bessett.

Anaïs sonrió débilmente.

—Nunca usó el título hasta que conoció a mi madre —contestó—. Pareció pensar que no podría casarse con ella sin él. Pero yo no creo que a ella le importaran los títulos. Mi madre se crió en el campo y en una... ¿cómo es ese eufemismo? ¿Pobreza refinada? Sólo que la pobreza nunca es refinada, diría yo, cuando uno mismo tiene que sufrirla.

—Por lo menos, su madre parece original. —Bessett parecía estar entusiasmado hablando de su familia—. Y usted tiene un hermano gemelo, ¿no es así?

—Sí, Armand.

—Entonces, nacieron a la vez...

Anaïs se rió.

—Es lo que suelen hacer los gemelos.

Bessett no le devolvió la sonrisa.

—Y aun así, ¿no lo eligieron a él para ser guardián?

Anaïs levantó un hombro.

—No sé por qué —contestó—. *Nonna* decía que no estaba escrito en las cartas. Y tal vez mi hermano no tenga el carácter adecuado. Armand es un joven urbanita. Pero Maria sigue quejándose por la decisión de *nonna*.

—¿Maria?

—Mi prima, Maria Vittorio. —Anaïs se detuvo para apartar de un puntapié una piedra del camino—. Era la compañera de mi bisabuela y la viuda del hermano de Vittorio. Maria es una vieja cascarrabias. Vive conmigo en Wellclose Square, *nonna* nos dejó la casa, y solemos viajar juntas.

—¿A la Toscana, quiere decir?

—Sí. —Anaïs suspiró—. Pero Maria siempre ha creído que era Armand el que debería ir, no yo. Que yo debería estar en casa bordando cojines de sofá y llenando esa casa cavernosa de niños.

—¿Y usted qué piensa?

Anaïs volvió a encogerse de hombros, esta vez elevando ambos.

—No tengo paciencia para la costura —respondió—. Además, *nonna* Sofia llevaba una vida poco tradicional. Solamente tuvo una hija, mi abuela, que murió joven. Y todos sus maridos también murieron jóvenes. Así que, ¿qué bien le hacía la tradición? Le rompió el corazón. Al final, se dedicó en cuerpo y alma al negocio y nos hizo ricos.

—Una vida nada convencional, desde luego —murmuró él—. Pero la suya no tiene por qué ser así. No si usted no quiere que lo sea.

—Creo que debemos contentarnos con la vida que el destino nos ofrece —dijo ella—. Y yo tengo una meta en la vida que muy pocas mujeres tienen.

—¿Pero…?

—¿Por qué cree que hay un «pero» en esta conversación?

—Lo noto en su voz.

Ella lo miró de reojo.

—Será mejor que lance ese don suyo en otra dirección —le advirtió.

Geoff sonrió débilmente.

—No tengo esa clase de capacidad.

—Y yo no soy muy profunda, ni difícil de entender —dijo ella, decidida a cambiar de tema—. Ahora, dígame, querido esposo, ¿cuánto tiempo llevamos casados?

—Tres meses —contestó tras pensarlo unos instantes.

Ella asintió.

—Eso explicará que nos conozcamos poco.

Él inclinó la cabeza para mirarla.

—Entonces, ¿fue un matrimonio de conveniencia? —preguntó Geoff—. ¿No una unión por amor?

Anaïs volvió a mirarlo de reojo.

—¿A usted le parece que esto es una unión por amor, Bessett?

—Será señor MacLachlan, querida —dijo a la ligera.

Ella se rió.

—Entonces, nuestro matrimonio fue concertado —dijo ella—. Nadie se interesaba por mí y mi padre le pagó a usted montones de dinero para que se casara conmigo.

Geoff se rió.

—¡Tan desesperado estaba?

—¿Por qué no? —Anaïs lo miró con recelo—. Reconozco que no soy hermosa. ¿Tal vez mi virtud estaba comprometida? ¿O yo era una coqueta intolerable? Sin duda, usted le hizo un gran favor a mi padre ocupándose de mí.

Él se puso serio.

—No diga esas cosas —dijo en voz baja—. Ni siquiera en broma.

—Cuidado, MacLachlan. —Anaïs sonrió—. Voy a empezar a pensar que tiene corazón. Entonces, ¿qué sabemos el uno del otro? Deberíamos decidirlo.

—Al igual que con los nombres, deberíamos hacer que los detalles fueran lo más verídicos posible —contestó él.

—Muy bien. Me crié sobre todo en la granja de mi madre, en Gloucestershire. Además de Armand, tengo dos hermanas y otro hermano, todos más jóvenes y que siguen en casa, y el pupilo de mi padre, Nate, que es el mayor y que se ha independizado. ¿Y usted?

Bessett dudó unos momentos.

—Yo me crié en el extranjero —respondió finalmente—. Bessett era un estudioso de las civilizaciones antiguas, así que viajábamos bastante.

Ella abrió mucho los ojos.

—¿De verdad? Es fascinante.

—Sí, pero murió cuando yo era joven. Mi madre regresó a Yorkshire y, unos cuantos años después, nos mudamos a Londres.

—Qué extraño que se lo llevara a usted de la finca de su familia para educarlo en la capital —murmuró Anaïs.

—No fue fácil criarme. Ella… no me comprendía. Y yo tampoco me comprendía. En Yorkshire estábamos muy aislados. En cualquier caso, yo no era el heredero. Bessett tenía un hijo de un matrimonio anterior: Alvin, mi hermanastro.

—¿Quiere decir su medio hermano?

—Sí —contestó rápidamente—. Era mucho mayor que yo y no nos parecíamos en nada, pero… yo lo adoraba.

—Es lo mismo que ocurre entre Nate y yo —dijo Anaïs, sonriendo—. Pienso que no hay nada tan reconfortante como un hermano mucho mayor.

—Oh, sí, firme como una roca, así era Alvin. —Bessett parecía ensimismado—. Sin embargo, cuando se casó, mi madre pensó que sería mejor que nos fuéramos de Loughtin, la propiedad de Yorkshire. Desafortunadamente, de ese matrimonio tampoco nació ningún heredero, así que, cuando Alvin murió…

—Oh —dijo ella en voz baja—. Lo siento mucho. Tener un título está muy bien, pero no a costa de un hermano muy querido.

—Es lo mismo que opino yo —contestó Bessett apretando la mandíbula.

—¿Hace mucho que falleció?

—Un tiempo, sí. Yo ya era adulto y mi madre se había vuelto a casar. Había vuelto desde Cambridge y pasé unos cuantos años trabajando en el negocio de mi padrastro.

—Entonces, ¿usted construye cosas? —preguntó ella.

—Al principio, solamente las dibujaba. Y después de un tiempo, él empezó a mandarme al extranjero para supervisar ciertos proyectos. Trabajamos bastante para el gobierno colonial en el norte de África.

—Así que ha navegado mucho —murmuró Anaïs—. Es tan viajado como yo.

—¿Eso le sorprende?

—Oh, ya sabe cómo son la mayoría de los ingleses. —Anaïs agitó la mano expresivamente—. Creen que el mundo empieza en Dover y acaba en la Muralla de Adriano.

—Ah —dijo en voz baja—. Bueno, créame, señorita De Rohan, yo no soy como la mayoría de los ingleses.

Ella frunció los labios y levantó la mirada hacia él. Eso era algo que creía a pies juntillas.

—Creo sinceramente que debería llamarme Anaïs —afirmó con suavidad—. Será mejor que se acostumbre a ello antes de que lleguemos a Bélgica.

Él volvió a inclinar la cabeza y le sonrió. Esta vez la sonrisa alcanzó de lleno sus ojos de color azul claro.

—Anaïs, entonces —dijo—. Y yo soy Geoff... o Geoffrey, si le gusta más.

—Que sea Geoff, la mayoría de las veces. —Anaïs le guiñó un ojo—. Me reservaré Geoffrey para los momentos en los que me incomodes.

—Las dos sílabas, ¿eh? —dijo él, justo cuando el patio de la posada aparecía ante ellos—. Tengo la sensación de que es a eso a lo que debería acostumbrarme.

En Londres hacía frío y el viento azotaba las flores primaverales de Hyde Park casi con violencia. Sin embargo, esa brutalidad botánica no había impedido que los conocidos en la buena sociedad disfrutaran de la doble diversión de ver y ser vistos, ya que la temporada de eventos sociales había comenzado formalmente y había vestuarios que criticar, rumores que extender y agendas sociales que cotejar.

Para la mayoría de los asiduos del parque, era un ritual agradable, aunque agotador. No obstante, para los ocupantes del faetón negro y dorado de lord Lazonby, la temporada de eventos tenía poco atractivo. Lady Anisha Stafford la desdeñaba y lo único tan tenso como la relación de lord Lazonby con la alta sociedad era la conversación que se daba en su carruaje.

—Entonces, ¿es cierto que Bessett te está cortejando? —preguntó él mientras pasaban por Cumberland Gate—. Debe de estar pavoneándose como un pavo real.

—Es cierto que fui al teatro con lord Bessett —dijo lady Anisha malhumorada—, al igual que mi hermano. Pero, por lo que sé, ni a Lucan ni a mí nos está cortejando.

—No seas tímida, Nish —dijo Lazonby—. Nos conocemos demasiado bien.

—¿De verdad, Rance? —Le dedicó una de sus misteriosas miradas de ojos negros—. A veces me pregunto si te conozco algo. Pero muy bien, sí. Bessett le pidió permiso a mi hermano para agasajarme. Muy pintoresco por su parte, ¿no crees? Sobre todo porque debería haber sido a mí a quien preguntara.

—Bessett es deliciosamente anticuado —se mostró de acuerdo Lazonby—. Creo que es uno de sus mayores atractivos.

—Bueno, Adrian y yo tuvimos una pequeña discusión sobre el tema —dijo Anisha con amargura—. Le he dicho muchas veces a mi hermano que tengo intención de tener un amante antes de volver a casarme.

Lazonby sonrió.

—¿De verdad?

—Sí, alguien diferente y… y tal vez arriesgado. —Anisha levantó un poco la barbilla—. Aunque Bessett no era lo que tenía en mente, ahora que pienso en ello, su atractivo físico compensa que sea tan arcaico.

Lazonby puso una mano sobre la suya y se la apretó suavemente.

—Mira, querida… —Buscó las palabras apropiadas—. Yo… yo no soy para ti. Lo sabes, ¿verdad, Nish?

Ella se ruborizó.

—¡Dios mío, Rance, eres un presumido!

—Presumo de tenerte como una amiga muy querida. ¿Debería parar?

Lady Anisha se removió en el asiento, se alisó las faldas, que no necesitaban ser alisadas, y ajustó el ala de su estiloso sombrerito.

—No —dijo finalmente, y suspiró—. Vale, continúa. ¿Qué quieres de mí?

—¿Que qué quiero?

La miró con curiosidad.

—Rance, estuve mucho tiempo casada y sé cómo piensan los hombres. No te has puesto ese abrigo matutino tan elegante, no sabía que tuvieras algo tan bueno, por cierto, sólo para conducir delante de gente que no podría importarte menos. La misma gente que sabes que no nos daría ni los buenos días a Adrian ni a mí si no fuera por el dinero y el título de mi hermano.

—Anisha, no te subestimes de esa manera.

Ella lo miró con arrogancia.

—¡Oh, no lo hago! Soy tan altiva como cualquiera de ellos. Mi madre era una princesa rajput, por si no lo recuerdas. No me importa nada la sociedad londinense.

—Buena chica —dijo él, sonriendo.

Lady Anisha se llevó una mano al elegante sombrero cuando una ráfaga de aire lo movió.

—Entonces, ¿qué quieres?

—Quiero que vengas conmigo a Scotland Yard.

—¿Adónde?

—Bueno, al número cuatro, en realidad. A hacerle una visita a Napier, el ayudante del inspector. Sé que no es un lugar muy refinado, pero te vi hablando con él en el desayuno de la boda y pensé... Bueno, pensé que os llevabais estupendamente.

—Cielos, yo no diría tanto. No lo conozco en absoluto. Pero era un invitado en la casa de mi hermano, y fui educada con él.

—Pero tú le gustas —sugirió Lazonby—. O eso, o pensó que estabas robando la plata de Ruthveyn, porque no te quitaba los ojos de encima.

Lady Anisha pareció pensar en ello.

—Oh, no seas ridículo —dijo finalmente—. Fue muy agradable, es cierto, pero Napier sabe muy bien por qué fue invitado.

—Sí —contestó Lazonby con firmeza—. Para dejar claro a todos los chismosos que lady Ruthveyn fue completamente absuelta del asesinato de su patrono. Después de todo, la había acusado públicamente. Era eso o hacer que Ruthveyn sufriera la ira de los políticos.

—La gente siempre subestima el alcance de la *Fraternitas*, ¿verdad? —murmuró lady Anisha, que seguía agarrándose el sombrero—. En cualquier caso, Napier me estaba haciendo preguntas sobre la India. Le han ofrecido un puesto allí.

Lazonby miró al cielo.

—Por favor, dime que se va a marchar de Inglaterra para siempre.

—Creo que ya lo ha rechazado —dijo lady Anisha—. Tenía algo que ver con alguien que ha muerto en su familia. No, creo que no te librarás de Napier tan fácilmente. Y sí, Rance, sé que te ha estado acosando sin piedad. Sé que fue su padre quien te envió a prisión para que te pudrieras allí. Y solamente por esas razones Napier siempre será mi amigo.

—Pero ¿me acompañarás? —le preguntó Lazonby—. ¿Como el representante de tu hermano, ya que se ha ido a la India? Ahora Napier se siente en deuda con tu familia... tal vez incluso un poco avergonzado. Y te encuentra intrigante. No me echará tan rápidamente si estás conmigo.

Anisha puso los ojos en blanco.

—¿Y Lucan? ¿No puede ir él?

Lazonby se rió.

—Tu hermano menor no tiene dignidad, querida —afirmó—, y tú eres, si me perdonas, más hombre de lo que él nunca podrá ser.

—Tonterías —le espetó—. Sólo es un muchacho... y un libertino en potencia, sí, pero ya me ocuparé de eso a su debido tiempo. Muy bien, admito que él no serviría.

—¿Y...?

Anisha suspiró pesadamente.

—Escoge el día. Lo haré... pero te va a costar algo, querido.

—Una libra de carne, ¿eh, Shylock?* —dijo, sonriéndole.

---

* Shylock es un personaje central en la obra de Shakespeare *El mercader de Venecia*, e hizo la famosa demanda de «una libra de carne» que debía serle entregada del propio Antonio, el personaje al que se refiere el título de la obra, en el caso en que éste no cumpliera con los términos de la devolución de un préstamo *(N. de la T.)*

—Esto requeriría más de una libra —replicó ella, sentándose muy erguida—. Como compensación, el sábado por la noche me acompañarás a la ópera.

—¿A la ópera? —repitió, horrorizado—. Pero no me gusta la ópera. No la entiendo.

—Es *L'elisir d'amore* de Donizetti —dijo ásperamente—. Y es sencilla. Se enamoran, hay un gran malentendido, un elixir mágico y después los dos...

—¿Mueren trágicamente? —sugirió Lazonby—. Y sólo estoy aventurando una conjetura.

Ella le dedicó una mirada de advertencia.

—Rance, ¿tienes que ser tan patán?

Lord Lazonby se rió.

—¿O solamente muere uno de ellos, dejando al otro con el corazón roto? —sugirió—. ¿O tal vez se envenenan el uno al otro accidentalmente? ¿O se apuñalan mutuamente? Y todo eso cantado, ni más ni menos, en un idioma desconocido que un tipo sensato no puede entender.

A Anisha le brillaron los ojos.

—Oh, por el amor de Dios, ¡no tienes que entenderlo! Solamente tienes que ponerte una levita apropiada y presentarte en Upper Grosvenor Street a las siete en punto. Lady Madeleine necesita otro caballero para formar todas las parejas... ¡y eres tú!

—¡Ah, bien! —dijo Lazonby—. ¡Otro trato con el diablo para el viejo Rance!

Capítulo 6

«En general, el Tao del invasor es éste: cuando las tropas han penetrado profundamente, serán unificadas.»
Sun Tzu, El *arte de la guerra*

*E*l *Jolie Marie* zarpó del puerto real de Ramsgate justo después del alba, siguiendo la estela del primer navío de correo de la mañana. El capitán, Thibeaux, era el hijo de un anciano erudito francés que había servido a la *Fraternitas* durante décadas y que había sobrevivido a las revueltas francesas con la cabeza intacta. Como todos los eruditos de la hermandad, el anciano Thibeaux era un hombre con grandes conocimientos, un astrónomo y matemático de oficio.

Según los cálculos de Thibeaux, el viaje a través del mar del Norte les llevaría algo menos de dos días, y Geoff le había ordenado que navegara a toda vela.

Sin embargo, los problemas empezaron en cuanto los acantilados de Kent desaparecieron del horizonte, lo cual, teniendo en cuenta el viento que había, fue muy pronto. Anaïs, que había permanecido firmemente agarrada a la barandilla de popa mirando hacia Ramsgate, empezó a pasear por la cubierta de proa a popa en cuanto la costa desapareció. Su chal y el borde de su vestido ondeaban fuertemente a su alrededor y no hacía falta tener un don especial, ya fuera físico o de otro tipo, para sentir su desazón. Aunque «desazón» no era tal vez la palabra más apropiada.

Dos veces al pasar él le sugirió que fuera a la parte de abajo, pero ella negó con la cabeza. Geoff temía que estuviera arrepintiéndose de su impetuosa decisión. A pesar de que no habían visto a nadie conocido a lo largo del día anterior, la cruda realidad de lo que había elegido hacer estaba haciendo mella en ella.

Él había tenido curiosidad por saber, aunque no se había permitido la satisfacción de preguntarlo, qué le habría contado a su familia. Evidentemente, Maria Vittorio sabía que había vuelto a salir de Inglaterra, aunque sus padres no estuvieran al tanto. Y era bastante probable que su hermano también lo supiera.

Eso podría ser algo desagradable.

Pero podría ocuparse a su debido tiempo de un cachorro impetuoso como Armand de Rohan… si era necesario. Y el temperamento del muchacho, impulsivo o no, no tenía nada que ver con el actual estado de ánimo de Anaïs. La verdad era que había estado distante durante toda la mañana, hasta el punto de rechazar el desayuno que él había dispuesto en la salita privada de la posada. Y, extrañamente, Geoff se había sentido un poco agraviado por ello.

Había emprendido aquel viaje intentando evitarla, era cierto. Se había dicho a sí mismo que debía estar concentrado al máximo en la tarea que lo aguardaba, no en la seductora curva del trasero de su compañera. Lo había perturbado verla subir y bajar del carruaje y sonreír a los sirvientes en cada parada que habían hecho desde que habían salido de Londres. Y él no era un hombre que se desconcentrara fácilmente.

Pero durante el paseo que habían dado desde el puerto la tarde anterior, con los brazos enlazados, Geoff había empezado a ver algo más aparte de su adorable trasero. Había sentido, durante un instante fugaz, como si hubiera vislumbrado su interior, igualmente adorable.

A pesar de esas castas nociones, no había sido en su buen carácter en lo que había pensado cuando por fin se había desnudado y se había metido en la cama la noche anterior, totalmente agotado y con sentimientos encontrados. No, había sido en su amplia y flexible boca. En esa risa ronca que parecía borbotear desde el interior y quedarse provocativamente atrapada en la garganta. En esos intensos ojos marrones y en esa alborotada melena negra que siempre parecía estar a punto de derrumbarse.

La observó mientras paseaba por la cubierta del *Jolie Marie*, con los mechones de pelo negro como la tinta rizándose incontroladamente debido a la humedad, y no pudo evitar imaginarse que soltaba esa melena por encima de sus pechos y que hundía las manos en ella. Y deseó con todas sus fuerzas haber corrido las cortinas la noche anterior. O que su cama estuviera debajo de la ventana, en vez de en la pared de enfrente. O, mejor todavía, que hubiera bajado al bar de la posada para emborracharse. Porque parecía que Anaïs era un búho nocturno. Había tenido la lámpara encendida hasta bien pasada la medianoche.

Durante un buen rato, simplemente había observado su silueta, larga y elegante, mientras pasaba una y otra vez por delante de la ventana, mientras se preguntaba qué estaba haciendo despierta tan tarde. Y después se preguntó por qué le importaba. Ella no era su tipo. Era joven, más joven y bastante más inocente que el tipo de mujeres que solía poblar su imaginación.

Bessett prefería mujeres con experiencia que conocían el juego: exuberantes y maduras que no buscaban romance y tenían pocas expectativas. Y por esa ausencia de sentimientos estaba dispuesto a pagar muy bien... aunque en raras ocasiones tenía que hacerlo.

No, Anaïs no era para él, pero, inexplicablemente, no podía dejar de imaginársela. Por eso se había obsesionado con una sombra, fantaseando con ella mientras se acariciaba, buscando satisfacción, o algo parecido, de la manera más vulgar. Al echar la cabeza hacia atrás y dejarla caer en la suave almohada había pensado en su cabello y, al respirar, había recordado su aroma. Y no, no había sido su belleza interior lo que lo había motivado ni lo que había permanecido con él cuando había gritado, aliviado.

Y aun así, sin embargo, la lujuria que sentía no se había apaciguado.

Debería haber recordado su juramento original: que no tenía ninguna necesidad de conocer a esa mujer para trabajar con ella. Lo único que tenía que saber era que compartían la misma preocupación por la niña a la que habían sido enviados a proteger. Eso debería haber bastado. Pero en ese momento, mientras la observaba darse la vuelta de nuevo para volver a recorrer la cubierta, Geoff sintió la picadura de la insatisfacción como si tuviera un pulgón en la nuca.

Pero apenas era posible que lo sintiera. Sí, era posible que ella supiera bastante sobre sus pensamientos y deseos más íntimos. Aunque era cierto que los que poseían el don, aunque fuera muy levemente, no podían leerse unos a otros, siempre había sutilezas y categorías.

Por supuesto, como hacían muchos de ellos, Anaïs había minimizado su capacidad. Pero él había oído las mismas negaciones en boca de Rance e incluso de lady Anisha, la hermana de Ruthveyn. Y, aunque era cierto que pocos estaban malditos con el don como lo estaban Ruthveyn y él, Geoff no podía evitar tener la sensación de que mucha gente ocultaba la verdad.

Bueno, si ella lo sabía, que así fuera. Él era un hombre, con deseos de hombre… y Anaïs haría bien en recordarlo.

Pero perdió esa línea de pensamiento cuando ella se detuvo cerca de la escotilla para agarrar con fuerza la barandilla, mirando a estribor con intensidad, como si Francia fuera a materializarse por arte de magia en aquella inmensidad de color azul acerado de agua y cielo. Se inclinó tanto hacia delante que, por un instante, él se preguntó si pretendía arrojarse de cabeza a las aguas revueltas y nadar hasta Calais.

Pero qué tontería. Anaïs de Rohan era demasiado sensata para hacer algo así.

Geoff se relajó, agarrándose con una mano al mástil para conservar el equilibrio, y paseó la mirada por ella. Aquel día iba vestida de verde oscuro, otro de sus vestidos eminentemente prácticos, cuya sencillez resaltaba la esbelta elegancia de su figura. Se dio cuenta de que tenía curvas suficientes para satisfacer a un hombre, pero no más, y deseó haberla observado más resueltamente aquella noche en el club de Saint James. Le habría gustado tener unos recuerdos más claros de esos pechos perfectos y pequeños para ayudarlo a aliviar el tormento por la noche.

Pensó que, en otra vida, Anaïs de Rohan podría haber sido una bailarina, o una elegante cortesana, quizá, porque aunque ella tenía razón al decir que no era hermosa, rebosaba encanto terrenal y gracia celestial.

No obstante, en aquel momento no parecía encantadora ni graciosa.

Parecía estar a punto de vomitar por encima de la barandilla.

Él se había separado del palo mayor y se dirigió a ella rápidamente, antes de darse cuenta de lo que estaba haciendo. Cuando la alcanzó, Anaïs tenía los nudillos blancos sobre la barandilla y estaba más blanca que el pergamino.

Le puso una mano en el hombro y se inclinó hacia ella.

—Anaïs, ¿qué ocurre?

Ella giró la cabeza para mirarlo con una lánguida sonrisa.

—Es sólo *mal de mer* —dijo ella—. A veces sufro mareos.

Él le pasó un brazo por la curva de la espalda.

—Así que es eso —dijo, casi para sí mismo—. Deberías ir abajo y acostarte.

Ella negó con la cabeza y volvió a mirar hacia la barandilla.

—Tengo que mirar al horizonte —replicó mientras el viento le azotaba los mechones de cabello—. Me ayuda. Ahora, vete. Estaré bien.

Pero Geoff nunca había visto a nadie con un aspecto tan ceniciento.

—Puedo ordenarle al capitán Thibeaux que reduzca la velocidad del barco —sugirió.

—No te atrevas a hacerlo —respondió con voz temblorosa—. No tenemos tiempo, y sólo prolongaría el sufrimiento.

Él puso ambas manos sobre la barandilla, una a cada lado del cuerpo de Anaïs, protegiéndola con el suyo. El miedo irracional a que saltara o se cayera todavía lo atenazaba. Podía sentir que ella temblaba.

—Anaïs, ¿esto te ocurre a menudo?

Ella dejó escapar una pequeña risa patética.

—¿He dicho «a veces»? Mentí.

—Pero… tus viajes —murmuró—. A la Toscana. A todas partes, en realidad.

—Mira, la verdad es que… —No dejaba de mirar fijamente al horizonte—. La verdad es que no puedo cruzar el Támesis sin vomitar. Ya te he avisado. Si te quedas, no seré responsable de ese bonito chaleco que llevas.

Él le puso una mano en el hombro.

—Entonces, ¿por qué lo haces? Viajar, quiero decir.

—¿Porque el sufrimiento fortalece el carácter? —sugirió con amargura—. Nunca me ha importado hacer largos viajes por tierra. Estar lejos de mi familia. Incluso las incesantes agitaciones políticas que a veces me obligaban a marcharme. Pero habría preferido enfrentarme a una revolución toscana que a un día en el mar. Sin embargo, Inglaterra es una isla, así que, ¿qué opciones tengo?

—Quedarte en casa —sugirió Geoff, y bajó el tono de voz—. ¿Bordar esos cojines, tal vez?

—De ninguna manera.

—Hmm —dijo él—. ¿Por eso no has bajado a desayunar?

—¿Creías que tu compañía me parecía insoportable? —Se rió—. Te aseguro, Bessett, que no es el caso. Es que sé que es mejor no comer antes de navegar.

Él le puso una mano en la cintura e inclinó la cabeza.

—Geoff —le recordó—. Llámame Geoff. Pobre muchacha. Debes de estar muy débil.

Anaïs volvió a reírse, incómoda.

—¿Qué mujer no lo estaría, con todo tu cuerpo apretado contra ella?

—No voy a permitir que te desmayes y caigas de cabeza al mar del Norte. Así que, sí, quizás esté un poco cerca.

—Y yo desearía ser capaz de apreciarlo —dijo ella—. ¡Oh, por favor, Bessett! ¿Tenemos que mantener esta conversación? Puedo avergonzarme yo sola. Vete. Ahora.

—Ven al centro del barco —le ordenó, y la apartó con suavidad de la barandilla—. Está un poco más firme. Tal vez podamos buscarte un asiento.

Ella aceptó a regañadientes y, a su debido tiempo, Étienne, el mozo de cabina, sacó una especie de tumbona de la bodega. Bessett ordenó que la aseguraran con un par de tacos y sentó a Anaïs en ella, tapándola con una gruesa manta. La preciosa mañana primaveral en Ramsgate había dado paso a los caprichos del mar y, con la velocidad que llevaban, cada vez había más agua salpicando la proa.

Bessett regresó a sus tareas, pero no dejó de mirarla durante el resto del día. El capitán le ofreció en repetidas ocasiones té con jengibre, con un toque de algo más fuerte, pero ella siempre lo rechazó. Más tarde, cuando Bessett y el resto de la tripulación fueron abajo en turnos para comer algo de pan y carne fría, Anaïs se limitó a negar con la cabeza y, cuando la oscuridad los envolvió y bajó la temperatura y ya no hubo horizonte, ni borroso ni de ningún otro tipo, a conservar la compostura.

Finalmente, Geoff no tuvo otra opción que obligarla a bajar, llevándola él mismo por las empinadas escaleras.

El *Jolie Marie* disponía de dos camarotes privados: el cuarto de proa del capitán y otro para los invitados. Esa minúscula estancia tenía dos estrechas literas con cajones en la parte inferior, una pequeña mesa y una bacinilla debajo. Ésta resultó ser muy útil porque, según anochecía, Anaïs empezó a sudar y a sufrir violentas arcadas.

Geoff, preocupado, llenó la bacinilla de agua, mojó un paño y le refrescó la frente.

—Deberías intentar dormir —le sugirió.

—¡Oh, qué situación más lamentable! —Con las manos alrededor de la cintura, Anaïs estaba sentada al borde de la litera, tras haber rechazado los ruegos de Geoff de que se tumbara—. Creo que voy a vomitar otra vez. Por favor, vete a hacer algo mejor y ahórrame la humillación, ¿quieres?

Geoff sonrió débilmente.

—¿Qué tipo de guardián deja a su compañera sola? —preguntó en voz baja.

—¿Qué tipo de guardián se marea?

—Muchos, sin duda, en las circunstancias apropiadas. —Le colocó un caprichoso rizo detrás de la oreja—. Hoy el mar está muy revuelto. Mírame. Se te está deshaciendo el peinado.

Anaïs se llevó una mano a la cabeza, como si fuera a colocárselo, se quitó la horquilla equivocada y la mitad del arreglo le cayó sobre el hombro. Musitando un juramento nada propio de una dama, arrojó la horquilla al otro lado del camarote.

Geoff se sentó en el borde, a su lado.

—Date la vuelta. Voy a quitarte esas horquillas. Y después vas a tumbarte.

—No —contestó débilmente, apoyando un hombro contra la pared de la litera.

Pero en realidad no se resistió a su plan. Al principio, los dedos de Geoff eran torpes y casi arrancaban las horquillas, que parecían estar colocadas sin orden ni concierto. Pero consiguió quitárselas todas y le dejó suelto el otro lado de la melena, maravillándose por su longitud y su textura.

Como se había imaginado, el cabello de Anaïs era una brillante masa de gloria femenina que le llegaba hasta la cintura, y se preguntó cómo demonios conseguía peinárselo.

Incapaz de resistir la tentación, hundió las manos en su pelo. Y mientras sentía su calidez deslizarse como raso entre sus dedos, se dio cuenta de que nunca había deshecho el peinado de una mujer simplemente por el placer de hacerlo. Sólo por permitirse que esa seda cálida y sensual corriera entre sus dedos como si fuera aire, luz y agua, todo a la vez.

Abrió la boca para decir... Bueno, algo estúpido, seguramente. Pero lo salvó alguien que llamaba a la puerta.

Geoff la abrió y se encontró al mozo de cabina con una taza humeante en la mano.

—*Thé au gingembre pour madame* —dijo Étienne—. *Avec opium. Le capitaine*, él lo envía. Para dormir, *oui?*

—*Oui, merci* —dijo Geoff, cogiendo la taza—. Esta vez se lo tomará.

Y lo hizo, aunque no dejaba de decir que terminaría vomitándolo.

—No has comido ni bebido nada en veinticuatro horas —dijo él, poniéndole la taza en los labios—. Solamente eso ya hace que te marees. Ahora, bébetelo.

De haber estado en condiciones, Anaïs jamás se habría rendido. Él lo sabía. Pero como estaba tan débil, se dio por vencida, mirándolo entre sorbitos con esos enormes y redondos ojos marrones de cachorro hasta que algo en el pecho de Geoff dio un extraño salto.

Santo Dios. Estaba enferma, pálida y, en general, hecha un desastre. ¿Qué demonios le ocurría a él?

No tuvo mucho tiempo para pensarlo. Cuando se había bebido media taza, el jengibre y el opio hicieron su trabajo con asombrosa rapidez. Estaba bebiendo y, al instante siguiente, le golpeó el pecho con la barbilla y cayó contra él con todo el peso de su cuerpo.

Gracias a Dios.

Dejaría de sufrir por lo menos hasta que amaneciera. Y, con la velocidad que llevaban, deberían avistar tierra al día siguiente por la tarde.

Arrojó las mantas a la estrecha litera, tomó a Anaïs en brazos y la dejó en ella, preguntándose hasta qué punto se atrevería a desvestirla. Empezó por quitarle la pequeña pistola que llevaba atada alrededor de la pantorrilla, después le quitó los zapatos intentando no mirarle las piernas, una cuestión de conducta caballerosa en la que fracasó miserablemente.

Ardía en deseos de levantarle las faldas, hasta arriba, para ver, entre otras cosas, dónde tenía la marca de guardián. E, inexplicablemente, lo enfureció que Rance hubiera visto lo que él no había visto, cuando ninguno de ellos tenía derecho a mirar la cadera desnuda de la dama.

Al final, Geoff se permitió el pequeño y malvado placer de pasar una mano por la curva de la pantorrilla, maravillándose por los duros músculos que podía sentir bajo la piel, engañosamente delicada. Luego, un poco a regañadientes, le cogió los tobillos y se los tapó con la manta.

Pero la litera era tan corta que incluso Anaïs estaba contraída. Maldiciendo en voz baja, le desabrochó la parte frontal del vestido verde. Como había sospechado, ella llevaba un moderno corsé con ganchos de hueso. Soltó rápidamente los corchetes. Sus delicados pechos se movieron y se aplanaron bajo el fino tejido de la camisa y echó hacia atrás los hombros, relajada. Con un suspiro que parecía de puro placer, Anaïs se retorció un poco y empezó a respirar profundamente.

Ya estaba. Era todo lo que podía hacer. Todo lo que se atrevía a hacer.

Pero ella estaba dormida, y cómoda.

Echándole una última mirada, Geoff la tapó completamente con la manta, remetiéndosela alrededor del cuerpo.

Y de inmediato deseó no haber visitado a lady Anisha Stafford el día siguiente a la boda de Ruthveyn. Ni haberla invitado, a ella y a su medio hermano, lord Lucan, al teatro con su madre al día siguiente por la tarde.

Incluso le había hecho prometer a su madre que visitaría a lady Anisha durante la ausencia de su hermano. Que la llevaría a tomar el té y a cenar. Todo eso había hecho que su madre lo mirara de forma especulativa. Así que le había contado la verdad… si acaso había alguna verdad que contar. Que admiraba profundamente a la dama. Que pretendía cortejarla.

Probablemente estarían comprando el ajuar cuando volviera de Bruselas.

De repente, él también se sintió mareado.

Lady Anisha era, por supuesto, una amiga muy querida y siempre lo sería. Era tan querida que Geoff no deseaba hacer nada que la hiciera sentirse incómoda. Deseaba no haber iniciado nada que consiguiera precisamente eso.

Posó suavemente una mano en la mejilla de Anaïs. Se parecía a la hermana de Ruthveyn en el sentido de que, con sólo mirar su cabello negro y su cálida piel, uno sabía que no era ninguna rosa inglesa, sino una orquídea de invernadero, rara y algo exótica. No obstante, en todo lo demás no podían ser más diferentes.

Dejó caer la mano y deseó poder pensar en otra cosa.

Haciendo un esfuerzo por distraerse, cogió su baúl de viaje y sacó los documentos que DuPont le había entregado. Además de los informes y las notas, DuPont había incluido algunos efectos personales, entre los que se encontraba una carta con la firma de madame Moreau y una larga cinta amarilla del pelo etiquetada con el nombre de Giselle Moreau.

Geoff sacó esta última y durante un rato se sentó a la pequeña mesa pasándose la cinta pensativamente entre los dedos. A veces los artículos personales podían ser útiles, pero como la niña era una vate, vería muy poco. La madre, sin embargo, era otra historia. Era posible que su carta consiguiera abrirle el vacío, pero aquella noche no tenía ánimos. No quería ver el futuro de Giselle ni sentir los miedos de su madre. No quería notar la pena de madame Moreau ni sentir sus recuerdos.

Le resultaría dolorosamente familiar.

Dejó la cinta a un lado, como si fuera un áspid. Se levantó y giró la mecha de la lámpara que había sobre la mesa, dejando sólo suficiente luz para observar a Anaïs. Después se quitó las botas de un tirón, lanzó el abrigo y el chaleco sobre una silla y se tumbó con cuidado en la litera de enfrente, con las piernas un poco encogidas hacia el pecho.

Se puso de lado, paseó la mirada por el cuerpo de Anaïs y dejó escapar un suspiro. Estaba contraído, mojado y bastante obsesionado. Como Anaïs había dicho, era una situación lamentable.

Dios, iba a ser una noche muy larga.

Capítulo 7

«En el arte práctico de la guerra, lo mejor es tomar el país del
enemigo al completo e intacto.»
Sun Tzu, *El arte de la guerra*

*B*ruselas era una bonita ciudad en primavera. Abriendo por completo las ventanas de su dormitorio, Anaïs se asomó a la rue de l'Escalier
e inspiró profundamente el aire que era, por el momento, fresco gracias al olor de la lluvia. Desafortunadamente, no duraría, le había asegurado el nuevo mayordomo, porque el efluente local, como ocurría
en Londres, era arrastrado por un río que atravesaba la ciudad.

Pero en ese instante Bruselas era adorable y, al contrario que el
Jolie Marie, muy, muy estable. Y para Anaïs, ni siquiera el desagradable tufillo del río Sena podía mermar la belleza de eso.

A lo largo de la estrecha calle había macetas de flores colocadas de
manera desenfadada en los balcones de hierro forjado. Justo debajo,
dos hombres entrados en años estaban descargando el carro que los
había seguido desde la posada en Ostende, gruñéndose el uno al otro
en lo que parecían tres idiomas diferentes.

A regañadientes, Anaïs se retiró de la ventana, porque podía sentir
la promesa de la lluvia. Había estado lloviznando durante casi todo el
trayecto que habían hecho por tierra, pero a ella no le había importado, agradecida por pisar suelo firme, que estuviera seco o no.

—Y por aquí, *madame*, está su vestidor —oyó que decía el mayordomo a su espalda.

Anaïs se dio la vuelta sonriendo ampliamente.

—Ve tú delante, Bernard.

El mayordomo la condujo a un amplio pasillo con un par de armarios, con capacidad de almacenaje para varios baúles y una pequeña mesa de tocador. Era un espacio reducido en el que todavía se notaba el olor a pintura.

—Al otro lado de esta puerta, *madame*, está el dormitorio del señor MacLachlan —la informó Bernard—. El baño es compartido y todas las habitaciones están conectadas.

La sonrisa de Anaïs se desvaneció. No había pensado en aquello cuando accedió a la sugerencia de Geoff de que fingir un matrimonio, incluso a ojos de la tripulación y de los sirvientes, reduciría las posibilidades de meter la pata.

—Estoy segura, Bernard, de que aquí estaremos muy bien —consiguió decir.

El sirviente se inclinó ante ella y salió al pasillo para supervisar los baúles, que en ese momento estaban subiendo los sirvientes a trompicones por las escaleras. Anaïs lo observó marcharse y después se acercó a la ventana.

Bernard era mucho más formal que cualquier sirviente que su familia hubiera contratado nunca. Él mismo les había explicado que procedía directamente de la casa de París del señor Van de Velde, al igual que las dos criadas. Los lacayos venían de la casa de monsieur DuPont y, el personal de cocina, de algún lugar de Ámsterdam.

Aunque todos eran leales y de confianza, formaban un pequeño grupo, les había dicho Bernard. Además, su misterioso anfitrión (quien, al final, no había sido tan misterioso) había estado acompañado por una doncella y un ayuda de cámara cuando los recibieron en el puerto.

El señor Van de Velde había resultado ser un banquero muy rico de Róterdam, bajo y gordo, con un bigote impresionante y numerosos asuntos financieros en Francia, Bélgica y los Países Bajos. Como Bessett, llevaba el símbolo de la *Fraternitas* en el alfiler de su pañuelo de cuello, aunque sin el cartucho del cardo.

Tras una cálida bienvenida y otra advertencia sobre la reputación de Lezennes, los proveyó de mapas, llaves y una lista de contactos por todo Bruselas. Después se marchó rápidamente porque, según les explicó, era demasiado conocido como para ser visto fuera de la privacidad de su carruaje cerrado.

Tras Anaïs, Bernard se aclaró la garganta con suavidad.

—El Palacio Real, *madame*, está por allí —le dijo, señalando hacia la colina—. La iglesia de *madame* Moreau está a un corto paseo, atravesando la Grand Place y el mercado de flores. Por favor, tenga cuidado cuando salga, porque toda Bruselas está en construcción.

Anaïs sonrió.

—¿La Revolución ha propiciado los negocios?

—En cierta manera, *oui*. —Bernard le dedicó una sonrisa tensa y bajó la voz—. Ha sido especialmente buena para los banqueros. *Monsieur* van de Velde tiene muchos intereses por aquí.

—¿Incluyendo esta casa?

Bernard se encogió de hombros con un gesto típicamente galo y abrió las manos.

—El antiguo propietario jugaba demasiado a las cartas —murmuró—. Lo obligaron a dejar la casa durante un año. Para cumplir con los gastos de la hipoteca.

—Un préstamo del que Monsieur van de Velde obtuvo beneficios, sin duda —dijo Anaïs irónicamente.

Bernard enarcó una delgada ceja.

—Es tenedor de muchas hipotecas, estoy seguro.

Ella se giró hacia la ventana, preguntándose una vez más hasta dónde llegaban los tentáculos de la *Fraternitas* en los gobiernos y las economías de Europa. ¿Y Van de Velde había alquilado la casa durante un año? Santo Dios. Seguramente no tardarían tanto tiempo en huir con la familia Moreau... o lo que quedaba de ella.

Con la reticente complicidad de Maria, Anaïs podría esquivar la curiosidad de sus padres durante una temporada, un par de meses, tal vez, ahora que había empezado la temporada de cultivo. Con un poco de suerte, Armand estaría demasiado ocupado intentando causar buena impresión en Londres como para darse cuenta de que ella había regresado de la Toscana. Y Nate... Oh, Nate era como un sabueso si captaba el aroma del escándalo. Ni siquiera la ingeniosa Maria sería capaz de despistarlo. Pero Nate estaba tremendamente ocupado y acostumbrado a que ella viajara.

Oh, era cierto que un guardián, incluso uno no oficial como ella, tenía que hacer a menudo sacrificios personales. Ella haría lo que fuera necesario. Sin embargo, pensaba que con un año de ausencia habría que quemar las naves. Sería su ruina en sociedad. Y sólo Dios sabía cómo se las arreglaría viviendo con Bessett, con Geoff, durante tanto tiempo.

Tal vez fuera más fácil si volviera a ser ese caballero altivo y dominante que había conocido en la Sociedad de Saint James. En lugar de eso, parecía decidido a mantenerla constantemente descentrada con sus ocasionales avalanchas de amabilidad. De vez en cuando, incluso esos ojos de color azul pálido parecían capaces de derretirse.

Bernard seguía detrás de ella, como si esperara órdenes.

—¿Así que la casa con los tulipanes rojos y amarillos —murmuró ella— es la casa de Lezennes?

Bernard se acercó un poco.

—*Oui, madame* —dijo, bajando el tono de voz—. Ya hemos logrado hacer muchas cosas. La señora Janssen ha conocido a la cocinera de Lezennes en el mercado de Grand Sablon, y nuestro lacayo Petit está... ¿cómo dicen ustedes?, saliendo con la doncella. Le podrán contar muchas cosas del ritmo y los chismes de la casa.

Anaïs apartó las finas cortinas y miró con más detenimiento hacia la casa que estaba a sólo dos puertas en la calle empinada.

—¿Y qué hay de la niña? —preguntó pensativa—. ¿Se la ha visto entrar o salir de la casa?

—Muy poco —contestó el sirviente—. La mayoría de los días *madame* Moreau la lleva al parque para dar un paseo a mediodía. Lezennes se reúne con ellas allí y las acompaña de vuelta a la casa. También ha contratado a una institutriz que va allí cada día.

En ese momento, se oyeron las firmes pisadas de Geoff subiendo las escaleras. Anaïs se dio la vuelta y lo vio atravesando el pasillo, con uno de sus baúles en equilibrio sobre el hombro derecho. Ese día llevaba el liso y denso cabello recogido a la nuca con un cordón de cuero, como si estuviera demasiado ocupado como para pensar en él. Su nueva doncella francesa corría tras él, incapaz de seguir el paso que marcaban sus largas piernas.

—Bueno, éste es el último —dijo él, entrando en el vestidor—. La casa está magníficamente situada, Bernard.

—Es cierto que la vista al otro lado de la calle no podría ser mejor.
—Anaïs se dirigió a la puerta del vestidor mientras Geoff dejaba en el suelo el baúl con un gruñido—. Y mira, querido —siguió diciendo

ella, y cruzó los brazos sobre el pecho—. Nuestros vestidores están conectados... y compartimos el baño.

Desde donde estaba arrodillado, Bessett le dedicó una sonrisa burlona.

—Sí, bueno, por lo menos hay cañerías —dijo sin alterar la voz—. En Yorkshire todavía llevamos a mano el agua a las casas, la caliente y la fría.

Claire, la nueva doncella de Anaïs, hizo una rápida reverencia y dijo en francés que iba a empezar a deshacer el equipaje.

—*Merci* —le respondió Anaïs.

Tras ellos, el mayordomo volvió a aclararse la garganta.

—Ah, Bernard —dijo Geoff, levantándose—. ¿Dijiste que había algo en el desván que querías que viéramos?

El mayordomo hizo una de sus tiesas reverencias.

—Si *madame* y *monsieur* tienen la amabilidad de seguirme...

Como las casas de Londres capital, la de Bruselas era profunda y estrecha, y consistía en un piso de calidad inferior para el servicio con cocinas, tres pisos principales y un espacioso desván. Anaïs y Geoff siguieron al mayordomo hasta el último tramo de escaleras, esperando encontrar los alojamientos de los sirvientes.

En lugar de eso, la mayor parte del desván estaba despejado y abovedado, terminado con techos blancos, un pulido suelo de madera y un gran tragaluz elevado en la parte trasera. En un cuadrante destacaba una mesa de billar, más larga y tal vez algo más estrecha que un billar inglés. Del rincón opuesto colgaba una bolsa de cuero de una cuerda, como la que solían usar los caballeros para practicar boxeo. Entre los dos había una gruesa colchoneta, para practicar la lucha, supuso Anaïs, ya que sus hermanos sentían debilidad por ese tipo de violencia salvaje.

La otra mitad del desván estaba vacía, excepto por un estante vertical que exponía una selección de floretes y espadas, junto con diversas hojas y artículos de esgrima. Y frente a dos de los tragaluces había pequeños telescopios montados en trípodes, como los que se usaban en navegación, y un par de sillas.

Geoff paseó la mirada lentamente por la estancia y dejó escapar un silbido de admiración.

—El paraíso de un caballero, *n'est-ce pas?* —dijo Bernard—. El propietario es un fanático del deporte.

—De ahí su continuo endeudamiento —murmuró Anaïs, cruzando el desván para coger uno de los floretes.

—Estos telescopios son un detalle extraordinario —dijo Geoff mientras se sentaba en una silla para mirar por el ocular—. Ah. Comprendo.

—Son nuestros, *oui* —dijo Bernard—. Tal vez desee llevarse uno a su alcoba. Hasta ahora, hacíamos turnos para vigilar el comedor de Lezennes y lo que creemos que es el salón principal.

—¿Han visto algo? —preguntó Geoff, todavía con los ojos entornados.

—A veces, a *madame* Moreau —dijo Bernard—. Parece moverse libremente por la casa y sale a comprar, un poco, y a la iglesia dos o tres veces por semana.

—En el informe que DuPont nos entregó se dice que es católica —comentó Anaïs pensativa—. ¿Es muy religiosa?

Bernard se encogió de hombros.

—Su difunto marido sí que lo era, ciertamente —contestó—. Nuestros contactos en París creen que tal vez ella no lo sea tanto. Puede que la iglesia sea una vía de escape de Lezennes. O tal vez la dama esté rezando desesperadamente por algo.

Anaïs pensó en ello.

—¿Y adónde va?

—A Saint Nicholas —contestó el mayordomo.

—Ah —dijo Anaïs—. Tal vez sea hora de que yo también vaya a confesarme.

Geoff se incorporó desde detrás del telescopio y la miró con extrañeza. Por un lado, gran parte de su cabello se había escapado del cordón.

Bernard se limitó a inclinarse de nuevo.

—Ahora debo irme para situar en su puesto a sus nuevos sirvientes personales. También, señor, *monsieur* DuPont ha enviado un sobre para usted. Dice que no es urgente. ¿Se lo dejo en el escritorio?

—Sí, por supuesto. —Geoff había vuelto a centrar su atención en el telescopio—. Gracias, Bernard.

Cuando la puerta del desván se cerró, Anaïs devolvió el florete al estante, deslizándolo en su sitio con un ruido metálico.

—No parece que haya nadie en casa —dijo Geoff, dándose por vencido y levantándose de la silla.

—Sí, vamos a tener que hacer amigos pronto —murmuró Anaïs, cogiendo una espada—. Confieso que estoy un poco nerviosa.

Se separó del estante y vio que Geoff estaba mirando el arma que tenía en la mano.

—Bueno, por lo menos parece que sabes lo que haces con eso.

Sonriendo, Anaïs se puso en posición y embistió.

—*En garde!*

Geoff se limitó a parpadear.

—Oh, créeme, querida, he estado en guardia desde el primer momento que te vi —dijo, acercándose a ella con su habitual elegancia y agilidad—. Pero me preguntaba si el viejo Vittorio no te habría enseñado un par de trucos.

La sonrisa de Anaïs se desvaneció.

—Sí, era un maestro espadachín en su tiempo —dijo con suavidad—. Era... sorprendente. Y conocido en toda la Toscana. De hecho, ¿alguna vez llegaste a oír...?

—¿... lo de ese intento secreto de asesinato en el Congreso de Viena? —La admiración suavizó un poco los brillantes ojos de Geoff—. Esa hazaña hizo famoso a Vittorio en la *Fraternitas*. Por lo que oí, el puñal iba dirigido al cardenal Consalvi.

—Sí, el asesino desenvainó el arma, pero nunca tuvo oportunidad de atacar. —Anaïs hizo una floritura con la espada—. Vittorio lo atravesó a ciegas, así...

—... desde detrás de las cortinas del estrado —terminó Geoff la frase.

—¡Sí, sí, porque ése era su don! —Anaïs bajó la mano izquierda y desvió la mirada a la intrincada empuñadura de la espada—. Su don y su maldición. Podía sentir el... el ser de una persona, su fuerza vital, si prefieres llamarlo así. Y conocía el mal. Podía olerlo, ya sabes, como el hedor de la muerte. Intentó enseñarme un poco, pero yo... Creo que tal vez no deseaba aprender esa lección en particular. De hecho, no envidio a nadie que tenga un don tan fuerte.

Una emoción indescifrable se reflejó en el rostro de Geoff, como un instante de dolor, demasiado rápida y pura para ser identificada. Inmediatamente, él cambió de tema, hablando con un tono de voz más alegre.

—Entonces, señora MacLachlan —le dijo—, ¿qué arma prefiere?

—El florete con daga.

—¡Ah, la escuela tradicional!

—Si algo era Vittorio, era tradicional —admitió ella—, excepto en lo que se refería a mí.

—No, decididamente, tú no eres nada tradicional —murmuró—. ¿Qué más te enseñó Vittorio… aparte de esa delicada embestida y de presentir sin ver?

—Yo no tengo ese don —contestó sin alterar la voz mientras pasaba un dedo por la parte lisa de la espada, como si la evaluara—. Y al final, sí, contrató a un maestro florentino de esgrima para mí. Vittorio dijo que se había hecho demasiado viejo para enseñarme correctamente los movimientos más rápidos y complejos. Que para ese trabajo se requería a un hombre joven.

Levantó la mirada y vio que Geoff estaba observando su mano como si estuviera hipnotizado.

—¿Se imaginaba que alguna vez tendrías que defenderte con una espada?

Anaïs negó con la cabeza.

—Creo que solamente quería que cogiera rapidez y elegancia. Claridad de pensamiento bajo presión. Que aprendiera todo lo sensorial. Bueno, mis instintos están por encima de la media, eso lo admito. Maria dice que soy como un gato en la oscuridad. Pero nunca seré como Vittorio.

La mirada de Geoff se había suavizado.

—Me pregunto qué pensó ese pobre maestro de esgrima —murmuró—. Debiste de parecerle una belleza letal. Probablemente estaba medio enamorado de ti cuando acabaron las lecciones.

Anaïs sintió que el calor le subía por las mejillas.

—No seas ridículo —dijo, y se dio la vuelta apresuradamente para colgar el arma—. Pensaba que tenía buena mano para las espadas, nada más. Intentó enseñarme la espada larga, para trabajar el equilibrio, pero yo no podía alzar esa maldita cosa con precisión.

Cuando se giró, Geoff la estaba mirando con intensidad.

—¿Por qué tengo la impresión, Anaïs —dijo en voz baja—, de que te concentras más en tus fracasos que en tus éxitos?

Ella se encogió de hombros.

—¿Acaso no lo hace todo el mundo? —replicó—. Me refiero a quienes quieren convertirse en alguien de provecho.

Durante un instante, él se limitó a mirarla con la cabeza inclinada, evaluándola.

—Creo que tú ya lo has hecho. Convertirte en alguien de provecho, quiero decir. Pero tengo la sensación de que te entregas al máximo... incluso para cumplir los deseos de los demás. El hecho de que te marearas en el mar es un ejemplo claro.

—Entonces, ¿qué estás sugiriendo que haga? —le preguntó—. ¿Que me quede en casa para evitar las náuseas? ¿Que abandone por completo el sueño de mi bisabuela?

Vio que Geoff apretaba la mandíbula de forma reveladora, aunque fue un movimiento muy leve.

—Estoy diciendo que tu caso de *mal de mer* es el peor que he visto nunca... y he visto llorar a hombres hechos y derechos —afirmó Geoff con voz ronca—. Y estoy sugiriendo que tal vez deberías vivir tu propio sueño, si alguna vez le has dedicado tiempo a decidir cuál es.

Ella levantó la barbilla.

—¿Y qué hay de ti? ¿Estás haciendo lo que deseas? Y recuerda que vi tu cara esa noche, cuando hablaste de tu trabajo con tu padrastro.

Él desvió la mirada durante un instante.

—Mi vida cambió cuando Alvin murió. Hasta entonces, sí, me dedicaba a hacer lo que más me gustaba. Por supuesto, siempre tenía presente que la *Fraternitas* me podía encomendar una misión en cualquier momento, pero la organización estaba tan fracturada...

—Que, al final, decidiste recomponerla tú mismo —lo interrumpió ella, acercándose un poco—. Y así tu vida cambió para siempre.

—Sí —contestó él—. Sí, diría que es una forma de verlo.

Siguiendo un impulso, Anaïs le acarició suavemente la mejilla y le giró el rostro de nuevo hacia ella.

—Y gracias a Dios que lo hiciste, porque le insufló vida a la *Fraternitas*.

—No estoy seguro de que no empezara todo de forma egoísta —murmuró Geoff, mirando hacia otro lado—. Al recordarlo, creo que lo hicimos motivados por la rabia. Por Lazonby.

—¿Por Lazonby?

Anaïs frunció el ceño.

—Siempre estábamos juntos en Marruecos, Ruthveyn, él y yo —dijo Geoff en voz baja—. Compañeros disolutos, podría decirse. Yo acababa de terminar un proyecto para el gobierno francés, Lazonby estaba de permiso de la legión extranjera y Ruthveyn... bueno, se dedicaba a fumar en los antros de opio del norte de África. Era todo una gran bacanal hasta que los gendarmes cogieron a Lazonby y se lo llevaron a Inglaterra. Así que Ruthveyn y yo lo seguimos.

—¿Y qué ocurrió?

—Compramos una casa y fundamos la Sociedad de Saint James —contestó—. Solíamos hablar de resucitar la *Fraternitas*, y eso hicimos. ¿Para qué sirve una hermandad si no puede proteger a los suyos de un encarcelamiento injusto?

—¿Fue lord Lazonby injustamente encarcelado? —preguntó Anaïs—. Según los periódicos, una partida de cartas se complicó y hubo un asesinato.

—No mató al hombre por el que fue condenado por asesinato. Pero ¿fue culpable de tomar una mala decisión? Sí. Un hombre con un don como el suyo no puede jugar a las cartas. De ahí sólo puede resultar una amarga situación. Pero por aquel entonces Lazonby solamente era un muchacho... e incluso ahora niega que lo que tiene es un don.

—Pero su familia lo ha marcado como guardián —murmuró ella.

—Al igual que a ti, o eso dice él.

Durante un instante, la mirada de Geoff volvió a ser fría.

—Sí, como dije esa noche en el templo —respondió ella—. Fueron las instrucciones que *nonna* Sofia le dio a Vittorio: que, una vez me entrenaran, debía ser marcada y ofrecida a la causa.

—¿Por qué? —insistió él.

Anaïs se encogió de hombros.

—No lo sé. Poco antes de morir, mi bisabuela sólo dijo que había algo que yo estaba obligada a hacer, y que el destino me lo revelaría. Y sí, comprendo que una persona puede ser un guardián sin tener capacidades metafísicas. Únicamente se requiere tener buen juicio, determinación y algo de valentía. Pero el linaje escocés de lord Lazonby es muy fuerte... La mayoría de los linajes escoceses lo son, ya lo sabes.

—Oh, sí —contestó Geoff firmemente—. Lo sé bien.

—Y también algunos de los franceses —añadió ella con aire distraído—. Pero en algunas partes de Europa la *Fraternitas* es algo casi ceremonial. Uno bien podría estar uniéndose a la logia local masónica... o incluso al club del bistec, dado el bien que hacen. Pero no hace falta que te lo diga. Gracias a toda la investigación y documentación, la Sociedad de Saint James ha empezado a arreglar las cosas.

Geoff hizo un sonido ligeramente despectivo. Le había vuelto a coger la mano y la había girado para pasarle el dedo índice por las líneas, como si le quisiera leer la palma.

Pero Anaïs cerró la mano sobre la suya.

—Escúchame, Geoff —dijo con vehemencia—. ¿Por qué tengo la sensación de que ahora eres tú el que está menospreciando sus actos? Cuando haces eso, nos desprecias a todos. Y, pienses lo que pienses de mí, independientemente de si la *Fraternitas* me quiere en sus filas o no, siempre creeré en lo que ha hecho la Sociedad de Saint James.

—¡Ah, qué palabras tan amables, Anaïs! —dijo.

—No son sólo palabras. —Le temblaba un poco la voz—. Con frecuencia oí a Vittorio alabar el trabajo de la Sociedad. Creía que, al final, conseguiría identificar y poner a salvo a todos los que poseen el don. Especialmente a los más vulnerables. Como Giselle Moreau.

—¿Eso decía?

Geoff le agarró la mano casi con rudeza cuando intentó soltarse.

Anaïs asintió.

—Ojalá mi bisabuela hubiera vivido lo suficiente para ver resurgir de sus cenizas a la *Fraternitas*. Para tener la certeza de que llegaría a ser algo más que cuentos de hadas. De que volvería a ser una sociedad secreta dedicada a hacer el bien.

—Parece muy noble cuando lo dices así —murmuró, levantando un poco la mano de Anaïs, como si fuera a rozarla con los labios—. Tal vez Ruthveyn y yo sólo estábamos cansados de sentirnos diferentes. Tal vez solamente queríamos tener algo en lo que mantenernos ocupados, lo suficiente como para no tener tiempo para mirar en nuestro interior y preguntarnos en qué nos habíamos convertido.

—No me lo creo —susurró—. Geoff, tal vez yo no... no tenga mucho don. Pero puedo verte a ti. Y creo que tú lo sabes.

Levantó la vista para mirar sus ojos fríos e implacables y vio que la había atraído sin esfuerzo hacia él. Fue como si la hubiera atraído a través del tiempo y del espacio en lugar de por el brillante suelo del desván. Una energía, una especie de emoción tangible, parecía titilar en el aire a su alrededor, y todo pensamiento lógico se escabulló de su mente como si fueran canicas.

Permanecían pecho contra pecho bajo el estante de espadas. Lentamente, como si estuviera debajo del agua, Geoff levantó la otra mano y le acarició la mejilla. Si despertarse la mañana anterior con el vestido desabotonado y el corsé abierto le había parecido íntimo, aquello lo era mil veces más.

—Ah, Anaïs, esto es muy imprudente —murmuró él—. Dime... Dime que los dos lo sabemos.

Capítulo 8

«Conócete a ti mismo, conoce al enemigo;
mil batallas, mil victorias.»
Sun Tzu, *El arte de la guerra*

*E*lla tragó con dificultad, sintiendo la mirada atrapada en la suya.

—Muy imprudente —susurró—. Pero...

Sus palabras se desvanecieron.

Oh, no era el hombre apropiado para ella. Lo sabía. Sin embargo, el momento era inevitable.

Él también debía de haberlo sentido. Geoff deslizó la mano izquierda entre su cabello a la altura de la nuca y posó los labios sobre los suyos, con calidez y firmeza. Resueltamente. Como si ella fuera incapaz de negarse a sus deseos y Geoff pensara tomarse su tiempo.

Oh, sí, por favor, Dios, que se tome su tiempo...

Su boca era suave, pero tenía una fuerza que hacía claras sus intenciones. Su intención de poseerla, por lo menos durante ese breve momento. Y, con un suspiro, Anaïs se rindió. Sus labios y su cuerpo se derritieron contra el de Geoff mientras echaba hacia atrás la cabeza. Geoff se inclinó sobre ella. Su cabello era una cortina de bronce reluciente mientras caía y le ocultaba el rostro.

Ella sabía, por supuesto, que se arrepentiría de ello, y él también. Pero cuando Geoff emitió un sonido gutural y la envolvió con un brazo, atándola a él, Anaïs se olvidó de los remordimientos. En lugar de ello, entrecerró los ojos y abrió la boca, mordisqueando suavemente su carnoso labio inferior.

Aquello podría haber sido un error. Ciertamente, fue una invitación, y Geoff la aceptó hundiendo la lengua en su boca.

—Hmm —susurró ella, y llevó las manos hacia arriba, mucho más arriba, hasta abrazarlo por el cuello mientras se amoldaba a él.

Con un suspiro de placer, Geoff se hundió un poco más, deslizando de manera sinuosa la lengua a lo largo de la de ella y empujándola rítmicamente hasta que Anaïs empezó a notar que las rodillas se le reblandecían como si fueran mantequilla caliente. Él le puso la mano derecha en el trasero, donde comenzó a hacer cálidos y firmes círculos, subiéndole poco a poco la muselina del vestido.

Casi sin poder respirar, Anaïs hundió los dedos en el cabello de Geoff y le succionó la lengua con fuerza. Como respuesta, él le deslizó una mano por debajo de la cadera, levantándola firmemente contra la inconfundible dureza de su erección. A ella le pareció sentir toda su longitud, el grosor e incluso el deseo palpitante e insatisfecho en el interior de su cuerpo, y se volvió a sentir abrumada por esa profunda sensación de lo inevitable.

Sin apenas ser consciente de lo que hacía, Anaïs levantó una pierna y enlazó con ella una de las de Geoff, y después la subió hasta su cadera. Geoff profundizó el beso, se estremeció un poco entre sus brazos y se apretó contra ella con un movimiento que debería haber parecido vulgar pero que, simplemente, no lo fue. Y durante un momento infinito, se sintió perdida en el deseo. Todo su cuerpo anhelaba el de Geoff mientras se presionaba contra él y lo sentía palpitar contra ella.

Con un intenso estremecimiento, Anaïs apartó la boca de la suya.

—Geoff —susurró—. La... la colchoneta. Podríamos...

Geoff desvió la mirada a la gruesa colchoneta y ella pudo sentir cómo temblaba.

—Por Dios, Anaïs —dijo con voz ronca.

Cerró los ojos sin dejar de apretar las caderas de ella contra las suyas. Ella sintió contra el vientre que la erección de Geoff se sacudía. Lo vio tragar con dificultad y olió el calor sensual que despedía su piel en oleadas.

—Me deseas —le susurró.

Él dejó escapar una risa discordante y abrió los ojos.

—Eso es decir poco. —Lentamente, empezó a deslizarla hacia abajo por su cuerpo—. Eres como una llama para la yesca.

Anaïs puso un pie en el suelo y deslizó la otra pierna por la de Geoff hasta que quedó de nuevo de pie, firmemente anclada a la realidad. Bajó la cara hasta el frente de su camisa e inhaló el aroma a almidón y a deseo no saciado. Geoff le había puesto una mano en la nuca con un gesto tierno, casi protector.

—No creo —dijo en voz baja— que sea prudente que te vuelva a besar. Nunca.

Ella intentó sentirse agradecida por su buen juicio.

Y estaba agradecida... o lo estaría, en cuanto se le calmara la respiración y cesara ese molesto latido que sentía entre las piernas.

En ese preciso instante, las bisagras de la puerta chirriaron. Bernard emitió otro de sus sonidos guturales.

—Perdón —dijo mientras ellos se separaban bruscamente.

—¡Ah, recién casados! —exclamó Geoff con naturalidad—. Debes perdonarnos, Bernard.

El mayordomo se limitó a inclinar el cuello con rigidez.

—Por supuesto —murmuró—. A la señora Janssen le gustaría saber qué desean cenar.

Aquella tarde, Anaïs cerró con llave ambas puertas del baño y se paseó por la estancia embaldosada con cerámica de Delft, fijándose en los indicios de ocupación masculina: el jabón de afeitar sobre la repisa del lavabo, el cepillo de dientes con mango dorado, una navaja de afeitar a juego sobre una estantería próxima y un pequeño maletín de cuero sobre el armario de la ropa blanca. Estaba abierto y dejaba ver sólo los artículos de aseo más básicos de un caballero.

Así que, después de todo, no era un pavo real engreído.

Siguiendo un impulso, sacó una botella del maletín y le quitó el tapón. El seductor aroma familiar a especias y cítricos se propagó por el baño. Lo cerró, lo dejó en su sitio apresuradamente y después se lavó la cara con agua fría. No le hacía ningún bien pensar en Geoff de esa manera. Estaba allí para llevar a cabo una importante misión. No podía permitir que su corazón traicionero volviera a convertirse en su peor enemigo.

Después de haber recuperado un poco el juicio con el agua tonificante, puso las manos a ambos lados del lavabo y se miró en el espejo. La verdad era que había tenido suerte. La cena podría haber sido muy incómoda, pero la llegada de Petit, el lacayo, los había salvado. En el transcurso de la comida, les había presentado el rígido horario de los ocupantes de la casa que había al otro lado de la calle y les había contado todo lo que la señora Janssen y él habían descubierto de la casa.

Parecía que Lezennes pasaba la mayor parte del día en la corte o en despachos diplomáticos de la capital. Madame Moreau se ajustaba más a su agenda que, como Bernard había explicado, consistía sobre todo en ir a la iglesia y a comprar. A la pequeña Giselle apenas se le permitía salir de la casa. No parecía que la familia tuviera amistades.

Así que al día siguiente comenzarían a hacer su trabajo. Probablemente madame Moreau haría su visita matutina de domingo a la iglesia para confesarse y después iría al mercado de la Grand Place. Anaïs pensaba estar allí antes de que ella llegara.

Pero cuando comentó sus intenciones, Geoff la había mirado con intensidad y le había dicho:

—Petit te acompañará. Quiero que tomes todas las precauciones posibles.

Llevaba el largo cabello peinado hacia atrás y la luz de las velas hacía que los rasgos de sus mejillas y de la dura mandíbula parecieran todavía más severos, y daba la impresión de ser un arrogante príncipe medieval en su trono, dando órdenes a los mortales inferiores a él.

El cabello parecía más oscuro y, la nariz, algo más aguileña de lo normal.

Anaïs se había limitado a llevarse la copa de vino a los labios, sin decir nada. Una orden absurda no merecía mucha consideración. Si Geoff estaba molesto por haberla besado, tendría que calmarse él solo. Si estaba enfadado con ella por haberlo besado… Bueno, pues ya eran dos. Ese hombre no era más que un sinvergüenza dispuesto a seducir a una mujer incauta. Por eso ella, al mostrarse descuidada, había sido una estúpida.

Anaïs terminó de lavarse los dientes con demasiado ímpetu y se preguntó, mientras le quitaba la humedad al cepillo, si no debería estar golpeándose con él la cabeza. O con algo más grande, quizá. Le echó una mirada al cepillo del pelo y suspiró.

Deseaba a Geoff.

No había vuelta de hoja. Lo había deseado... Bueno, no desde que lo había conocido, tal vez, pero casi.

Cerró los ojos y volvió a apoyar las manos en la encimera del lavabo. Casi podía sentir la presencia de Geoff en la habitación contigua. Sabía que él estaba allí. Ella lo deseaba y él estaba paseándose por el dormitorio como un león enjaulado, yendo de la silla a la ventana, probablemente con una copa de brandy en la mano.

Un estremecimiento la recorrió, algo profundo y lleno de necesidad. Por lo que parecía, cambiaba de opinión con demasiada facilidad, porque las caricias de Geoff habían hecho que tirara la lógica por la ventana. Pero en esa ocasión debía mantener la cabeza fría.

Esta vez tenía que esperar al hombre adecuado. No al hombre apuesto.

Debía recordar, como era evidente que Geoff hacía, a la niña a quien habían ido a ayudar. La pequeña Giselle lo obsesionaba de una manera que ella no podía comprender. Era evidente por cómo se le entrecortaba la voz cada vez que la mencionaba.

Había otra cosa que no comprendía, y era la naturaleza del don de Geoff. Él nunca hablaba de ello, aunque Vittorio una vez había insinuado que lord Bessett y lord Ruthveyn se encontraban entre los videntes más poderosos de la *Fraternitas*. Que eran místicos. Como los antiguos sacerdotes celtas de los que descendía la *Fraternitas* y cuyas poderosas capacidades de pronosticación casi habían caído en el olvido en favor de la historia y la leyenda.

Fuera lo que fuera, y proveyera de donde proveyera, era evidente que Geoff no permitía que sus emociones más básicas interfirieran con su trabajo, y por eso ella debería elogiarlo.

Suspirando, le quitó el cerrojo a las dos puertas del baño y atravesó el vestidor para dirigirse a su dormitorio. La doncella se había marchado, gracias a Dios, había dejado la cama abierta para que ella se acostara y había bajado la intensidad de la lámpara de aceite hasta conseguir una luz tenue.

Anaïs abrió su baúl de viaje y sacó la Biblia y la cajita de madera de ébano que contenía *i tarocchi*; después lo dejó todo sobre la mesita de noche. Abrió la tapa y sacó las cartas de arriba, cuyos bordes estaban más desgastados que las que había debajo.

Echándole un último vistazo a *le re di dischi*, lo levantó hacia la luz como siempre hacía, recorriendo con la mirada su atractivo rostro y su armadura de color rojo sangre. Después, rápidamente, apagó la luz.

Un príncipe de paz con armadura escarlata.

Pero esa noche parecía que su príncipe se había olvidado de ella.

O que tal vez nunca la había esperado.

Geoff esperó en la más completa oscuridad. Esperó hasta que ya no oyó a Anaïs en la habitación de al lado. Esperó hasta que desapareció el deseo de atravesar su vestidor y entrar en su dormitorio y tuvo alguna esperanza de dormir sin que lo perturbaran los recuerdos de ese beso abrasador e impactante que habían compartido.

Qué estúpido era. Desde el principio había sabido que ocurriría eso. Que la desearía. Que soñaría con ella. Sería un milagro que pudieran trabajar juntos.

Pero sólo tenía que pensar en Giselle, mirar a través de las ventanas con parteluz de su dormitorio hacia lo que Petit le había dicho que era la habitación de la niña, para saber que se sentía completamente sola. Y completamente aterrorizada.

Eso hacía que el deseo carnal le pareciera una tontería.

Cuando el silencio absoluto invadió la casa, Geoff se levantó y fue hacia la ventana, hizo chirriar las bisagras al abrirla y se asomó a la Rue de l'Escalier para inspirar profundamente el aire fresco de la noche. Sin embargo, ya se podía sentir el hedor del río asentándose sobre la ciudad como una espesa niebla. Olía a podredumbre y aguas residuales, como todo ese asunto del vizconde de Lezennes, la verdad fuera dicha.

En los pisos superiores de la casa de Lezennes las luces seguían encendidas, excepto en el cuarto que Petit había dicho que era el de Giselle. Geoff espiró lentamente, acercó una silla a la ventana, abrió su escritorio de viaje y sacó el sobre más reciente de DuPont. Debajo de él vio la cinta amarilla del cabello de Giselle y, por un momento, detuvo la mano. Tal vez podría conectarlo con la madre, si no lo hacía con la niña.

Cerró la caja con un golpe seco, encendió una vela y, por segunda vez ese mismo día, empezó a revolver entre las cosas que DuPont le había enviado. No había mucho, sólo un puñado de facturas atrasadas y algunas cartas de pésame dirigidas a madame Moreau. No tenía ni idea de cómo las había conseguido DuPont.

Después de hojear las cartas, sacó la que le parecía más prometedora, una misiva muy doblada de su párroco. Esa vez la leyó detenidamente, concentrándose en los sentimientos dolorosos mientras la sostenía en las manos. Intentando imaginarse cómo la había hecho sentirse la carta cuando la había tenido entre sus manos. Cómo podría sentirse, incluso ahora.

Después apagó la vela, cerró los ojos y se abrió deliberadamente a ese infinito abismo entre el tiempo y el espacio. Era como apretar un torniquete en el brazo y abrir una vena. Mientras el silencio nocturno caía sobre él, Geoff intentó sentir a madame Moreau. Intentó acercarse a su pena, a sus pensamientos y a la esencia de lo que había en ese vacío.

Era una tarea que odiaba hacer. Pero era sólo eso, una tarea, lo que decidía hacer cuando ya no le quedaban más alternativas.

Sin embargo, había habido una época, no hacía demasiado tiempo, en que no había sido una elección. Cuando su mente se había deslizado sin restricciones por el tiempo y el espacio; una y otra vez, huidiza como una anguila zigzagueando a través de la luz del sol. Como destellos oscilantes de luminosidad cegadora y claridad perfecta, claridad incontrolable, que a veces revelaba atisbos de cosas que ningún niño debería ver.

Y que, sin embargo, veía, totalmente impotente.

No, no le gustaba hacerlo. Pero gracias a largos años de práctica y rígida autodisciplina había conseguido que la elección fuera suya, no del destino.

Y aun así, esa noche no sintió nada.

En las raras ocasiones en las que la visión lo asaltaba espontáneamente, se sentía como si fracasara. Y en ocasiones como aquella noche, cuando no podía invocar la visión, se sentía... Bueno, suponía que igual.

Se consoló, si la palabra podía usarse en ese contexto, pensando que no conocía a Giselle Moreau y que no sabía nada de su madre, excepto que la había visto brevemente aquella tarde, cuando había salido de la casa con la cesta del mercado. Una mujer rubia, pulcra y bajita con una larga capa negra.

Era difícil aferrarse a los hilos de los pensamientos o las emociones del presente, y más todavía a los sucesos del futuro, cuando no había tocado, o al menos visto, a la otra persona. Pero tenía que intentarlo.

Dejando escapar un suspiro, Geoff lanzó la carta al montón. Por primera vez en su vida, casi echaba de menos las visiones. Esa noche estaría solo.

Solo con sus sueños febriles sobre Anaïs de Rohan.

La Église St. Nicholas era una hermosa iglesia antigua situada en un recoveco entre las Rues au Beurre, justo debajo de la Grand Place, en los límites de los vecindarios más abarrotados y no tan nobles de Bruselas. Estaba algo más alejada del centro de la Bruselas real que otras iglesias, y era una elección interesante, pensó Anaïs mientras deambulaba bajo los techos abovedados.

Y, por alguna razón, era la preferida de madame Moreau.

Tal vez tuviera algo que ver con su sencillez. Con los colores relajantes y los pocos dorados que lucía. No obstante, incluso allí, en ese lugar de paz, eran evidentes las señales de las agitaciones políticas de la ciudad. A lo largo de los siglos, la iglesia había sido repetidamente bombardeada y quemada, y un capillero le dijo que en la capilla de la Sagrada Virgen todavía había una bala de cañón francesa alojada en uno de los pilares.

Anaïs le dio las gracias, pero no fue a investigar. Prefirió esperar cerca de la entrada y de la fila de confesionarios, a los que los congregantes se acercaban a intervalos. Encendió una vela por *nonna* Sofia y se tomó un momento para decir una plegaria.

Aunque la habían bautizado en la iglesia anglicana de su madre, Anaïs se había visto inmersa en el catolicismo desde una edad muy temprana. Cuando era una niña había acompañado con frecuencia a su bisabuela y a Maria a misa en St. Mary, porque sus padres habían sido liberales en esas cuestiones. En la Toscana, no había habido otra iglesia a la que ir. A Anaïs las religiones le parecían... Bueno, no intercambiables, precisamente. Complementarias, quizás, era la palabra apropiada, y mucho más parecidas de lo que algunos pensaban.

Así que había entrado en la Église St. Nicholas con la comodidad de visitar a una vieja amiga. Un cuarto de hora después, una mujer pequeña y regordeta con el cabello rubio entró desde el nártex con una cesta de mercado adornada con un brillante lazo de color rojo. La original cesta era justo como Petit la había descrito.

La mujer la dejó en el suelo, junto a la puerta, se tapó un poco más el cabello con un pañuelo y fue directamente a uno de los confesionarios abiertos. Anaïs la siguió y se instaló en el que había al lado.

—Perdóneme, padre, porque he pecado —dijo en francés, con los labios muy cerca de la rejilla de madera—. Soy anglicana. ¿Oirá mi confesión?

El sacerdote dudó un instante.

—Por supuesto, hija —dijo con voz suave—. Si quieres alcanzar el estado de gracia con nuestro Señor, aquí puedes encontrar el sacramento de la reconciliación.

—Gracias —respondió ella—. Han pasado cuatro meses desde mi última confesión. Éstos son mis pecados: he mentido una vez a mi padre y a mi madre. En varias ocasiones he usado un lenguaje impropio de una dama. Y he tenido pensamientos impuros sobre un hombre con el que no estoy casada. En realidad, ha sido… Bueno, algo más que pensamientos.

—Ah —dijo el cura—. Eso último… ¿quieres decir casarte con él?

—No, padre. —Anaïs cerró por un instante los ojos con fuerza—. Hay… algo más.

—¿Estás casada con otro hombre? —Su tono de voz se endureció—. ¿Prometida a otro?

—No, nada de eso, padre. Estoy… Estoy esperando al hombre adecuado.

—Entonces, debes intentar ser más paciente, hija —la reprendió con suavidad.

—Estoy segura de que tiene razón, padre. Estoy arrepentida por estos pecados, y por todos los otros que haya podido olvidar.

—Muy bien. No te voy a imponer penitencia. En lugar de eso, debes reflexionar sobre todas estas cosas seriamente y rezar para pedir paciencia con… con ese último asunto.

—Sí, padre.

Anaïs dijo rápidamente su habitual oración improvisada de contrición. Vio por el rabillo del ojo que Charlotte Moreau se había levantado del confesionario y se dirigía a su cesta.

—Tus pecados te han sido perdonados —dijo el cura cuando ella hubo terminado—. Puedes ir en paz.

—Gracias sean dadas a Dios —respondió Anaïs.

Se apresuró a bajar los escalones y se dirigió al nártex.

Siguió a madame Moreau hasta salir a la brillante luz del sol y se las arregló para chocar levemente con la cesta.

—¡Oh! —exclamó, agarrándola para sujetarla—. Perdóneme. Quiero decir… *zut! Excusez moi!*

—*Mais certainement.* —Madame Moreau se hizo a un lado como si fuera a pasar junto a ella, pero entonces se detuvo y abrió mucho los ojos—. Oh, ¡pero usted es inglesa!

Anaïs fingió sorpresa.

—Sí —dijo—. ¿Usted también? Me pareció que la conocía.

—Soy inglesa, sí. —El rostro de la mujer se suavizó, pero el dolor no desapareció de sus ojos—. O lo era, debería decir. Pero no, no creo que nos conozcamos. Hace muchos años que no vivo en Inglaterra.

Anaïs se rió.

—Bueno, si yo tuviera que vivir muchos años fuera de Inglaterra, también escogería Bélgica. —Bajó la voz ligeramente—. Pero creo que de verdad la conozco o, mejor dicho, que la he visto antes. Por la calle, quiero decir. ¿En la Rue de l'Escalier?

La mujer parpadeó con aire indeciso.

—Vivo allí, sí.

Anaïs sonrió ampliamente y le tendió una mano.

—Soy la señora MacLachlan —le dijo—. Anaïs MacLachlan. Creo que somos vecinas.

La mujer le tomó la mano con cautela.

—Soy madame Moreau.

Con un entusiasmo propio del vivaz setter de Nate, Anaïs casi saltó sobre la dama.

—¡Oh, es un placer conocerla tan pronto! Nos mudamos ayer. Bruselas es maravillosa, ¿verdad? ¡Hay tanta vida por todas partes…! Y las tiendas. —Hizo una pausa y abrió mucho los ojos—. Hoy mismo le decía al señor MacLachlan… estamos en nuestra luna de miel, ya sabe, que voy a arruinarlo por completo comprando encaje y porcelana. Y esos pequeños azulejos azules… son de Amberes, según me dijo alguien, ¿no? En cualquier caso, juro que me llevaré un cargamento cuando volvamos a casa. —Se puso un poco seria—. Cuando volvamos a casa de verdad, por supuesto.

Madame Moreau parecía un poco aturdida.

—Bueno, felicidades por su boda —consiguió decir—. Y bienvenida a Bruselas.

—Oh, gracias. —Anaïs volvió a sonreír—. Bueno, ha sido un verdadero placer.

—Sí, un placer —repitió madame Moreau.

—Espero que me visite algún día.

Anaïs empezó a subir la colina.

—Bueno, gracias —dijo, pero no contestó como ella esperaba.

Anaïs señaló la calle.

—Me gustaría ir a los puestos de las flores. ¿Es el camino correcto?

—Oh, sí. —La plácida expresión de madame Moreau estaba regresando poco a poco—. ¿Quiere que la acompañe? Yo me dirijo a la Grand Place.

Anaïs intentó parecer ilusionada.

—Oh, ¿vendría conmigo? No me gusta nada comprar sola, pero la casa es un poco sombría y quiero llevar flores. Y la cocinera también necesita algunas cosas.

—Me encantaría —dijo madame Moreau, y ambas comenzaron a caminar juntas—. Deben de estar en casa de monsieur Michel, ¿no es así? Uno de los sirvientes mencionó ayer que había visto equipaje.

—Sí, hemos alquilado la casa por un año —contestó Anaïs—. Aunque no estoy segura de cuánto tiempo nos vamos a quedar.

Madame Moreau la miró de reojo.

—Espero que monsieur Michel esté bien...

Anaïs levantó un hombro.

—Creo que está viajando por el extranjero. Lo dispusimos todo a través de agentes y banqueros. No conocemos a nadie aquí.

—Sí, entiendo —murmuró ella—. ¿Por qué decidieron elegir Bruselas para la luna de miel?

—¡Oh, fue mi marido! —Anaïs agitó una mano—. Se cree un artista. O un arquitecto, tal vez. Quería hacer dibujos de todos estos maravillosos edificios.

—¿Y usted? —le preguntó—. ¿No habría preferido París? Es mejor para hacer compras.

Anaïs puso una expresión triste.

—Yo sí lo prefería —le confesó—, pero creo que mi marido no.

—¿Usted cree? —Madame Moreau la miró con curiosidad—. Pero ¿no está segura?

Anaïs negó con la cabeza.

—A decir verdad, todavía no lo conozco muy bien —dijo, bajando la voz mientras subían la pequeña colina—. Mi padre organizó el matrimonio. Dijo que ya era hora de que me volviera a casar.

—Oh, es viuda —murmuró madame Moreau.

—Desafortunadamente, sí. Mi difunto marido… Bueno, fue una unión por amor. Mi padre no la aprobaba porque John no tenía ni dos chelines, pero éramos felices. Sin embargo, tengo en alta estima al señor MacLachlan. Estoy segura de que los tres nos llevaremos de maravilla cuando nos acostumbremos los unos a los otros.

—¿Los tres?

El rostro de Anaïs se iluminó.

—Sí, tengo una hija. Jane tiene cuatro años. Y la extraño tanto que podría echarme a llorar.

Madame Moreau hizo un sonido gutural de comprensión.

—¿No ha venido con ustedes?

Anaïs negó con la cabeza.

—Mi marido pensó que no le convendría viajar. Y creo que tiene razón. Además, esto es una luna de miel. Aunque debo confesar que no esperaba… Ah, pero debo de estar aburriéndola, madame Moreau, y nos acabamos de conocer. ¡Mire, eso debe de ser la Grand Place! ¡Oh, cielos! ¡Qué edificios tan magníficos!

—Sí, permítame que le haga un pequeño recorrido. Creo que he vivido aquí el tiempo suficiente para poder decirle qué es cada cosa.

—Qué amable es usted.

Haciendo un pequeño sonido de placer, Anaïs entrelazó un brazo con el de madame Moreau.

Dieron una vuelta por la plaza paseando relajadamente, admirando el ayuntamiento y el Hôtel de Ville con sus agujas de adornos calados, mientras Anaïs dejaba escapar exclamaciones de asombro en los momentos adecuados. Enseguida tuvo en los brazos un montón de flores y estaba escogiendo fruta de invernadero en uno de los puestos situados en mitad de la plaza.

—Entonces, ¿cree usted que debería convencer al señor MacLachlan para que me lleve a París durante unos días? —preguntó a la ligera—. ¿Conoce la ciudad? ¿Merece la pena ir?

Madame Moreau la miró con extrañeza.

—Por supuesto, es espléndida —contestó—. Yo vivía allí hasta hace algunos meses.

Anaïs fingió sorpresa.

—¿De verdad? ¿Y Bruselas le gusta? ¿Qué la trajo aquí?

Mientras se alejaban del puesto de frutas, madame Moreau dijo, con una expresión pensativa en el rostro:

—El año pasado yo también me quedé viuda. Ahora vivo con el tío de mi marido. Es agregado al cuerpo diplomático aquí, en Bruselas.

—Oh, es reconfortante tener familia con la que poder contar, ¿verdad? —Anaïs se detuvo para revolver un montón de pañuelos de encaje en un puesto que había instalado frente al *hôtel*—. Yo me siento muy afortunada.

—La vida de una viuda puede ser muy dura —se mostró de acuerdo madame Moreau.

—Oh, sí. —Anaïs escogió un pañuelo y se lo dio al dependiente—. ¿Le queda a usted familia en Inglaterra?

Madame Moreau se mordió el labio y, por un instante, Anaïs creyó ver un destello de miedo en sus ojos.

—No —contestó finalmente—. No tengo a nadie.

—Oh —dijo Anaïs con suavidad mientras contaba monedas—. Debe de ser terrible. No sé lo que Jane y yo hubiéramos hecho si mi padre no nos hubiera acogido.

—¿Las acogió a pesar de todo? —preguntó madame Moreau mientras echaban a andar de nuevo.

Anaïs asintió.

—Cuando John y yo nos casamos, afirmó que no lo haría. E incluso después de nacer mi hija, sus cartas eran muy frías.

—Oh, querida. Eso es muy triste.

—Oh, no. Cuando vio a Jane... Bueno, ¿qué puedo decir? Estaba encantado. Vino por nosotras justo después del funeral. Un nieto lo cambia todo. Todo puede perdonarse. Oh, mire, ¿es eso un organillero?

Señaló al otro lado de la plaza.

—Pues sí —contestó Madame Moreau, aunque de repente parecía sumida en sus propios pensamientos—. Creo que sí.

—Es delicioso. —Anaïs sonrió y le ofreció el brazo—. ¿Por qué no nos acercamos un poco más?

En ese momento, una larga sombra cayó sobre su camino.

Al levantar la mirada, Anaïs vio a Geoff en el puesto de enfrente, esperando a que los transeúntes pasaran. Su expresión era oscura como una nube de tormenta.

—Oh —dijo ella con cierto desdén—. Mire. Ahí está mi marido.

Capítulo 9

«Luchar y vencer en todas las batallas no es la mayor excelencia;
la mayor excelencia consiste en romper la resistencia
del enemigo sin luchar.»
Sun Tzu, *El arte de la guerra*

*E*ra demasiado tarde. Geoff ya estaba atravesando la plaza adoquinada, cerniéndose sobre ellas como una fragata bien armada mientras se quitaba su alto y caro sombrero. Aquel día iba vestido como un joven caballero rico a la moda, con un abrigo oscuro de mañana, cuyo corte revelaba la esbelta curva de su cintura, y un chaleco de color gris perla de seda jacquard. El pañuelo que llevaba al cuello era de color negro, con un nudo alto y firme que contrastaba con el blanco brillante de la camisa.

Se acercó mientras el camino se despejaba a su paso, apoyándose en un bastón con empuñadura de latón.

—Querida.

Se puso el sombrero debajo del brazo y se inclinó con rigidez. Estaba demacrado y con ojeras, como si no hubiera dormido.

Anaïs se obligó a sonreír.

—Qué casualidad, Geoffrey —dijo ella alegremente—. He tenido la suerte de encontrarme con una de nuestras vecinas.

Hizo rápidamente las presentaciones.

—Es un placer, señor MacLachlan.

Madame Moreau hizo una reverencia bastante acentuada.

Dado el esplendor de la ropa hecha a medida de Geoff y de su penetrante mirada, hasta la propia reina lo habría hecho.

—Lo mismo digo, señora. —Geoff se inclinó sobre su mano—. ¿Puedo ofrecerte el brazo, querida, y convencerte para que regreses a casa conmigo dando un paseo? —le preguntó a Anaïs, y se puso de nuevo el sombrero.

—Bueno, en realidad, acabábamos de...

Pero vio algo en esos profundos y brillantes ojos que la detuvo.

Madame Moreau debió de sentir su nerviosismo.

—Por favor, señora MacLachlan, márchese —dijo, estrechándole la mano—. Ha sido un placer conocerla.

Pero Anaïs se aferró a sus dedos durante unos segundos más de los que debería.

—Prométame que vendrá mañana a tomar el té —dijo abruptamente—. A las cuatro. ¿Le parece bien?

Madame Moreau parecía un poco inquieta.

—Bueno, sí... Supongo que sí. Si no puedo, le enviaré un mensaje.

Anaïs le soltó la mano y se inclinó levemente.

—Entonces, le deseo que tenga un buen día. Gracias por esta mañana tan encantadora.

Dejaron a madame Moreau junto al puesto de encajes, con cierto aire de tristeza, y se dirigieron a la casa pasando junto al Hôtel de Ville. Anaïs iba agarrada al brazo de Geoff. Y aunque él no tiraba de ella, no pudo evitar recordar cómo la había arrastrado por las escaleras aquella noche en la Sociedad de Saint James.

Pero en esta ocasión, él no se sentía simplemente irritado. De él emanaba una furia fría y apenas contenida.

No dijo ni una sola palabra hasta que entraron por la puerta principal de la casa. Dio un portazo y se giró para mirarla.

—Y ahora, Anaïs, por favor, dime —dijo con los dientes apretados—, ¿qué parte de «Petit te acompañará» no entendiste?

—Pero Geoff, pensé que eso era...

—¿Qué? ¿Ambiguo? —Lanzó el sombrero a la mesa del recibidor—. ¿Opcional? ¿Una mera sugerencia?

—Innecesario —le espetó.

—¡Oh! —exclamó él, alargando la palabra burlonamente—. Entonces, ¿qué hay de «quiero que tomes todas las precauciones posibles.»? ¿Esa orden tampoco cumplió su objetivo? ¿Era innecesaria?

Anaïs entornó los ojos y empezó a lanzar sus cosas al perchero.

—No —respondió, quitándose de un tirón la bufanda—, pero pensé...

—Por Dios, Anaïs, no te corresponde a ti pensar. —Geoff la estaba taladrando con la mirada y le hablaba con dureza—. ¿Te dije o no te dije que sería yo quien, y repito textualmente, tomaría todas las decisiones en esta operación?

Una de las doncellas se asomó por una esquina y se volvió a marchar rápidamente.

Anaïs suspiró.

—Geoff, ¿por qué estás tan disgustado? No es que haya...

—Sí. Sí que lo es. —Casi estaba gruñendo—. ¿Ése era tu regateo? Porque el momento de negociar ya pasó.

—¡Oh, como si hubieras dado pie a la negociación!

Se levantó las faldas y pasó por su lado para subir las escaleras.

—Anaïs —dijo bruscamente—. Vuelve aquí abajo. Ahora.

No había levantado la voz; más bien, ésta era letalmente calmada. Ella miró por encima del hombro y vio que Geoff tenía una mirada extraña: distante y, a la vez, parecía que lo veía todo. Sintió que un estremecimiento la recorría.

—Ahora —dijo él con tono áspero.

Ella se deshizo del escalofrío y volvió a mirar hacia delante, todavía levantándose el dobladillo.

—No. Si quieres reprenderme, Geoff, ven arriba y hazlo en mi dormitorio. No aquí, en la entrada principal, como si fuéramos un par de verduleras.

Él palideció levemente y atravesó el recibidor a grandes zancadas.

—Y aceptó el desafío —murmuró ella, subiendo el resto de escalones.

—Me pregunto por qué has tardado tanto en retarme —replicó.

Una vez en la habitación, Anaïs mantuvo la puerta abierta y dejó que él pasara. Después la cerró ella misma, como para evitar que él diera otro portazo.

—Y ahora, Geoff —empezó a decir—, sé razonable.

Sus ojos brillaron, fríos y azules, como un trozo de hielo al sol.

—Yo no tengo que ser razonable —replicó, haciendo que ella retrocediera hasta la pared—. Sino tú.

—Pero ¿por qué...?

—¡Porque yo lo digo! —contestó entre dientes—. Porque Lezennes es un hombre peligroso.

—¡Y no estaba por ninguna parte! —dijo Anaïs, levantando las manos.

—Eso no lo sabes. —Apretó la mandíbula—. ¿Y si estaba?

Anaïs intentó controlar su mal genio, y fue una dura prueba.

—Por el amor de Dios, Geoff, no estoy ciega. Ni soy ninguna estúpida.

—¿Y si él estaba haciendo que la siguieran? —Se inclinó hacia delante, poniendo una mano a cada lado de sus hombros, contra la pared—. Santo Dios, Anaïs, ¿y si DuPont está equivocado y ella es tan malvada como él?

—Pero no lo es —replicó con vehemencia—. Eso sí lo sé.

—No, no lo sabes —bramó—. No puedes saberlo. Has estado con ella... ¿cuánto? ¿Menos de una hora? Maldita sea, mujer, ¡haz lo que te digo!

Ella sabía que era una locura provocarlo, pero estaba furiosa. Algo más que furiosa, tal vez. Podía sentir la sangre corriendo por sus venas, como no le había ocurrido en años. Se separó de la pared y levantó la cara hacia él, endureciendo la mirada.

—Entonces, ¿tengo que hacer lo que me digas, ciegamente y sin cuestionármelo?

En un instante, él la agarró, hundiendo los dedos entre el cabello de la nuca, y le giró la cara para que lo mirara.

—Si no, que Dios me ayude, Anaïs, porque te pondré sobre mis rodillas y te azotaré el trasero.

Anaïs lo miró con intensidad.

—Oh, ¿eso crees? —susurró ella—. ¿Por qué no lo intentas, Geoff? Sí, eres rígido y te controlas perfectamente, hasta que alguien te desafía...

Él le cubrió la boca con la suya antes de que ella pudiera siquiera respirar.

En esa ocasión no hubo suavidad en el beso. Abrió la boca sobre la suya, urgente y exigente. Le pasó un brazo alrededor de la cintura y le echó la cabeza hacia atrás, contra la pared, mientras enredaba los dedos en su cabello, inmovilizándola para someterla a los decididos embates de su lengua.

Durante un largo rato la besó, saqueándole la boca sin darle oportunidad a responder y presionándola contra la pared con el peso de su cuerpo. Le cubrió un pecho con la mano con avidez y le acarició el pezón con el pulgar haciendo círculos hasta que se endureció. Metió un muslo entre los suyos y ella sintió que el deseo volvía a abrumarla haciendo que se combara contra la pared, anhelando más, aunque todavía estaba indignada.

Quería cruzarle la cara con una tremenda bofetada.

Quería arrastrarlo a su cama y deslizar las manos bajo esa fachada hecha a medida de cortesía que siempre lucía. Quería acariciarlo, tentarlo y tocarlo hasta que la piel desnuda de Geoff temblara bajo sus dedos.

Sin duda, se inclinaba por hacer eso último. Pero antes de que pudiera decidirse, él apartó el rostro del suyo y dejó escapar un juramento.

Anaïs escogió la primera opción, con el dorso de la mano.

El resultante ¡paf! no fue enteramente satisfactorio porque se quedaron demasiado cerca el uno del otro, pero ella consiguió su propósito.

—¡Por todos los diablos!

Abriendo mucho los ojos, Geoff dio un paso atrás, tocándose la comisura de la boca con el dorso de la mano.

—La próxima vez, pídeme permiso —le espetó ella.

Él se quedó mirándola.

Anaïs enarcó una ceja deliberadamente.

—Incluso puedes pedírmelo ahora —añadió—, mientras lo hagas educadamente.

—¿Per...perdona?

—Sí, ésa es otra buena idea —contestó ella—. Definitivamente, deberías pedirme perdón. Y ahora, ¿me vas a invitar a tu cama o no? Es para saber en qué posición estoy.

—Santo Dios, Anaïs —susurró él—. ¿Es que los dos nos hemos vuelto locos?

Se dio la vuelta y se dirigió con grandes zancadas a la ventana, con una mano en la nuca y la otra apoyada en la cadera, echando hacia atrás el abrigo con una postura pensativa que a ella ya casi le resultaba dolorosamente familiar. Sin embargo, todavía flotaba en el aire una sensación extraña e incómoda.

Anaïs lo siguió y lo observó mientras él miraba por la ventana, tragando con dificultad.

Geoff volvió a hablar sin mirarla; en su voz se notaba el desconcierto.

—La verdad es que no sé si llevarte a la cama o ponerte sobre mis rodillas.

—Tienes muchas más posibilidades de sobrevivir a lo primero —le advirtió.

—Anaïs, no podemos seguir así.

—No soy ninguna niña para que me des unos azotes, Geoff. —Estaba junto a él, resistiéndose al impulso de ponerle una mano en el brazo—. Si quieres invitarme a tu cama, dímelo. Si quieres alejarme de ti, intenta hacerlo. Pero si lo que te pasa es que estás enfadado porque me deseas… y si vas a sobreprotegerme a la menor oportunidad por eso, entonces eres tú el que se arriesga a comprometer la misión, no yo.

—Sí. —Su voz era sorprendentemente suave, pero sus ojos volvían a tener esa mirada poseída, como de otro mundo—. Sí, quizá tengas razón. Pero por el amor de Dios, Anaïs, no…

No… ¿qué?

Ella admiró la curva bellamente esculpida de su rostro, iluminada por un rayo dorado de sol, y deseó suplicarle que respondiera.

Oh, deseaba suplicarle que hiciera muchas otras cosas. Sin embargo, a pesar de su enfado, de los labios hinchados y de que tenía el cabello cayéndole sensualmente sobre los hombros, a Anaïs todavía le quedaba algo de orgullo.

—¿Qué quieres, Geoff? —le preguntó en voz baja—. ¿Qué quieres de mí? Simplemente, dilo.

Él dejó escapar el aire bruscamente y la sorprendió cuando estiró el brazo hacia ella. Quiso atraerla hacia él e, inexplicablemente, ella se lo permitió.

Geoff apoyó la frente en la suya, con los ojos cerrados.

—No te niegues a hacer lo que digo, Anaïs —susurró—. No me obligues a mandarte a hacer las maletas, ¿me oyes? Porque lo haré. Juro por Dios que lo haré.

Ella se dio cuenta de que era verdad. De hecho, le había advertido de que eso era exactamente lo que haría… mucho antes de que salieran de Londres.

Todavía estaba enfadada, sí. Pero quizá, sólo quizá, no hubiera manejado bien la situación. Como a su madre siempre le gustaba señalar, ella era como su padre, a menudo bienintencionada pero emocionalmente torpe.

Si no había más remedio, podría manejar a Lezennes, estaba segura. Pero Geoff no lo sabía y, aunque lo supiera, sus instintos protectores pesarían más que ese conocimiento. Y a él no sólo lo movía el deseo. Era un caballero hasta la médula. No obstante, ella no estaba preparada para admitirlo. Todavía no.

Geoff, sin embargo, había aflojado el abrazo. Anaïs levantó la vista y vio que él estaba mirando de nuevo por la ventana, con más atención esa vez. Ella dejó caer un brazo y se giró para mirar.

Abajo, en la calle, Charlotte Moreau caminaba rápidamente, ansiosa por llegar a casa. Una vez en la puerta de Lezennes, dejó en el suelo la cesta, abrió su bolso y revolvió en él, como si buscara una llave.

No obstante, en ese mismo momento la puerta se abrió de golpe y una niña salió disparada dando un grito de alegría, seguida de cerca por una sirvienta vestida de gris.

Madame Moreau dejó caer el bolso y abrazó a la pequeña.

Junto a Anaïs, Geoff se tensó. El aire de la habitación pareció inmovilizarse y, después, volverse tremendamente frío.

Anaïs sintió de nuevo ese extraño estremecimiento, pero en esa ocasión parecía miedo.

—¿Geoff?

Como si no la hubiera oído, él se acercó aún más al cristal. Levantó una mano para tocarlo mientras seguía mirando la calle. Madame Moreau todavía estaba arrodillada en el suelo, abrazando con fuerza a la niña. Todos los músculos de Geoff parecían haberse puesto rígidos y sus ojos volvían a tener esa mirada extraña y distante.

Tragó saliva.

—Está asustada —dijo con voz profunda y hueca—. Aterrorizada. Ella... ve la oscuridad.

Anaïs le puso una mano en el omóplato.

—¿Quién? —murmuró—. ¿Charlotte?

Pero no era a Charlotte a quien él miraba.

—Sí. Madame Moreau. Su oscuridad es...

Se calló y exhaló lenta y profundamente.

Algo iba mal.

Anaïs lo había sentido, casi desde que habían entrado en la casa. No, desde que él le había tocado la mano en la plaza del mercado. Era como si las emociones de Geoff estuvieran tan tensas que la cuerda fuera a romperse. Como si estuviera aferrándose a... algo con todas sus fuerzas. O cerrándose a algo.

Y en ese momento se dio cuenta de que ese temperamento explosivo, ese beso salvaje y sensual, todo lo había provocado la pasión y la furia, sí, pero algo desenfrenado había estado debajo de esas emociones, como una corriente subterránea erosionando las firmes rocas emocionales de Geoff.

Era un hombre que guardaba bajo llave sus emociones, y aquel día era como si se hubiera acercado demasiado al borde del precipicio.

El ruido de un portazo hizo que Anaïs volviera al presente. Levantó la mirada y vio que Charlotte y la niña habían desaparecido y que la puerta de Lezennes estaba cerrada.

Instó a Geoff a apartarse de la ventana, más que nada para mirarlo.

Él obedeció, pero sus movimientos eran los de un autómata. Tenía el rostro tenso, pálido, y esa mirada escalofriante y fría, como si fuera una criatura salvaje, como la de un lobo, como si mirara a través de ella, o más allá. Como si no estuviera viendo esa habitación, sino otro tiempo u otro lugar.

En la Toscana, Vittorio le había presentado a un hombre como Geoff. En realidad, era un muchacho a quien su familia lo había llevado allí desde Malta. Habían llegado buscando respuestas desesperadamente, porque el joven vivía con la mitad de su mente en el presente y, la otra mitad, en el futuro, sin ser capaz de ver los límites. Estaba constantemente poseído por sueños y visiones y, al conocerlo, había sido como ver en sus ojos la entrada del infierno.

Pero había poco que Vittorio pudiera hacer, excepto confirmar lo que ya sabían: que el chico no estaba loco. Había sido maldito, maldito con el don, el nombre más inapropiado que Anaïs había oído.

De vuelta en casa, el muchacho había decidido hacerse cargo del asunto. Se había atado un ancla al tobillo y había saltado al puerto de La Valeta. Nunca más se lo volvió a ver.

Anaïs puso una mano en la suave lana de su abrigo.

—¿Geoff? —dijo en voz baja—. ¿Cuánto tiempo llevas luchando contra esto?

Él levantó una mano de repente, haciendo que ella se sobresaltara. Pero se limitó a llevársela a la sien, poniendo dos dedos justo por encima de la ceja.

—No puedo recordarlo —admitió, intentando concentrarse—. Desde… ¿anoche? Intenté ver, abrir el vacío, pero no pude. Sin embargo, después, a primera hora de la mañana, cuando no podía dormir, la sentí. Era la oscuridad, colándose por los bordes. Pero aun así, no vino nada. Después… después la conocí.

—¿Quieres decir a madame Moreau?

—Sí —susurró—. La conocí. Toqué su mano.

Y ahora la puerta del infierno se había abierto.

Anaïs sabía que a veces funcionaba así. Lo agarró del brazo.

—Ven, siéntate junto a la chimenea.

Pero Geoff no se movió. Tenía la otra mano rígida a un costado, con el puño apretado tan fuerte que los nudillos se le habían vuelto blancos.

—Geoff —dijo ella con indecisión—. Ven a sentarte. Cuéntame lo que sientes.

—No… Yo… No…

Cerró los ojos con fuerza y se le abrieron las ventanas de la nariz. Todavía tenía una mano en la sien y ella podía sentir que todo su cuerpo empezó a temblar. Una nube tapó el sol, atenuando la luz de la estancia, y fue como si un torbellino de maldad recorriera la habitación, aunque la ventana apenas estaba abierta.

Anaïs volvió a notar como si la temperatura bajara, haciéndole sentir de nuevo ese estremecimiento frío y horrible, además de náuseas. Los visillos se levantaron siniestramente con el viento, flotando alrededor de ellos como si los llevara una nube invisible. Geoff abrió mucho los ojos, aunque su mirada seguía siendo escalofriantemente distante. Le cogió a Anaïs las dos muñecas y la acercó a él. Ella comenzó a temblar con tanta violencia que temió que le fueran a castañetear los dientes.

—Anaïs —dijo con voz ronca—. Debes mantenerte alejada de ella. La niña. Hay maldad, puedo sentirlo, alrededor de ella. Alrededor de ti.

De repente, Anaïs comprendió.

—¿Quién? —susurró—. ¿Puedes ver la fuente? ¿Es Lezennes? Santo Dios, no puede ser madame Moreau.

Él negó con la cabeza.

—No… No lo sé —dijo, hundiéndole los dedos en la carne—. No puedo verlo. Hay algo… Hay algo negro y muy potente. Como una sombra sobre todos nosotros. La siento. La conozco y ella me conoce a mí. Sabe que estoy aquí.

Ella se resistió al impulso de arrojarse a sus brazos.

—Ge…Geoff —susurró—, ¿qué está pasando?

Entonces el viento se desvaneció y la habitación volvió a quedarse en calma. Ese frío surrealista se esfumó y, con él, la extraña y repentina inquietud de Anaïs. Fue como si su sangre recuperara su pulso y flujo normales, y sus sentidos volvieron a entrar en contacto con el mundo real. Las pisadas pesadas de un sirviente pasando por delante de su puerta, el olor a algo horneándose en la casa, el arrullo de una paloma en el alféizar de la ventana; todas esas cosas regresaron a ella, el mundo como debería ser.

Con Geoff todavía agarrándole las muñecas, se inclinó hacia él y apoyó la mejilla en su solapa.

—Todo está bien —lo calmó—. Déjalo ir. Déjalo ir por ahora. Volverá cuando esté más claro.

—Dios, espero que no.

Espiró profundamente, casi como si fuera un suspiro de agotamiento, aunque no era eso en absoluto. Anaïs sintió que los últimos retazos de temblor se calmaban en el interior de Geoff y que la rigidez de sus brazos y hombros se reducía mientras la tranquilidad comenzaba a rodearlos lentamente. Y cuando ella por fin notó que le agarraba las muñecas con menos fuerza, separó la mejilla de la cálida lana y levantó la mirada hacia él.

—Ven, siéntate —le dijo—. Voy a servir un jerez fuerte para los dos.

Lo condujo al refinado sofá que había frente al fuego y después se dirigió a la mesita auxiliar, donde esperaba una bandeja de plata con dos copas. Le quitó el tapón al decantador, llenó ambas copas y volvió con él.

—Aquí tienes —le dijo, dejando la bandeja.

Geoff levantó la mirada y cogió una copa. Todavía tenía una expresión tensa y estaba pálido.

—Anaïs —dijo en voz baja—, lo siento.

Ella no le preguntó a qué se refería. En lugar de eso, se quitó los zapatos de un puntapié y se sentó a su lado, metiendo una pierna debajo del cuerpo.

—¿Siempre es así? —le preguntó, girándose para mirarlo—. ¿Tienes que... invocar la visión? ¿O simplemente viene?

Él dejó el vino en la mesita de café y se pasó las dos manos por su reluciente cabello de color bronce.

—Yo... me abro —susurró por fin—. Dejo que lo que ya está ahí salga de... lo informe. No me preguntes lo que quiere decir, porque no sé explicarlo.

—Es como si estuviera detrás de un velo vaporoso, ¿no es así? —sugirió ella—. Una especie de cortina en la mente.

La miró durante unos instantes; el agotamiento se le reflejaba en la mirada.

—Es bastante parecido. ¿Por qué? ¿Tú has...?

—No, pero una vez conocí a un joven —lo interrumpió—. Su familia lo llevó a la Toscana y Vittorio intentó enseñarle cómo hacerlo. Cómo cerrar la cortina, supongo que es la mejor manera de decirlo.

—Es tan buena comparación como cualquier otra —dijo Geoff—. Y ese joven... ¿lo consiguió? ¿Pudo cerrarla?

—No, yo... No lo creo —respondió, elevando un poco la voz—. Nunca volví a verlo.

Geoff la miró con una pena profunda e inmutable, sin duda dándose cuenta de la mentira.

—A Ruthveyn le ocurre igual —murmuró—, aunque él ha aprendido algunos trucos a lo largo de los años: no tocar a la gente, no mirar a las personas directamente a los ojos, mantener una distancia emocional con casi todo el mundo... Y ha intentado con todas sus fuerzas reprimir a esos demonios con la bebida, con opiáceos y con cosas peores.

—¿Y eso funciona?

Él asintió lentamente.

—Oh, sí, funciona. Si puedes soportar el tipo de hombre en el que te conviertes.

Anaïs lo miró con inquietud.

—¿Tú lo has probado?

—Durante un tiempo —admitió—. Sobre todo cuando estaba en el norte de África. Pero por entonces aprendí... a correr la cortina. Aprendí a mantener levantado el muro la mayor parte del tiempo. A tener la mente cerrada a... a lo otro, a menos que deseara lo contrario. Mi mentor en Escocia me enseñó. Lo único que conseguía con los estupefacientes era... Oh, no lo sé, unas cuantas horas de alivio, supongo.

—Suena agotador —dijo Anaïs—. Como si siempre tuvieras que estar en guardia contra su... su fuerza, imagino.

—Contra su voluntad —dijo él, frunciendo el ceño—. A veces, Anaïs, es como si esa cosa quisiera poseerte. No sé por qué lo llaman un don de Dios cuando es más como si estuvieras luchando contra el demonio.

Anaïs hizo un sonido gutural que indicaba comprensión.

—No me extraña que Ruthveyn recurriera al opio.

—Sí, y por cierto... —le dedicó una sonrisa torcida, cogió su copa de jerez y la vació de un trago—, tomaré otro, si te parece bien.

Anaïs asintió e inclinó el decantador sobre su copa.

Bebieron en silencio durante un rato. Ella seguía teniendo la pierna recogida bajo el cuerpo, y la rodilla le rozaba levemente el muslo a Geoff a través de las faldas. Todavía había una sensación de incertidumbre en la estancia, y el incómodo peso de las palabras no pronunciadas. De hecho, sentía los labios magullados, al igual que el orgullo. Estaba convencida de que Geoff no había tenido intención de besarla. No al principio.

Cuando tuvo la copa medio vacía, Anaïs la apartó y se puso a juguetear con un alamar de su vestido. Estaba a punto de hacer algo desmesuradamente estúpido. Algo que se había prometido a sí misma que no haría.

—Geoffrey —dijo en voz baja—, sobre ese beso...

—Anaïs, yo... —Él dudó, con la mirada fija en el pie de su copa—. Quería decir exactamente lo que dije sobre lo que estuvimos de acuerdo en hacer, o sobre lo que te ordené hacer, si prefieres decirlo de manera más cruda. Pero la preocupación y una noche sin dormir me crisparon los nervios. Y lo siento. No tenía derecho a... a comportarme así.

—Muy bien. La próxima vez que estés equivocado, me aseguraré de decírtelo enseguida —afirmó Anaïs—, en lugar de ignorar tus órdenes.

Él la miró de manera burlona.

—Vittorio no te enseñó gran cosa sobre diplomacia, ¿verdad?

—Vittorio pensaba que se podían solucionar los conflictos con la parte plana de la espada —contestó sin alterar la voz—. Pero volvamos a ese beso.

Él desvió la mirada a la copa y el intenso color ámbar atrapó la luz del sol mientras la hacía girar una y otra vez en sus anchas manos.

—Anaïs, no soy el hombre adecuado para nadie —dijo finalmente—. No soy... para ti. Eso lo entiendes, ¿no es así?

—Oh, Geoff, ya lo sé. —Anaïs se levantó y empezó a deambular por la habitación, cogiendo y volviendo a dejar distraídamente libros y adornos—. No, tú y yo no encajaríamos ni en un millón de años. No en ese sentido, por lo menos.

—¿No? —Clavó en ella su mirada de color azul pálido—. ¿En qué sentido estabas pensando?

Anaïs cogió una figurita de porcelana de una pastorcilla. Tenía la extraña sensación de que algo importante, más importante quizá de lo que era capaz de comprender, pendía de un hilo.

—Bueno, esto es lo que ocurre —dijo por fin, dejando la pastorcilla con un ruido sordo—. Cuando me besas, se me retuercen los dedos de los pies y algo en la boca del estómago... Oh, no lo sé. Supongo que son tus ojos, azules como el Adriático, y esa voz, baja y suave, como si pudieras hacer que una mujer... Ah, pero ésa no es la cuestión.

—¿Y cuál es la cuestión?

Tenía la voz un poco ronca.

—Bueno, todo esto... me hace preguntarme si tú podrías ser...

—¿El qué?

—Bueno, no el hombre adecuado —contestó, mirando por encima del hombro—, pero quizás el hombre adecuado por el momento, si sabes lo que quiero decir.

Él echó la cabeza hacia atrás, como si Anaïs lo hubiera abofeteado de nuevo.

—¿Que si lo sé? Más bien me siento como si me aporrearan con esa idea. —Le dedicó una de sus extrañas sonrisas torcidas—. Tú sí que sabes cómo poner a un hombre en su sitio.

—Cielos, no me digas que he herido tus sentimientos. —Ella regresó a la mesa, por su copa—. Geoff, yo tampoco puedo ser tu tipo.

—¿Ahora nos ceñimos a los tipos? —La recorrió con la mirada y ella pensó que ésta se había vuelto un poco más cálida—. Entonces, ¿cuál es tu tipo?

Anaïs se acercó a la ventana, pensando en cuánto debería decirle.

—Bueno, es toscano —respondió finalmente, tras darle un sorbito al jerez—. Y… majestuoso. Tiene el cabello oscuro, aunque no tanto como el mío, y ojos bondadosos. Su nariz es fuerte, como su personalidad, pero es por naturaleza tranquilo y pacífico.

Geoff se quedó callado unos instantes.

—Comprendo —murmuró finalmente—. Ya lo has conocido, ¿no es así?

Ella no se dio la vuelta.

—Pensé que lo había hecho —respondió unos segundos después—. Hace mucho tiempo.

—¿Y era apuesto? —Las palabras de Geoff parecían flotar en el aire, algo irónicas—. ¿Estabas locamente enamorada de él?

Anaïs se quedó mirando la calle con fijeza.

—Sí y sí, desesperadamente enamorada. Pero no funcionó.

—Así que lo dejaste en la Toscana hace mucho, mucho tiempo —murmuró Geoff—. ¿Y desde entonces no lo has visto?

Anaïs deseó no haberlo hecho.

Hundió las uñas en el alféizar de la ventana mientras recordaba la última conversación que había mantenido con Raphaele, cuya vida había cambiado drástica e inesperadamente, mientras que la suya no había cambiado en nada. Desde luego, ella seguía pensando igual. No, por Dios, no había cambiado ni un ápice.

—En realidad, lo vi hace algunas semanas —respondió con frialdad—. En San Gimignano. Vino a la misa del funeral de Vittorio.

Él se dio cuenta de la advertencia que había en su voz.

—Ah —fue lo único que dijo—. Muy bien. ¿Y cuál es mi tipo?

Por fin, Anaïs miró en su dirección y resopló de forma poco digna.

—Hermosa —dijo—. Tu tipo es una mujer hermosa. Como tú.

Geoff curvó los labios con una sonrisa irónica y, sin decirle nada a ella, se rellenó la copa.

—¿Y tú no eres… hermosa?

Ella negó con la cabeza.

—Sabes que no —replicó, pasando junto al guardafuegos de latón de la chimenea—. No soy… fea, eso lo sé. Pero mi nariz es demasiado fuerte, mis ojos son demasiado grandes y mi cabello es negro como el carbón y la mayor parte del tiempo está revuelto.

Él se rió.

—En eso último estoy de acuerdo. ¿Y ésos son todos tus defectos?

Ella levantó un hombro con indiferencia.

—¿Más franqueza? —murmuró—. Muy bien. Sé que mi piel es demasiado oscura para ser inglesa, y soy demasiado alta para ser delicada. Pero tengo gracia, y una cierta elegancia continental. Estoy en paz conmigo misma, no me compadezco.

—No, no me parece que seas de ese tipo de mujeres que sienten lástima de sí mismas.

Ella se giró para mirarlo de frente.

—Así que estamos de acuerdo en que yo no soy tu tipo y tú no eres el hombre adecuado, ¿no es así?

La expresión de Geoff cambió y se volvió indescifrable.

—¿Y si admito eso…?

Ella apoyó ambas manos en el brazo del sofá y se inclinó sobre él.

—Entonces, ¿eres el hombre adecuado por ahora?

Él levantó la mirada hacia ella, por encima del borde de su copa.

—Bien jugado, querida —murmuró—. Pero no, no creo que ése sea el papel que me corresponde.

—Haz lo que quieras, entonces —contestó ella.

—Oh, no estoy haciendo lo que quiero, Anaïs —dijo en voz baja y calmada—. Estoy haciendo lo mejor para tu familia. Para tu futuro. Para tu padre. Te necesitaba para esta misión, sí, y ahora rezo para que, cuando acabe, no signifique tu ruina. Pero no seré yo quien te arruine por un capricho, o por un deseo ruin.

—¿El deseo es ruin?

—La mayor parte del tiempo, sí. —Se inclinó hacia delante y dejó la copa sobre la mesa—. Y, para los hombres, el deseo es sólo deseo. No hay nada romántico en ello, si es eso en lo que estás pensando.

—Entonces, ¿nunca has estado enamorado?

—Incluso a ella le pareció que su voz sonaba anhelante.

Él se rió sin ganas.

—Ni por asomo, gracias a Dios.

—¿Tienes aversión al matrimonio?

Geoff se encogió de hombros.

—No tengo heredero —contestó—. Ni siquiera un primo lejano. Así que sí, pretendo cumplir con mi deber hacia el título. Pero no hay muchas mujeres que estarían dispuestas a vivir con una espada sobre sus cabezas. Con un hombre que siente cosas anormales. Acabas de ver cómo puede ser... y créeme, ese pequeño toque de oscuridad no ha sido nada.

—Cielos, Geoff, debes de pensar que todas las mujeres somos unas cobardes —murmuró Anaïs. Volvió a sentarse y se inclinó hacia él—. Puede que yo no tenga tanta experiencia como algunas de las mujeres a las que estás acostumbrado. Pero no soy una virgen sin experiencia.

Durante un instante, la curiosidad se reflejó en el rostro de él.

—¿Acaso eres... algún otro tipo de virgen?

—De ninguna manera —dijo, sonriendo dulcemente.

—Entiendo. —Tragó saliva y los músculos de su garganta subieron y bajaron—. ¿Y qué hay del hombre adecuado?

—Cuando lo encuentre —dijo Anaïs, acercándose a él todavía más—, no le importará nada si soy virgen o no.

Geoff se aclaró la garganta, incómodo.

—¿Y cómo lo sabes?

—Porque, si no fuera así, no sería el hombre adecuado —contestó—. Porque él es perfecto para mí. Está destinado a estar conmigo. Y punto final.

—Creo que éste debería ser el final de esta conversación —dijo Geoff, pasando una mano por el respaldo del sofá para levantarse—. Soy consciente de cuándo he forzado demasiado mi suerte.

Anaïs se incorporó en el sofá.

—¿Qué quieres decir?

—No importa —dijo él—. Creo que saldré a dar un paseo. Un paseo muy largo. ¿Te veré en la cena?

—Oh, muy bien —respondió Anaïs—. Pero eso no servirá para aliviar mi aburrimiento.

—Entonces, sugiere algo —dijo Geoff, que ya tenía una mano en el pomo de la puerta—. Algo que no nos incluya a los dos desnudos en una cama.

—Me encanta cómo suena eso en tus labios —dijo Anaïs, girándose para mirarlo por encima del respaldo del sofá—. Y, para ser completamente sincera, me encantaría verte desnudo.

—Anaïs —dijo él con un tono de advertencia en la voz—. Sugiere algo.

—Muy bien. —Sonrió ampliamente—. Creo que cruzaré la calle y me presentaré al vizconde de Lezennes.

—No puedes estar hablando en serio.

—¿Por qué no? Tengo intención de invitarlos a cenar. Mañana por la noche. Si a ti no puedo convencerte, perfeccionaré mis tretas femeninas con Lezennes.

Capítulo 10

«El que es prudente y está al acecho de un enemigo que no lo es,
saldrá victorioso.»
Sun Tzu, *El arte de la guerra*

*A*l final, Anaïs no fue al otro lado de la calle. Durante la cena y con
poca dificultad, Geoff consiguió convencerla de que sería imprudente
aparecer de forma tan atrevida; que sería mejor lanzar el anzuelo y
recoger poco a poco el sedal en vez de darle un golpe a Lezennes en la
cabeza con la caña de pescar.

En los postres, Anaïs se enfurruñó durante unos momentos, o
pretendió enfurruñarse, pensó Geoff, porque se le pasó rápidamente
y sugirió que echaran unas partidas de piquet.

Geoff, sin embargo, casi tenía miedo de quedarse a solas con ella.
Oh, era un caballero, o eso suponía, aunque sirviera de poco, pero
nadie lo había acusado nunca de ser un santo. Y si Anaïs seguía pre-
sionándolo, si seguía presionando su cuerpo con tanta avidez contra
el suyo y mirándolo con esos ojos que parecían oscuros pozos de deseo, estaba decidido a darle precisamente lo que le había pedido.

Lo que sería muy insensato, teniendo en cuenta que ella estaba
esperando a su príncipe azul. Y, por lo que parecía, no era él.

Así que se había excusado y había salido a dar otro paseo. Pensó
con amargura que antes de que aquel infierno de misión terminara,
seguramente se conocería Bruselas de cabo a rabo, hasta la última al-
cantarilla que llevaba las agua residuales al Sena.

Pero ¿qué otra opción tenía? Emborracharse estaba fuera de lugar.
Estaba en una misión, e incluso el creciente deseo que sentía por

Anaïs no le había hecho olvidar eso. Además, la embriaguez sería probablemente la mejor manera de encontrarse ante la puerta de su dormitorio a media noche, con una mano en el pomo.

Y, lo que era peor, ella lo sabría.

Geoff ya se había dado cuenta de eso. Incluso antes de salir de Inglaterra, había tenido la extraña sensación de que Anaïs tenía ojos en la nuca. Tal vez se quejara de que no tenía el don, de que no había aprendido nada de Giovanni Vittorio. Pero sentía con certeza su presencia en una habitación.

La había visto dirigirse a los sirvientes para darles alguna orden sin siquiera levantar la mirada de su escritorio, y llamarlos por su nombre, cuando él no se había dado cuenta de que estaban allí. Y, además, estaba aquella noche... esa noche que parecía haber ocurrido hacía tanto tiempo, cuando él se dirigía con DuPont hacia St. Catherine.

Se había topado con una mujer en un callejón oscuro, una dama, a juzgar por el sonido de su voz, que le había puesto un puñal en la garganta a algún degenerado que había robado un collar de perlas. Mostrando una actitud fría como agua de manantial, ella lo había golpeado en los testículos y después había apartado el puñal con la misma indiferencia con la que cualquier otra mujer se habría alisado el encaje de las mangas. Sí, se quedó pensando en ello en aquel momento.

Durante los días siguientes, mientras vigilaban los movimientos de la casa al otro lado de la calle, Geoff la observó con más detenimiento. Es decir, observó algo más aparte del intrigante balanceo de sus caderas y de cómo se le iluminaban los ojos cuando él entraba en la habitación.

Una mañana, durante el desayuno, ella le preguntó a Petit por qué la tortilla que le habían llevado tenía un sabor extraño. El lacayo desapareció rápidamente y regresó ligeramente ruborizado para admitir que la cocinera le había echado sin darse cuenta salvia, cuando en realidad había querido añadirle pimienta. Esos huevos se los habían servido a los criados, pero no habían lavado el cuenco.

Algunos días después, estaban encerrados en el desván, haciendo turnos para mirar por el telescopio. Aunque estaba ocupada hojeando el último montón de papeles que DuPont les había enviado, Anaïs oyó que se abría la puerta principal de Lezennes. Él, que había estado observando a una doncella limpiando el alféizar de la ventana de la habitación de Giselle, no se había percatado de ello hasta que Anaïs apareció a su lado.

—Me pregunto adónde va —murmuró Anaïs mientras la niñera salía—. Los últimos días se ha ido a las cuatro.

—Es jueves —dijo Geoff, inclinándose para apuntar algo en el registro—. ¿Ha tenido un día corto, tal vez?

—Tal vez —murmuró Anaïs, viendo cómo la pulcra figura gris desaparecía en la calle.

—Tienes un oído extraordinario —comentó él, levantando la mirada del papel.

—¿De verdad? —Anaïs sonrió y se apartó de la ventana—. *Mamma* siempre se quejaba de que tenía un oído selectivo. De que podía oír el sonido que hacía un alfiler al caer al suelo si quería, e ignorar sus gritos cuando me llamaba para cenar y yo estaba jugando en el jardín.

Geoff cerró el libro de registros e intentó aliviar la rigidez de sus miembros.

—Creo que ya nos hemos enterado de todo lo que vamos a poder descubrir —dijo, levantándose—. Ya es hora de que hagamos algo más para que nuestros reticentes vecinos no nos ignoren.

—Bueno, por fin —dijo Anaïs—. Ahora, ¿podemos ir a visitar a Lezennes?

—No, creo que no —dijo Geoff—. Eso sería demasiado obvio. Recuerda que madame Moreau se excusó para no acudir a tomar el té contigo…, y apostaría a que Lezennes tuvo algo que ver.

Anaïs, que había estado paseando por la estancia, regresó a la ventana.

—Sospecho que no quiere que ninguna de ellas tenga contacto con el mundo exterior —dijo ella con los brazos cruzados mientras miraba hacia el otro lado de la calle.

—Y ella tiene miedo de él —murmuró Geoff—. Puedo sentirlo.

—No son imaginaciones tuyas —dijo Anaïs—. Ese lugar irradia maldad. Estoy segura de que es la fuente de lo que viste el otro día. Lezennes quiere que estén aisladas.

—Sí, porque si ella no conoce a nadie, no tendrá a nadie a quien pedir ayuda —añadió Geoff—. Así que debemos parecer tan inútiles y benévolos como sea posible.

—Podríamos presentarnos como unos pobres... —apuntó Anaïs.

—Sí, sugirámosle a madame Moreau que vivimos de una estricta asignación que nos da mi padre —propuso él—. Que es él quien paga todas nuestras facturas y vigila hasta el último sou.

Anaïs resopló.

—¿Y cuándo se lo vamos a sugerir? Ni siquiera se le permite cruzar la calle para tomar un té.

—No, pero va al parque todos los días a la una. —Geoff cogió su abrigo, que estaba sobre el respaldo de la silla, y se lo puso—. Y allí se reúne con Lezennes.

—¿Y...?

—Coge tu capa —le ordenó—. Yo cogeré mi caballete. Tal vez sea hora de conocer a Lezennes y demostrarle lo frívolos e inofensivos que somos.

Situado en el centro de Londres del gobierno de la nación, el número cuatro de Whitehall Place era una modesta casa con un infame patio trasero que, según la leyenda, en sus tiempos había pertenecido a los antiguos reyes de Escocia. Y mientras que una dama podía, aunque en ocasiones excepcionales, aventurarse a atravesar la puerta del número cuatro, bajo ningún concepto debería ser vista en el patio, porque Scotland Yard pronto se había convertido en la comisaría de policía de Londres con peor reputación, y un punto común de acceso y de salida de gran parte de lo que constituía la gentuza más implacable de Westminster.

Y así fue como una preciosa tarde de primavera el conde de Lazonby subió junto a lady Anisha Stafford los escalones de la entrada administrativa, ligeramente más decente, le mantuvo abierta la puerta y se inclinó mientras ella entraba.

Lady Anisha pasó con rapidez a su lado, con la barbilla levantada, no del todo satisfecha con el trato que había hecho. Nada más entrar había una especie de portería, pero estaba vacía. Así que miró a su alrededor sin saber qué hacer.

—Vamos —dijo Lazonby con brusquedad—. Subiremos.

Lady Anisha se llevó una mano al pecho.

—¿Cómo? ¿Sin que nos anuncien?

—Es el número cuatro, no el palacio de Buckingham —refunfuñó él, guiándola hacia las escaleras—. Además, lo prometiste.

—Y tú prometiste ir conmigo a la ópera —replicó ella.

—Y eso...

—... hiciste, sí —lo interrumpió—, pero sólo para roncar durante la última aria de Donizetti.

—Esa canción no se acababa nunca, Nish, era lenta como un caballo cojo tirando de un arado torcido. Tuviste suerte de que terminara antes de que muriera de aburrimiento y el rigor mortis se instalara en mi cuerpo. ¿Cómo habrías bajado mi cadáver rígido por esas escaleras tan estrechas?

—¡Era *Una furtiva lagrima!* —gritó—. ¡Conmovedora! Y, posiblemente, la mejor aria de tenor del mundo.

—Lo confieso, soy un inculto —gruñó Lazonby—. Siento haberte arruinado la tarde con tu futura familia política. Pero fuiste tú, Nish, quien decidió llevarme. Ya sabes lo que soy.

Lady Anisha siguió refunfuñando y quejándose mientras Lazonby la arrastraba escaleras arriba, pero en voz baja, diciéndole claramente que ese lugar era un poco sórdido y que olía a verduras hervidas y a sudor rancio. Él le explicó, de manera cortante, como siempre, que el tipo de gente que iba al número cuatro solía tener buenas razones para sudar.

Al terminar de subir el segundo tramo de escaleras, entraron en una habitación alargada y estrecha dividida por una cancela baja, como las que había en un tribunal. Lady Anisha nunca había puesto los ojos en uno, pero sí había visto las caricaturas del señor Cruickshank de la sala del juzgado en las tiendas de litografías que había por la ciudad, lo que era casi lo mismo.

Tras el murete había sentado un par de empleados emparejados, o al menos ella supuso que estaban emparejados porque, como si fueran un par de lacayos, los tipos, ambos vestidos de negro, tenían una altura y peso similar, es decir, que eran muy altos y delgados, y estaban sentados en taburetes, uno a cada lado del alto escritorio, por lo que parecían un juego de morillos negros, unidos para siempre como si fueran uno solo.

Junto a la pared que estaba más cerca de lady Anisha había unas cuantas sillas con el respaldo muy recto y sin tapizar. Ni siquiera tenían un cojín.

—No quieren que la gente se ponga cómoda aquí, Nish —dijo lord Lazonby cuando ella le hizo notar la incomodidad—. Este lugar es para sufrir y para estar incómodo.

—Pues yo estoy sufriendo mucha incomodidad gracias a ti.

Lady Anisha agitó una elegante mano ante la desagradable revoltura de tinta, humo de carbón y nabos cocidos que flotaba en el aire.

—¿Cuánto tiempo tendremos que estar aquí sentados?

Lazonby señaló una gran puerta de madera al fondo de la habitación.

—Hasta que esa puerta se abra y yo consiga meter un pie dentro.

Siendo mucho más solícita que lord Lazonby, la puerta escogió ese preciso momento para abrirse. Salieron dos hombres, uno corpulento y con aire pretencioso, con una gruesa cadena de reloj de oro cruzándole la barriga y una veintena de largos cabellos negros tapándole resueltamente la calva y fijados con pomada hasta crear una especie de tonsura grasienta.

El segundo hombre, bastante más alto, era mucho más interesante. El ayudante del inspector de la policía metropolitana era un tipo esbelto y de espalda ancha con una nariz que parecía un cuchillo de carnicero y abundante cabello negro cortado con precisión. Su rostro enjuto estaba totalmente afeitado, libre de barba o bigote, nada a la moda, y sus ojos duros y oscuros le hicieron pensar a lady Anisha en un ave de rapiña.

Lo reconoció de inmediato y se levantó rápidamente, pasando junto a Lazonby.

—Ayudante de inspector Napier —dijo alegremente, ofreciéndole una mano enjoyada—. Qué agradable verlo de nuevo. ¿Podemos hablar un momento?

El hombre corpulento había desaparecido y Royden Napier miraba con recelo a sus visitantes.

—Lady Anisha, es un placer —dijo con rigidez—. Y con ese «podemos» quiere usted decir...

—Lord Lazonby y yo —contestó, sonriendo.

Napier quería negarse, no habría podido resultar más evidente.

Sin embargo, por mucha incomodidad que le produjera, ahora estaba en deuda con el hermano de lady Anisha, aunque sólo fuera un poco. Y sentía curiosidad, mucha curiosidad, sobre ella.

A pesar de que lo había negado ante lord Lazonby, lady Anisha se había fijado en Napier en la boda de su hermano. Antes y después de que los presentaran brevemente, el ayudante del inspector no había dejado de mirarla por el rabillo del ojo. Y cuando por fin se había acercado, la había tratado con fría formalidad. ¡Pero esos ojos! Oh, no se habían apartado de ella.

Tal vez le recordaba a alguien del submundo criminal. O quizá, como les ocurría a muchas personas de la alta sociedad, el hombre sólo desconfiaba de su piel de color miel y de su cabello oscuro.

Fuera lo que fuera, como Lazonby había pronosticado, fue suficiente para evitar que los mandara al infierno. En lugar de eso, los invitó a pasar a su despacho que, para los desafortunados que se habían visto obligados a entrar allí, podría haber sido lo mismo que el infierno, por lo que sabía lady Anisha.

Definitivamente, Royden Napier parecía el tipo de hombre que se llevaba bien con el diablo.

—Y bien —dijo severamente cuando estuvieron sentados ante su macizo escritorio de roble—, ¿a qué debo el placer?

—Queremos que reabra un caso —dijo lord Lazonby, dejando de lado las formalidades—. El asesinato de lord Percy Peveril.

—Pero ya condenamos a alguien por ese caso —dijo Napier, mirando con mordacidad a Lazonby—. A usted.

Lazonby se puso en pie de un salto.

—Y la condena fue anulada —replicó, plantando una mano en mitad del escritorio del ayudante del comisario—. Pero nunca me libraré de ella, Napier, a menos que encuentren y condenen al verdadero asesino de Peveril. Usted lo sabe.

—Confío en que me perdone, milord, si le digo que las retractaciones hechas en el lecho de muerte me parecen un poco sospechosas —dijo Napier con frialdad—. Sobre todo cuando la afligida viuda hereda después una enorme suma de dinero.

—Yo estaba en la cárcel cuando ocurrió, necio —le gruñó Lazonby en la cara.

—Sí, es cierto —dijo Napier—, aunque me llevó muchos años sacarlo del norte de África y ponerlo entre rejas. Pero su padre, el anterior conde, no estaba en la cárcel. Estaba libre para...

—No se atreva a ensuciar el nombre de mi padre con esto, Napier. —Lazonby se había puesto peligrosamente pálido y se agarraba con fuerza a los brazos de la silla—. No hizo nada para merecer que ese repugnante asunto le cayera sobre la cabeza.

—Nada excepto tener un hijo temperamental, tramposo y holgazán —replicó Napier—. Si se acuesta con perros, Lazonby, se despertará con pulgas.

—Es usted un estúpido —dijo Lazonby con vehemencia—. Me tendieron una trampa para que cargara con la culpa de otra persona. ¿Soy el único que quiere saber por qué? ¿Es que a la Corona no le importa que un asesino ande suelto?

—Por lo que recuerdo, su caso estaba muy claro.

—Sí, y fue su difunto padre quien se encargó de aclararlo, Napier, y lo hizo con la misma precaución con que cualquier otro hombre segaría un campo de heno: sin preocuparse por lo que podría haber oculto entre la hierba. Simplemente, lo hizo trizas.

—¿Qué quiere decir, milord? —preguntó Napier.

Ahora los dos hombres estaban de pie, observó lady Anisha, inclinados sobre el escritorio, casi nariz con nariz.

—¿Alguna vez le ha echado usted un vistazo a sus expedientes ¿Lo ha hecho? ¿O simplemente aceptó sus investigaciones como si fueran palabra de Dios cuando heredó este escritorio?

En ese momento lady Anisha también se levantó, aclarándose la garganta pronunciadamente.

—Caballeros, hay una dama presente —dijo con calma.

Los dos hombres se echaron hacia atrás unos centímetros y Napier se sonrojó de vergüenza.

—Le pido perdón —dijo.

Lady Anisha le dedicó una mirada dulce a Lazonby.

—¿Rance?

—Discúlpame —dijo con brusquedad—, pero ya sabes adónde nos iba a llevar esto.

—¿Adónde, a los puños? —preguntó ella con sarcasmo—. Rance, ten la amabilidad de dejarnos solos.

Se giró hacia ella, con los ojos muy abiertos ante la sorpresa.

—¿Que haga qué?

—Sal —le dijo—. Vete abajo. Estás muy alterado. Me gustaría hablar con el señor Napier a solas. Si quieres, puedes volver cuando yo haya acabado.

Lazonby empezó a darse la vuelta para marcharse y le dedicó a Anisha una mirada ofendido.

Lady Anisha se enderezó hasta quedar completamente erguida, desplegando su altura de algo más de metro y medio.

—Vete —ordenó con brusquedad—. Lo digo en serio. Has tentado a la suerte conmigo, Rance, por última vez.

Sorprendentemente, él se marchó, cerrando de un portazo.

Napier se había acercado a la ventana y estaba mirando hacia Whitehall Place, medio dándole la espalda y con una mano en la nuca. Ella esperó a que hablara. Podía sentir que una fuerte emoción sobrecargaba el ambiente y deseó saber qué era.

—Bueno, ¿así es como empieza, lady Anisha? —preguntó Napier por fin en voz baja, pero evidentemente enfadado.

—¿Cómo dice? —Ella cruzó la habitación para acercarse—. ¿Así es como empieza el qué?

Él se dio la vuelta con una expresión de asco.

—¿Ahora es cuando me amenaza con la ira de su hermano? —preguntó—. ¿O cuando menciona a Su Majestad como advertencia?

—Oh, Dios mío —dijo lady Anisha con suavidad—. Qué círculos más nobles.

Él curvó hacia arriba el labio superior, como si fuera un perro gruñendo.

—Oh, lo sé todo sobre la «relación especial» de Ruthveyn con la reina. Y, en realidad, sé mucho más sobre Lazonby, Bessett y su pequeño aquelarre en Saint James…, aunque todavía no puedo demostrar nada.

—No tengo ni idea de qué me está hablando —dijo ella—. No tengo necesidad de que mi hermano me haga el trabajo sucio, si es eso lo que piensa. Soy perfectamente capaz de hacerlo yo sola. En cuanto a la relación de Ruthveyn con la reina, cualquier lealtad que haya conseguido ganar de su parte, se la ha ganado a pulso, con esfuerzo, sudor y, sí, incluso con sangre, todo porque ama a su país. Y si nuestra bendita reina está agradecida por ello, yo digo que ya puede estar jodidamente agradecida.

Si esa palabrota tan impropia de una dama lo sorprendió, Napier no lo demostró. En lugar de eso, se quedó unos momentos junto a la ventana, con la espalda iluminada por el sol del mediodía como si fuera uno de los ángeles coléricos de Miguel Ángel descendiendo de los cielos. Tenía una mano firmemente apoyada en su estrecha cintura, echando hacia atrás la parte delantera de su abrigo negro. Debajo, el chaleco se había desplazado lo suficiente para revelar lo que parecía el mango de un puñal astutamente insertado bajo la cintura de los pantalones.

Un ángel vengador, tal vez.

—Entonces, ¿qué quiere, lady Anisha? —le preguntó fríamente.

Ella levantó un hombro con fingida naturalidad.

—Quiero saber —dijo en voz baja— por qué no deja de mirarme cuando estamos en la misma habitación.

Capítulo 11

> «Finge inferioridad y fomenta su arrogancia.»
> Sun Tzu, *El arte de la guerra*

*H*acia las doce y media de la mañana, Anaïs se apoyó contra un árbol en el Parque de Bruselas con la última novela por entregas del señor Reynolds abierta en el regazo. Sentado en un taburete plegable, Geoff estaba inclinado sobre su cuaderno de dibujo a más o menos un metro de distancia, medio dándole la espalda a Anaïs y con el cabello cobrizo moviéndose ligeramente con la brisa.

Bajo su mano estaba apareciendo un boceto bastante bueno del palacio real, con trazos audaces, negros y certeros. Era una vista del edificio a través de las sólidas rejas del parque, y Anaïs estaba fascinada por la rapidez de sus movimientos. Al mirar el esbozo, uno se imaginaría que Geoff había estado trabajando en él durante horas, en vez de sólo quince minutos.

—Tienes un don para esto —murmuró ella.

Él se giró y sonrió, sonrió de verdad, y Anaïs sintió que se quedaba sin respiración.

—Gracias —contestó—. Siempre he sentido pasión por los edificios hermosos. Fue, por lo que recuerdo, lo único que salvó una niñez pasada en el extranjero.

—¿Sabes dibujar retratos?

La sonrisa de Geoff se desvaneció, él se dio la vuelta y quitó el cuaderno de dibujo del caballete. Le dio la vuelta a la hoja y se la puso en el regazo, con el largo cabello cayéndole hacia delante y ensombreciéndole la cara mientras se inclinaba sobre el boceto.

Durante unos minutos, movió la mano rápidamente por el papel, echando de vez en cuando miradas de soslayo en su dirección. Por fin, se incorporó y lo separó un poco de él, como si lo estuviera estudiando.

Aparentemente satisfecho, arrancó el papel y se lo tendió a Anaïs. Ella lo cogió y ahogó un grito.

En realidad, era un dibujo muy sencillo. Sólo algunas líneas rápidas y un par de sombras, pero la había plasmado con increíble realismo.

Anaïs se fijó en cada detalle. Todavía tenía la nariz grande de su padre, pero de alguna manera en el boceto parecía lo correcto, y perfectamente proporcionada con su cara. Y aunque él la había bosquejado sentada contra un árbol, con una rodilla levantada, como en efecto estaba, en el dibujo el cabello se desparramaba sobre los hombros, llegándole casi a la cintura.

Sin embargo, lo más impresionante eran los ojos. Grandes, aunque no excesivamente, y daban la impresión de mirar directamente, casi con atrevimiento, al espectador. Aun así, no dejaban entrever nada, como si fueran dos enigmáticos pozos de ébano.

Era, en su conjunto, perfectamente impresionante.

—Geoff, es precioso —consiguió decir, aún con el bosquejo en la mano—. Pero me temo que me has favorecido en demasía.

—¿Cómo? —Ella podía sentir la curiosidad de Geoff—. ¿De qué manera?

Anaïs levantó la mirada hacia él, pero en su rostro no vio ningún tipo de subterfugio.

—No estoy segura de que ése sea mi aspecto.

Él inclinó la cabeza y la observó.

—Así es como yo te veo.

Había una sinceridad en su rostro que Anaïs no se había esperado encontrar, y también dulzura, aunque él pertenecía a un tipo de hombre con quien normalmente no se asociaría esa palabra. Y para su extrema vergüenza, sintió, de repente e inexplicablemente, como si fuera a estallar en lágrimas. Como si lo que hubiera estado esperando durante toda su vida fuera algo incorrecto; como si ella no fuera la persona que siempre había creído que era. Definitivamente, no era esa mujer bella y misteriosa.

Le devolvió el papel con brusquedad.

—¿No lo quieres?

—No. —La palabra le salió de los labios con voz ronca—. Quiero decir… sí, lo quiero. Mucho. Pero me gustaría que me lo firmaras. Y que lo fecharas.

Sonriendo débilmente, él lo hizo. Estampó una firma llamativa y angular en la esquina inferior derecha y, debajo, puso la fecha.

—Aquí tienes —le dijo, tendiéndoselo—. Creo que es el primer retrato que he hecho en una década, o más.

—Entonces, me siento honrada. Gracias.

Lo había firmado como «Geoffrey MacLachlan», una precaución, supuso ella, para mantener el engaño.

Justo entonces, algo captó su atención. Dejó el boceto a un lado. El extraño y agradable interludio había terminado oficialmente.

—Creo que deberíamos empezar a poner cara de cabezas huecas, porque veo a madame Moreau acercándose desde Place des Palais.

Geoff se tensó, pero no se volvió a mirar.

—¿Con quién?

—Un caballero y una niña.

Geoff asintió y volvió a sus bosquejos. Anaïs se levantó e hizo que se sacudía la falda, después levantó la mirada y su expresión se iluminó.

—¡Madame Moreau! —la llamó—. ¡Oh, cielos! ¡Qué buena suerte!

Madame Moreau sonrió, pero miró con nerviosismo al hombre delgado y elegante de cuyo brazo iba agarrada.

—Buenos días, señora MacLachlan —dijo cuando Anaïs se precipitó hacia ellos—. ¿Cómo está?

—¡Oh, hormigas! —dijo Anaïs, entrando en el camino—. ¡Creo que me he sentado sobre un hormiguero! ¿Se puede ser tan tonta? Ahora me parece sentirlas por todas partes, y es horrible.

Se retorció un poco para apoyar sus palabras.

La sonrisa de madame Moreau se desvaneció un poco.

—Señora MacLachlan, ¿me permite presentarle a mi… eh, mi tío, el vizconde de Lezennes? Y ella es Giselle, mi hija.

Cuando hubieron hecho todas las presentaciones, Anaïs le hizo una profunda reverencia, casi cómica, a Lezennes. Era un hombre esbelto y elegante de mediana edad, con el cabello muy corto y casi tan oscuro como el suyo. Tenía una nariz fina y delgada y una barba puntiaguda que parecía, definitivamente, satánica. La niña era una pequeña juguetona que no decía nada y que evitaba su mirada... comprensiblemente, tal vez.

—Oh, su señoría, es un honor —dijo Anaïs efusivamente—. Un noble francés... justo aquí, en Bruselas. ¡Y diplomático, además!

Lezennes le dedicó una sonrisa condescendiente.

—Mi querida dama, Bruselas está inundada de nobles franceses, se lo aseguro —dijo en perfecto inglés—. Y de diplomáticos. ¿Qué les ha traído a ustedes aquí?

Anaïs abrió mucho los ojos.

—Oh, estamos en nuestra luna de miel —dijo apresuradamente—. Perdone mis modales. ¡Geoffrey! Oh, Geoff, ven aquí. Recuerdas a madame Moreau, ¿verdad?

Geoff levantó la vista tranquilamente del caballete, fingiendo que tardaba un momento en reconocerla.

—¡Sí, claro, por supuesto!

Por fin se levantó y se dirigió hacia ellos. Anaïs le presentó al vizconde.

Geoff le tendió la mano con el entusiasmo del típico inglés.

—Oh, encantado de conocerlo, colega —dijo alegremente—. Mi mujer no para de hablar de su amiga inglesa... No habla ni una palabra de este extraño idioma holandés, ya sabe.

El disgusto se reflejó en el rostro de Lezennes, pero lo ocultó rápidamente.

—Técnicamente, señor MacLachlan, es flamenco —dijo el vizconde—, pero el francés también se habla aquí. ¿No habla su mujer un poco de francés?

Geoff miró a Anaïs sin expresión.

—Sí, creo que sí.

—Bueno, lo suficiente para hacerme entender, pero me disgusta —se quejó Anaïs, entrelazando un brazo con el de Geoff—. Debe perdonar a mi marido, milord. Solamente llevamos casados unas pocas semanas. En cuanto a por qué hemos venido, a Geoff le gusta hacer dibujos de edificios.

—¿De edificios?

Lezennes miró a Geoff con curiosidad.

—Sí, sí, estoy pensando en ser arquitecto. No puedo vivir de mi padre para siempre, ¿verdad? —Le guiñó un ojo a Lezennes con complicidad—. O eso es lo que él siempre me dice. Tiene montones de dinero, pero es agarrado como el monedero de un clérigo.

—¡Oh, vengan a ver este dibujo! —Anaïs hizo un gesto con la cabeza hacia el caballete—. Se van a quedar impresionados.

Como Lezennes no vio manera de negarse educadamente, inclinó el cuello con rigidez.

—*Après vous, madame* —dijo, haciendo una floritura con la mano.

Cruzaron el camino y el claro. Geoff iba quejándose a voz en grito de lo tremendamente caro que era vivir en Bruselas, y preguntándose si París sería algo más barato. Lezennes le aseguró que no lo era. Cuando les enseñó el dibujo, lo alabaron adecuadamente, y Charlotte declaró con educación que era el boceto del palacio más bonito que había visto nunca.

Anaïs pensó que probablemente era el único boceto que había visto, pero les dio las gracias a los dos efusivamente.

—Bueno, Charlotte —dijo por fin—, ¿puedo llamarte Charlotte?

La mujer volvió a dirigirle una mirada de incertidumbre a Lezennes.

—Por supuesto —dijo—. Y tú eras… Anaïs, ¿no es así?

—Así es, y me sentí muy decepcionada al enterarme de que tenías jaqueca el domingo —la presionó—. Quería preguntarte sobre el mejor lugar para comprar encaje. Y libros. —Se agachó y cogió la novela barata—. ¿Sabes dónde puedo encontrar una buena librería? ¿Que tenga este tipo de novelas inglesas por entregas?

Madame Moreau parecía sorprendida.

—¿Novelas inglesas por entregas?

El vizconde estaba mirando la llamativa cubierta con disgusto apenas disimulado.

—*Mon Dieu, madame,* ¿qué es esta cosa?

Anaïs abrió mucho los ojos.

—Una novela por entregas —susurró—. Son muy emocionantes, milord. Ésta es sobre un hombre lobo.

Lezennes hizo una mueca con la boca.

—¿Y qué es un hombre lobo?

—Un hombre que se convierte en lobo cuando hay luna llena —contestó Anaïs, estremeciéndose—. Ha vendido su alma al diablo a cambio de juventud y riqueza, pero hay una trampa. ¿No hay siempre una trampa cuando alguien hace una estupidez semejante? En cualquier caso, es deliciosamente horrible. Sé que las damas no suelen comprarlas, pero yo soy de la opinión de que, por lo menos, deberían leer una.

—Oh, ella lee cualquier tontería —intervino Geoff, que estaba guardando sus cosas—. Tenga piedad de nosotros, madame Moreau, y llévela a algún lugar donde pueda encontrar un buen libro.

—Pero ¿en inglés? —preguntó la mujer, frunciendo su delicada frente—. La verdad, no creo que…

—¿Podríamos hablar de ello mientras tomamos el té un día? —sugirió Anaïs—. Si te sientes mejor, claro está.

De nuevo, Charlotte Moreau miró a su acompañante.

—Bueno, no estoy segura…

Pero Lezennes estaba pasando la mirada de la novela tonta de Anaïs a la expresión bovina de Geoff.

—Siéntete libre de ir, querida —dijo el vizconde—. Creo que será algo inofensivo.

Parte de la tensión de madame Moreau desapareció y, por primera vez, le dedicó a Anaïs lo que parecía una sonrisa auténtica.

—Estaré encantada —dijo—. ¿Cuándo?

—¿El lunes? —sugirió Anaïs, intentando no parecer demasiado ansiosa—. Oh, y trae a la pequeña Giselle. Es muy guapa y me recuerda mucho a mi querida Jane.

A pesar del comentario, la niña no estableció contacto visual. En lugar de eso, se escondió detrás de las faldas de su madre.

El vizconde, sin embargo, sí que la miró.

—Me temo que Giselle está delicada y no es como los demás niños —dijo con voz firme—. No suele salir de casa.

La comprensión se reflejó en el rostro de Anaïs.

—No, claro —dijo—. Por supuesto, no sería conveniente. Pobrecita. Qué bueno es usted, milord, por preocuparse tanto por su bienestar.

Geoff levantó la mirada del caballete que estaba cerrando… y provocó un desastre, pues se había pillado el faldón trasero con una de las bisagras.

—Por Dios, tengo una idea excelente —dijo, soltándose por fin entre tirones y ruidos estrepitosos—. ¡Los dos deben venir a cenar!

¿Qué tal el martes? Tenemos una cocinera fantástica. Asa la carne como una verdadera inglesa. ¿Qué les parece a las seis en punto? Me temo que todavía tenemos el horario inglés.

Lezennes levantó la barbilla.

—La institutriz de Giselle se va por las tardes, y Charlotte no puede salir de casa después de eso. Me temo que no podemos ir a su casa.

—Bueno, si insiste… —dijo Geoff en tono amistoso—. Aunque odio incomodarlos.

—¿Cómo dice? —preguntó Lezennes.

Geoff siguió diciendo rápidamente:

—Les diré qué… ¡Los compensaré! Un barril del mejor whisky de mi padre cayó accidentalmente en mi carruaje cuando salía hacia Bruselas. ¿Qué me dicen si les llevo una botella?

—¿Whisky? —El vizconde dio un paso atrás—. ¿Hecho de grano fermentado?

Geoff cerró de golpe el taburete plegable.

—Sí, y le apuesto lo que sea a que no volverá a beber ese tibio brandy francés, Lezennes, una vez que haya olido la gloria de Escocia. Entonces, ¿a las seis en su casa?

Lezennes tomó aire profundamente.

—*Oui*, a las seis —dijo en un tono que sugería que, cuanto antes saliera de aquello, mejor. Después inclinó la cabeza para mirar a su acompañante—. Creo que a Charlotte le vendrá bien la diversión.

Charlotte seguía luciendo su sonrisa auténtica.

—¡Oh, claro que sí! —afirmó—. Gracias, tío. Eres muy amable.

Así quedó todo decidido. Después de una ronda de educadas despedidas, Anaïs y Geoff se quedaron viendo cómo los tres se alejaban en dirección a la Rue de la Loi, en el extremo opuesto del parque.

—¡Santo Dios! —dijo él cuando el trío ya no podía oírlos—. Ha sido horrible. Ni siquiera a mí me gusta cómo somos

—*Stupide rosbifs*, ¿no es así? —Anaïs le sonrió—. Y ahora el pobre Lezennes nos tendrá que aguantar para cenar. Muy bien hecho, por cierto.

—Le ha sentado como estiércol de caballo, ¿verdad? —Geoff le devolvió la sonrisa—. ¿Y quién habría dicho que tú podías ser tan mentecata?

—O tú tan vulgar —añadió ella.

—Oh, tengo mis momentos.

—Creo que el faldón trasero pillado en la bisagra fue un detalle muy convincente —dijo Anaïs, rebuscando en su bolsillo—. Si no podemos ser buenos guardianes, creo que podríamos actuar en el teatro.

Sacó un pañuelo de encaje y lino y lo agitó delante de él.

Geoff arqueó una ceja.

—Gracias, Anaïs, pero aún no me has hecho llorar.

—No, tonto, lo he sacado del bolsillo de Charlotte —respondió, metiéndolo en el cuello del chaleco de Geoff—. Vittorio me enseñó.

—¿A robar?

—A hacer muchas cosas —dijo vagamente—. Vittorio decía que, a veces, en un artículo muy personal se quedaban marcadas las emociones del propietario. Y, a menos que esté equivocada, yo diría que este pañuelo ha estado empapado en lágrimas más de una vez. Puede que te resulte útil.

—Sí, puede que sí. —Geoff se lo guardó y miró la espalda de Charlotte mientras los tres se internaban en el parque—. ¿Y qué estabas haciendo con ese libro de mal gusto, por cierto?

—De mal gusto, ¿eh? —Anaïs cruzó los brazos sobre el pecho—. ¿Tienes idea, Geoff, de cuánto dinero gana el señor Reynolds vendiendo esto? Más que el señor Dickens y las hermanas Brontë juntos, diría yo.

Él también se cruzó de brazos, como si la estuviera imitando.

—¿Y con eso quieres decir...?

—Bueno, yo... —Cerró la boca y la volvió a abrir—. No es asunto tuyo.

—¡No, por supuesto que no! —se mostró de acuerdo, empezando a sonreír.

—Pero pensé, francamente, que debería conocerlo —dijo ella, levantando la barbilla—. Y no te rías. Hace tiempo que sé que los de la *Fraternitas* intentaríais rechazarme, y quería tener algo que hacer hasta... hasta...

—¿Hasta que aparezca tu hombre ideal? —sugirió Geoff.

—Hasta que consiga que superéis vuestra estupidez y prejuicios —terminó de decir Anaïs—. Ya lo sabes. No me voy a rendir, Geoff. Y ahora, pongámonos serios. ¿Qué opinas sobre la situación en la que se encuentra Charlotte Moreau?

Geoff se serenó al instante y dejó caer los brazos.

—Nada bueno —admitió, sin dejar de mirar la espalda de Charlotte—. Se siente intimidada, por no decir aterrorizada, por Lezennes. No se necesita tener el don para darse cuenta.

Anaïs frunció el ceño.

—Por supuesto que no. Geoff, tengo la horrible sensación de que tal vez no dispongamos de mucho tiempo. ¿Sientes algo?

Él negó con la cabeza.

—Solamente algo de desasosiego, pero acabo de conocerla, de crear una conexión con ella. Y estoy de acuerdo contigo. Es inocente y Lezennes no actúa en su mejor interés en absoluto. Y lo que es peor, no creo que tengamos meses, posiblemente ni siquiera semanas, para solucionar este asunto.

—Es más importante movernos rápido que ser sensatos —dijo Anaïs mientras el trío salía del camino principal y desaparecía entre los árboles—. Voy a tener que ser atrevida, Geoff. Hacerme amiga de ella rápidamente. Pero me podría salir el tiro por la culata si es tan asustadiza como creo.

Geoff había cogido su cuaderno de dibujo y se estaba dando golpecitos con él en el muslo con aire pensativo, como un gato al acecho retorcería la cola. Sus ojos de color azul pálido aún estaban fijos en el camino, y tenía la mandíbula firmemente apretada.

—Entonces, lo dejo a tu criterio —dijo finalmente, ceñudo—. Y no, no pierdas el tiempo.

—¿Y si fracaso? —preguntó Anaïs—. ¿Y si la espanto? ¿Estás decidido a hacer lo que debe hacerse?

—¿Secuestrar a la niña? —dijo Geoff—. Preferiría no hacerlo. Pero sin la niña, Lezennes no necesitaría a Charlotte. La dejaría marchar. Debes intentar convencerla para que se ponga en contacto con su familia, Anaïs. Por si hay alguna esperanza.

—Oh, lo haré —respondió—. Pensaré en algo, te lo prometo.

Geoff no dijo nada más, sin dejar de mirar hacia el camino.

Había sido un día de lo más insólito, un día en el que Anaïs se había sentido más confusa que nunca respecto al hombre que ahora estaba a su lado. Hombro con hombro, literalmente, parecían coexistir con tanta facilidad y comodidad como lo harían dos personas en su situación.

Como si estuviera escrito.

Pero no lo estaba. No podía ser. *Nonna* le había explicado su destino hacía mucho tiempo, y ella haría bien en recordarlo.

—Venga —dijo después de unos momentos—. Dame el cuaderno y los lápices. Te ayudaré a llevar todo esto a casa.

Tal vez Anaïs y Geoff no tuvieran el destino de su parte, pero parecía que Charlotte Moreau sí. El lunes, Anaïs bajó a almorzar y vio que con el correo de la tarde habían recibido una carta con matasellos de Colchester.

Bernard se la llevó a Geoff en una bandeja e hizo una ligera reverencia.

—Espero, *monsieur*, que sean buenas noticias.

—Está en manos de Sutherland —contestó Geoff mientras la cogía.

—¿Vuestro prior en Colchester? —preguntó Anaïs, siguiéndolo a la salita.

—Sí, se fue de Londres al día siguiente de que sugirieras que se marchara—. Cogió un abrecartas del escritorio y rajó el papel—. No estamos tan inmersos en… ¿Cómo dijiste?, ah, sí, en nuestra estupidez y prejuicios como para no reconocer una buena idea cuando la oímos.

Anaïs se inclinó por encima de su hombro.

—Oh, léela. Y déjate de sarcasmos.

Geoff sacó la carta y la leyó a toda velocidad.

—Santo Dios —murmuró—. Lo han hecho muy rápido.

—¿El qué? —dijo Anaïs—. ¿El qué?

Geoff la miró.

—Tenías razón otra vez.

—Otra frase que suena muy bien en tus labios —dijo Anaïs—. Pero sigue. ¿He sido muy brillante?

Geoff no se molestó en picar el anzuelo.

—La familia de Charlotte Moreau espera su regreso con los brazos abiertos —le dijo, y el alivio se reflejó en su rostro—. La idea de una nieta los tiene locos de contento. Y no se habían enterado de la viudez de Charlotte.

—¿Cómo iban a enterarse si la desheredaron? —dijo Anaïs con amargura.

—Algo de lo que están profundamente arrepentidos —comentó Geoff entre dientes, volviendo a mirar la carta— Parece que se han estado lamentando por todos estos años perdidos. Anaïs, quieren darle un hogar.

Ella cerró los ojos.

—Gracias a Dios.

—Dios nos ha ayudado gracias a ti y a Sutherland. —Le tendió la carta—. Muy bien hecho, los dos. Toma, léela, pero no la quemes. Puede que la necesitemos.

—Gracias.

Empezó a leerla rápidamente, sin atreverse a creer las palabras escritas.

Pero Geoff había comenzado a deambular con impaciencia por la salita.

—La *Fraternitas* tiene dos buenos hombres cerca de Colchester —dijo pensativo, pasándose una mano por el pelo—. Los dos son guardianes, hombres en los que se puede confiar. Podemos asignarle ahora uno a Giselle, para que esté segura y, más tarde, para que la ayude a entender el don y a enfrentarse a él.

Sintiéndose inmensamente aliviada, Anaïs dobló la carta y se la metió en el bolsillo.

—Pero primero tenemos que llevarla allí.

—Por supuesto. —Casi distraídamente, Geoff sacó el pañuelo de Charlotte y lo miró—. Primero tenemos que llevarla allí… sana y salva.

En ese momento, Petit entró para anunciar que el almuerzo estaba listo. Comieron en relativo silencio y Anaïs expresó su esperanza de que Charlotte se presentara esa vez a tomar el té, en vez de enviar otra cancelación de última hora.

Geoff parecía absorto en sus pensamientos, pero no estaba tan tenso ni tan enojado como lo había estado durante los primeros días en Bruselas. Por su parte, Anaïs no podía evitar creer que el breve tiempo que iban a pasar juntos se estaba agotando rápidamente.

Una parte de ella se sentiría aliviada.

Mientras observaba a Geoff desde el otro lado de la mesa, pensó que él también se alegraría de volver a Inglaterra. O tal vez sólo se alegraría de alejarse de ella. No pensaba que la favoreciera imaginar que había una gran atracción física entre ellos que se había ido forjando a lo largo del viaje. Pero él había luchado contra esa atracción, mientras que ella no lo había hecho.

Bueno, no del todo.

Tal vez fuera afortunada. Un hombre sin moral habría aceptado su ofrecimiento y no habría mostrado tanta preocupación por ella.

¿O tal vez no era únicamente una cuestión de preocuparse por ella?

Geoff había dejado bien claro que no tenía ninguna intención de casarse. Anaïs lo comprendía. Pero tal vez era algo más complicado. ¿Tendría una amante leal? ¿Una querida secreta? No había pensado en la posibilidad de que hubiera alguien más en su vida. Dios sabía que no sería la primera vez que caía en esa trampa.

Volvió a recorrer a Geoff con la mirada y sintió ese estremecimiento familiar, un dulce dolor que se asentó en la boca del estómago. Con su melena leonina y esa mirada intensa, casi lobuna, Geoff la fascinaba como una criatura a medio domesticar, sin estar unido a nadie, deambulando solo por los bosques de la vida.

Pero no iba a ganar nada dejando que sus pensamientos corrieran en esa dirección y, sin embargo, Charlotte y Giselle Moreau ganarían mucho si las llevaban a suelo inglés lo más rápidamente posible.

Terminó su comida en silencio, intentando mantener la mirada fija en el plato, y después se excusó y fue a hacer los últimos preparativos para el té.

Esa tarde, Charlotte Moreau la sorprendió al llegar diez minutos antes.

Anaïs pensó que era una buena señal. No obstante, no le llevó mucho tiempo darse cuenta de que la oscuridad se había instalado de nuevo sobre ella. El brillo que habían tenido sus ojos la tarde anterior había desaparecido.

Se sentaron en el salón principal, junto a las ventanas que daban a la Rue de l'Escalier y a la entrada de la casa de Lezennes, hablando perezosamente sobre el tiempo mientras Petit disponía el servicio del té.

—Me alegré mucho de conocer a tu tío en el parque —dijo Anaïs, una vez servidas y después de hablar de cosas sin importancia—. Parece un caballero muy distinguido.

—Sí, lo es —dijo Charlotte sin comprometerse—. Y ha sido muy generoso con Giselle y conmigo.

—¿Qué tipo de trabajo hace para los franceses? —Anaïs hizo una pausa para dar un sorbo al té—. Algo terriblemente importante, imagino.

Charlotte apartó la mirada.

—No estoy segura —dijo, dejando su taza en el platito—. No habla de ello, y creo que no me corresponde a mí preguntarle.

—Pero ha debido de conocer al rey Leopoldo, ¿no? —preguntó Anaïs, abriendo mucho los ojos—. ¡Tal vez, Charlotte, tú también termines conociéndolo! ¿No sería emocionante? Después de todo, todavía es increíblemente apuesto.

Por un instante, Charlotte dudó.

—Mi tío tiene reuniones privadas con el rey —murmuró—. Oí a uno de sus ayudantes hablando de ello. Que se iba a fijar una reunión... algo muy discreto. Y me pregunté, por supuesto... —Se calló de repente y cogió otra galleta de la bandeja que había en la mesa—. Están deliciosas. ¿Le pedirás a la señora Janssen que me dé la receta?

—Se sentirá halagada al saber que la quieres —le aseguró Anaïs—. En cuanto al rey, todavía hay mucha gente en Inglaterra que lo aprecia profundamente, ya sabes. Después de todo, en una ocasión estuvo previsto que fuera nuestro rey.

—Bueno, el consorte, creo —admitió Charlotte—. Y su sobrina Victoria lo estimaba mucho, sobre todo cuando era una niña.

Anaïs sonrió y se inclinó hacia delante para rellenar las tazas.

—Si las cosas no hubieran cambiado entre ellos a lo largo de los años, me pregunto si la posición de Leopoldo sería diferente ahora —murmuró de manera insinuante.

—Por supuesto. —Charlotte estaba removiendo lentamente su té con la cucharilla—. Es un rey poderoso por derecho propio, y mi tío dice que...

Anaïs se inclinó atentamente hacia delante.

—¡Oh, sigue, Charlotte! —le rogó—. Parece que sabes algún cotilleo... ¿y quién puede resistirse a chismorrear tomando el té?

Charlotte se ruborizó con aire de culpabilidad.

—Mi tío dice que Leopoldo ahora debe mirar por él mismo y cuidar sus intereses a largo plazo —susurró—. Dice que sus relaciones con Inglaterra, por muy imprecisas que sean, algún día pueden desfavorecerlo políticamente.

—Oh —dijo Anaïs—. Bueno, todo esto es demasiado complicado para mí. Yo solamente creo que es apuesto. Y su mujer… Alguien me dijo que sufre tisis. Me pregunto si es verdad…

Charlotte pareció tensarse ligeramente.

—La reina está muy enferma —respondió—. Creo que no vivirá mucho más.

Anaïs se inclinó mucho hacia delante.

—Y he oído que la amante del rey está embarazada —susurró, dejando caer uno de los chismorreos más sabrosos de DuPont—. O puede que ya haya dado a luz.

Al oírlo, Charlotte se quedó muy afectada.

—Pero… Pero… ¡Eso es una tragedia! —exclamó, llevándose una mano al pecho—. Se dice que su mujer lo adora, aunque fuera un matrimonio concertado políticamente.

Anaïs se encogió de hombros.

—Poco bien le hace eso a Leopoldo ahora que a su suegro lo han echado del trono de Francia —señaló—. No me extraña que esté preocupado por hacer nuevas alianzas francesas. En cuanto a la pobre reina Luisa, me pregunto si merece la pena sufrir tanto por amor. Creo que me alegro de haberme casado esta vez por pragmatismo.

Charlotte volvió a bajar la mirada hacia su té.

—¡Pues yo no lo haré! —dijo ardientemente—. No desprecio tu elección, Anaïs. De verdad que no. Pero prefiero sentir el dolor de la pérdida, por muy intenso que sea, a casarme con alguien a quien no amo.

Anaïs dejó su taza de té con estrépito.

—Pobre Charlotte, estás pensando en tu marido, ¿no es así? —murmuró, sintiéndose como una rata—. Deduzco que no hace mucho que enviudaste…

Los rasgos de Charlotte se suavizaron con una mezcla de pena y de evidente afecto.

—Pierre murió el año pasado —dijo en voz baja—, pero parece que hubiera sido ayer. Algunos días…, la mayoría, me despierto por la mañana y, por un momento, espero encontrármelo tumbado a mi lado. Y la tristeza me vuelve a invadir, porque no está.

Anaïs se inclinó hacia ella y le tocó la mano.

—Qué desconsiderada soy —murmuró—. Charlotte, lo siento mucho. Pero no tienes que casarte de nuevo. Tienes a tu tío. No ha sugerido que deberías irte de su casa, ¿verdad?

Pero Charlotte no levantó la mirada.

—He pensado mucho en ti, Anaïs, desde que nos conocimos —dijo—. He pensado en lo mucho que tenemos en común. Ambas nos casamos por amor, en contra de los deseos de nuestras familias, con hombres que no eran ricos, y ninguna nos hemos arrepentido, ¿verdad?

Anaïs sintió que una punzada de remordimiento le atravesaba el corazón, pero sacudió la cabeza.

—No, nunca.

—Y ambas tenemos hijas a las que adoramos —continuó Charlotte—. Somos viudas jóvenes de procedencia similar en un país extranjero donde no siempre podemos hablar el idioma.

Sí, pensó Anaïs con culpabilidad, *o eso es lo que crees.*

—Pero tú te has vuelto a casar —añadió Charlotte—, y felizmente, espero.

—Eso creo —dijo Anaïs con indecisión, pensando rápidamente en otra mentira y odiándose por ello—. Pero Charlotte, mi padre es muy mayor y quería que me casara para tener a alguien que se ocupara de Jane y de mí cuando él se haya ido. Tú tienes a tu tío. Es evidente que adora a Giselle.

—Oh, sí —dijo, casi melancólica—. No la adora ciegamente, pero se preocupa constantemente por su bienestar... y quiere que se la trate como si estuviera hecha de cristal.

—Y yo tengo la sensación de que a ti todo eso te inquieta —continuó Anaïs—. Sí, querida, odio verte afligida, aunque intentes ocultarlo. ¿Quieres contarme lo que ocurre?

—Pero es que a veces... A veces estoy muy confundida.— Bajó la voz hasta que fue un susurro—. Muy confundida, y aquí no tengo a nadie con quien hablar.

Y eso es exactamente lo que Lezennes había planeado.

Parecía que todos estaban usando a Charlotte.

Anaïs estaba empezando a sentirse sucia. Estaba tentada a contárselo todo. Pero tenía que pensar en la niña y temía que Charlotte no fuera lo suficientemente fuerte como para soportar la verdad. La expiación de sus pecados tendría que esperar.

—Sí que tienes a alguien con quien hablar, Charlotte —replicó—. Me tienes a mí. Puede que no sea la criatura más inteligente de la Tierra, pero eres mi amiga y puedes confiar en mí. Y, sinceramente, incluso un ganso se daría cuenta de que hay algo sobre Lezennes que te preocupa.

Charlotte tragó saliva con dificultad y los músculos de su pálida garganta se contrajeron tanto que Anaïs pensó que iba a atragantarse.

—Bueno —susurró al final—, es simplemente que no es mi tío.

—Pero es el tío de tu marido, querida —dijo Anaïs tiernamente—, y, según la ley canónica, es lo mismo.

Charlotte parecía haberse encerrado en sí misma.

—Bueno, siempre creí que era el tío de mi marido, aunque nunca tuvieron una relación muy estrecha —le explicó—. Pero la verdad es que la madre de Pierre era una criada en la propiedad de su familia. Los padres de Pierre nunca estuvieron casados.

—Oh —dijo Anaïs en voz baja—. Bueno. Pero, aun así, no importa. Lezennes está cuidando de ti en nombre de la familia.

—¿No importa? —Charlotte la miró con dureza—. Al principio, yo también pensaba eso.

—¿Qué quieres decir con «al principio»?

Anaïs la miró con curiosidad.

—Pensé que Lezennes era el tío de Pierre, pero ahora dice... —Se interrumpió, desvió la mirada hacia un rincón de la habitación y negó con la cabeza—. Oh, Dios, ¿por qué estoy hablando de esto?

—Porque te preocupa. —Anaïs extendió un brazo para tocarla con suavidad—. Charlotte, querida, nada alivia más que compartir la carga. ¿Qué dice ahora?

Charlotte dejó escapar un suspiro tembloroso, como si estuviera esforzándose por no llorar.

—Dice que su hermano de hecho siempre negó ser el padre de Pierre —susurró—. Que su verdadero padre era probablemente uno de los muchos invitados que frecuentaban la propiedad. O uno de los sirvientes.

—Qué extraño —dijo Anaïs—. ¿Qué pensaba tu marido?

Se encogió de hombros débilmente.

—Pierre decía que era el nieto ilegítimo del viejo vizconde, y que por eso la familia lo había educado y le había buscado un puesto en la corte... un trabajo sencillo de empleado. Pero el padre de Pierre murió cuando él tenía tres años, así que imagino que es posible que se confundiera.

Anaïs lo dudaba mucho.

—¿Y qué dice Lezennes ahora?

—Que la madre de Pierre afirmaba que el hermano de Lezennes era el padre de su hijo, y por eso la familia hizo lo correcto —contestó Charlotte, desconcertada—. Pero ahora ha sugerido que, en realidad, nadie lo creyó nunca. De hecho, asegura que su hermano mayor era...

Se interrumpió y se ruborizó violentamente.

—¿Qué era? —la presionó Anaïs.

—¡Antinatural! —susurró Charlotte, abriendo mucho los ojos—. Lezennes dice que a su hermano nunca le interesaron las mujeres. Que el viejo vizconde se aprovechó del hijo bastardo para ponerlo como prueba de que su hijo era..., no era lo que todo el mundo murmuraba que era. Y que la familia pensó que era una bendición que ese rumor se extendiera.

—Oh, querida. Todo es muy extraño. —Anaïs frunció el ceño—. Y Lezennes sigue cuidando de Giselle y de ti, a pesar de que crea que no es... ¡Oh, Charlotte! ¿Tienes miedo de que te eche a la calle?

Charlotte negó con la cabeza vehementemente.

—No, no lo hará —dijo, mirándose las manos—. Es muy protector con Giselle. Dice que no hay necesidad de que nada cambie a menos que...

—¿A menos que...?

Charlotte levantó la mirada y Anaïs vio que las lágrimas pugnaban por salir.

—A menos que desee casarme con él —susurró—. Dice que es la mejor manera... la única manera, de proteger a Giselle. No existen registros escritos sobre quién era el padre de Pierre. Dice que la Iglesia no puede poner ningún impedimento a nuestra boda.

—Oh, cielos.

Anaïs se quedó callada un buen rato. Era justo lo que DuPont se había temido desde el principio. Lezennes lo había intentado de las dos maneras... y, al final, había distorsionado las cosas hasta poner a la pobre Charlotte en un horrible dilema. Ella era religiosa; nunca podría haber violado los edictos de la Iglesia casándose con el tío de su marido. Pero ahora se estaba poniendo a prueba su moralidad de otra manera.

Anaïs se preguntó si Lezennes había contado con ello.

—Así que, tal y como están las cosas ahora —dijo finalmente—, ¿estás viviendo con un hombre que puede que no sea pariente tuyo?

—¡Sí! —chilló Charlotte—. Oh, Anaïs, ¿qué debo hacer? ¡No puedo vivir con un hombre que no es de mi familia! Es moralmente censurable, incluso para una viuda. Como si estuviera viviendo una mentira. Pero no puedo, y no lo haré, casarme con un hombre a quien no amo como amaba a Pierre.

—¿Y le has dicho eso a Lezennes? ¿Que no lo amas?

—¡Sí, sí, por supuesto que sí! Tampoco puedo mentirle a él. —Ahora las palabras salían a borbotones de su boca—. No cuando nos ha acogido y nos ha dado un hogar. Pero pareció tan… desconcertado… Oh, Anaïs, creo que incluso se enfadó conmigo. Se puso rojo y escupió, y después salió corriendo de la habitación.

La perfidia de todo aquello le hacía temblar a Anaïs de rabia. Lezennes sabía que el matrimonio haría que Charlotte fuera suya ante la ley. Tendría todo el poder, el poder de controlar todo lo que era suyo, incluida Giselle. El poder para pegarla, probablemente. Incluso el de encerrarla en un manicomio si quisiera.

—Charlotte, el vizconde no tiene derecho a enfadarse contigo —dijo Anaïs en voz baja, pero firme—. No debes creer que sí lo tiene.

—Pero él nunca me ha pedido nada, y yo le debo mucho. No teníamos a nadie a quien recurrir cuando Pierre murió. Nada de valor que vender excepto unas pocas joyas, que desaparecieron ya hace mucho tiempo. Cuando Lezennes apareció en la puerta y nos ofreció un hogar, fue como un regalo del cielo.

—¿Y qué dijo cuando recobró la compostura?

—Que no debería tomar una decisión precipitada —dijo Charlotte—. Que no quería reemplazar a Pierre y que simplemente necesitábamos pasar más tiempo solos, los tres. Unas vacaciones, quizá, dijo. Suena muy bien, y puede que a Giselle le guste la playa…, pero no sé cómo decirle…

—¿Que crees que nunca podrás amarlo? —terminó Anaïs la frase por ella, enarcando una ceja.

180

—¡Pero es así, Anaïs! —gritó—. Lo sé. A veces es tan estricto con Giselle… Sospecha de todas las personas que conocemos. En ocasiones me siento como si vigilara todos mis movimientos, pero al instante siguiente me doy cuenta de que sólo son imaginaciones mías. ¿Cómo puedo enfadarme con él cuando no ha hecho nada malo? ¡Soy una desagradecida despreciable!

—No, Charlotte. No eres desagradecida en absoluto.

Anaïs se inclinó hacia delante y le cogió una mano, aunque por dentro estaba un poco alterada.

Había que preguntarse si la frustración de Lezennes estaría llegando a su límite. Seguramente habría imaginado que Charlotte estaría tan contenta de tener un techo sobre su cabeza que desestimaría sus dilemas morales. Eso habría hecho él.

Durante un instante, Anaïs estuvo tentada de meter la mano en el bolsillo y enseñarle la carta de Sutherland. Pero sólo era eso, una carta de Sutherland, no de los padres de ella. Y, junto con la carta, tendría que darle muchas explicaciones.

Charlotte desconfiaría de ella de inmediato. Toda la operación podría desmoronarse porque, ¿quién le aseguraba que ella era menos malvada que Lezennes? Sin embargo, cada vez estaba más segura de que aquella mujer se dirigía al desastre. Si intentaba llevarse a Giselle y apartarse de Lezennes, ¿qué sería ese hombre capaz de hacer para detenerla?

Tenían que andar con pies de plomo.

Anaïs se obligó a relajarse y le dio a Charlotte unas palmaditas en la mano.

—Querida, tal vez aprendas a amarlo —murmuró—. Cosas más extrañas han pasado. No te preocupes por eso. Y no te precipites, te lo ruego. Date tiempo, y quizá… Bueno, quizás empieces a sentir algo de cariño hacia él.

—¿Cuánto tiempo? ¿Y cómo podría llegar a ocurrir eso cuando lo único que siento ahora es… repugnancia? —Charlotte se interrumpió, se puso pálida y se tapó la boca con una mano temblorosa—. ¡Oh, Dios! No debería haber dicho eso. Ha sido horrible. Soy una desagradecida.

Anaïs pensó con cuidado qué decir a continuación.

—No eres horrible ni desagradecida —respondió—. Eres madre…, lo que significa que debes andar con cuidado, Charlotte. Siempre debes confiar en tus instintos. Debes hacerlo. Ellos mantendrán a tu hija a salvo.

—¿A salvo? —repitió con brusquedad.

Anaïs sonrió débilmente y volvió a cogerle la mano.

—Soy demasiado vehemente —se apresuró a decir—. Las dos nos hemos puesto melodramáticas. Estamos imaginando cosas que no van a ocurrir. Ya sé lo que necesitamos. Una copa de jerez en vez del té.

—¡Oh, te estaría muy agradecida! —Estaba empezando a recuperar el color—. Y tienes razón. Estoy imaginando cosas, ¿verdad?

—Sí, así que lo que necesitamos es distraernos un poco—. Anaïs se obligó a sonreír ampliamente y se levantó de un salto para tirar del cordón—. Y tengo justo lo que necesitamos. Cartas.

—¿Cartas? —Charlotte la miró con curiosidad—. Entonces, ¿vamos a jugar al piquet?

—No —respondió Anaïs—. Espera aquí... ¡Ah, Petit! Aquí estás. Por favor, llévate el servicio del té y tráenos un poco del jerez fuerte de Bernard, por favor.

El lacayo se inclinó hacia ella.

—Por supuesto, *madame.*

—Sólo tardaré un momento —dijo Anaïs, y salió rápidamente del salón para subir las escaleras.

Una vez en su dormitorio, cogió la cajita de ébano de *nonna* Sofia que estaba en la mesilla de noche y, cuando volvió a bajar las escaleras, vio que Petit ya les estaba sirviendo dos copas de vino. Como ya no estaba la bandeja del té, Anaïs dejó la caja en el borde de la mesa y la abrió. Recordó, un poco culpable, que no había purificado las cartas últimamente. Aunque, en aquel caso, ¿importaba? En realidad, no iba a leer.

No, le iba a contar otro montón de mentiras. Iba a inventarse unas cuantas tonterías, espolvoreadas con la suficiente dosis de verdad para mantener a Charlotte en guardia. Casi estaba empezando a creer que secuestrar a la niña y a la madre sería mucho más fácil que todo eso: poner una mentira sobre otra como si fueran cal y yeso para tapar una grieta.

—¡Oh, cielos! —Charlotte se había inclinado sobre la caja—. ¿Qué vas a hacer, Anaïs?

Ésta se obligó a reírse con despreocupación.

—Voy a conseguir que te relajes, Charlotte. Voy a contarte lo que te depara el futuro. ¿Qué te parece?

Ella se echó hacia atrás con los ojos muy abiertos.

—¿Es eso un tarot? —preguntó—. ¿De verdad que sabes usarlo?

—*I tarocchi*, sí —dijo Anaïs, dándole la vuelta a la caja en su mano—. Así lo llamaba mi bisabuela.

—Cielos, había oído hablar de estas cosas, pero nunca las había visto —dijo Charlotte—. Estas cartas parecen muy antiguas.

—Sí, lo son —contestó Anaïs con sinceridad, dejando el mazo sobre la mesa—. Y terriblemente delicadas. Nunca dejamos que les dé la luz a menos que estemos leyendo. Han estado en este cofre de ébano por lo menos durante dos siglos.

El mazo se había deslizado un poco hacia un lado, abriéndose en la mesa. Con indecisión, Charlotte tocó la carta superior con la punta de un dedo.

—Esta carta, *le re di dischi*, parece más gastada que las otras —comentó—. ¿De dónde las has sacado?

Anaïs la miró a los ojos.

—El don de *i tarocchi* lo lleva mi familia en la sangre —dijo honestamente—. Aunque suele saltarse una o dos generaciones. Mi *nonna* fue la última, y después el don, la habilidad y las cartas, quiero decir, pasó a mí.

Al oír la palabra «don», Charlotte se quedó sin aliento, pero se recuperó rápidamente.

—¿Ella podía leer el futuro de verdad?

—Vivió hasta los noventa y dos años, y nunca se equivocó —dijo Anaïs, y se le encogió un poco el corazón al recordarla. Desgraciadamente, había una o dos cosas en las que ella desearía que su *nonna* se hubiera equivocado.

—Pero... Pero no puedes estar hablando en serio. —Charlotte se llevó una mano al pecho—. ¿Sabes hacerlo?

—Ya lo verás —contestó Anaïs barajando con cuidado—. Después podrás decidir si *i tarocchi* dice la verdad. —Dejó las cartas en medio de la mesa—. Ahora, coge las cartas y mantenlas en la mano —le pidió—. Deja que sientan tu energía, Charlotte. Tus emociones. Barájalas si quieres. Luego, cuando estés preparada, deja el mazo y haz tres montones con la mano izquierda, dividiendo las cartas por donde quieras, pero llevándolas sólo a la izquierda cada vez que hagas un montón.

Charlotte la miró con cautela.

—Muy bien.

Anaïs la observó mientras hacía lo que le había pedido, dividiendo al final el mazo en tercios uniformes que dispuso sobre la mesa.

—Excelente. Ahora, vuelve a juntarlas, de la manera que quieras.

Cuando lo hizo, Anaïs dispuso las cartas siguiendo el modelo favorito de su *nonna*, el círculo atravesado.

—El tarot es verídico, Charlotte, pero a veces es caprichoso —murmuró Anaïs, echando la última carta—. No podemos ordenarle nada. Pero dime si hay algo que quieras saber en especial, y haré lo que pueda para obtener las respuestas.

—N...no —dijo ella—. Supongo que sólo... mi futuro.

Dejó escapar una breve risa.

Anaïs deseó sentirse igual de desenfadada sobre el asunto. Pero de repente ya no le pareció una broma, sino una carga. Raras veces había intentado usar las cartas, aunque fuera en broma, porque era algo a lo que se resistía instintivamente. Había visto muchas cosas sentada en el regazo de su bisabuela y respetaba el poder de *i tarocchi*, si no sus propias habilidades.

Cerró los ojos y pasó la mano con la palma hacia abajo por el círculo, sin llegar a tocar las cartas. Era una tradición, una forma de pedirle a Dios que la guiara para interpretarlas, pero en esa ocasión el mazo parecía irradiar un calor sorprendente.

Alarmada, abrió mucho los ojos y miró el círculo. Parecía perfectamente normal. Ninguna fuerza sobrenatural le había prendido fuego ni había apilado ladrillos calientes bajo la mesita de té. Los últimos días tenía los nervios de punta, eso era todo.

Aun así, volvió la primera carta con reticencia. Era el tres de espadas, un trío de espadas insertadas en un corazón sangrante. Una carta muy significativa, y una que a ella nunca le había aparecido al principio.

Charlotte había retrocedido un poco.

—Qué aterrador —dijo con voz débil—. Por favor, dime que esa carta no tiene nada que ver conmigo.

El temor de Anaïs iba creciendo por momentos.

—Es raro que una imagen o un número prediga algo —dijo—. La interpretación de cada carta cambia según su posición en el círculo, y dependiendo de la carta que tenga al lado y de otras muchas variables.

—Entonces, ¿vas a girar más cartas?

Anaïs asintió y le dio la vuelta a tres más.

—Ah —dijo.

Charlotte se rió con nerviosismo.

—¿Qué ves? Espero que algo que no esté relacionado con espadas ni con sangre.

—Nada definitivo, no —murmuró ella.

Siguió el camino del círculo, sintiéndose cada vez más incómoda, como si la ropa le apretara o hiciera demasiado calor en la estancia. Notaba la palma de la mano derecha como si estuviera quemada y la piel le hormigueaba con una especie de sensación desagradable... Su propia culpa punzante, sin duda.

Aun así, deseó con todas sus fuerzas no haber subido por las cartas. Aquel día las sentía extrañas. Se dijo que era por el miedo que le tenía a Lezennes.

Cuando hubo levantado todo el círculo, se recostó en la silla y echó los hombros hacia atrás para aliviar la tensión. Charlotte tocó la carta que tenía más cerca.

—Esta carta es bonita —dijo—. ¿Qué puedes decir de ella?

—Poca cosa que no sepamos ya —contestó Anaïs, haciendo un movimiento circular con la mano por la parte izquierda del círculo—. Aquí vemos que has hecho un largo viaje. Este orden quiere decir que has viajado desde Inglaterra, creo, no tu viaje a Bruselas. Has tenido una vida feliz, la mayor parte del tiempo.

—Oh, sí —dijo Charlotte con melancolía—. Fui bendecida.

Anaïs le dio la vuelta a la siguiente carta y sintió un calambre, como una pequeña descarga de electricidad estática en la mano. Dudó unos instantes. Todavía no era tarde para echarse a reír y tirar las cartas al suelo.

—¿Anaïs?

La voz de Charlotte parecía proceder de muy lejos.

—Lo siento —contestó, y se pasó el dorso de la mano por la sien para apartar un rizo que se le había soltado del recogido—. Había perdido el hilo de mis pensamientos.

Charlotte tocó la carta levemente con un dedo.

—Parece triste.

—Está triste —respondió Anaïs con voz un poco temblorosa—. Esta carta, el guerrero Carbone, representa a la persona que te ha dejado. ¿Ves cómo mira hacia otro lado? ¿Y la luna en cuarto menguante?

—Sí —dijo Charlotte, pronunciando la palabra con vacilación—. ¿Quién es? ¿Una persona real?

Anaïs lo sabía sin lugar a dudas.

—Este guerrero poderoso es tu marido. Es el mensajero de Dios que ha pasado de este mundo al siguiente.

—¡Oh! —exclamó Charlotte, que se irguió en la silla—. ¡Anaïs! ¿Seguro que no te lo estás inventando?

Anaïs negó con la cabeza. Apenas podía apartar la mirada de las cartas.

—No, está muy claro —murmuró. Le temblaba un poco la mano—. Este hombre era tu fuerza y tu luz. La luna menguante que está cerca de esta carta, el cuatro de copas, así lo dice. Pero la luz se está desvaneciendo. Ha pasado feliz, Charlotte. Está en paz y te espera al otro lado del velo.

—¿De verdad? —susurró ella.

—Estoy convencida —dijo con sinceridad, porque en ese momento la sinceridad parecía la mejor opción. Le dio la vuelta a la carta que estaba junto a la anterior—. Esta carta, el seis de espadas… Esta persona lleva una carga muy pesada —dijo Anaïs—. ¿Ves la bolsa que porta? Una bolsa llena de armas. Representa tu pasado más reciente. Has estado lidiando una batalla larga y agotadora, Charlotte, y aquí en la Tierra hay mucha responsabilidad que recae en ti.

—¡Oh! —exclamó Charlotte rápidamente.

—Ese deber, como la bolsa llena de espadas, te cae pesadamente sobre los hombros. Pero la carta anterior, el guerrero Carbone, está sentada sobre ti, metafórica y celestialmente. Cuida de ti. Confía en que llevarás a cabo tus tareas y actuarás con el mayor cuidado posible. Está seguro de que elegirás correctamente.

El rostro de Charlotte se contrajo de pena.

—¡Ojalá yo tuviera esa fe en mí misma!

—Pero aquí —Anaïs volvió la siguiente carta y le dio unos golpecitos—, aquí vemos algo que amenaza tu paz. Esta carta… Ah, sí, representa una gran preocupación. Algo que te ha estado siguiendo durante algún tiempo, diría yo.

—¿Sí? —dijo Charlotte ansiosa.

Anaïs giró la carta que estaba debajo.

—*Le fante di dischi* —murmuró—. Y ésta, creo que es... Sí, es Giselle.

Charlotte jadeó.

—¡Giselle! Pero... Es un muchacho, ¿no es así?

—Sí, pero lo que debemos entender es el simbolismo —respondió Anaïs—. Hay algo sobre Giselle que te preocupa, ¿verdad? Algo que tu marido comprendía. Y ahora te sientes perdida. Es algo que te supera.

La carta representaba un joven guerrero andrógino con un halcón en una mano. Solamente llevaba una bota y había dejado el escudo a un lado. El significado no podría estar más claro. Con poca convicción, Anaïs giró las siguientes cartas, resistiéndose al impulso de tirarlas al suelo con un barrido del brazo.

—Charlotte —dijo en voz baja—, ¿entiendes lo que significa el término «augurio»? ¿El significado original de la palabra?

—Yo... Sí. ¿Por qué?

Anaïs pasó la yema del dedo por el borde gastado de la carta.

—*Le fante di dischi* representa a una persona joven que tiene un secreto. El pájaro es el símbolo de las cosas ocultas. Del conocimiento que no se ha liberado. Del augurio, literalmente. Sin embargo, es un poder que la joven guerrera todavía no puede controlar y está reacia a usar. Tiene un escudo para la batalla, ¿ves?, pero no lo ha cogido. No está preparada. En lugar de eso, mira a su derecha, al guerrero Carbone, inquisitiva.

—¿Sí? —dijo Charlotte con voz ronca—. Continúa.

—Esta joven guerrera busca un guía —dijo Anaïs con sencillez. Volvió a tocar suavemente la primera carta del guerrero—. Pero Carbone se está alejando hacia el cuarto menguante. Se necesita urgentemente un nuevo guía, un nuevo mentor.

—Pero... Pero ¿qué significa todo eso? —preguntó Charlotte débilmente.

—Que la carga de Giselle es muy pesada, Charlotte, y tú no puedes seguir llevándola. Necesitas ayuda.

Anaïs levantó la mirada y vio que Charlotte había empezado a llorar. Las lágrimas se le deslizaban silenciosamente por las mejillas, como si no quisiera enjugárselas para no hacerlas reales. Anaïs sentía náuseas, como si estuviera presenciando un accidente espantoso y, aun así, no pudiera apartar la mirada. No había querido eso. Nunca debería haberlo empezado.

«El poder de *i tarocchi* es muy fuerte, *bella*», podía oír que decía su bisabuela. «Cógelo como cogerías a una serpiente, agarrándola con fuerza por debajo de la cabeza.»

—¿Quieres que pare? —preguntó Anaïs, rezando para que le dijera que sí—. Dilo, Charlotte, y quitaré de un plumazo las cartas de la mesa.

Charlotte dejó escapar un suspiro tembloroso.

—No. Continúa.

—Creo que hemos visto el pasado y también el presente —dijo Anaïs pensativa—. Veamos ahora el futuro. —Levantó todas las cartas excepto las dos últimas—. ¿Cuándo dejaste tu hogar por primera vez, Charlotte? ¿Cuándo te fuiste de Inglaterra?

—Hace más de diez años —contestó ésta con voz vacilante—. Me marché para ir a la escuela en París.

Anaïs la miró como si la evaluara.

—Y me dijiste que no tienes familia —murmuró.

—N...no.

—No. —Anaïs enarcó una ceja—. Sin embargo...

Charlotte se estaba limpiando las lágrimas con el dorso de la mano.

—Sin embargo, ¿qué?

—Esta carta, el ocho de oros, una cesta llena de bastones, significa que tu mundo está lleno —dijo Anaïs—. Tu cosecha fue abundante, Charlotte. Hubo riqueza y amor en abundancia. Un mundo sencillo, pero lleno de... Sí, de mucha gente, creo. ¿Dejaste atrás todo eso?

—Yo... no quería —dijo Charlotte débilmente—. Me marché lejos para ir a la escuela. Siempre quise regresar. Pero entonces conocí a Pierre y todo cambió.

Anaïs le dio la vuelta a la penúltima carta.

—Y este hombre, *il cavaliere di spade*, el caballero de espadas, es un guerrero que se apena por ti —dijo, pidiéndole a Dios que se terminara esa lectura tan terrible—. Lo has dejado atrás. Está preparado para luchar por ti, Charlotte, pero siente el corazón pesado y su espada... mírala, la ha dejado caer.

Charlotte dio un pequeño grito y se llevó las puntas de los dedos a la boca.

—¿Es mi... padre?

—Bueno, no es un hombre que esté muerto —contestó Anaïs—. Eso está claro. Pero no se me ocurre quién más puede ser.

—¡Oh! —exclamó Charlotte, ruborizándose—. ¡Oh, me gustaría tanto regresar a casa!

—¿Es eso lo que quieres? —le preguntó rápidamente—. ¿Volver a casa?

—Yo no... no puedo.

De repente se encerró en sí misma y Anaïs, prudentemente, lo dejó estar. En lugar de eso extendió el brazo y, con una mano que temblaba visiblemente, le dio la vuelta a la última carta, que estaba caliente como si fuera a estallar en llamas en cualquier momento.

—Santo cielo —musitó, mirándola—. Muchas espadas.

—El dos esta vez —susurró Charlotte—. Anaïs, ¿qué significa?

—El guerrero joven y el guerrero de más edad —murmuró Anaïs, estudiando las dos figuras—. Giselle está mirando hacia él en busca de guía. ¿Ves estas pequeñas flechas? Las maldades del mundo real vuelan hacia ellos, pero tienen sus armas preparadas. Están bien preparados para la batalla.

—¿Por qué hay dos? —preguntó Charlotte.

—Porque el joven guerrero ha encontrado a su nuevo mentor. Mira, lleva la rodilla al suelo en deferencia a su poder. Él mira hacia abajo y le ofrece el brazo. Su fuerza.

—Pero no es... Lezennes, ¿verdad?

Anaïs negó con la cabeza lentamente.

—Definitivamente, no. Este hombre es alguien de su misma especie. No puede ser otro.

—¿De su misma especie?

Anaïs levantó la mirada para observar a Charlotte y puso los dedos firmemente sobre la carta.

—No es Lezennes —repitió—. Es su guardián.

Charlotte se quedó sin aliento.

—¿Su... guardián?

Anaïs pudo ver entendimiento en su mirada.

—Sí —dijo con tristeza—. Es el hombre que estás buscando, Charlotte. Lezennes no puede ayudarte.

—Pero ¿quién es? Quiero decir, ¿cuál es su nombre? ¿Y dónde lo encontraré?

—No lo sé —respondió Anaïs con sinceridad—. Pero él la está esperando. *Il cavaliere di spade*, el hombre afligido; a través de él ocurrirá todo. Lo sabemos por su posición en el centro del círculo.

—Oh. —Charlotte se inclinó hacia delante y puso la palma en el centro de las cartas—. Y todo esto... ¿Esto es lo que le va a ocurrir a Giselle?

—Es lo que debería ocurrirle —contestó Anaïs, pasando un dedo por el círculo de cartas—. Pero ¿ves esto? ¿Y esto? Estas cartas representan las difíciles elecciones que habrá que hacer mientras tanto. Hay que cruzar muchos puentes.

—¿Qué debo hacer? —susurró Charlotte—. ¿Cómo debo empezar? Oh, Anaïs, no puedo dar un paso en falso. Estamos hablando de mi hija.

Por fin, Anaïs apartó las cartas de la mesa.

—Empieza con mucho cuidado —respondió—. No hagas nada, ni digas nada, hasta que las cosas se aclaren.

—¿Y lo harán? —Charlotte la miró, suplicante—. Aclararse, quiero decir...

Mucho más alterada de lo que parecía, Anaïs guardó las cartas en el cofrecito de madera.

—Lo harán —dijo con calma—. Cuándo, y de qué manera, no lo sé. Tú no hagas ninguna tontería. Observa y espera.

—Observar y esperar —repitió, como un eco hueco.

Había estrujado su pañuelo en la mano y volvió a recostarse en la silla, con un aire de derrota. Había sido demasiado. Casi había sido cruel. Pero nada de ello había sido incorrecto.

El plan que había tenido Anaïs de usar las cartas para divertirse había fracasado estrepitosamente. De hecho, tendría suerte si, al final, no había empeorado las cosas. Si su desastrosa masilla de cal y yeso no se resquebrajaba y caía sobre sus cabezas.

Unos minutos después, Anaïs estaba acompañando a su invitada a la puerta principal. Charlotte todavía parecía un poco aturdida.

—Charlotte —le dijo Anaïs, volviendo a su personalidad feliz de antes—. Yo no entiendo nada de esto. Sólo he leído las cartas. Tal vez lo que te he dicho tenga sentido para ti, pero para mí no significa nada. ¿Lo entiendes?

Charlotte asintió y se dio la vuelta para marcharse.

—Aun así —añadió Anaïs detrás de ella—, creo que sería sensato si no le contaras a nadie lo que ha ocurrido, ¿no te parece?

Charlotte giró lentamente la cabeza.

—¿Cómo podría siquiera describirlo? —replicó—. Ni siquiera acabo de entender lo que ha pasado.

Siguiendo un impulso, Anaïs se inclinó hacia delante y le dio a Charlotte un rápido abrazo.

—Tal vez le encuentre sentido más tarde —sugirió—. Pero Geoff dice que soy un poco boba.

—No te lo creas —dijo Charlotte, que estaba claro que no sabía qué creer—. Pero, Anaïs, si sacas algo en claro, ¿me lo dirás?

—Puedes contar con ello. —Anaïs le cogió las dos manos y se las apretó con un gesto reconfortante—. Ahora, vete, Charlotte, y estate tranquila si puedes. Te veré mañana por la noche. Y, mientras tanto, intentaré pensar qué puedo hacer para desviar el interés de Lezennes, al menos temporalmente.

Anaïs la observó mientras bajaba los escalones y corría entre dos carruajes que pasaban. Con las manos apretadas a los costados, cerró la puerta y se apoyó en ella, resistiéndose al impulso de aporrearla.

¡Santo Dios, qué idiota era! Lo que había comenzado como una broma se había convertido en una pesadilla. Se pasó las manos por las faldas, como si así pudiera sacudirse la suciedad de lo que acababa de hacer. Pero no podía. Había sido una necia al faltarle al respeto a *i tarocchi*. Al tratarlo como si fuera una broma. No, peor todavía: al tratarlo como un medio para manipular a una persona inocente.

Todo lo que había ocurrido aquella tarde la hacía sentirse sucia. Utilizada. Y por su propia mano, además. Lo único que había conseguido había sido aterrorizar a Charlotte.

Maldiciendo por lo bajo, se apartó de la puerta como impulsada por un resorte y subió corriendo las escaleras.

Capítulo 12

«El que sabe cuándo puede luchar y cuándo no, saldrá victorioso.»
Sun Tzu, *El arte de la guerra*

Geoff regresó a casa después de haber pasado la tarde rondando por las galerías de arte y las cafeterías de Bruselas, una aventura que había incluido un encuentro aparentemente casual con uno de los contactos de DuPont, un hombre que tenía a Lezennes bajo vigilancia.

Era una tarea bastante complicada, le había explicado el contacto, porque gran parte del llamado trabajo diplomático del vizconde tenía lugar en el interior de los palacios de Bruselas. No obstante, el hombre había sido testigo la tarde anterior de un rápido intercambio en La Monnaie, el teatro real de la ópera, con un hombre que, casi con seguridad, era un esbirro del *Ancien Régime*.

Cada vez parecía más probable que Lezennes tuviera tendencias legitimistas... aunque a Geoff le importaba un bledo la política de Francia. A él sólo le preocupaba Giselle Moreau. Cuando ella fuera lo suficientemente mayor y tuviera la suficiente fuerza emocional, podía dar su vida por los viejos reyes borbones si quería. Sin embargo, hasta entonces los guardianes de la *Fraternitas* tenían que protegerla.

Geoff todavía no sabía cómo iba a conseguirlo. Así que se sentía bastante hastiado cuando entró en la casa de la Rue de l'Escalier y lanzó el sombrero a la mesa del recibidor. Se dirigió de inmediato al salón y se sirvió tres dedos de whisky. Vació el vaso en dos tragos y fue al piso superior para cambiarse de ropa para la cena.

Sin embargo, al llegar arriba escuchó unos débiles ruidos sordos, como si alguien estuviera botando una pelota en alguno de los pisos superiores. Se desentendió de ello y, después de lanzar el abrigo sobre una silla, tiró del cordón para pedir agua caliente para la bañera. Se estaba arrancando las botas de un tirón cuando entró su ayuda de cámara para ver lo que necesitaba.

Los golpes rítmicos del piso superior se volvieron más intensos.

—¿Qué demonios es ese ruido, Mertens? —preguntó, quitándose el chaleco.

—Creo que es madame MacLachlan —dijo el valet mientras cogía el abrigo y le alisaba las arrugas—. Parecía tener un estado de ánimo extraño, señor, si me permite la expresión. Subió al desván hace una hora.

—¿Al desván? —repitió, lanzando las botas al suelo—. ¿Para hacer qué? ¿Bailar el ghillie callum?

Aparentemente, Mertens no supo traducirlo bien del gaélico al flamenco, porque se quedó mirándolo inexpresivamente.

—No importa.

Geoff le echó una mirada al reloj, suspiró y empezó a ponerse otra vez los pantalones.

Apostaba lo que fuera a que algo había ido mal con el té de Charlotte Moreau. Tal vez la dama tampoco hubiera aparecido aquel día. O tal vez sí que lo hubiera hecho...

Después de abrocharse el último botón, se dirigió a la puerta.

—Dile a la señora Janssen que no se preocupe por la cena —dijo—. Pediremos que nos suban algo frío más tarde. Voy arriba, a descubrir la causa del estado de ánimo de la señora MacLachlan.

Subió los dos tramos de escaleras en calcetines, abrió la puerta del campo de juego de caballeros de monsieur Michel y miró a su alrededor. Vio con sorpresa que Anaïs estaba en el amplio y soleado espacio que rodeaba el saco de boxeo, con un largo florete centelleando en la mano.

Con el brazo izquierdo elevado elegantemente por detrás, permanecía *en garde* ante el saco, que oscilaba ligeramente. Sólo llevaba unos pantalones cómodos de nanquín y una amplia camisa blanca. Se había recogido el cabello en una trenza, sujeta con un lazo blanco. Como si se moviera al ritmo de una música que únicamente ella pudiera escuchar, dio una estocada, hundiendo la hoja en el saco.

Era evidente que no se trataba de la primera vez que lo hacía. Al saco se le veían las entrañas por diversas hendiduras y agujeros, sangrando serrín y bolitas de algodón que caían al suelo. Tras sacar de un tirón la hoja, Anaïs llevó a cabo una retirada doble perfecta y empezó a moverse de un lado a otro, enfrentándose con su enemigo invisible mientras ejecutaba los pasos con una habilidad que él raras veces había visto.

Durante algunos momentos se quedó allí, con un hombro apoyado en el marco de la puerta de forma que ella no podía verlo. Se preguntó si no sentiría su presencia, pero por una vez, su único objetivo era el saco de cuero y parecía claro que llevaba allí algún tiempo ya. Respiraba audiblemente, aunque no llegaba a jadear, y los rizos que le rodeaban la frente estaban húmedos de sudor.

Él sabía, por supuesto, que era de mala educación observar a alguien sin ser anunciado. Pero estaba disfrutando demasiado como para entrar en la zona iluminada del desván.

Ella se acercaba a su objetivo una y otra vez, con su esbelta espalda perfectamente alineada, atacando el saco como si estuviera inmersa en una destrucción elegante y planificada. El florete era un arma larga que requería paciencia y una cadencia metódica. A pesar de su evidente mal humor, parecía que Anaïs poseía ambas cosas en abundancia. Geoff sentía una poesía innegable en sus movimientos, una fluidez y una elegancia que desmentían la violencia de sus actos.

Bajo la camisa, sus pechos redondeados se mecían y bamboleaban, tan desatados como su mal genio. Los pantalones de nanquín se ajustaban a sus caderas de una forma que era decididamente atlética y deliciosamente femenina.

También era profunda y carnalmente erótica.

Y, con la siguiente estocada, se dio cuenta de una cosa. Algo mucho más inquietante que la ferocidad apenas reprimida de Anaïs.

La deseaba.

Y se estaba cansando de ello.

Quería a Anaïs entre sus brazos. Debajo de él. Arqueándose para salir a su encuentro, jadeando.

Oh, el deseo en sí no era nada nuevo; la había deseado desde el primer momento. El ansia no había desaparecido. No, más bien al contrario. Vivir junto a ella los últimos días había sido un infierno. Verla al otro lado de la mesa durante las cenas, un ejercicio de control físico. Y saber que dormía sola en su cama cada noche a pocos metros de él, la más horrible de las torturas.

Y ahora esto.

¿Por qué negárselo?, pensó, observando cómo volvía a hundir el florete en el saco. Su lógica estaba empezando a flaquear. Durante la mayor parte del tiempo era un hombre honorable, pero no estaba comprometido con nadie. Y ella… Bueno, todavía estaba llorando a su amante perdido y esperando a que llegara su príncipe, eso estaba claro. Fuera quien fuera por quien ella se interesara… Bueno, no sería él, y mejor así.

Pero Anaïs lo deseaba, lo había invitado a su cama. No tenía expectativas, y no carecía de experiencia. Y, aunque él hubiera desconocido esa información, sus movimientos le habrían dicho que esa mujer tenía perfecto control sobre su cuerpo. Y él confiaba lo suficiente en sus habilidades como para saber que, cuando por fin ella gritara de placer debajo de su cuerpo, habría olvidado a su Romeo toscano… al menos durante un rato.

Sintió que su pene le sacudía el muslo con insistencia. Cambiando de postura, mantuvo la vista fija en la esbelta figura de Anaïs mientras ésta seguía moviéndose por el suelo de madera. Con los ojos brillantes y la mandíbula bien apretada, en un determinado momento Anaïs rebotó contra el borde de la mesa de billar, giró y volvió a introducir el florete en mitad del saco haciendo un corte uniforme. En sus movimientos había una inexplicable furia, pero era un tipo de rabia cuidadosamente contenida, porque Giovanni Vittorio le había enseñado bien.

En su siguiente retirada, caminó hacia atrás hasta el borde de la mesa de billar, golpeándola con fuerza como si un enemigo implacable la estuviera haciendo retroceder. Entonces sorprendió a Geoff al saltar y dar una voltereta hacia atrás, rodando literalmente por el tapete de la mesa con el florete todavía en la mano, y cayendo de pie al otro lado.

Se incorporó jadeando, pero perfectamente estable.

Él salió de las sombras que rodeaban la puerta y aplaudió despacio.

—*Bravissima!*

Ella levantó la barbilla. Sus ojos oscuros y expresivos parecían aún más grandes de lo normal.

—¿Geoff?

Él se acercó lentamente.

—¿Vittorio te enseñó todo eso?

—Algunas cosas. —Con recelo, Anaïs lo miró mientras se acercaba—. ¿Cuánto tiempo llevas ahí?

—El suficiente.

Cuando él todavía estaba acortando la distancia que los separaba, Anaïs señaló a la pared con la cabeza.

—No he terminado —dijo—. Coge una espada.

Geoff apoyó la cadera en el borde de la mesa de billar.

—Cielos, sí que estás de mal humor —murmuró, paseando la mirada por su cuerpo—. Pero siento debilidad por las mujeres con armas letales.

Anaïs debió de percibir algo en su tono de voz, porque se acercó.

—Sabes esgrima, ¿verdad? —le preguntó, mirándolo de arriba abajo.

—¿Tú qué crees?

Ella levantó la barbilla.

—¿Eres bueno?

Él medio sonrió y levantó un hombro.

—No creo que pudiera dar una voltereta hacia atrás y caer con la espada todavía en la mano —dijo—. Pero sí, creo que podría satisfacerte.

Ella se encogió de hombros.

—Seguramente sabes que ese movimiento era puro espectáculo. En una pelea de verdad, posiblemente haría que te cortaran el cuello. —Volvió a hacer un gesto con la cabeza hacia el estante de madera—. Venga. Veamos lo que podemos hacer.

—No has tenido suficiente, ¿eh?

—No, todavía no.

Geoff se separó de la mesa de billar, se dirigió al estante y cogió el primer florete que vio. Ella lo siguió y cambió su arma por otra roma.

—Eres muy atenta, querida —dijo, señalando el arma con la cabeza—. Un hombre más inteligente se limitaría a pedirte que te sentaras y que le contaras por qué estás tan alterada.

—En otro momento, quizás. —Anaïs echó hacia atrás el brazo para coger equilibrio y levantó la barbilla y la espada a la vez—. *En garde!*

—Creo que ya hemos tenido esta conversación antes —murmuró Geoff. Pero también se puso en guardia.

Durante unos veinte minutos lucharon con ferocidad. Geoff no le daba cuartel, sabía que era lo mejor. Anaïs era lo suficientemente buena como para darse cuenta de si él no hacía uso de su ventaja.

Pero, en realidad, su única ventaja era su altura, su alcance y el hecho de que ella ya estaba cansada. Sin embargo, la ofensiva de Anaïs no disminuyó. Arremetió contra él varias veces y en cada una de las ocasiones Geoff bloqueó su embestida y la atacó. Hizo amago de atacarla en un costado y luego fue al cuello. Ella lo esquivó a la perfección y después se dirigió hacia él con una rápida estocada, agarrándole la manga. Así continuaron, Anaïs a menudo a la defensiva pero sin ceder nada.

Y mientras se movían por el pulido suelo de madera de roble, raspándolo y golpeándolo con los pies y entrechocando las hojas, Geoff se dio cuenta de que una cosa que Rance había dicho era verdad. Por lo menos en aquel aspecto, Anaïs estaba tan cualificada como cualquiera para ser un guardián. Ni un hombre entre cien habría sobrevivido a su arremetida.

Pero él era ese hombre entre cien… o debería haberlo sido.

Durante un instante, bajó la guardia y ella lo atacó por lo bajo, hacia la arteria femoral.

—*Fa'attenzione!* —exclamó ella.

Pero las hojas colisionaron antes de que pudiera terminar de pronunciar las palabras.

—Oh, ya lo hago —contestó él, trazando círculos con el florete y obligándola a retroceder—. ¿Te das cuenta de que estás hablando otra vez en italiano?

—Perdona. —Sonrió con malicia y lo esquivó de nuevo—. Pero, por lo que veo, lo entiendes.

—*Sì, signorina.*

Con las hojas chocando furiosamente, haciendo un estrépito casi ensordecedor, Geoff la hizo retroceder lentamente con movimientos pesados y precisos y, dada la creciente fatiga de Anaïs, muy efectivos. Ella hizo un amago y luego le atacó a la altura de la mejilla, pero su coordinación no llegó a ser perfecta. Él atrapó su florete y se lo quitó de encima, echándola otra vez hacia atrás.

Al segundo siguiente Anaïs cometió su error. Hizo una rápida retirada doble, acercándose demasiado a la gruesa colchoneta de boxeo. Tropezó con el talón en el borde. Se tambaleó hacia atrás, el florete se le escapó y cayó al suelo haciendo un ruido metálico. Aterrizó sobre el trasero, con el brazo del florete extendido pero la mano vacía.

Respirando pesadamente, Geoff clavó una rodilla en el suelo, entre las de Anaïs, y le puso la hoja sobre el hombro.

—*Touché* —dijo ella entre jadeos.

—Non —replicó Geoff, tirando el arma a un lado—. *Pas de touché*.

—Oh, no. —Clavó en él sus ojos negros con una mirada de advertencia—. No te atrevas a hacerlo.

—¿El qué?

—No me concedas ni un ápice —le ordenó, girando sobre los codos—. Maldita sea, nunca me dejes ganar, Geoff, ¿me oyes?

—¡Oh, por el amor de Dios! —Él cayó sobre su cadera y el codo, frente a Anaïs, y se pasó un brazo por la frente para secarse el sudor—. No te he dado nada, Anaïs. Si hubieras estado descansada, probablemente me habrías vencido.

Ella miró hacia otro lado. Su respiración se estaba calmando mientras tenía la vista perdida en los rincones de la estancia.

—Entonces, deja que me recupere —dijo finalmente—. Empezaremos de nuevo.

Él le rozó la mejilla con una mano para hacer que lo volviera a mirar. Anaïs había perdido el lazo del pelo y su cabello se derramaba sobre la colchoneta de cuero.

—Anaïs, ¿qué ocurre?

A ella le brillaron los ojos.

—Es que me siento… atrapada en esta casa —se quejó—. Frustrada. Tengo que hacer algo físico.

Tal vez era su oportunidad para hacerle una oferta que esperaba que ella no rechazara.

Pero la dejó ir y prefirió mirarla a los ojos. El aire que había entre los dos crepitó con una vibración sensual, y aun así Geoff sintió una tristeza que lo preocupaba. Quería seducirla, sí. Pero no así. Todavía no.

—Anaïs —repitió—, ¿qué ha ocurrido?

—¿Por qué tiene que haber ocurrido algo?

Ella se sacudió como si se fuera a levantar, pero Geoff se lo impidió, enredándole una pierna en la suya.

—Querida, hemos estado conviviendo durante días enteros —murmuró mientras todavía le sostenía el rostro con una mano—. Creo que sé reconocer tu furia desatada.

—Oh, ¿ése es tu don? —musitó ella, bajando la mirada a su boca—. ¿La habilidad de meter esa perfecta nariz anglosajona en los asuntos de los demás y llegar a una conclusión?

—Hasta que esta misión haya terminado, querida, este asunto es de los dos —contestó, bajando la cabeza hacia la suya. Le rozó con la boca el pequeño montículo que tenía bajo el ojo.

En respuesta, ella lo empujó.

—Déjame sola.

Pero Geoff no tenía ganas de cooperar. Se sentía frustrado... en más de un sentido.

—Oh, creo que hemos terminado con esa estrategia —murmuró.

Si ella no hablaba, entonces domaría a ese animal salvaje. Se moría por sostener esa llama contra su pecho, incluso por quemarse con ella. Y, de repente, lo que más le convenía a Anaïs, la belleza sobrecogedora de lady Anisha, e incluso la ira de lord de Vendenheim... todo dejó de importar.

Giró hasta colocarse sobre ella, introdujo los dedos en el cabello de su sien y abrió la boca sobre la suya. En esta ocasión no dudó, sino que la besó de la manera más carnal, profundamente en el primer embiste y después imponiendo un ritmo lento y constante que dejaba claro lo que quería de ella.

Como si estuviera protestando, Anaïs levantó la rodilla derecha y lo empujó por los hombros con los pulpejos de las palmas. Geoff le atrapó las manos con las suyas con decisión y se las pasó por encima de la cabeza, sujetándoselas palma contra palma mientras continuaba saboreándola.

Temblando debajo de él, Anaïs era como fuego y mercurio a la vez, caliente, vibrante y difícil de atrapar. Geoff deseaba perderse en su interior. Hacer que se rindiera a él de la forma en que una mujer se entregaba a un hombre. La cabeza estaba empezando a darle vueltas al respirar su aroma y los testículos se le estaban tensando peligrosamente.

Bajo él, Anaïs se retorció e hizo un ruidito de indignación, frotándole el pene hinchado contra la tela de los pantalones y endureciéndolo hasta el límite.

Él le atrapó la boca con la suya una última vez y, a regañadientes, levantó la cabeza.

—¿Eso significa «para», amor? —murmuró—. ¿De verdad?

Aunque a ella le brillaban los ojos, el deseo los había oscurecido.

—¿Te detendrías?

—No de buena gana. Pero sí, si la dama así lo desea.

Se incorporó y vio que Anaïs estaba tumbada debajo de él como si fuera una diosa lasciva. El cuello de la camisa se le había abierto hasta el esternón y sus rizos oscuros brillaban como mil diamantes diminutos con el sol de la tarde. Al mirarla, el corazón se le encogió con un anhelo que no pudo comprender y tuvo la poderosa certeza de que, por lo menos en ese momento, sería capaz de hacer cualquier cosa que ella le pidiera.

Anaïs no dijo nada más. Geoff empezó a pasar el peso de su cuerpo al otro brazo, pero el brillo de satisfacción en la mirada de ella lo detuvo.

Maldijo entre dientes y presionó la frente contra la suya, todavía respirando con dificultad.

—Dijiste que querías al hombre adecuado por ahora, amor —dijo con voz ronca—. Y eso es lo que te estoy ofreciendo. ¿Quieres que te suplique?

—No —susurró ella con voz misteriosa y sugerente—. No quiero que pronuncies palabras bonitas. Simplemente, di lo que deseas. Y después quiero que seas tú quien me haga suplicar a mí.

Iba a volverle loco.

Estaba seguro. La agarró aún con más fuerza y subió las manos por su cabeza, atrapándola bajo el peso de su cuerpo.

—Anaïs, quiero follarte —le dijo—. Ahí lo tienes. ¿Está lo suficientemente claro? Te deseo tanto que no puedo respirar. Y sí, puedo hacer que supliques. Conseguiré que pongas los ojos en blanco.

—Hmm —respondió ella—. Eso sí que está claro. Sigue hablando.

Él le miró la cara, su increíblemente hermosa cara.

—A veces no puedo dormir sabiendo que estás en la habitación de al lado —susurró—. Si duermo, siento el calor de tu cuerpo en sueños. Siento la presión de tus pechos en mi torso y tu cabello enredado en mi...

Ella lo interrumpió con la boca, levantando la cabeza para besarlo mientras cerraba los ojos, posando en la mejilla sus pestañas, imposiblemente negras.

Él le soltó las manos y dejó caer el peso de su cuerpo en los codos, acunándole el rostro entre las palmas mientras la saboreaba.

—Anaïs —murmuró, rozándole la mejilla con los labios—. Eres preciosa.

—No digas eso —replicó, deslizándole las manos por los hombros hasta la parte baja de la espalda—. Geoff, no tienes que decirlo.

—Muy bien. Entonces, te lo demostraré —dijo con voz ronca, y la besó de nuevo.

Y se lo demostró con la lengua y las manos, explorándole la boca lenta y dulcemente mientras le tomaba con una mano un pecho exuberante y perfecto, acariciándole el pezón con la yema del pulgar.

Anaïs suspiró de placer y él se levantó hasta colocarse a horcajadas sobre ella, y después se quitó la camisa.

—Será mejor que cierre la puerta con llave —susurró.

—Sí —dijo ella, recorriéndole el pecho con la mirada—. Pero Geoff, yo...

Anaïs se calló y tragó saliva con dificultad. Él se inclinó para volver a besarla, enredando los dedos en su gloriosa cabellera.

—¿Qué es, Anaïs?

Ella hizo una mueca.

—Ha pasado mucho tiempo —dijo—. Y no soy demasiado... hábil. No como las mujeres a las que estás acostumbrado.

—Anaïs, amor, una mujer como tú no necesita habilidad. —Le rozó la frente con los labios—. Para mí también ha pasado mucho tiempo. Pero creo que recuerdo cómo se hace.

—¿Cuánto tiempo?

Anaïs lo miró con seriedad.

Él pensó sobre ello y apenas pudo recordarlo. Era como si ella hubiera desplazado a todas las demás de su mente.

—Unos cuantos meses, supongo —contestó—. Nunca he sido del tipo de hombre que mantiene una sucesión de amantes.

—Entonces, ¿no hay nadie más? —preguntó con una débil sonrisa.

Él negó con la cabeza.

—No —murmuró—. Y cuando te miro, me pregunto si alguna vez ha habido alguna.

—Mentiroso —dijo, pero sonrió. Fue una sonrisa lenta y sensual que sugería que podrían tener una larga noche por delante. Entonces levantó los brazos—. Desnúdame, bello mentiroso.

Él inclinó la cabeza e hizo lo que le pedía, despojándola de la ropa despacio y con decisión, besándola sobre el rubor que apareció al hacerlo. Su piel perfecta y perlada se iba quedando al descubierto gradualmente, y Geoff se detenía para acariciarla a placer. Los pechos de Anaïs eran mucho más hermosos de lo que recordaba, a pesar de que no los había visto tan desnudos. No le sorprendió descubrir que tenía unas piernas largas, más musculosas que delgadas y que, extrañamente, le gustaron.

La trenza se le había desatado por completo. Se desparramaba como la seda entre sus manos y le recordaba a la noche en que la había sostenido en el *Jolie Marie*... Le recordaba todo lo que entonces había deseado. Lo que había temido. Que esa mujer era diferente.

Que podría costarle cara.

El sol se estaba poniendo y Geoff se dio cuenta vagamente de que había perdido la noción del tiempo. Se quitó con rapidez los pantalones y vio satisfecho cómo Anaïs abría mucho los ojos con desconcierto, y después su mirada volvía a caldearse.

Geoff se dio la vuelta y bajó hacia ella.

Anaïs le acercó las rodillas, meciéndolo íntimamente mientras echaba hacia atrás la cabeza.

—Te deseo —susurró—. Geoff, me muero por tenerte dentro.

La sencillez de esas palabras le llegó al corazón. La besó en la boca de nuevo, pensando que ya podía morir feliz por haberla besado, y luego le deslizó los labios hacia abajo, por su flexible cuello. Le besó la clavícula y llevó la boca hacia un pezón, succionando suavemente.

Anaïs sintió que la boca de Geoff se cerraba en torno a su pecho y gritó por la intimidad. Hundió los dedos en su cabello, echó la cabeza hacia atrás y la sensación la hizo jadear. Podía sentir el exquisito deseo girando en su interior, llamándola anhelante, hasta llegar a su vientre.

Geoff le acarició el pezón con la lengua haciendo círculos hasta que se endureció, y después desvió su atención al otro pecho.

—Geoff. —Ella ladeó la pelvis de manera seductora—. Geoff, por favor.

—Se supone que tengo que hacer que supliques, amor, ¿no te acuerdas? —susurró, dejando un reguero de besos por su vientre.

—Y eso… —Hizo una pausa para jadear—. ¿Eso no era suplicar?

—Para nada.

Le rodeó el ombligo con la lengua y siguió hacia abajo.

—¿Geoff? —susurró ella, indecisa.

Él posó los labios en la cara interna del muslo.

—¿Puedo? —murmuró.

Ella entendió vagamente lo que le pedía. No era inexperta… no del todo. Apoyó las manos en la colchoneta y se aferró a ella.

—No lo sé —contestó.

Él le besó el otro muslo.

—Ah —dijo—. Entonces, tenemos que descubrirlo.

Con la misma suavidad con la que acariciaría una flor, la abrió con el pulgar y el índice y deslizó la lengua en su calidez, haciendo que Anaïs se ahogara de placer. El anhelo que estaba acurrucado en su interior brotó de inmediato. Geoff la acariciaba ligera y delicadamente, de una forma tan íntima que ella se habría muerto de vergüenza si la sensación no hubiera sido tan exquisitamente maravillosa.

En lugar de eso, más bien parecía que fuera a morir de placer.

—Anaïs, eres hermosa —murmuró con los labios contra su lugar más íntimo—. Déjame que te lo demuestre.

En esa ocasión la acarició más profundamente, haciendo que se estremeciera. Ella dejó escapar un sonido gutural y cualquier esperanza que hubiera tenido de resistirse a sus encantos se esfumó. Quería perderse en aquello, en esa caricia mágica que parecía diseñada para doblegarla a su voluntad.

Geoff no paraba de acariciarla, provocándola con la lengua hasta que ella tembló, y deslizó primero un dedo y luego otro en su calidez. Estaba húmeda y palpitante; su canal femenino empujaba traicioneramente hacia él, rogándole que le diera más.

Y entonces, algo imposible empezó a suceder.

Algo nuevo e inesperado.

Su respiración se volvió rápida y jadeante y hundió las manos en la colchoneta mientras se retorcía. Fue como si perdiera la conciencia, como si su mente se uniera a su cuerpo o se marchara a otro lugar. Los franceses lo llamaban «la pequeña muerte», y Anaïs estaba empezando a temer que sabía por qué.

Cuando el placer la inundó con toda su fuerza, fue como sumergirse en un mar cálido que se propagaba por todo su cuerpo y la llenaba de éxtasis. Se rindió a ello. Se perdió en la sensación, permitiendo que la arrastrara en una ola de deleite exquisito y erótico.

Poco a poco fue recuperando los sentidos, siendo consciente del mundo que la rodeaba. Sintió la cabeza de Geoff posada cómodamente sobre su vientre, y la barba, que le raspaba ligeramente la piel. Oyó a los últimos pájaros del día cantando al otro lado de las ventanas. Levantó la cabeza y vio que el cielo estaba teñido de púrpura, el último estallido de vida en un día que tocaba a su fin.

Y con esa espectacular luz del atardecer, Anaïs pudo ver con claridad la inconfundible marca tatuada en la piel de Geoff, de color negro azulado en el cremoso montículo de su nalga izquierda. La marca de la cruz dorada, la *Fraternitas Aureae Crucis*, colocada sobre un cardo para indicar su descendencia de la línea más poderosa de la orden. La línea escocesa.

Eso la sorprendió y le hizo recordar de nuevo quién era él. Por qué estaban allí. Y lo breve que sería ese placer.

Con un gruñido, dejó caer la cabeza hacia atrás sobre la colchoneta.

—Muy bien —dijo, poniéndose el dorso de la mano en la frente—. Ahora ni siquiera tengo fuerzas para suplicar. Haz conmigo lo que quieras.

Él se rió entre dientes sin levantar la cabeza, un sonido leve que retumbó en su pecho y que vibró en el cuerpo de Anaïs como si fueran uno solo.

Como si fueran uno solo.

Oh, ahora ella sabía cómo empezaba aquello, cómo podía perderse. Recordó una vez más cómo el deseo podía apartarla de su naturaleza, buena y sensata. Y no le importaba. Por una vez no quería pensar en nadie que no fuera ella misma, que no fuera el placer que ese hombre podía darle. Le tomó la mano y tiró de él hacia arriba, separando las piernas para acogerlo.

Geoff cerró los ojos y se arrodilló, sujetando con una mano su erección, que era gruesa, venosa y de una longitud un poco desconcertante.

Sí, ese hombre que ella no merecía y que aun así deseaba estaba hecho exquisita y magníficamente. Su pecho era ancho y suave, y sus músculos, duros y finamente delineados, como si estuvieran tallados en mármol. Ella le puso las manos en el pecho y lo sintió estremecer, sintió la vida y la calidez que bullían en él.

Curvando los labios en una sonrisa, Geoff se inclinó sobre ella. El cabello de color bronce brillante le caía hacia delante, ensombreciendo sus pómulos mientras se movía y comenzaba a introducirse en ella.

Dejó escapar un pequeño gruñido de esfuerzo... o más bien de control. Como respuesta, Anaïs le puso las manos en la cintura y lo atrajo aún más hacia ella, levantando a la vez las rodillas. Él apoyó las manos en la colchoneta por encima de los hombros de Anaïs y echó su peso hacia delante, empujando y llenándola tan profundamente que ella empezó a temer que no iban a encajar.

Pero encajaron.

Oh, encajaron. Perfectamente.

Movió las caderas con impaciencia para permitirle que profundizara en aquella deliciosa intimidad. Él volvió a gruñir y los tendones del cuello se le tensaron como cuerdas bien tirantes. Salió de ella y volvió a entrar, más profundo todavía, haciendo que ese dulce estremecimiento comenzara de nuevo.

—Oh —susurró ella—. Esto es... delicioso.

Y lo era. La boca de Geoff había sido exquisitamente pecaminosa, pero aquello lo era aún más. Y, sin embargo, resultaba completamente natural, como respirar. Como algo que estuviera destinado a ser así. Algo perfecto.

Embistiendo de nuevo, Geoff tensó los brazos y se le marcaron los músculos y los tendones.

—Anaïs —susurró—. Somos nosotros, amor. Juntos somos perfectos.

Pero parecía que, juntos, eran más bien como queroseno en una hoguera.

Geoff impuso un ritmo, embistiendo profunda y lentamente, metiéndose en ella con precisión implacable. Anaïs se elevaba hacia él instintivamente, sentía que su cuerpo iba al encuentro del suyo en una sinfonía de placer, como si hubieran hecho aquello ya mil veces. Y, sin embargo, era completamente nuevo. Empezaba a temer que siempre sería así; siempre antiguo, siempre nuevo, y que una parte de ella se sentiría desprotegida cuando él parara.

Pero ese temor era para otro momento. No para aquél, para ese instante inolvidable de dicha perfecta. Le acarició la espalda con las manos, deleitándose en el placer de la anchura firme y curvilínea de sus hombros y después bajó por los músculos esculpidos hasta los montículos redondeados del trasero, que se tensaba y estremecía con sus embestidas.

La esencia pura de Geoff la rodeaba como si fuera una nube sensual; almizcle masculino, un toque de tabaco y el aroma intenso y cálido de su colonia. Anaïs echó hacia atrás la cabeza e inhaló profundamente. Lo acogió profundamente. Enroscó una pierna en su cintura y se impulsó hacia él, como si fueran a fundirse los dos cuerpos.

Él le dedicó una mirada ancestral, con el rostro ensombrecido por la barba de la tarde. Le pasó una mano de largos dedos por la pantorrilla y la sorprendió al levantarle las piernas, primero una y luego otra, y colgarlas en sus hombros para después atraer sus caderas todavía más contra la pelvis, abriéndola completamente a sus embestidas.

De inmediato, algo cambió. Geoff dejó escapar un hondo gruñido y pronunció su nombre. Sus ojos de color azul hielo se estaban derritiendo. Anaïs también aceleró el ritmo, acoplándose al suyo, y se elevó hacia él, acogiéndolo en su interior cada vez más profundamente. Él no dejaba de mirarla a los ojos mientras empujaba, llevándolos a los dos en una espiral que subía más y más.

Esos ojos. Esos ojos sorprendentes y eternos; tan calientes y tan fríos. Anaïs se iba a ahogar en ellos. La calidez azul de su mar la estaba atrayendo irremediablemente hacia las olas como una contracorriente. Se sintió separada de cualquier anclaje terrenal. Después de eso sólo había una luz brillante, una cresta perfecta y el susurro de su propio nombre en los labios de Geoff.

Alcanzaron el clímax juntos y fue como si su alma volara hacia la de él. Las profundidades revueltas y exquisitas la inundaban y supo que, esa vez, estaba perdida.

Capítulo 13

«La estrategia sin tácticas es el camino más lento a la victoria.
Las tácticas sin estrategia son el ruido que se escucha
antes de la derrota.»
Sun Tzu, *El arte de la guerra*

*S*e quedaron tumbados a la agonizante luz, acurrucados el uno en el otro como si fueran gatos. Geoff se había colocado detrás de ella, con las caderas apoyadas contra la pelvis de Anaïs y el brazo izquierdo sobre su cintura, perfectamente acoplado a su cuerpo. Inclinó la cabeza hacia la curva de su cuello y posó los labios en el punto donde latía el pulso, permaneciendo ahí tanto tiempo que ella empezó a preguntarse si se habría quedado dormido.

—¿Geoff? —murmuró, soñolienta.

Él se removió y le mordisqueó el lóbulo de la oreja.

—Umm —dijo, y el sonido vibró contra la piel de Anaïs.

Después él pegó la cabeza a la suya y volvió a quedarse en silencio. Durante un instante, Anaïs sintió que pasaba de estar sensualmente saciada a algo que se parecía peligrosamente a un sueño profundo, pero se espabiló bruscamente.

—¿Hora de cenar? —sugirió, estirando un brazo.

Él dejó un reguero de besos por su cuello.

—He cancelado la cena —contestó—, antes de subir.

—¿Oh? —dijo, girando la cabeza hacia atrás para mirarlo—. ¿Tan seguro estabas de ti mismo?

—Dios, no. —Cogió uno de sus rizos y empezó a enroscárselo alrededor de un dedo—. No, Anaïs, contigo nunca estoy seguro de nada, circunstancia que me resulta, y no debería decir esto, completamente estimulante. Y un poco exasperante.

—¿Exasperante?

Le había picado la curiosidad, así que se retorció entre sus brazos, un poco avergonzada de estar desnuda.

Como si la entendiera instintivamente, él echó un brazo por detrás, cogió su camisa y se la echó por encima.

—Toma —le dijo—. Esto ha sido una locura. Tenemos dos hermosas camas abajo, y no quiero ser el responsable de que cojas frío.

Pero ella todavía estaba dándole vueltas a lo que él había dicho antes.

—Geoff —murmuró, buscando su rostro con la mirada—, ¿no puedes… vernos? Quiero decir, ¿no podrías haber predicho esto, si hubieras querido?

Él inclinó la cabeza para mirarla.

—Ya te dije que, en mi caso, no es así.

—¿Qué quieres decir?

La abrazó con más fuerza y apoyó la barbilla en la parte superior de su cabeza.

—Un vate no puede ver su propio futuro —dijo en voz baja—, y raras veces el de otro de su especie. A menudo siento cosas cuando estoy cerca de otras personas, emociones, sobre todo las más fuertes, si me abro a ello. Cosas como el miedo, la malicia o la falsedad.

—Sí —murmuró ella—, me he dado cuenta.

—Pero no veo cosas involuntariamente —continuó—. No a menos que esté enfermo, quizás, o en un estado de debilidad. Cuando era pequeño, sí, las extrañas visiones a menudo me llenaban la cabeza. Un roce o incluso el contacto visual lo desencadenaban. En ese sentido, era como Ruthveyn.

—Hasta que aprendiste a mantener la cortina echada.

—Sí, y ahora es al revés. Ahora, casi siempre, tengo que intentar ver…, cosa que casi nunca quiero hacer.

—¿Y la intimidad no… abre algún tipo de conexión? —preguntó ella.

Él lo pensó durante un momento.

—Tal vez podría, pero nunca ha ocurrido —contestó—. Y supongo que depende de lo que uno entienda por «intimidad». Me he acostado con algunas mujeres, sí, pero no puedo decir que haya tenido intimidad con ninguna.

—Entonces, algo como esto... solamente es sexo para ti —señaló Anaïs, apartando la mirada.

—No. —Le cogió la barbilla casi rudamente, y le giró la cara para que lo mirara—. No. Estoy hablando de otras personas, Anaïs. Además, nunca podría ser así para nosotros.

—¿Cómo lo sabes?

—Lo sé. Y tú eres una vate, Anaïs. Como Giovanni Vittorio, desciendes de los grandes profetas celtas, o tal vez incluso del pueblo del que ellos descendían. Y los vates no pueden leerse unos a otros. No profundamente. No de la forma que dices. Así es como siempre funciona..., un pequeño regalo de Dios, según dice Ruthveyn.

Anaïs sacudió la cabeza.

—Pero ¿cómo pudieron los celtas llegar a la Toscana?

Geoff encogió un hombro.

—¿Has leído a Tácito?

Ella lo fulminó con la mirada.

—Vittorio me obligó a hacerlo —dijo—. Hice lo que pude.

Él sonrió y le acarició el cabello.

—Estoy seguro de que también te contó que hubo una fuerte influencia celta en las provincias del norte de Roma. Algunos creían que el propio Tácito había sido un celta.

—Sí, lo recuerdo.

—Pero, lo que es más importante, sus escritos sugieren que los sacerdotes celtas, todos ellos, especialmente los vates y los druidas, fascinaban a los romanos. A veces eran capturados y los llevaban a Roma, y al final los romanos se mezclaron con las tribus celtas.

Anaïs negó con la cabeza y su cabello barrió el suelo.

—Supongo que todo eso es verdad, Geoff, pero yo no soy como tú —dijo en voz baja—. No soy como Ruthveyn.

—Casi nadie lo es —replicó—. Y doy gracias a Dios por ello. Pero el don es algo amorfo, Anaïs. Seguro que lo sabes. Algunas personas sueñan con lo que va a pasar. Otros solamente tienen una gran intuición. Algunos vaticinan con las hojas de té que quedan en el fondo de las tazas... y sí, casi todos son charlatanes. Pero unos pocos, algunos desafortunados como Ruthveyn, pueden cogerte de la mano, mirarte a los ojos y decirte cómo vas a morir.

En sus brazos, Anaïs se estremeció.

—Yo no entro en ninguna de esas categorías.

—No, tú posees algo un poco más sutil —dijo él—. Vittorio lo vio y lo perfeccionó, porque sabía cómo.

Ella bajó la cabeza y no respondió.

—Tú tienes un sexto sentido, Anaïs —dijo Geoff, rozándole el cabello con los labios—. Como dijo Maria Vittorio, eres como un gato en la oscuridad. Y tal vez no puedas apuñalar a alguien en el corazón a ciegas, como hizo Vittorio, pero puedes sentir la psique humana, creo. A menos que, por supuesto, estés completamente concentrada en algo. Practicando esgrima, por ejemplo. O haciendo el amor. —Hizo una pausa para agarrarle la cara con ambas manos—. Y, además, está el tarot.

Ella levantó la cabeza.

—¿Qué pasa con él?

Geoff le acarició la mejilla con los labios.

—Tu bisabuela era una profesional, ¿no? —murmuró casi con indiferencia—. Y, para ser sincero, el otro día vi una carta del tarot apoyada contra la lámpara de tu mesita de noche, así que asumí… Bueno, supuse que eso es lo que guardas en esa vieja caja negra que llevas por ahí.

Anaïs no respondió. No tenía ningunas ganas de pensar en las predicciones de su *nonna*; sobre todo, en una. No en ese momento, que se sentía resplandeciente después de haber hecho el amor con Geoff. En lugar de eso, se retorció sobre un costado y enterró la cara en su pecho. Él olía a sudor, a hombre y a algo que le hacía sentir, al menos por ahora, consuelo.

Se quedó allí durante unos momentos, cubierta con su camisa, segura en sus brazos, y pensó en la única cosa, bueno, en la segunda cosa, en la que intentaba no pensar nunca.

Siempre había estado dispuesta a hacer lo que le pedían. A trabajar duro para ser una guardiana si eso era lo que su bisabuela deseaba. Era una hija solícita, bien, la mayoría de las veces, y una hermana leal para Nate, Armand y los niños. También había sido una buena prima; se había sentado junto a la cama de Giovanni, le había dado cucharadas de caldo y le había cogido la mano hasta que el cáncer le había arrancado el alma del cuerpo y la había liberado.

Incluso había sido una buena chica, al menos al final, cuando Giovanni y Maria se habían sentado con ella para explicarle, entre las lágrimas de los tres, que tenía que abandonar los sueños que se había forjado sobre Raphaele. Que tenía esposa y un hijo y que, aunque era un mentiroso tremendo y un sinvergüenza, tenía una familia que dependía de él para vivir.

Así que, sí, había sido una buena chica. Había dejado de lado sus sueños tontos.

Pero lo que no quería ser, lo que no podía soportar ser, era una maldita adivina.

Y también estaba extremadamente harta y cansada de ser una buena chica, ahora que pensaba en ello. Prefería ser una chica mala… y dejar que el malvado lord Bessett la desnudara y le hiciera las cosas más perversas. Porque, después de pasar una hora en sus brazos, ser una buena chica había perdido todo su atractivo.

Sin embargo, sabía que algunas cosas nunca cambiarían. Algunas cosas estaban predestinadas, como siempre decía *nonna* Sofia. Raphaele no había sido su *re di dischi*. Y, desde luego, Geoff, el típico inglés elegante, tampoco lo era. Pero su príncipe toscano llegaría, tarde o temprano. Y ella estaba destinada a ser… Bueno, si no una chica buena para siempre, por lo menos, siempre honesta.

Suspiró, se estremeció un poco entre los brazos de Geoff y, extrañamente, tuvo ganas de llorar.

—He hecho una lectura para ella —susurró contra el suave vello que salpicaba su pecho.

Más que verlo, sintió que la miraba.

—¿Para quién? —murmuró él—. ¿Para Charlotte?

—Sí.

Ahora Geoff parecía totalmente despierto.

—Entonces, ¿puedes leer las cartas?

Ella se encogió de hombros.

—Cualquiera puede, ¿no? —dijo—. Para hacerlo no es necesario tener el don.

Él soltó una risotada.

—Eso no me lo creo.

Anaïs suspiró.

—Puede que tengas razón —musitó—. De hecho, no pensaba hacerlo. Era una broma. Una broma estúpida. Sólo pretendía decirle lo que yo deseaba que escuchara. Pero las cartas, Geoff…

Se interrumpió y negó con la cabeza.

—¿Qué? —la presionó él con suavidad.

Ella levantó la cabeza de su pecho y lo miró, sintiéndose completamente perdida.

—Las cartas… Ellas solas dijeron la verdad. Yo lo sabía. Cobraron vida. Sí, las leí. No tuve otra opción.

—Quieres decir que las leíste desde aquí —murmuró, poniéndole una mano sobre el corazón.

Ella asintió lentamente.

—Y supe lo que querían decir. No sólo por todos los años que pasé viendo hacerlo a mi *nonna,* sino… de otra forma, lo supe. Así que se lo dije. Y… la asusté. Santo cielo, incluso me asusté yo.

—Anaïs —murmuró él, apretando los labios contra su cabeza—. Pobre chica.

—¡Pobre Charlotte! —lo corrigió—. Al principio, simplemente me sentía sucia, como si la estuviera usando. Mintiéndole. Pero después estaba furiosa. Conmigo misma, quiero decir. El tarot es peligroso, no es algo con lo que se deba jugar. Eso lo sabía.

—El tarot es peligroso para alguien que tenga el don de leerlo —dijo Geoff suavemente—. Para quien no lo tiene, amor, es sólo un mazo de cartas.

Anaïs apoyó la mejilla en su pecho.

—Supongo, Geoff, que me he estado engañando a mí misma. Pero no quiero tener ningún don.

—Lo sé —susurró—. Oh, créeme, Anaïs, lo sé bien.

Antes de que ella pudiera responder, Geoff le dio un abrazo rápido e intenso y, girando hasta quedar tumbado de espaldas, la levantó para que quedara sobre él, con una rodilla a cada lado de sus costillas. Hasta que estuvieron mirándose a los ojos.

Con mucha suavidad, él cogió su camisa, se la puso a Anaïs y después levantó una mano para colocarle un mechón detrás de la oreja.

—Así que de eso iba todo —murmuró, mirándola a la cara—. Esa furia. Ese infierno que desataste contra el saco de boxeo de monsieur Michel.

Ella movió los hombros, un poco incómoda.

—Geoff, quiero que se acabe esto —susurró—. No quiero seguir mintiéndole a Charlotte sobre quién y qué soy. Y no quiero tener que pensar en lo que soy.

—Yo también quiero que se acabe —dijo él con calma—. Pero diría que hoy le has dicho más verdades a Charlotte de las que ha oído desde que murió su marido. Nada de esto es culpa tuya.

Anaïs levantó la mirada hacia el cielo; las escasas nubes que había estaban teñidas de violeta.

—Lo vi, Geoff —susurró—. El mal del que hablaste. La oscuridad. Charlotte está en peligro... Tal vez corra más peligro que Giselle.

—¿Qué tipo de peligro?

Ella se mordió el labio y negó con la cabeza.

—Ojalá lo supiera. Pero había algo más, algo fuera de mi alcance. Algo que las cartas querían enseñarme. Tengo la horrible sensación de que nos falta una pieza del rompecabezas. Sé que no podemos dejarla aquí. Debemos llevárnoslas a las dos lejos, y pronto.

Geoff tenía las manos en la cintura de Anaïs y la miraba con intensidad.

—Muy bien. Tenemos que acabar con esto. Pero primero necesitamos toda la información que podamos reunir, lo antes posible.

—¿De qué tipo? ¿Y cómo?

Geoff frunció el ceño.

—Mañana por la noche cenaremos con ellos —dijo—. Estoy seguro de que Lezennes mantendrá a la niña alejada. Uno de nosotros tendrá que distraerlo. Necesito un objeto, algo que pertenezca a Giselle, quizá, que su madre le haya regalado. Algo que pueda estar marcado con las emociones de ambas. Eso, junto con el pañuelo de Charlotte... Sí, puede que nos ayude a elegir el momento adecuado para llevar a cabo nuestra estrategia.

—O nuestra huida —añadió Anaïs con seriedad—. Encontraré algo que pertenezca a Giselle, confía en mí. Por cierto, Lezennes ya le ha propuesto matrimonio a Charlotte, y la está presionando mucho. A lo mejor yo puedo darle un poco de tiempo.

—¿Y cómo piensas hacerlo?

Anaïs recorrió con la mirada su hermoso rostro.

—Le haré ojitos a Lezennes descaradamente —dijo—. Tal vez así piense que puede usarme para poner celosa a Charlotte.

—Demasiado peligroso. Ni siquiera lo intentes.

—Pero tú estarás conmigo —replicó—. Y...

Oyeron un ruido en alguna parte de la casa, como el que hacía el mango de una escoba al golpear la pared. Geoff abrió mucho los ojos.

—Santo Dios —dijo—. Ya regresa el mundo real. Y olvidé cerrar la puerta con llave.

Anaïs sonrió.

—Me lo tomaré como un cumplido —murmuró.

—Sí, deberías —contestó, y su mirada se calentó cuando la recorrió con ella. Deslizó sus grandes manos de dedos largos por las costillas hasta cubrirle los pechos—. Ah, Anaïs, ¿hay algo en ti que no sea completamente perfecto?

—Oh, creo que ya sabes la respuesta —dijo, y pasó una pierna por encima de él para sentarse en la colchoneta, a su lado.

Él le lanzó una mirada reprobatoria, se puso en pie con elegancia, como un gran felino, y atravesó la habitación para cerrar la puerta.

—Será mejor que nos vistamos —dijo—. Pediré que nos suban algo frío para cenar.

Anaïs no respondió, sino que lo observó mientras se acercaba a grandes zancadas a la claraboya y apoyaba en ella los codos, como si estuviera vigilando la calle. Como todo un caballero, le estaba dando un momento de intimidad para vestirse.

Después de echarle una última mirada a la gloriosa desnudez de Geoff, Anaïs se vistió con rapidez, quitándose la camisa que llevaba y poniéndose la suya propia. Después se abrochó los botones de los pantalones. Extrañamente, Geoff no había dicho nada de su marca. Tal vez no la hubiera visto. Recogió su camisa, atravesó con ella la estancia y se la dio.

Geoff se giró y la miró de reojo, inquisitivamente.

—¿De dónde has sacado esos pantalones, por cierto? —preguntó, metiendo los brazos en la camisa y ajustándosela.

Anaïs bajó la mirada, un poco avergonzada.

—Son de Armand —contestó—. Los traje por si los necesitaba para escalar.

O para tener algo con lo que seducirte, pensó.

Pero Geoff ya se había acercado a la colchoneta, con sus largas y musculosas piernas aún desnudas bajo el faldón de la camisa. Y, de repente, Anaïs deseó seguirlo. Levantar el fino tejido de batista de la camisa y besar la marca que tenía en la cadera, la marca que lo había impulsado a su destino y que tal vez en parte lo había atrapado en una vida que no deseaba más de lo que la deseaba ella.

Santo Dios. ¿Así era como se sentía?

Obviamente, Geoff habría rechazado su don en un abrir y cerrar de ojos si hubiera tenido la oportunidad. Pero quizá, para ambos, todo era más profundo que eso. ¿Estaba resentida por haber perdido la oportunidad de llevar una vida normal y de haber tomado aquel camino tan extraño? ¿Estaba resentida por lo que *nonna* llamaba «su destino»? ¿O simplemente se había cansado de esperar a que apareciera su príncipe?

Seguramente, a su edad, ya no iba a volverse frívola, no se convertiría en una de esas mariposas de sociedad que revoloteaban de una fiesta en un jardín a un té y después a una *soirée*, siempre buscando marido. Pero si no era así, ¿por qué sentía esa pesadez en el corazón? ¿Esa sensación de haber perdido… algo?

No lo sabía. Y, en realidad, no tenía mucho sentido pensar en ello. La vida era lo que era, esperanza y pena incluidas.

Geoff se vistió en silencio y ambos bajaron las escaleras.

Ya en la intimidad del dormitorio de Anaïs, él la tomó entre sus brazos.

—No sé cuánto tiempo más podremos estar juntos, Anaïs —le dijo, mirándola a los ojos—. Creo que no mucho. Y te echaré de menos.

—Y yo a ti —susurró ella.

Pero no era tan sencillo como eso. Ya no.

Él le puso un dedo bajo la barbilla para hacer que lo mirara.

—Estaremos de vuelta en Londres muy pronto, si Dios quiere —añadió—. De vuelta al mundo real, con todas sus expectativas.

—Sí —respondió simplemente ella.

En la cara de Geoff se reflejó una emoción indescriptible. Entonces, como si quisiera ocultarla, inclinó la cabeza y la besó de nuevo, lenta y sensualmente, explorando las profundidades de su boca con la lengua. Se separaron con la respiración un poco agitada.

—¿Sigo siendo el hombre adecuado por el momento, Anaïs? —le preguntó al oído con voz cálida y ronca—. Y, si lo soy, ¿pasarás esta noche en mi cama?

—Sí.

Sí, pensó ella, *y la siguiente, y la siguiente, y la que viene después también, si me invitas…*

Pero era una idea muy tonta.

Geoff tenía una vida en Londres a la que regresar.

Y el destino tenía otros planes para ella.

Capítulo 14

«La calidad de una decisión es como el oportuno descenso
en picado de un halcón, que le permite atacar
y destrozar a su enemigo.»
Sun Tzu, *El arte de la guerra*

A la mañana siguiente, Anaïs se despertó acurrucada en los brazos de Geoff. El sol ya teñía los cortinajes con una luz cálida y dorada. Salió con cuidado de debajo del brazo de él, se levantó y entró en el baño. Puso las manos a ambos lados del lavabo y miró su reflejo en el espejo.

Su cara vulgar y bastante alargada le devolvía la mirada bajo una melena desordenada de cabello rebelde.

Pero no soy precisamente ordinaria, se consoló.

No, era del montón de una manera extraordinaria o, como su madre siempre lo había expresado diplomáticamente, era «apuesta». A veces, si llevaba el vestido apropiado y la iluminaba la luz adecuada, incluso era sorprendente.

Dejó caer las manos y suspiró. Las horas que había pasado en brazos de Geoff la habían hecho sentir hermosa, sensual y profundamente deseable, y eso tendría que bastar. No era como esas mujeres que solían pensar mucho en su aspecto, y era hora de que volviera a adoptar esa buena disposición.

Se lavó la cara y las manos con agua fría del grifo, fue a su habitación y abrió con fuerza las puertas de su armario. Sin los brazos protectores de él rodeándola, sentía frío. Al coger la bata del gancho que había en la puerta, vio el vestido que había llevado el día anterior. El vestido que se había quitado de un tirón impulsada por la rabia y había tirado en la cama, dejando que la pobre Claire se hiciera cargo de él.

Y sí que se había encargado de él, porque le había dado tiempo a plancharlo y a remendar el trozo de encaje del puño que ella había rasgado en su frenesí.

De repente, recordó la carta de Sutherland que había guardado en el bolsillo. Alarmada, rebuscó entre los pliegues hasta encontrar la abertura del bolsillo.

Todavía estaba allí, precisamente donde la había dejado.

Dejó escapar un suspiro de alivio.

Aun así, había sido una descuidada. Confiaba en los sirvientes, por supuesto, y Sutherland había redactado la carta con mucho cuidado; había usado iniciales en lugar de nombres y, por lo demás, había empleado vagas referencias. Sin embargo, el bolsillo de un vestido no era lugar para tal cosa.

Mientras volvía lentamente a la habitación de Geoff, volvió a leer las palabras del prior, sintiéndose reconfortada por su confianza. Si pudieran llevar a Charlotte y a la niña sanas y salvas a Inglaterra, todo saldría bien.

Una vez en el umbral, levantó la mirada y vio que Geoff seguía durmiendo en la misma postura: bocabajo y con uno de sus grandes brazos extendido sobre el hueco que ella había dejado en el colchón. Sus anchos hombros musculosos brillaban cálidamente con el sol de la mañana.

Un mechón de cabello dorado le caía sobre un ojo y una sombra de barba negra le cubría el rostro, contrarrestando la perfección aristocrática de su dura nariz aguileña y otorgándole cierto aire de pirata. Había apartado la ropa de cama hasta el montículo perfecto de las musculosas nalgas, llamando la atención sobre el tatuaje negro que quedaba justo encima.

Al verlo, algo en su pecho dio un traicionero brinco, su corazón, temía, y se acercó a la cama con intención de despertarlo. Entonces recordó la carta que tenía en la mano.

El escritorio de viaje de Geoff, donde él guardaba todos los papeles relevantes, estaba abierto sobre una pequeña mesa junto a la ventana. Cruzó rápidamente la habitación y metió la misiva del prior debajo de una pila de lo que parecían cartas personales, introduciéndola entre el grueso montón de papeles doblados que reconoció como los informes de DuPont.

Sin embargo, cuando ya se daba la vuelta, un montón de libros en el otro lado de la mesa le llamó la atención. Tras echar una mirada subrepticia a la cama, empezó a hojearlos. Por lo que parecía, Geoff era un hombre del Renacimiento. Sus lecturas incluían poesía de Coleridge y Burns, una manoseada copia de *El castillo peligroso* de Scott, un manual de ingeniería, algo que ver con válvulas y vapor y, debajo, un libro de dibujos arquitectónicos griegos.

Pero fue el libro de arriba el que más le interesó: *L'Art de la Guerre* del famoso general y filósofo Sun Tzu. Traducido al francés por un sacerdote jesuita, el antiguo manual de estrategia militar, el arte de la guerra, había sido uno de los libros favoritos de Giovanni, y para ella también había llegado a serlo.

Sonrió levemente al recordarlo y se movió un poco, como si se fuera a marchar. Entonces, como hacen a menudo las mujeres enamoradas, con una vana esperanza de que una posesión personal revelara algo oculto e íntimo, echó una segunda ojeada, más curiosa, al escritorio de viaje.

Era una gran caja antigua de caoba forrada de latón con uno de los tinteros vacío y, el otro, lleno hasta el borde. El acabado de cuero para escribir estaba cerrado, y en el compartimento principal el pañuelo de Charlotte descansaba pulcramente, a la derecha de la correspondencia de Geoff, bajo el lazo amarillo del cabello de Giselle.

Con cuidado, levantó la cubierta y vio que la placa de latón lucía el monograma de Geoff y, debajo, la marca completa de la *Fraternitas*. No había escudo de armas, ninguna heráldica. Evidentemente, llevaba mucho tiempo siendo de su propiedad, desde antes de adquirir en título, casi con seguridad.

Volvió a bajar la cubierta y en esa ocasión le llamó la atención la carta de encima del montón, que estaba escrita con una caligrafía pulcra y, evidentemente, femenina. Ladeando la cabeza, vio que era de la madre de Geoff.

Lady Madeleine MacLachlan era una destacada belleza que había sorprendido a la sociedad al renunciar a su título de condesa de Bessett cuando se casó en segundas nupcias con un plebeyo, aunque por costumbre, si no por ley, algunas viudas no lo hacían, prefiriendo aferrarse al rango más alto de su difunto marido. Anaïs tenía en gran estima a la mujer por aquello, y se preguntó si la madre y el hijo se parecerían.

Incapaz de contener la curiosidad, miró más detenidamente la carta.

Al igual que solía ocurrir cuando se escuchaba a escondidas, leer la correspondencia de otra persona no llevaba a nada bueno. El primer párrafo, sin embargo, era bastante inocente; contenía cálidos deseos de buena salud para Geoff y le preguntaba sobre el tiempo. El segundo, no obstante, no era tan benigno:

Como me pediste, volví a invitar a lady A. para que viniera a tomar el té. Oh, Geoff, cuanto más la veo, más convencida estoy de que has elegido sabiamente. Sólo espero que hayas escogido por amor, y no llevado por el deber, como tienes por costumbre hacer...

Anaïs dejó caer la carta como si hubiera estallado en llamas. Durante un instante, no pudo respirar. Fue como si toda la dulzura del momento anterior se hubiera evaporado, llevándose el aire con ella.

Se giró para mirar a Geoff, que continuaba durmiendo. Entonces, de alguna manera, consiguió ordenarle a sus piernas temblorosas que se movieran y se dirigió al cuarto de baño. Cerró con llave, se sentó en el borde de la bañera y se llevó una mano a la boca, sintiendo que el horror la invadía.

Sólo espero que hayas escogido por amor.

Esas palabras la obsesionaban. Las repitió una y otra vez, esforzándose por darles otro sentido aparte del más evidente.

No había ninguno.

No había ninguno, porque estaba ocurriendo otra vez.

No. No, no era así.

No era lo mismo. Él no estaba casado. Simplemente, había «elegido sabiamente»

Pero ¿qué importaba? Ya se había enamorado de él, por mucho que intentara negarlo. Y el resultado iba a ser el mismo. Un corazón roto. Una vida teñida de decepción, por no decir de vergüenza. Había sido ella quien lo había provocado, y en esa ocasión no se podía consolar diciendo que era una ingenua, que había sido seducida por alguien experimentado y cínico.

No, se había metido en ello ella sola, lo había pedido.

No supo cuánto tiempo permaneció allí, con una mano tapándole la boca y la otra temblando, a juego con sus rodillas temblequeantes. Pero al final, el atontamiento se disipó y regresó la conciencia, dolorosa como el calor de un fuego arrasador después de un frío intenso. Y con él trajo una pena pesada y abrumadora que le inundó el pecho y le aplastó las extremidades.

Si lo que le había hecho a Charlotte le había ensuciado las manos, aquello la dejaba podrida desde el interior. Era casi, casi, como si lo innombrable se estuviera repitiendo.

Con manos temblorosas se levantó, le puso el tapón a la bañera y abrió el grifo. Éste escupió y chorreó y después empezó perezosamente a echar agua mientras ella se quitaba su fina ropa de dormir y se metía dentro. El agua helada le rodeó los tobillos y solamente entonces recordó que no había caldera, no había manera de que saliera agua caliente del grifo.

Santo Dios, ni siquiera podía darse un baño en condiciones.

Era la gota que colmaba el vaso. Se metió en el agua fría, contrajo las piernas con fuerza hacia el pecho y dejó caer la frente sobre las rodillas, reprimiendo un sollozo.

Justo entonces fue consciente de una presencia al otro lado de la puerta. Obligándose a prestar atención, levantó la cabeza y la giró para escuchar mejor, pero durante unos momentos no oyó nada. Sin embargo, sabía que él estaba allí.

—¿Anaïs? —dijo finalmente Geoff. Su voz apenas era audible por encima del sonido del agua tintineante.

Ella cerró el grifo con un sonido desagradable y chirriante, que seguramente lo había despertado, y rezó para que la voz no le temblara.

—¿Sí?

—¿Qué estás haciendo?

Era una pregunta extrañamente personal.

—Dándome un baño.

Las palabras resonaron huecas, como su corazón en la estancia fría y embaldosada.

Él se quedó callado unos instantes.

—Ya sabes que no sale agua caliente del grifo, ¿verdad?

Anaïs cerró los ojos y dejó de nuevo caer la cabeza hacia delante.

—Sí, gracias —dijo, mirando el agua reluciente—. Estoy bien.

Pasaron otros cuantos segundos y después él dijo con suavidad:

—De acuerdo. Te echo de menos.

Anaïs oyó sus pisadas alejarse de la puerta. Podía visualizarlo en toda su gloria desnuda mientras volvía a la cama. Cómo se sentaba en el borde del colchón con las piernas separadas, apoyaba los codos en las rodillas y dejaba caer la cabeza entre las manos.

Sabía exactamente lo que Geoff estaba haciendo; podía sentirlo. Podía sentirlo a él, aunque no tan claramente como sentía a otras personas. A veces le ocurría eso y no sabía por qué, pero podía incluso ver el cabello de Geoff cayendo hacia delante mientras se inclinaba. Veía sus dedos entrelazados con aire pensativo.

Entonces, si estaba comprometido, o algo así, con otra mujer, ¿por qué demonios ella no podía sentirlo?

¿Tal vez porque él era un vate? ¿O quizá porque no estaba comprometido?

A lo mejor Geoff ni siquiera le había mentido. No con palabras, por lo menos.

Sí, lo había dicho. «Pretendo cumplir con mi deber hacia el título.»

Era lo mismo que decir que pretendía casarse. Y a ella no le había sorprendido. De los nobles siempre se esperaba que tuvieran un heredero. Todo lo que ellos representaban, de hecho, mucho de lo que Inglaterra representaba, se declaraba en esa suposición.

También le había dicho que no era el hombre adecuado para ella.

Y Anaïs lo sabía. Lo sabía porque *i tarocchi* de su bisabuela se lo había dicho mucho tiempo atrás, y nunca se había equivocado. Tal vez hubiera sido vago y misterioso, pero siempre había sido certero. Ese pensamiento la obligó a ahogar otro sollozo. Todo aquello, su creencia en el tarot, su encaprichamiento con Geoff, la inquietante soledad que había empezado a acosarla los últimos años, brotó y la hizo sentir miserable.

Solamente entonces se dio cuenta de que se había permitido tener esperanzas. Oh, sólo un poco, porque había aprendido de la manera más dura que tenía que controlarse, había aprendido la importancia de la templanza. Que era necesario no confiar nunca.

Pero ¿Geoff le había mentido?

«Estoy convencida de que has elegido sabiamente.»

Así que había elegido. Y había compartido sus esperanzas con su madre. Ella debía superarlo. A pesar de las náuseas que sentía y de que seguía temblado, se dijo que Geoff era más oportunista que mentiroso.

¿Y por qué no? ¿Qué le había ofrecido ella? ¿Qué le había dicho?

Que estaba esperando a alguien. Que únicamente buscaba algo temporal.

Inspiró profundamente, se pasó los dedos por el cabello e intentó pensar de manera racional. ¿Era eso tan diferente de lo que él había dicho?

Bueno, sí. Pero sólo si estaba prometido... Y ella tampoco se había molestado en preguntárselo antes de lanzarse a sus brazos en el dormitorio aquella tarde.

Así que había vuelto a enamorarse, y en aquella ocasión era peor que la anterior. Esta vez todo había ido en contra de sus instintos. Geoff no era bueno para ella, era demasiado implacable y autocrático, demasiado inglés, demasiado masculino. No era, en resumen, el hombre adecuado.

Y, de todas formas, se había enamorado de él. Se había entregado a él.

Se había entregado a un hombre que estaba previsto que, por lo menos, al final, perteneciera a otra mujer.

Y él le había dado exactamente lo que le había pedido, nada más. No tenía sentido enfadarse con Geoff.

Con violencia apenas controlada, volvió a abrir el grifo, agarró la esponja y empezó a frotarse. Se frotó como si nunca más volviera a estar limpia; cualquier cosa para quitarse de encima el manto de estupidez que llevaba puesto.

Y cuando hubo terminado, cuando se había frotado hasta ponerse roja y casi en carne viva, lanzó la esponja al otro lado del cuarto de baño. La miró, deseando que tanto aquel artículo como ella misma se fueran al infierno, y volvió a apoyar la cabeza en las rodillas. Y, esa vez, lloró de verdad.

Lloró por ese trozo de corazón perdido para siempre por Geoff, y porque tenía veintidós años y la soledad era más difícil de llevar con cada año que pasaba. Porque su príncipe no había llegado, y el príncipe que había encontrado ya había elegido sabiamente. Lloró por todas esas cosas largo y tendido pero muy silenciosamente, porque hacía tiempo que Anaïs era una maestra de las lágrimas mudas.

Geoff regresó a su cama y se quedó sentado un rato. Apoyó los codos en las rodillas y esperó a que volviera Anaïs. Podía sentir una emoción fuerte a su alrededor, algo muy diferente al deseo. Esperaba que no fuera arrepentimiento. Incluso la aversión, en su opinión, era mejor que eso.

Tal vez estuviera equivocado. No era especialmente hábil en lo que se refería a las emociones de Anaïs. Cerró los ojos y aspiró lo que quedaba de sus olores mezclados, recordando la noche. Los suspiros susurrados. La risa. La exquisita intimidad. Revivió cada momento hasta que por fin oyó el agua de la bañera colándose por el desagüe.

Aun así, ella no regresó. Y cuando sonó el débil chasquido del pestillo al descorrerse y la puerta no se abrió, supo que no pensaba volver.

Algo se le encogió dentro del pecho.

Había supuesto…

Ah, pero eso era insensato, ¿no? Se pasó la mano por la cara, rascándose pensativamente la barba de un día, y se dejó caer en la suavidad de la cama. Ahora que lo pensaba a la luz del día, ahora que su cuerpo estaba saciado y, su mente, más racional, tenía que admitir que, en realidad, no había cambiado nada entre ellos. Pero la había complacido. En ese aspecto, estaba satisfecho.

Habían hecho el amor tres veces; la primera, de forma un poco torpe y vacilante mientras aprendían los deseos más íntimos del otro y, la segunda, de manera lenta y exquisita. Él le había puesto las palmas de las manos en los hombros, embistiendo, provocando y enamorándola con el deseo, y después la había puesto encima de él para hacerla bajar sobre su cuerpo. Bajando cada vez más, hasta su corazón, se temía.

Había visto con exultación cómo Anaïs echaba hacia atrás la cabeza y la había atravesado con su miembro suspirando. El largo cabello de Anaïs le hacía cosquillas en los muslos y su presencia llenaba las sombras de una habitación que sólo unas horas antes le había parecido de lo más fría.

Pero la tercera vez, en las primeras horas de la madrugada, cuando él la había girado de espaldas y la había montado sin decir nada, Anaïs se había elevado hacia él como la luna y las estrellas se elevaban en el cielo nocturno. Deliciosamente. Infaliblemente. Como si fuera lo más natural del universo. Como si los dos se conocieran de la manera más íntima y perfecta. Posible.

Pero pocas cosas eran perfectas, y menos cosas aún eran permanentes.

Hundió la cara en las sábanas, extendió un brazo hacia la almohada de Anaïs e imaginó por un momento que ella todavía estaba a su lado; que sus largas piernas aún estaban entrelazadas con las suyas y que su salvaje melena negra permanecía sobre las sábanas, extendida como seda tejida. Inspiró su aroma. Anaïs siempre olía a algo intenso y dulce, como una extraña combinación de agua de rosas y anís. Como su misma esencia.

Pero en ese momento, todo eso eran sólo recuerdos. Y no era probable que se convirtieran en algo más, dada su desaparición en el baño. Aquella noche él había sido lo que ella llamaba el amante adecuado por el momento, una expresión que él había empezado a odiar. No obstante, los recuerdos de su calidez, su risa y su aroma tendrían que bastarle por ahora.

Reprimió una repentina e irracional oleada de frustración. Tenían por delante un día al que enfrentarse y un trabajo importante que hacer. Fuera lo que fuera lo que hubiera que aclarar entre Anaïs y él, porque lo aclararían, tendría que esperar. Pero se temía que ella tendría que renunciar al amante de sus sueños y contentarse con algo diferente.

No, no estaba seguro de dejarla marchar tan alegremente como ella esperaba.

Y tal vez el destino tampoco lo permitiera.

Siempre podía haber graves e inesperadas consecuencias de una larga y enardecida noche de pasión. Era algo de lo que no habían hablado entre todos los suspiros y risas, a pesar de su reputación de ser siempre muy precavido. Era un descuido en el que era reacio a pensar en ese momento.

No, por ahora, tenía asuntos apremiantes que atender, todos ellos relacionados con los misteriosos sucesos que se desarrollaban al otro lado de la calle. Pero antes de ocuparse de Lezennes, había un par de cartas urgentes que debía escribir, y la primera sería para su madre porque, según su experiencia, cuanto antes se dijeran, o no se dijeran, las cosas difíciles, antes quedaban atrás.

Con un solo movimiento, Geoff se incorporó y saltó de la cama. Se dirigió de inmediato al tirador y pidió agua caliente. Tal vez Anaïs se hubiera armado de valor para darse un baño frío, pero él tenía un arduo día por delante. Y, en ese momento, el frío que sentía en el corazón amenazaba con durar mucho tiempo.

Anaïs se entretuvo todo lo que pudo antes de bajar a desayunar. Cuando llegó al soleado comedor, todo era urbanidad y silencio, excepto por el rítmico tic-tac del reloj de bronce dorado que había sobre la repisa de la chimenea, que aquel día parecía inusualmente chillón.

Como había esperado, Geoff había bajado antes que ella y tenía un aspecto extremadamente austero con el abrigo de mañana de color carbón y un cuello blanco imposiblemente alto. Se acababa de afeitar, tenía una expresión indescifrable y estaba leyendo una carta y bebiendo una taza de café solo y espeso, como a él le gustaba.

Durante unos segundos, ella dudó en el umbral de la puerta. Parecía que él ya había desayunado, porque le habían retirado el plato.

—Buenos días, Geoffrey —murmuró mientras Petit le apartaba una silla.

Su mirada lobuna se oscureció, le dedicó una bastante fría, dejó a un lado la carta y se levantó, haciéndole una reverencia de lo más formal.

—Buenos días, querida —contestó—. ¿Has dormido bien?

—Sí, gracias. —Asintió con la cabeza en dirección a Petit para que le sirviera café—. ¿Te ha llegado una carta esta mañana?

—Sí, del contacto de Van de Velde aquí, en Bruselas —dijo Geoff—. Me parece que voy a estar fuera gran parte del día.

Anaïs sintió que una oleada de alivio la invadía.

—Oh —murmuró—. ¿Ha ocurrido algo?

En el rostro de Geoff se reflejó la frustración.

—Hay un oficial jubilado del gobierno al que quiere que conozca. Un tipo en Mechelen que puede, o puede que no, que haya visto a Lezennes sobornar a algunos de sus compañeros de trabajo y que tal vez sepa, o tal vez no, por qué les estaba pagando.

—Vaya —dijo ella—. En esa frase hay una horrible cantidad de «puede» y «puede que no».

—Sí, así que probablemente haré un largo viaje para nada —contestó—. Y, aunque aprenda algo, no estoy seguro de que sirva para mejorar nuestra situación, porque no me preocupa especialmente el bienestar del gobierno francés... o de los belgas, a decir verdad. Sólo estoy aquí por la niña.

—Aun así, no se sabe de qué manera nos podrá ayudar —dijo Anaïs pensativa—. Tal vez aparezca algo sobre el carácter de Lezennes, algo que podamos enseñarle a Charlotte.

—Precisamente —dijo Geoff—. Por eso voy a ir. De todas formas, en este momento no hay nada más que hacer.

El mayordomo pasó por la puerta del comedor.

—Su carruaje ha llegado, señor.

—Gracias, Bernard. —Geoff dejó la carta boca abajo sobre el mantel y echó hacia atrás la silla—. Petit, ¿qué tal es tu dominio del flamenco? ¿Sabes leer?

El lacayo se puso alerta.

—Oh, sí, señor. Es muy parecido al holandés.

—Entonces, haz el favor de venir conmigo hoy —le ordenó—. Y déjanos solos un momento, ¿quieres?

A Anaïs se le encogió el estómago cuando el lacayo se marchó, cerrando la puerta.

Pero Geoff no se levantó. En lugar de eso, se puso a juguetear con aire distraído con su taza de café y después se pasó una mano por el cabello.

—Tengo que decirte algo, Anaïs —dijo por fin—. Sobre lo de anoche.

—Sí. —Anaïs se aclaró la garganta—. Y yo a ti, Geoff. Lo de anoche fue... mágico.

Él le dedicó una triste mirada, casi cínica.

—Sí que lo fue —se mostró de acuerdo—. Y, francamente, no tenía por qué acabar tan pronto.

—Pero lo hizo, Geoff —dijo ella, levantándose de la silla—. Tenía que hacerlo. Todas las cosas buenas deben terminar. Y he estado pensando sobre lo de esta noche. Sobre cómo me sentí.

—Yo también —intervino él con voz un poco ronca—. Y esto merece una conversación más larga en un momento más apropiado, pero...

—Ahora —dijo ella bruscamente—. Ahora está bien, Geoff. —Había empezado a caminar sin parar por el comedor, pasando por un aparador cargado de comida que no le abrió el apetito—. Lo de anoche no fue precisamente un error...

—Me alegra oír que piensas eso.

—Pero, probablemente, fue una insensatez. —Se detuvo frente a la chimenea y se giró para mirarlo, con las manos agarradas con fuerza al frente—. Oh, Geoff, eres... eres maravilloso, aunque esa palabra no te hace justicia. Me dejaste sin aliento.

—¿Pero...?

Su rostro se había oscurecido.

—Pero probablemente debería ser el fin —dijo, obligándose a continuar—. Me veo claramente, Geoff, encariñándome demasiado contigo y complicándonos la vida. Eres muy apuesto. Muy elegante. Y muy... bueno, digamos que eres muy dotado, y no quiero decir metafísicamente.

—Gracias —dijo él con rigidez—. Pero perdóname si no consigo ver dónde está el problema.

—Soy yo, Geoff —susurró—. El problema soy yo. Pensé que podría hacer esto a la ligera, pero...

—¿A la ligera? —repitió él.

—Sí, pero tú... —Hizo una pausa y sonrió melancólicamente—. Oh, tú no eres la clase de hombre que una mujer se tomaría a la ligera. Estoy jugando con fuego. Y soy lo suficientemente inteligente como para saber que debería dejarlo ahora. Los dos tenemos obligaciones.

Geoff curvó los labios en una sonrisa amarga.

—Entonces, ¿voy a ser víctima de mi éxito? ¿Es eso?

Anaïs se obligó a poner una expresión más alegre.

—Si alguien tiene que ser víctima de algo —replicó—, supongo que, mejor que eso, imposible.

—Tonterías, Anaïs —le espetó—. Eso son tonterías y tú lo sabes. Además, puede que no importe lo que ninguno de los dos piense o quiera.

Ella titubeó y sintió la repisa de la chimenea clavada en la espalda.

—¿Cómo dices?

Él bajó la mirada hacia la leve curva de su vientre.

—A veces, el destino toma el mando cuando dos personas se comportan precipitadamente... y nosotros lo hicimos varias veces.

—Oh. —Instintivamente, Anaïs se llevó una mano al abdomen—. Oh, no, todo debería estar bien, Geoff. De verdad. No te preocupes. La coordinación de las cosas… Bueno, debería estar bien.

—Debería —dijo él con los dientes apretados—. Pero puede que no lo esté. No puedes estar segura, ¿verdad?

Ella asintió, incapaz de apartar los ojos de los suyos.

—Lo estará —respondió—. Tendrá que estarlo.

Él apartó por fin la mirada y volvió a llevar la mano a la taza de café. La cubrió, en realidad, como si con ese gesto pudiera ocultar en ella sus propias emociones.

—No es tan sencillo como desearlo —dijo con calma—. Pero debería haber sido más cuidadoso. Perdóname.

Anaïs consiguió reunir el valor necesario para ir hacia él y le puso una mano en el hombro.

—Soy yo quien debería pedir perdón —susurró—. Me lancé sobre ti. Pero ahora… Ahora me estoy arrepintiendo, Geoff. Pronto estaremos de nuevo en Inglaterra. Volveremos a nuestras vidas, a las esperanzas y los sueños que dejamos allí. Debemos ser libres para perseguirlos, sin ninguna culpa que nos obsesione.

Durante un buen rato él no dijo nada, como si estuviera dándole vueltas a algo.

—Entonces, dime, Anaïs —dijo finalmente sin dejar de juguetear con la taza, negándose a mirarla—, ¿esto tiene que ver con tu príncipe azul? ¿Por qué empiezo a sospechar que ese hombre tiene nombre?

Anaïs cerró los ojos.

—¿Y no lo tiene todo el mundo? —respondió ella en voz baja—. En cuanto a las expectativas, supongo que tu familia también tiene algunas.

—¿Así que esto va de lo que quiere tu familia? —dijo con voz fría—. ¿Te han concertado esa unión?

—En cierto modo, sí —susurró Anaïs—. Cuando yo era pequeña, *nonna* Sofia decía…

La explosión de Geoff la interrumpió.

—¡Oh, Dios, no me hables otra vez de Sofia Castelli! —exclamó, echó hacia atrás la silla y se puso en pie—. ¿Es que esa mujer mueve los hilos de tu familia desde la maldita tumba?

—¿Cómo dices? —susurró ella, llevándose una mano al pecho.

—Contéstame, ¿lo hace? —Estaba de pie junto a ella, dominándola con su altura, y golpeó con un puño la mesa tan fuerte que la cubertería de plata dio un salto—. Te ha entrenado como si fueras a una misión suicida, como si fueras un hombre, cosa que no eres. ¿Y desde la tumba todavía dicta con quién te debes casar? ¿Todo el mundo tiene que bailar al son de esa entrometida? Muy bien, pues yo no.

Anaïs sintió aumentar su enfado.

—Me temo que ese altivo orgullo tuyo ha vencido al buen juicio, Geoff —dijo con voz temblorosa—. No puedes acostarte conmigo y suponer que ya te pertenezco. Ni siquiera quieres que eso ocurra.

—No, no quiero —le espetó—, porque tienes una lengua viperina. Pero si ocurriera lo peor...

—Oh, volvemos a eso, ¿eh?

Anaïs levantó las manos, se dio la vuelta y se dirigió a la puerta.

—Anaïs, no te vayas cuando te estoy hablando.

—Hemos terminado de hablar —afirmó, abriendo la puerta de golpe—. Y sí, Geoff, si «lo peor» ocurriera, desde luego que tú serías el primero en saberlo... y que Dios me ayude.

Dio un tremendo portazo al salir y oyó satisfecha que uno de los cuadros de paisaje golpeaba la pared.

—¡Anaïs! —bramó él—. ¡Maldita sea, vuelve aquí!

Pero ella siguió caminando. Pasó junto al pobre Petit que, imperturbable, estaba en el pasillo fingiendo que no había oído los golpes y los gritos, y al lado de Bernard, que hacía guardia en la puerta principal, y subió las escaleras hacia su habitación. Una vez allí, se lanzó a la cama, decidida a no llorar.

No lloraría, maldita fuera.

No lo haría.

Media hora después, Geoff observaba las afueras de Bruselas desde la ventanilla de su carruaje, el precioso paisaje llano del Flandes rural que empezaba a desplegarse ante sus ojos. Campos verdes, agua brillando con el reflejo de las nubes y el cielo, incluso algún molino de viento girando al sol; todo era impresionante. Pero ni siquiera la perfección de Flandes podía distraerlo aquella mañana.

Cerró una mano con fuerza, la levantó y resistió el impulso de golpear algo, haciendo rebotar el puño en el muslo.

En el asiento de enfrente, Petit levantó la mirada de las notas traducidas que estaba revisando.

—¿Señor?

Geoff volvió a mirar por la ventanilla.

—Nada, Petit. Gracias.

Observó el paisaje pasar rápidamente hasta que por fin el sol cayó sobre la ventanilla en cierto ángulo, devolviéndole su propia expresión ceñuda. Casi de manera indiferente, paseó la mirada por su rostro.

Suponía que era un hombre apuesto. Por lo menos, eso era lo que las mujeres siempre le decían. Excepto por el cabello, se parecía mucho a su madre, afortunadamente. Si se hubiera parecido a su padre... Bueno, que Dios los ayudara a todos.

Pero no era así. Era un Archard hasta la médula, porque su madre había sido la prima de lord Bessett. Ese matrimonio entre una joven y un hombre que le doblaba la edad había sido concertado por su abuelo por intereses políticos. El conde de Jessup había deseado librarse de su única hija, y de su futuro nieto, lo más rápidamente posible. Así que se los había encasquetado a la familia de su difunta esposa y había seguido con sus ambiciones.

Pero la sangre Archard de Geoff había continuado vigente, al menos en el exterior. Era alto y esbelto y poseía los tradicionales ojos de los Archard, aunque los suyos eran fríos mientras que los de su madre eran todo lo contrario.

Tal vez esa calidez azul la aportara la persona. Porque, aunque a menudo sus amantes le habían susurrado que era atractivo, todas sin excepción habían terminado diciéndole, y no precisamente en susurros, que era frío. Que tenía ojos como las heladas de invierno en un día de febrero, le había dicho la última.

Volvió a mirar su imagen, que fluctuaba como si fuera agua en el cristal ondulante. ¿Pensaba Anaïs que era apuesto? Eso había dicho, sí, pero no había parecido muy impresionada. Tal vez las mujeres como ella no valoraban demasiado el aspecto externo. Y no porque no fuera hermosa, que lo era. Espectacularmente hermosa. Aunque no como lo sería una bonita flor en un jardín soleado.

No, Anaïs poseía la belleza de un bosque fresco y oscuro.

Y la lengua de una arpía. Él no había mentido al decirlo.

Volvió a cerrar el puño. Sentía que una desagradable ansia lo invadía; una emoción tan intensa que nunca había esperado sentir nada igual y que, aun así, no comprendía. ¿Era amor? ¿Se desvanecería? Temía que las respuestas eran «sí» y «no», por ese orden.

Deseó poder hablar con su padre en ese momento. Le preguntaría qué se sentía al sufrir un amor no correspondido durante años. ¿Devoraba el corazón de un hombre? ¿Era a eso adonde él se dirigía? ¿No se podía hacer nada al respecto excepto sufrirlo?

¿O acaso podría someter a Anaïs a su voluntad?

Oh, ya sabía la respuesta a esa pregunta.

Anaïs de Rohan no se sometería a la voluntad de ningún hombre. Y él no la querría si lo hiciera.

Capítulo 15

«De todas las personas que hay en el ejército cercanas al comandante, nadie es más íntimo que el agente secreto.»
Sun Tzu, *El arte de la guerra*

*P*ara Anaïs, la velada en casa del vizconde de Lezennes empezó torcida, y no mejoró.

Geoff llegó a casa con el tiempo justo para vestirse y cruzar la calle después de un infructuoso viaje a Mechelen para encontrar a un hombre que, aparentemente, no deseaba ser encontrado. Basándose en lo poco que pudo sacar en claro de sus gruñidos y quejas, concluyó que Petit y él habían gastado energías inútilmente y que al final solamente habían aprendido la localización de todas las callejuelas entre Bruselas y Mechelen.

En la casa de Lezennes, fueron recibidos cálidamente por Charlotte y por el encanto extremadamente refinado del vizconde. Durante la primera mitad de la cena, ninguno de los caballeros dijo gran cosa, dejando que fuera Anaïs quien llevara la conversación. A Lezennes no parecía importarle, y se dedicaba a prodigarle a Charlotte una atención casi fría e incesante.

Anaïs hizo todo lo posible por ser ingeniosa y coqueta, aunque de una manera desenfadada y casi boba. Eso pareció suavizar la tarde, y para cuando les retiraron el segundo plato había conseguido desviar parte de la atención de Charlotte, y que así su anfitriona se relajara y entablara una animada conversación con Geoff.

Después, Lezennes declinó la botella de whisky que Geoff había llevado y sugirió que tal vez deberían acompañar a las mujeres al salón para jugar a las cartas.

Geoff accedió alegremente.

—¿Jugamos a la bouillotte? —propuso Charlotte, sacando la baraja.

—Oh, me temo que no conozco ese juego —mintió Anaïs.

—Juguemos entonces unas manos de whist —dijo el vizconde con tono apático—. Es lo que prefieren los ingleses, *n'est-ce pas?*

Anaïs tomó a Lezennes por el brazo e insistió en que fuera su compañero, cosa que habría sido de todas maneras. Pero el gesto consiguió arrancarle una sonrisa al vizconde, y ella se puso a jugar como una cabeza de chorlito sin parar de reír tontamente y de flirtear un poco. Geoff, sin embargo, se quedó callado y su mirada se tornó fría.

Llevaban diez puntos de la última mano cuando Charlotte sacó el tema de las vacaciones.

—¡Y nunca adivinarías, Anaïs, lo que Lezennes ha planeado para Giselle!

Sentada a la mesa de las cartas, Anaïs echó un dos.

—No, no, Charlotte, seguro que no —replicó, dedicándole una mirada a Lezennes deliberadamente cálida—. Estoy segura de que será algo espléndido, dado el exquisito gusto del caballero.

—Espléndido, sí —dijo Charlotte mientras Lezennes mataba con un triunfo, echando en la mesa su carta victoriosamente—. Ha alquilado una preciosa casita junto al mar durante toda una quincena… para los tres.

Anaïs intentó ocultar su alarma.

—Es estupendo —dijo, girándose hacia Geoff, que estaba sentado junto a ella—. Tal vez nosotros deberíamos hacer lo mismo, querido, si Bruselas se vuelve un poco aburrida.

—¿Y por qué iba a ser aburrida Bruselas? —El tono de Geoff era frío; la actitud que había tenido durante el desayuno había cruzado la calle con él para la cena—. Bruselas sirve a mis propósitos admirablemente. Además, una casa en el mar sería demasiado cara, estoy seguro.

Anaïs fingió un puchero.

—Lezennes, cuéntenoslo todo sobre esa casa —le pidió Anaïs de forma aduladora—. ¿Es pintoresca y encantadora? ¿Tendrán la arena y el mar a tocar la puerta?

—Sí a todas esas cosas —contestó el vizconde con evidente satisfacción—, o eso me han dicho. Y es algo más que una simple casa, Charlotte. Nos la ha alquilado el propio embajador francés.

—¿Ves, querida? —intervino Geoff—. Lezennes está bien situado en el gobierno. Me temo que no debemos tener unas expectativas tan altas en nuestros entretenimientos. Tendrás que contentarte con un paseo vespertino por la orilla del Sena.

Lezennes se rió. Anaïs arrugó la nariz.

—Charlotte, ¿cuándo os marcháis? Os echaré de menos a los dos, porque sois los únicos amigos que tengo en Bruselas.

—Pasado mañana. —Charlotte le dirigió a su benefactor una sonrisa que casi podría ser brillante—. Estoy muy contenta por Giselle. Nunca ha estado en el mar.

Geoff ganó las siguientes bazas y el juego se acabó. Charlotte y él habían vencido y, cuando Anaïs se disculpó por ello, Lezennes agitó su elegante mano y dijo:

—Oh, no importa.

Sin embargo, el vizconde no le quitaba ojo de encima a Charlotte y, cuando hubieron retirado las cartas, sugirió que tocara para ellos el pianoforte. Ella accedió algo avergonzada y fue a escoger la música.

Era el momento, pensó Anaïs. Tal vez no tuviera otra oportunidad.

Levantó una mano un poco temblorosa, se quitó una horquilla estratégicamente colocada en el cabello y se acercó con cautela a su anfitriona.

—¡Oh, caray! —dijo—. ¿Podrías decirme, Charlotte, dónde puedo colocarme la horquilla? Debo de tener la doncella más tonta de toda la cristiandad, porque no sabe ni mantener un rizo en su lugar.

Como solía hacer, Charlotte miró con inquietud a Lezennes.

—Bueno, supongo que puedes usar mi habitación —dijo finalmente—. Está un piso más arriba, la última puerta a la derecha.

—Oh, gracias —dijo Anaïs.

Le dirigió una rápida mirada cómplice a Geoff y empezó a subir las escaleras justo cuando comenzaban a sonar las primeras notas de un vals de Chopin.

Una vez arriba, se dirigió directamente a la habitación de Charlotte, una estancia pequeña pero acogedora en la parte trasera de la casa. A los pies de la cama había abierto un pequeño baúl de viaje, a la espera de ser llenado próximamente con ropa.

Moviéndose con rapidez, cerró la puerta, quitó el cerrojo de las dos ventanas, por si acaso, y se acercó al espejo para colocarse el pelo. Menos de dos minutos después estaba otra vez en el pasillo, mirando a escondidas a ambos lados.

Justo cuando iba a cerrar la puerta a sus espaldas, sintió una presencia. *No es Lezennes*, le decían sus instintos. Dejó escapar un suspiro de alivio. La puerta que tenía enfrente se abrió y vio una gran habitación, amueblada mucho más ricamente. De ella salió un hombre delgado y bien vestido.

Al verla, se detuvo en seco y se inclinó levemente.

—*Bonsoir, madame* —dijo, y pasó rápidamente por su lado para subir el siguiente tramo de escaleras.

El ayuda de cámara de Lezennes. Tenía que ser él. Tenía la mirada baja y el paso rápido de un sirviente agobiado. Aun así, sus ojos habían sido furtivos, y Anaïs no se fiaba de nadie.

Cuando el ruido de sus pisadas se hubo desvanecido, inspiró profundamente para calmar los nervios y se apresuró a llevar a cabo lo que tenía que hacer.

La primera puerta que abrió era una especie de almacén, lleno de ropa blanca y de artículos domésticos. La segunda era un pequeño dormitorio, obviamente desocupado. Frustrada, Anaïs miró a ambos lados del pasillo, intentando ver en qué se había equivocado. Petit había estado seguro de que el dormitorio de la niña estaba en la parte frontal de la casa.

Más allá de la escalera, el pasillo hacía un giro brusco. Tenía que haber otra habitación, pero la esquina haría que le resultara más difícil oír si alguien se acercaba.

En el piso de abajo, Chopin todavía tintineaba en las teclas del piano de Lezennes. Seguramente, no habían pasado más de tres minutos. Echándole una rápida mirada a las escaleras, Anaïs las pasó de largo y dobló el rincón. Solamente había una puerta. La abrió enseguida.

Era una habitación pequeña y estrecha. Giselle estaba acurrucada en una diminuta cama de hierro forjado, a la izquierda de la única ventana de la estancia. Una lámpara brillaba tenuemente cerca del alféizar y, en el extremo opuesto, había una butaca tapizada sobre la que descansaba un cesto de costura. Sobre uno de los braceros había un calcetín, como si alguien se hubiera ausentado durante un momento.

Lezennes habría dado orden de que la niña nunca se quedara sola, pensó Anaïs.

Al mirar detrás de la puerta vio otra cama, no mucho más grande que la de la niña. Cerró la puerta, apartó las cortinas para descorrer el pestillo de la ventana y echó una rápida mirada alrededor de la habitación. Junto a la chimenea había un cesto de juguetes. Corrió hacia él y hurgó, buscando algo pequeño, suave y gastado.

Encontró un perro de peluche con una oreja raída y sin un ojo que le pareció prometedor, pero era demasiado grande para guardarlo en el bolsillo. Sin embargo, era justo lo que una madre amante le daría a su hija.

Pensando con rapidez, Anaïs lo cogió, se levantó la falda y se lo metió en una pernera de los pololos, de manera que cayó hasta quedarse en el hueco de detrás de la rodilla. Entonces, ajustándose con cuidado el liguero, aseguró las medias y la pierna del pololo.

Pero cuando se incorporó, se le erizó el vello de la nuca.

Se quedó totalmente inmóvil. Cerró los ojos y se abrió al espacio que la rodeaba. Había una presencia. Algo moviéndose por la casa. Muy cerca. Lo sentía... malévolo. Y en esa ocasión no era el ayuda de cámara de Lezennes.

No tenía sentido esconderse. El vizconde la había visto subir las escaleras. Buscaría hasta encontrarla. Y situada al otro lado del rincón ciego, tal y como estaba, con sólo esa puerta...

Sacó rápidamente un pañuelo del bolsillo y pensó en lo más triste que pudo evocar. Pensó en Giovanni, frío en su ataúd en el gran salón de San Gimignano. En Raphaele de pie en el umbral, con el sombrero en la mano y una mirada suplicante en sus ojos castaños.

Abrió la puerta de un tirón y se lanzó contra ella. Ni siquiera había tenido tiempo de respirar cuando alguien tiró de ella con violencia y la sacó al pasillo.

—*Madame*, ¿cómo se atreve...?

Anaïs lo interrumpió al dejar escapar un feo lloriqueo.

Las palabras de Lezennes quedaron flotando en el aire, pero no la soltó.

—*Nom de Dieu!* —exclamó—. ¿Qué está haciendo aquí?

—¡Oh, milord, perdóneme! —gimoteó ella contra el pañuelo—. Solamente he venido a echar un rápido vistazo.

239

Él dejó caer la mano, pero se quedó tan cerca que Anaïs podía sentir el calor y la rabia que emanaban de él.

—¡No tiene nada que hacer aquí! —siseó—. ¿Dónde está la chica?

Anaïs abrió mucho los ojos y sintió que se le deslizaba una lágrima por la mejilla.

—¡Está ahí mismo, milord! ¡Dormida en su camita! No la he despertado. Será mejor que cerremos la puerta antes de que se despierte. Los niños deben descansar.

Lezennes se sonrojó levemente y alargó el brazo.

—Me refiero a la sirvienta —dijo con los dientes apretados, y cerró la puerta.

—No lo sé, señor —susurró Anaïs—. Me asomé sólo un instante para echarle un vistazo a la chiquilla y la pobrecita estaba sola.

—¿Y por qué ha hecho tal cosa? —preguntó con los ojos entrecerrados en la penumbra.

Anaïs destensó los músculos de la cara.

—Bueno, como ya le he dicho, solamente que-quería verla —gimoteó—, porque la pequeñita me recuerda mucho a mi Jane y te-tengo miedo de... ¡Oh, perdóneme, señor! ¡Tengo miedo de no poder tenerla con-conmigo otra vez!

La última frase la dijo en un sollozo, con el pañuelo apretado contra la cara.

—*Mon Dieu, madame*, ¿de qué está hablando?

Anaïs estaba temblando.

—¡Oh, milord! —susurró—. ¡Por favor, no se lo diga a mi marido!

—¿Su marido? —Por fin Lezennes parecía más irritado que enfadado—. ¿Qué tiene que ver su marido con todo esto?

—¡Oh, es demasiado espantoso! —dijo Anaïs desdeñosamente, dándose golpecitos en los ojos con el pañuelo—. Él no siente afecto por ella. ¡En realidad, no creo que la quiera en absoluto!

—¿Quién? —preguntó él—. ¿Qué está barboteando?

—No es-estoy barboteando —gimió suavemente—. ¡Estoy hablando de Jane, milord! ¿No se lo ha explicado Charlotte? Mi padre concertó el matrimonio sin hablarle a él de Jane. Y yo le pregunto... ¿por qué se me debe a mí culpar por ello? ¿Por qué culpar a la pequeña Jane? Pero usted... ¡Oh, usted ha acogido a Gisette y la quiere como si fuera suya!

—Giselle —dijo Lezennes, todavía con un deje de sospecha en la voz—. ¿Y una niña, dice? ¿Cuántos años tiene, madame MacLachlan? No será tan mayor como Giselle...

Anaïs sintió que la evaluaba con la mirada, para adivinar su edad.

—No, Jane solamente tiene cuatro años, milord, pero se parece tanto a Giselle... —Hizo una pausa para enjugarse los ojos—. Oh, tal vez la pena me ha hecho imaginar cosas. Pero Geoff no la echa nada de menos, se lo aseguro.

Sintió que Lezennes empezaba a suavizarse.

—Tal vez, con el tiempo, le coja cariño a la niña.

—Tal vez, pero ¿por qué no puede ser como usted? —preguntó Anaïs—. ¡Usted es tan bueno! ¡Tan amable con mi querida Charlotte y su angelito! Por supuesto, se ha enfadado conmigo ahora, pero ¿cómo podría yo quejarme por eso? Usted ama a Giselle. Solamente desea lo mejor para ella.

Los últimos retazos de furia habían desaparecido de su rostro.

Una coordinación perfecta.

Anaïs se lanzó contra él y cayó entre sus brazos.

—¡Oh!, ¿cómo es posible que Charlotte sea tan afortunada de tenerlo a usted? —susurró, pasándole un brazo por el cuello—. ¿Qué pobre viuda no se sentiría afortunada al contar con su fuerte y buen hombro en el que apoyarse?

Lezennes deslizó una mano por su espalda y le dio unas palmaditas entre los omóplatos.

—Es usted muy amable, *madame.*

Anaïs lo soltó, ofreciéndole una generosa vista de su escote.

—Oh, no, hablo con el corazón de una madre.

Un silencio incómodo se instaló entre ellos. El vizconde abrió la boca para decir algo, pero pareció pensárselo mejor.

Anaïs se enjugó sus últimas lágrimas de cocodrilo.

—Bueno, creo que estoy presentable —consiguió sonreír, aunque con ojos llorosos—. ¿Me acompaña abajo, milord?

Lezennes le ofreció el brazo y comenzaron a bajar los escalones.

—Tal vez podría explicarle a Charlotte lo afortunada que es, madame MacLachlan —sugirió él cuando llegaban al final de las escaleras—. A veces temo por su bienestar. No estoy del todo seguro de que entienda lo difícil que puede ser la vida para una viuda sola.

—Se lo diré, por supuesto, y enérgicamente, además. —Simuló una mirada de desazón—. ¡Oh, qué llorona que soy! —susurró justo cuando estaban ante las puertas del salón—. Me temo que le estoy haciendo pensar muy mal de mi marido. Supongo que es un buen hombre.

—¿Supone?

El vizconde arqueó una ceja mientras entraban, todavía cogidos del brazo.

La música de piano estaba aumentando a un *crescendo*. Geoff, que estaba pasando las páginas de la partitura, miró a Anaïs. Ella le hizo un levísimo asentimiento con la cabeza para darle a entender que había llevado a cabo su misión y después volvió su atención a Lezennes.

—La verdad es que apenas lo conozco —confesó en voz baja, acercándose más y dándole una mejor vista de su corpiño—. Fue un matrimonio concertado, aunque cuando le presenté a Jane ¡se puso rojo como un tomate y pensé que se iba a echar atrás! ¿En qué habría estado pensando mi padre?

—La verdad es que no lo sé —dijo el vizconde con una mirada cálida—. Los niños son una bendición.

—¡Es lo que yo digo siempre, señor! —exclamó Anaïs—. Bueno, ahora no se puede hacer nada. Prometo no volver a echarle una mirada a Gisette, a Giselle, si así lo desea usted.

—Está delicada. —Anaïs se dio cuenta de que la atención del vizconde no estaba puesta en su cara—. Giselle tiene… un problema nervioso. Me temo que debo…

—¿Sí…? —lo presionó Anaïs.

El vizconde levantó por fin la mirada.

—Eh… insistir —terminó—. Me temo que debo insistir.

—Muy bien, entonces. —Anaïs le dedicó una sonrisa levemente seductora—. Pero debe prometerme que, a cambio, me tentará con otro pasatiempo. Algo que pueda distraerme de mi difícil situación.

—¿De verdad, *madame*? —La especulación se había encendido en los ojos de Lezennes—. ¿Y qué tiene en mente?

—¡Oh, señor! —dijo ella casi sin aliento—. No sabría decirlo. Tal vez pueda contarme algo emocionante… ¿Su vida en París? ¿O alguna de sus aventuras?

—¿Aventuras? —murmuró.

Anaïs se inclinó hacia él.

—Estoy segura, milord, de que un caballero tan sofisticado como usted ha tenido muchas aventuras.

—*Bien sûr, madame.* —Curvó la boca con una sonrisa—. Una o dos.

Ella se rió demasiado alto y Geoff volvió a mirarla sombríamente. Anaïs lo ignoró y se recordó cuál era su objetivo. Conseguir que Lezennes retrasara su propuesta de matrimonio a Charlotte. Convencerlo de que ella era una inofensiva cabeza hueca. Tal vez, si llegaba a confiar en ella, podría incluso establecer una relación con la pequeña Giselle, aunque eso le parecía altamente improbable.

Y quizá, solamente quizás, estaba disfrutando un poco con la furia de Geoff.

No quería pensar demasiado en ello.

En lugar de eso, señaló con la cabeza hacia el piano.

—Bueno, parecen muy ocupados el uno con el otro —dijo con una sonrisa provocativa—. ¿Por qué no damos un paseo por el jardín? La oscuridad es muy… refrescante. Supongo que tienen un jardín…

Sabía, por los reconocimientos que había hecho Petit, que no lo tenían.

Lezennes la empezaba a mirar como si fuera un apetitoso bocado.

—Me temo, *madame*, que no lo tenemos —murmuró, y señaló un diván tapizado muy pequeño—. Pero ¿por qué no nos sentamos aquí y le cuento historias de cuando estuve en el ejército francés?

Anaïs abrió mucho los ojos.

—¿El ejército francés? —dijo, arrastrándolo al diván que él había señalado—. ¿En qué regimiento, señor? ¡Oh, dígame que era un regimiento de caballería! Siempre he pensado que no hay nada más placentero para una mujer que mirar hacia arriba y ver a un hombre apuesto montado en… Bueno, casi en cualquier cosa, en realidad.

Durante un instante, Anaïs temió haber ido demasiado lejos. Pero en cuanto el asombro desapareció de la mirada de Lezennes, el ardor regresó, tres veces más fuerte. Le pidió que se sentara y durante un rato la estuvo amenizando con sus historias de guerra, un proceso que incluía muy poca guerra y una gran dosis de ostentación.

También incluyó muchas risas y cada vez más miradas íntimas.

Sin embargo, de cuando en cuando el vizconde miraba también a Charlotte, como si estuviera comprobando su reacción por haberse llevado su empalagoso encanto a otra parte.

Pero Charlotte no estaba mirando y, cuando la larga pieza terminó y Geoff pudo excusarse del pianoforte, Lezennes le había cogido una mano a Anaïs y le estaba proponiendo que se fueran en carruaje juntos al día siguiente a la aldea de Waterloo, cerca de la última posición de *la grand armée*.

Anaïs apostaría cualquier cosa a que no pretendía ir más lejos de una posada a las afueras de Bruselas.

Geoff, sin embargo, apostaba a que no iban a ir a ninguna parte.

—Me temo que es imposible —dijo—. Tengo pensado ir mañana a bosquejar el interior de Kappellekerk. Tal vez podamos ir todos juntos en otra ocasión.

Anaïs lo miró con exasperación.

—Pero no me necesitas para dibujar. Y a Charlotte no le interesan las cosas militares, ¿verdad que no, Charlotte?

Ésta confirmó que no.

—Pero quiero que me acompañes —dijo Geoff fríamente—. Me temo que debo insistir.

Anaïs sacó levemente el labio inferior y se lo mordió mientras miraba hacia abajo.

Lezennes reaccionó y su mirada se volvió cálida de nuevo. No obstante, no dejaba de observar a Charlotte por el rabillo del ojo. Anaïs se dio cuenta de que el vizconde estaba disfrutando maliciosamente con todo aquello. Y si no lograba poner celosa a Charlotte, por lo menos esperaba conseguir un buen revolcón, y todo sin apenas sufrir molestias.

Anaïs estaba dispuesta a ofrecérselo... o, más bien, a fingir que lo hacía.

—Se está haciendo tarde —dijo Geoff—. Anaïs, coge tu chal. Ya les hemos robado demasiado tiempo a nuestros anfitriones.

Después de una ráfaga de chales y besos en la mejilla, seguida de las despedidas en la puerta principal, Anaïs y Geoff cruzaron la Rue de l'Escalier hasta su casa. Ella podía sentir que de Geoff emanaba una furia casi desenfrenada.

Bueno, pues que se consuma en ella, decidió. Subió los escalones, hurgando en su bolso en busca de la llave. Geoff reaccionó sacando la suya y la introdujo con brusquedad en la cerradura.

—Ni se te ocurra hacer un truco así otra vez —dijo él con voz fría como una tumba.

—Teníamos un trabajo que hacer. —Pasó a su lado cuando Geoff abrió la puerta—. Y yo lo estaba haciendo.

Anaïs entró y arrojó el chal sobre la mesa del recibidor. Oyó que detrás de ella la puerta se cerraba con cerrojo. Después de eso, todo sucedió rápidamente. Geoff la agarró de un hombro y la obligó a darse la vuelta. En un santiamén, Anaïs se encontró aprisionada contra la puerta.

La atractiva cara de Geoff se contrajo en una mueca.

—Maldita sea, Anaïs —dijo con voz ronca—. ¿Es que quieres volverme loco?

—¿Es que eso es posible? Creí que eras tan...

—Te diré lo que soy —la interrumpió, y la zarandeó un poco—. Soy un hombre cansado de ver cómo te arrojas a los brazos de Lezennes. Te dije que no lo hicieras. ¿Irte con él a solas en un carruaje...?

—Geoff, me pilló en la habitación de Giselle —susurró—. Tenía que hacer algo. Además, sabía que tú nunca accederías a ese paseo, y no soy tan estúpida como para ir. Ahora, haz el favor de soltarme los brazos.

Pero él no tenía intención de hacerlo. A la tenue luz de la lámpara de la entrada, Anaïs podía ver sus ojos, más fríos e implacables que nunca. El peso y la altura de él la presionaban contra el sólido bloque de roble. Podía oler la mezcla de irritación y deseo que emanaba de su piel; el aroma a cítricos y a tabaco mezclado con sudor.

Miró hacia arriba y supo que iba a besarla. Y, vergüenza de todas las vergüenzas, ella no pensaba impedírselo. No al final.

Tal vez, ni siquiera al principio...

Inclinó levemente la cabeza, entrecerró los ojos y oyó que él maldecía entre dientes.

Geoff vio las largas pestañas negras de Anaïs acariciar sus mejillas y se rindió un poco más. El miedo, la frustración y el deseo corrían incontrolablemente en su interior. Hundió los dedos en el suave cabello de su nuca y la inmovilizó con un beso al deslizar la lengua en su boca, invadiéndola.

Anaïs se abrió a él y soltó un pequeño sonido gutural. Oyó vagamente el ruido que hizo una horquilla al caer al suelo. Geoff le puso una mano bajo la cadera y no se apartó. Se sentía incapaz de hacerlo. Necesitaba que ella comprendiera que era suya.

Intercambiaron besos como habían intercambiado estocadas, provocándose y un poco peligrosamente. Las lenguas se deslizaban, una alrededor de la otra, como si fueran de seda cálida. Y cuando sentía que la pasión estaba a punto de ahogarlo, apartó la boca para deslizar los labios por su cuello. Susurrando su nombre, empezó a mordisquearla y a saborearla, y después pasó la lengua por el dulce punto donde le palpitaba el pulso.

—Anaïs —murmuró contra su piel—. Oh, amor, es demasiado tarde.

—¿Demasiado... tarde?

—No podemos escapar de lo que hay entre nosotros.

Tenía presionado el miembro, duro y apremiante, contra la suavidad de su vientre. Parecía alguien apasionado y demente, no indiferente y frío. Ardía de pasión por aquella mujer; la deseaba como no había deseado a nadie en su vida. Haberla visto aquella noche, haber visto cómo Lezennes se la comía con los ojos, lo había enloquecido. Porque seguramente un hombre estaba loco si hacía aquello.

Ocultó el rostro en el hueco de su cuello y subió una mano hasta tomar la suave redondez de uno de sus pechos. Anaïs jadeó. Geoff enganchó el pulgar en el borde fruncido del escote y tiró hacia abajo hasta que el exuberante montículo quedó libre para ser saboreado.

Después de eso, todo ocurrió con una rapidez alimentada por el deseo.

Manteniéndola todavía prisionera con su cuerpo, se metió un pezón en la boca. Lo succionó profundamente y después deslizó la punta de la lengua hacia delante y hacia atrás sobre él. Ella gimió con suavidad y dejó caer la cabeza hacia atrás, contra la puerta.

Era una locura, sí. Le levantó bruscamente las faldas. Ahora. Tenía que ser ahora.

Más tarde fue incapaz de recordar el momento en que se alivió. Solamente era consciente de una necesidad: la de estar dentro de ella. Ni siquiera pensó en el hecho de que había una cama sólo un tramo de escaleras más arriba y de que algún sirviente podría verlos en cualquier momento. Solamente quería satisfacer el fiero e intenso deseo de penetrarla. De reclamarla. De derramarse en su interior.

No le pidió permiso. Encontró la hendidura de los pololos. Introdujo los dedos en su humedad y sintió que todo el cuerpo de Anaïs temblaba.

—Pierna —dijo con voz ronca—. Ponla... Ah...

Y de repente se encontró embistiendo dentro de ella, sin apenas darse cuenta de cómo había ocurrido.

Oh, ya lo había hecho otras veces, una unión rápida y furtiva robada en algún momento oportuno, con alguna mujer que sabía lo que estaba haciendo. Pero en el fondo de su conciencia le quemaba la certeza de que era Anaïs.

Anaïs, que merecía algo mejor. La mujer de la que se estaba enamorando locamente.

Y, aun así, no podía parar.

No estaba seguro de que ella quisiera que lo hiciera.

—Aah —suspiró Anaïs—. Sí...

Él la sostenía en equilibrio, con las manos sujetándole las nalgas y manteniendo su espalda pegada a la puerta. Anaïs había enroscado una pierna alrededor de él para elevarse ansiosamente. En sus brazos, se sentía ligera como una pluma, como si fuera parte de él. Como si aquello fuera algo perfecto, en vez de algo sórdido.

Geoff la levantó un poco más e introdujo toda su longitud en la calidez de su cuerpo. Ella estaba húmeda de deseo y se contraía alrededor del miembro invasor, y él pensó en ese momento que iba a explotar. Embestía una y otra vez, presionándola contra la puerta, mientras que la respiración jadeante de Anaïs se entrecortaba con cada embestida.

Tenía los ojos casi cerrados y, la boca, entreabierta.

—Sí —susurró—. Así... Geoff... Oh, no pares...

Llegó al clímax rápidamente, en el calor y la precipitación del momento. Geoff sintió que la liberación la invadía, vio con placer que echaba la cabeza hacia atrás contra la puerta y que su adorable garganta se movía hacia arriba y hacia abajo. Alrededor de su miembro, el cuerpo de Anaïs latía y se contraía, con la pierna enroscada con fuerza alrededor de su cadera para impulsarse hacia él.

Geoff sintió venir su propia liberación, penetrándola una y otra vez, y el placer fue como si se abriera el cielo. Como si lo arrastraran en cuerpo y alma a esa gloriosa luz blanca.

Un buen rato después, fue vagamente consciente de un sonido. El lúgubre ton-ton-ton del reloj de pie al otro lado de las escaleras. Todavía sostenía a Anaïs contra él, pecho contra pecho, ambos con las frentes húmedas tocándose levemente.

—¿Geoff? —Cayó hacia atrás contra la puerta, intentando recuperar el aliento—. ¿Has... terminado?

—Diablos, no —gruñó—. Ni de lejos.

Capítulo 16

«Los guerreros victoriosos ganan primero y después van a la
guerra, mientras que los guerreros vencidos primero
van a la guerra y después buscan la victoria.»
Sun Tzu, *El arte de la guerra*

*L*a realidad de lo que acababa de hacer empezó a abrirse paso en él.
Santo Dios, la había tomado contra una puerta, como si fuera una
prostituta de dos peniques. Y en la entrada, donde un sirviente podría
haber aparecido en cualquier momento.

Pero todo en la casa estaba en silencio. Los criados se habían ido a
dormir, como él les había dicho que hicieran. El reloj daba las horas,
como siempre. Pudo oír el estruendo de un carruaje que cruzaba la
Rue de l'Escalier.

Después, todo volvió a quedar en silencio. Nadie se había despertado.

Bajó a Anaïs con suavidad y sintió que deslizaba la pierna por su
cadera hasta tocar el suelo.

—Oh —volvió a decir ella.

Geoff la besó con suavidad una vez más, le colocó el vestido de
seda verde mar y la cogió en brazos. Fue entonces cuando notó que
ella tenía en la rodilla un tejido suave.

—Un perro de peluche —susurró Anaïs—. Que no se caiga, no
vayas a tropezar.

Sólo les faltaba eso: caer rodando escaleras abajo a medio vestir y
hacer que los sirvientes subieran corriendo para ver qué era todo ese
alboroto.

Geoff subió las escaleras con ella en brazos hasta el dormitorio de Anaïs. Abrió la puerta empujándola con el codo y la dejó en el borde del colchón, junto a una mesilla de noche donde ardía tenuemente una lámpara de aceite. La suave luz parpadeó, dejando la mitad de su adorable cara en penumbra.

—Voy a desnudarte, Anaïs —susurró él—, muy despacio, y después voy a tumbarte en esta cama y a hacerte el amor adecuadamente.

—Ah. —Ella lo observaba con ojos saciados y una sonrisa burlona en los labios—. ¿Y yo no puedo decir nada?

—Casi nada —replicó, y alargó los brazos hacia su espalda para desabrocharle los botones del vestido—. Supongo que podrías decir que no.

—Y entonces, ¿tú qué harías?

Geoff deslizó un dedo por el borde del corpiño y a ella los pezones se le endurecieron.

—Te convencería de otra manera —dijo con voz ronca, tirando del corpiño hacia abajo sólo lo necesario como para dejar al aire sus adorables pechos—. ¿Quieres que empiece?

Ella levantó un brazo y le puso una mano en la mejilla.

—Geoff, yo...

—No —la interrumpió, besándola en los labios—. No malgastes el poco tiempo que tenemos juntos, amor. Es el destino y, si luchamos contra él, enloqueceremos.

Ella dejó caer las pestañas casi con timidez y Geoff la sintió estremecerse.

Pensaba conseguir muchas más cosas además de que se estremeciera antes de que acabara la noche.

Inclinó la cabeza y le acarició con la punta de la lengua el pezón dulce y rosado, y vio con satisfacción que se endurecía. Lo lamió lentamente, con pequeños movimientos seguidos de un círculo largo y pausado y, cuando ella suspiró, se centró en el otro pezón.

—Eres implacable —susurró ella en voz tan baja que Geoff apenas la oyó.

Él dejó un reguero de besos hasta la clavícula y terminó de desabrocharle los botones. El vestido de Anaïs era exquisito, de un tono de verde reluciente como las aguas poco profundas del Adriático en la puesta de sol, y cuando lo deslizó hacia abajo junto con la enagua, vio que las ligas estaban hechas de seda del mismo color y que tenían un ribete de exquisito encaje blanco.

Dejando escapar un sonido de apreciación, se arrodilló y empezó a quitárselas, bajándole a la vez las medias de seda. El perro de peluche bajó por la pernera de los pololos y rodó hasta quedar debajo de la cama.

Anaïs levantó la vista y lo miró con timidez.

—Nadie me había desnudado nunca así —susurró.

—Te desnudaría así todas las noches de la semana —respondió, acariciándole la pantorrilla.

Pero no podía. No por mucho tiempo. Anaïs no era suya y, probablemente, nunca lo sería.

Al darse cuenta de eso, se encolerizó como nunca. Era como si, antes de conocerla, su vida sólo hubiera sido una mediocre imitación de la pasión. Vagos sentimientos disfrazados de amor, lujuria y deseo.

Una vez que le hubo bajado las medias y las ligas, se quedó de rodillas y le desató el lazo de los pololos. Éstos se deslizaron por los muslos al instante y cayeron hasta quedar alrededor de los tobillos. Geoff le besó un muslo y continuó besando más arriba, mientras hurgaba entre sus rizos con un dedo.

—¡Oh! —gritó ella con voz débil.

—Ábrete un poco para mí —gruñó.

Anaïs se agarró al poste de la cama. Él la acariciaba íntimamente con los dedos, deslizándolos en su calidez. Ella cerró los ojos con fuerza y empezó a emitir un suave sonido gutural.

Geoff dejó un reguero de besos por la curva de su vientre y volvió a pensar en la oscuridad y el misterio del bosque; en las profundidades sombrías de Anaïs que aún estaban por explorar. Era una criatura sensual, misteriosa y sobrenatural. Era intrínsecamente erótica, de formas que estaba seguro que ella ni siquiera comprendía.

Deseaba ardientemente instruirla, ver cómo se convertía en la mujer hermosa y voluptuosa que estaba destinada a ser. Seducir su naturaleza femenina para que se abriera como una flor a sus caricias.

Sintiendo una impaciencia repentina, se levantó y empezó a quitarse el pañuelo de cuello a tirones.

Ella abrió los ojos y se soltó de la columna de la cama. Llevó los dedos al cuello de Geoff.

—Para —lo reprendió— y levanta la barbilla.

Sonriendo levemente, él hizo lo que le pedía.

—Tienes una mandíbula arrogante —dijo Anaïs mientras soltaba el lazo—. ¿Lo sabías?

Él no dijo nada y ella le quitó la prenda. La dejó caer al suelo y después le quitó el abrigo, deslizándoselo por los hombros. Con dedos hábiles y delgados se deshizo rápido de los botones del chaleco y éste también cayó al suelo con un leve sonido.

Geoff no podía dejar de mirarla. Ella todavía lo deseaba, demasiado como para rechazarlo, gracias a Dios, pero no parecía muy contenta con ello.

Él juró que la haría feliz.

Juró que, cuando saliera el sol, no habría marcha atrás para ninguno de los dos.

Con una mano, se quitó rápidamente la camisa por encima de la cabeza y la arrojó al suelo. Sin dejar de mirarla a los ojos, se deshizo de los zapatos de un puntapié y desabrochó el único botón del pantalón que le quedaba.

Anaïs posó sus cálidas manos sobre sus caderas y deslizó hacia abajo los pantalones, junto con la ropa interior. Su virilidad brotó de entre la ropa, ya endurecida. Anaïs la tomó en una mano y la acarició. Conteniendo la respiración y encogiendo el estómago, Geoff cerró los ojos y se preguntó si sería posible alcanzar el clímax sólo con la caricia de los dedos de una mujer.

Tal vez. Si era la mujer adecuada.

No podía esperar. La tomó en sus brazos, la besó profundamente y cayó con ella sobre la cama. Anaïs separó las piernas para acogerlo.

—Entra en mí, Geoff —le susurró.

Él la obedeció, pero en esta ocasión lo hizo lentamente. Aun así, la sentía ceñirse a su alrededor. Cerró los ojos, sintió que le temblaban los brazos y se obligó a contenerse. En esos momentos quería amarla durante un buen rato, hasta que la respiración de Anaïs se convirtiera en suaves y dulces jadeos en la noche.

En respuesta, ella volvió a susurrar su nombre, enroscó una pierna alrededor de la suya y al hacerlo lo introdujo aún más en su interior, envolviéndolo con su humedad y calidez. Él se hundió en su carne como un hombre que abrazara su destino. Se sentía como si estuviera, por fin, en el lugar al que pertenecía.

¿Cuántas veces le había hecho el amor a una mujer sólo para dejar su cama un poco más perdido y mucho más vacío? No con Anaïs. Solamente estaba el anhelo, mucho más fuerte y más desgarrador. Con los ojos cerrados, comenzó a moverse en su interior. Anaïs le tomó la cara entre las manos y lo besó largamente y con dureza mientras se elevaba para encontrarse con él a cada embestida.

Le pertenecía.

Y él era suyo.

Cuanto antes se rindieran a esa verdad, mejor.

Ella era preciosa, su ninfa del bosque. En la fresca quietud del dormitorio, se introdujo un poco más en ella, disfrutando inmensamente. No dejaba de penetrarla, adecuándose a su ritmo y a sus suspiros hasta que el sudor le bañó el cuerpo. Pero todavía no era suficiente.

Nunca sería suficiente. Oh, se deslizaría en el interior de Anaïs una perfecta y última vez y sí, se derramaría entre incesantes embestidas en su vientre. Sin embargo, estaba empezando a necesitar mucho más que el simple alivio.

Justo en ese momento, Anaïs subió la pierna un poco más por su cintura y tragó saliva con dificultad. La mayor parte de su cabello se le había soltado del recogido y estaba desparramada sobre la colcha como una preciosa tela de seda. La luz de la lámpara oscilaba y danzaba sobre su desnudez, dándole calidez a la piel. Con un suspiro entrecortado, hundió la cabeza en la suavidad de la almohada: Tenía el rostro contraído por la exquisita búsqueda del placer.

Geoff le puso la mano bajo el exuberante montículo de las nalgas y la elevó ligeramente, después la embistió un poco más arriba, a la búsqueda de ese punto dulce y sensible.

Lo encontró. La encontró a ella y se unió a Anaïs, en cuerpo y alma. Ella se arqueó contra él, con el cuerpo rígido como una cuerda bien tensa, abriendo mucho los ojos mientras le arañaba la espalda con las uñas. Y entonces se estremeció y se convulsionó debajo de él, gritando su nombre.

Le pertenecía. Y él era suyo.

Y por eso Geoff la reclamó. La reclamó de la manera más carnal y salvaje mientras toda ella palpitaba a su alrededor. Un sonido triunfante brotó desde el fondo de su garganta, algo casi brutal, como si surgiera de lo más profundo del pecho.

Hundiendo los dedos en su cabello, la mantuvo inmóvil mientras la embestía y le mordió la suave piel del cuello, sin dejar de empujar furiosamente dentro de ella. Cuando alcanzó el orgasmo, fue en una sacudida estremecedora de placer candente. Los testículos se le contrajeron y le temblaron los brazos. Entonces echó hacia atrás la cabeza y, con un profundo gemido, se introdujo en ella una última vez.

Cayó sobre Anaïs y se perdió en el aroma a sexo, agua de rosas y sudor. Después posó los labios sobre su cuello con más suavidad que antes, susurró su nombre mientras ella lo abrazaba y supo que se había perdido en ella para siempre.

Geoff recobró la conciencia al oír que el reloj en el hueco de la escalera daba las dos. Podía sentir la cabeza de Anaïs todavía apoyada en su hombro, en la misma posición en la que había estado cuando él se había adormecido con ese dulce y blando letargo que inevitablemente seguía al gozo sensual.

Ladeó la cabeza sobre la almohada y, al mirar hacia abajo, vio que Anaïs lo observaba con los ojos muy abiertos, con una mirada sincera y sin pestañear.

Le besó la punta de la nariz.

—Olvidamos apagar la lámpara —murmuró él.

—Oh, olvidamos muchas cosas —contestó con una sonrisa un tanto irónica—. Pero me gusta la luz. Me gusta mirarte.

En esa ocasión, fue él quien sonrió.

—¿De verdad?

Ella entrecerró los ojos, rodó hasta colocarse sobre él y le pasó la punta de la lengua alrededor del pezón, haciendo que se quedara sin respiración.

—Oh, sí —susurró—. Tu cara es hermosa, por supuesto, pero este pecho... Ah, es magnífico. Estoy segura de que ya lo sabes.

Él se rió entre dientes.

—No dejas de decir cosas como ésa. Como si esperaras lo peor de mí. ¿Has tenido mucha experiencia con hombres atractivos y arrogantes?

Anaïs volvió a dejarse caer sobre el brazo de Geoff, bocabajo. A la luz de la lámpara, sus pechos parecían melocotones maduros.

—Oh, la suficiente —dijo—. Pero tienes razón. Elegí las palabras precipitadamente.

Al oírlo, él echó hacia atrás la cabeza y se rió con ganas.

—Dime algún halago, Anaïs —dijo—. Esperas lo peor de mí... al final. ¿Es eso?

—Oh, Geoff, no discutamos —le pidió, volviendo a rodar hacia él hasta apoyar la frente en sus costillas—. Disfrutemos de esto, sea lo que sea.

Él le puso un dedo bajo la barbilla y le levantó la cara.

—Es un asunto muy serio —le dijo en voz baja—. Eso es lo que es.

Ella abrió mucho los ojos.

—¿Un asunto muy serio? —repitió—. Dime, Geoff, ¿cómo de serio? He dejado mis sentimientos y mis planes aparte porque se me ha dado a entender que tus atenciones están puestas en otro lado.

Al oír esas palabras, Geoff sintió que la irritación lo invadía.

—Soy libre de poner mis atenciones donde me plazca —replicó—. Y si algún entrometido, como, digamos, mi viejo amigo Lazonby, te ha sugerido otra cosa, te aseguro que me ocuparé pronto de él.

Ella giró la cabeza hacia otro lado.

—No debes culpar a Lazonby.

—Entonces, ¿a quién?

—No importa —murmuró—. Es solamente algo que dijiste aquel día en la biblioteca de la Sociedad de Saint James.

Y sí que importaba mucho.

Geoff se mordió la lengua y se obligó a recordar lo que habían dicho aquel día. Se había sentido incómodo por viajar a solas con Anaïs, porque incluso entonces ya se sentía peligrosamente atraído por ella. Sólo Dios sabía lo que había dicho. Algo sobre estar preparado para cumplir con su deber hacia el título, creía. Para una mujer tan asustadiza como ella, tal vez hubiera sido suficiente.

Parecía que había estado callado demasiado tiempo.

Anaïs levantó la mirada hacia él.

—Te lo vuelvo a preguntar, Geoff, ¿has puesto tus atenciones en otra parte? Y contéstame con sinceridad, por favor.

Él sintió una oleada de frustración... y un gran desasosiego.

—Lo estaban, sí —confesó—. Pero en un sentido muy vago.

—Puede que a la dama en cuestión no le resultara tan vago —murmuró ella.

Geoff sintió calor en las mejillas, como si fuera un colegial al que acababan de reprender.

—Me disculparé con la dama en cuanto regresemos a Londres —aseguró—. Sin duda, se sentirá aliviada.

Pero Anaïs lo miraba con tristeza.

—Eso no puedes saberlo —dijo, acercando más la cabeza y enroscando una pierna alrededor de la suya—. Que esto sea nuestro secreto, Geoff. No podría soportar que alguien más saliera herido. Y esto, este fuego que hay entre los dos, se consumirá, ya lo sabes. Estamos destinados a seguir caminos diferentes.

Él sintió un nudo en la garganta.

—¿Podrías amar a otro tan fácilmente, Anaïs? —preguntó con voz ronca.

—No lo sé. Sólo sé que le prometí a mi... familia que me casaría con alguien de entre la gente de mi bisabuela. Y, si encuentro al hombre adecuado, lo haré.

—Pero ya tienes veintiún años, Anaïs —le recordó con suavidad—. Has pasado gran parte de tu vida en la Toscana. Y todavía no has encontrado al hombre de tus sueños.

—Gracias, Geoff, por recordarme que soy una solterona —dijo, aunque apenas había amargura en su voz—. Pero no se trata de mí. Te has dejado algo pendiente en Londres, así que ten cuidado de que nadie sufra, alguien que no lo merezca, porque yo he estado en ambas partes de esa situación y te aseguro que duele.

Él se dio cuenta de que tenía razón. Reflexionó sobre ello y no dijo nada. Pero por dentro maldijo su impaciencia aquel día en el templo. Había estado enfadado con Rance y apenado por lady Anisha. Así que se había armado de valor y había hecho lo que Rance no haría... y ahora se arrepentía.

Anaïs, sin embargo, volvió a hablar.

—Y tengo veintidós, por cierto —dijo con un falso tono alegre—. Mi cumpleaños fue la semana pasada.

—El mío también —contestó él en voz baja—. Supongo que los dos están cerca, ¿no? Y no eres una solterona, amor. Estás en la flor de la vida.

—Pfff —dijo Anaïs.

Él se quedó callado unos instantes y le pasó la yema del dedo por la cadera; sobre el elegante tatuaje que marcaba su destino, como seguramente marcaba el suyo propio.

—No creí a Lazonby cuando reveló que llevabas este símbolo —murmuró—. No puedo imaginar a ninguna familia marcando a una mujer. Pero me aseguró que lo había visto.

—Si te aseguró eso, mintió —afirmó Anaïs.

Geoff la miró.

—¿Qué? —dijo ella con incredulidad—. ¿Pensabas que le enseñé el trasero a Lazonby?

—¿No lo hiciste?

Ella volvió a relajar la cabeza sobre su pecho y le puso una mano en el corazón, con gesto protector.

—Bueno, supongo que lo habría hecho si hubiera sido necesario —dijo pensativa—. Después de todo, sin duda habrá visto mil traseros desnudos en su vida disoluta.

—Oh, sin duda —se mostró de acuerdo él.

—Y él tampoco creía que tuviera la marca —reconoció Anaïs—. Le sugerí que enviara a una de las sirvientas, si lo deseaba. Así que se lo pidió a su ama de llaves, una enorme bruja con un acento irlandés de lo más marcado, y ella echó un vistazo. Al instante supo lo que era.

—Ah —dijo él y se sintió extrañamente aliviado.

Aun así, como había dicho, se lo habría enseñado a Lazonby de haber sido necesario. Anaïs era una mujer solícita, se estaba dando cuenta de ello, tal vez demasiado. Era una de las características que más respetaba en ella. Y era lo mismo que en ese momento le hacía parecer todavía más malvado.

Ah, pero un hombre no podía tener ambas cosas, ¿no? Una mujer caprichosa y cobarde habría sido intolerable. Y Anaïs nunca sería ninguna de esas dos cosas.

Sin embargo, empezaba a pensar que su fidelidad no siempre había sido recompensada. Alguien había puesto ese deje de amargura en su voz. Alguien había dejado ese toque de tristeza cansada de la vida en sus ojos castaños. Agarró con fuerza la sábana, como si estuviera estrangulando al responsable.

Pero ella no necesitaba que la defendiera. Era fuerte; fuera quien fuera ese hombre, se había topado con un formidable adversario. Relajó la mano y la acercó más a él.

—¿Quieres hablar de él, amor? —murmuró.

Anaïs se tensó levemente entre sus brazos.

—Creí que no podías leerme la mente.

—Y no puedo —contestó—. No necesito hacerlo. Te conozco como un amante, Anaïs. Y sé que no te mereces sentir decepción.

Eso hizo que, por lo menos, se riera un poco.

—Oh, Geoff, después de lo que he experimentado, pensé que la palabra «decepción» había desaparecido de mi vocabulario. Y no, no quiero hablar de él. No merece que malgaste ni un solo instante del poco tiempo que me queda contigo.

Ahí estaba otra vez. Esa frase que él estaba empezando a odiar.

Sentía que los días que pasaba con Anaïs se agotaban rápidamente y ansiaba alargar los brazos para frenarlos, como si fueran un tiro de caballos cuya velocidad pudiera reducir. Pero eso pondría en peligro a Charlotte y a Giselle. Comprometería la misión.

—Aun así, una vez lo amaste —dijo él, más para sí mismo que para ella—. Era el hombre que pensabas que sería tu pareja perfecta. Y yo… Bueno, me siento inexplicablemente celoso.

Durante un buen rato ella se quedó en silencio entre sus brazos y Geoff pensó que no iba a contestar. Finalmente, Anaïs suspiró.

—Era mi maestro de esgrima florentino —dijo—. El hombre que Vittorio contrató para que me entrenara.

A Geoff se le encogió el corazón.

—Santo Dios. ¿Cuántos años tenías?

—Diecisiete. Y no era una ingenua, Geoff. Debería haberme dado cuenta. Pero ¿qué puedo decir? Raphaele sabía cómo hacer que su oponente bajara la guardia.

—Aun así, con diecisiete años eras muy joven, o eso debió de parecerle a él. ¿Te sedujo?

—Oh, completamente. Después de decir lo mucho que me amaba. Que no podía vivir sin mí. Que quería casarse conmigo. Tras algunas semanas, venció mi resistencia con sus miradas y su encanto.

—Qué canalla tan mentiroso —dijo él con los dientes apretados.

Ella tenía la mirada perdida.

—Un canalla, sí. Pero ¿sabes?, no creo que fuera un completo mentiroso. Ahora que soy mayor echo la vista atrás y pienso... Pienso que, en ese momento, lo decía de verdad. Que me amaba, en el grado que un hombre como él podía amar a alguien que no fuera a sí mismo.

—¿Y estabas locamente enamorada de él?

—Oh, sí —susurró—. De la manera drástica y desgarradora que una joven se enamora por primera vez. Pero ahora pienso en ello y me pregunto si no estaría enamorada de la idea de él.

—¿Y habría sido una mala unión? —preguntó Geoff—. ¿Tu familia se hubiera opuesto?

Ella dudó otra vez.

—Al principio, mi familia no lo sabía —dijo finalmente—. Tampoco Vittorio. Raphaele dijo que deberíamos mantenerlo en secreto hasta que yo fuera un poco mayor. Que Vittorio pensaría muy mal de él por haber ido a San Gimignano a seducirme cuando se suponía que tenía que enseñarme.

—¿Y tú accediste?

Ella asintió, restregando el cabello por la almohada.

—Fui una tonta —dijo—. Lo adoraba. Él era mayor... ¡tenía veinticuatro años!, y más sabio, o eso creía yo. Y me sentía como si fuera la mujer más afortunada del mundo. Que un hombre tan apuesto quisiera casarse conmigo...

—Anaïs, para —le ordenó—. Él era el afortunado por tenerte a ti... y yo diría que mereció perderte.

Anaïs, sin embargo, parecía perdida en sus recuerdos.

—Pero sí, pensé que era mi hombre ideal. Era tan elegante... Tan ingenioso y encantador... ¡Y verlo con una espada...! —Hizo un gesto típicamente italiano, llevándose los dedos a los labios—. Ese hombre era como poesía. Así que me permití amarlo. Pero durante todo el tiempo, el sueño parecía muy tenue. Muy frágil. Y al final, supe por qué.

Inexplicablemente, Geoff sintió frío en el corazón.

—¿Por qué?

Anaïs cerró los ojos y tragó saliva.

—Porque nunca podría haberse casado conmigo. No entonces.

—¿Por qué?

La sonrisa se Anaïs se torció con amargura.

—Porque ya tenía esposa —susurró—. Llevaba casado poco menos de un año. Había sido un matrimonio concertado. Vittorio no lo sabía y Raphaele... Bueno, a él le pareció conveniente no mencionarlo.

Geoff volvió a apretar la mano en un puño.

—Qué bastardo.

Anaïs se rió bruscamente.

—Eso fue exactamente lo que Vittorio le dijo. Eso, y cosas mucho peores. Raphaele procedía de una familia que llevaba mucho tiempo vinculada con la *Fraternitas* en la Toscana. Eran gente a quien Vittorio estaba dispuesto a confiarles su vida... y a mí.

—Santo Dios —susurró Geoff—. ¿Qué hizo Vittorio?

Anaïs lo miró vagamente asombrada.

—¿Que qué hizo? —repitió—. Era toscano. Era Vittorio. Cogió su florete favorito y le pinchó la cara como si fuera un nabo.

—Santo Dios —volvió a decir.

—Sí. Digamos que, cuando la esposa de Raphaele lo tuvo de vuelta, ya no era tan atractivo como cuando la dejó.

Todo aquello le asqueó a Geoff.

Un hombre casado.

Y un donjuán atractivo e implacable unido en secreto con otra mujer...

Era parte de lo que asqueaba a Anaïs. Por supuesto que lo era.

Pero él no era Raphaele. No estaba casado, ni siquiera prometido. Él solamente había pedido permiso para cortejar a una dama soltera.

Cosa que, en su mundo, estaba peligrosamente cerca de ofrecerle matrimonio.

No iba a proponerle matrimonio a lady Anisha Stafford. Ya no. Bajo ninguna circunstancia. Aun así, seguía siendo una querida amiga. Era una dama elegante y bien educada de exquisita belleza que no había sido recibida con mucho entusiasmo por la sociedad londinense. Todo porque su piel no era lo suficientemente pálida y, su sangre, lo suficientemente inglesa. No merecía que él también le hiciera daño.

Anaïs tenía razón: se había dejado algo pendiente en Londres. Algo muy importante.

Y de repente vio claro lo que iba a tener que hacer, por el bien de todos. Iba a tener que explicárselo todo a lady Anisha, y no con una carta. Escribirle a su propia madre y al hermano de lady Anisha no era suficiente. Además, Ruthveyn, que en ese momento estaba en un baro mercante de las Indias Orientales con destino a Calcuta, seguramente no recibiría esa carta en meses.

Suspiró sonoramente y giró sobre un codo para mirar a Anaïs.

—Arreglaré esto, Anaïs —dijo en voz baja—. Me refiero a mi situación. Esa mujer sólo es una amiga, y tanto ella como yo deseamos la felicidad del otro. Ninguno de los dos está enamorado. En cualquier caso, habría sido un matrimonio de mutua conveniencia.

Anaïs volvió a negar con la cabeza.

—Eso suena como algo que un hombre diría… e incluso se creería —susurró—. Por favor, no digas nada más. No puedo soportar ser la causa de…

—Shh —la interrumpió, poniéndole un dedo en los labios—. No has causado nada.

Pero ella se limitó a apretar los labios y pareció triste.

—Anaïs, amor, yo no soy Raphaele. —Alargó un brazo y le colocó un rizo caprichoso detrás de la oreja—. Y Raphaele se ha ido. Forma parte de tu pasado. Prácticamente está muerto y enterrado.

Ella se rió sin humor.

—Oh, no lo creas. No, Raphaele es insistente, eso tengo que reconocerlo. Solamente hizo falta la muerte de Vittorio para que pensara que estaba a salvo, supongo.

Algo se encendió en la memoria de Geoff.

—Sí, dijiste que lo habías visto en la misa del funeral.

—Y no sólo entonces —dijo con la mirada perdida en algún rincón de la habitación—. Vino a la villa de Vittorio, poco antes.

—Qué bastardo tan atrevido —dijo Geoff con los dientes apretados—. ¿Qué quería?

—Hacer las cosas a su manera —dijo Anaïs con amargura—, eso es todo. Pero no lo consiguió. Raphaele no es de esos hombres que aceptan de buena gana lo que no pueden cambiar… y no puede hacerme cambiar de opinión.

—¿Pensó que podríais retomarlo donde lo habíais dejado? —preguntó, encolerizado—. ¿Pensó que estarías dispuesta a cometer adulterio con él?

Anaïs volvió a quedarse en silencio. Su cara era una máscara inexpresiva.

—Ella murió —susurró finalmente con voz distante—. La mujer de Raphaele. Murió en el parto, justo después de que Vittorio lo enviara de vuelta a Florencia con el rabo entre las piernas. Y cuando Vittorio murió, él pensó que...

Geoff no sabía qué decir.

—Santo Dios —consiguió decir.

Anaïs levantó la vista hacia él con ojos suplicantes.

—Ya ves lo bien que me conocía Raphaele —susurró—. Supuso... Bueno, no sé lo que supuso. ¿Que yo estaba con el corazón roto durante todo ese tiempo? ¿Que había estado esperándolo? Antes lo empaparía con aceite para lámparas y le prendería fuego. Pero él no lo sabía... Porque la verdad era que, a pesar de todas sus palabras bonitas, Raphaele nunca llegó a conocerme.

—No —dijo Geoff con firmeza—. No, definitivamente, no. O se lo habría pensado mejor antes de molestarte y luego volver por más.

Anaïs se rió, y fue un sonido leve y arrollador. Después lo sorprendió al derribarlo y comenzar a besarlo, con las palmas de las manos a ambos lados de la cara.

—Umm —dijo él cuando se separaron algo más tarde.

Pero Anaïs seguía con su cara entre las manos.

—Hazme el amor otra vez —susurró, suplicándoselo con la mirada—. Supongo que, una vez más, no importa. No quiero hablar de Raphaele, ni del pasado... ni siquiera del futuro. Tú sólo hazme el amor una vez más y dame algo real y verdadero. Algo que pueda atesorar cuando esta noche se haya acabado.

Y eso hizo él. Le hizo el amor con una lentitud dulce y certera, empleando a fondo todas sus habilidades, todas sus artimañas masculinas. Hizo, en resumen, todo lo que estuvo en su mano para asegurarse de que ella lo quisiera tanto como él la quería.

Estaba empezando a necesitarla con un horrible dolor en el corazón y un profundo anhelo en el alma, y temía que, sin Anaïs, el futuro que le esperaba fuera un paisaje interminablemente insípido e incoloro.

Como algo que no fuera real. Que no fuera verdad.

Pero incluso cuando la embestía con las últimas y dulces penetraciones y la sentía elevarse de nuevo hacia él como la luna y las estrellas se elevaban en el cielo, Geoff sabía que ella le ocultaba una parte de su corazón. Y también sabía que sería la última vez que harían el amor en mucho tiempo.

Solamente esperaba que no fuera para siempre.

Dormitó un buen rato en sus brazos, pero a pesar del placer y el letargo que se había extendido por sus miembros, no descansó. Sentía que era el momento de abandonar Bruselas. Deseaba ir a casa; regresar a Londres, enderezar su vida y comenzar a asediar el corazón de Anaïs. Ver a Charlotte y a su hija a salvo en Inglaterra, bajo la estrecha vigilancia de la hermandad.

Aquella noche, en casa de Lezennes, había sentido la maldad en el aire; había sentido una oscura emoción que envolvía la casa. No era sólo el interés sin importancia de ese hombre por Anaïs, sino algo mucho más profundo y siniestro.

Volvió a intentar quedarse dormido, acurrucándose más contra ella e inhalando su exótico aroma, pero fue en vano. Inclinó la cabeza y la acarició con la nariz levemente. Ella dejó escapar un ligero sonido gutural de felicidad y se abrazó más a la almohada. Durante un momento, él se permitió enredar los dedos en su cabello sedoso de las sienes y pensó que nunca se cansaría de ese placer tan simple.

Sin embargo, se dio cuenta de que no tenía sentido quedarse allí dando vueltas, perturbándole el sueño y la vida. Era hora de comenzar a hacer lo que había que hacer.

Apartándose con mucho cuidado, rodó hasta quedar sentado en el borde de la cama. Solamente necesitó un instante para coger su ropa, que estaba desperdigada por toda la habitación. Y cuando se inclinó para recoger los pantalones, vio el perrito de peluche de Giselle Moreau.

Se lo llevó también y salió sigilosamente del dormitorio.

Capítulo 17

«Sé extremadamente sutil, hasta hacerte incorpóreo.
Sé extremadamente enigmático, hasta hacerte silencioso.»
Sun Tzu, *El arte de la guerra*

*A*naïs salió de las oscuras profundidades de un sueño y vio que un débil rayo de luna le caía sobre los ojos. Levantó una mano para bloquearlo y se dio cuenta de que estaba temblando de frío. Y había algo… algo más que estaba más allá de su mente consciente. Algo muy pesado, como la sensación de la muerte inminente. O los restos de una pesadilla.

Aún medio dormida, pensó en darse la vuelta y enterrar el rostro en el pecho de Geoff. Perderse en su aroma e invocar los recuerdos de sus manos deslizándose sobre ella, de sus labios saboreándola y tentándola. Sin embargo, ni siquiera los exquisitos recuerdos de lo que habían compartido podían contrarrestar el peso de la aprensión. Y por el frío que sentía en la espalda sabía que hacía tiempo que Geoff se había marchado.

Se apoyó en un codo y echó un vistazo por la habitación. Estaba desnuda encima de la colcha y las cortinas no se habían corrido. Su vestido de noche y toda la ropa interior seguía sobre la alfombra, unos charcos de color blanco y aguamarina en la penumbra. La ropa de Geoff no estaba.

Se pasó una mano por el cabello e intentó recordar qué la había despertado.

Un sonido. Había oído un sonido.

Se levantó, se puso rápidamente la bata que Claire le había dejado en una silla, cogió el puñal que guardaba enfundado bajo la almohada y caminó sigilosamente hacia el vestidor. Estaba totalmente despierta, con todos sus sentidos alerta.

Ahí estaba. Lo oyó otra vez. Un sonido muy sutil y casi lúgubre. Y parecía algo no del todo humano, como la corriente de un río subterráneo. Atravesó el vestidor hacia la habitación de Geoff y entró sin llamar.

Con las sábanas enrolladas alrededor de su esbelta cintura, Geoff estaba sentado, totalmente erguido, casi fuera de la cama, y la pálida luz de la luna lo bañaba en un espeluznante resplandor blanco. A pesar del frío, las dos ventanas estaban completamente abiertas. El sonido se produjo otra vez, como el susurro del viento, pero toda la atención de Anaïs estaba puesta en él.

—¿Geoff?

Se apresuró a atravesar la habitación mientras guardaba el puñal en el bolsillo.

Él levantó un brazo.

—¡Detente! —exclamó con voz ronca.

Pero ella ya estaba al borde de la cama.

—¿Qué ocurre? —susurró.

—Es el agua —murmuró él. No tenía la mirada fija en ella, sino perdida en algún rincón de la habitación—. El agua. ¿No puedes verla?

Estaba soñando.

Ella se sentó en la cama, con una pierna debajo del cuerpo.

—Geoff, despierta —dijo, alargando un brazo para tocarlo—. No hay agua. Solamente es una pesadilla.

—Shh —susurró, con la palma de la mano todavía extendida—. Ahí está. ¿La ves? El agua.

Una leve brisa entró en la habitación, moviendo las cortinas. Le puso una mano en la mejilla, preguntándose si debería despertarlo.

—Geoff, no hay agua.

—La oscuridad —dijo con tono áspero—. La arena. Ella la tiene en los zapatos. La siente. —Agarró a Anaïs por los brazos y la arrastró hacia él como si no pesara nada—. Santo Dios, ¿por qué no lo ve?

Ella cayó torpemente en su regazo.

—¿El qué?

—La luna brilla —dijo, retorciéndole los brazos con tanta fuerza como para dejarle moratones—. No hay olas. No puede... No puede...

Anaïs le puso una mano en la mejilla. Estaba temblando como si tuviera frío, pero la piel estaba febril.

—Geoff, ¿quién?

—Es demasiado tarde —dijo—. Está demasiado oscuro. Dile que está demasiado oscuro.

Un poco asustada, Anaïs lo obligó a girar la cabeza para que le diera la luz de la luna.

No habría podido decir en qué momento se dio cuenta de que el frío que hacía en la habitación no era simplemente frío. De que Geoff no estaba dormido, ni siquiera estaba presente. O, al menos, una parte de él no lo estaba. Sus ojos lobunos la miraban con intensidad, tan salvajes que nunca se habría imaginado nada igual. Y, a pesar de la penumbra, sus pupilas eran diminutas esquirlas de ónice, brillantes y multifacéticas.

Como si viera a través de los ojos de otra persona.

Y eso era lo que estaba haciendo. Dios Santo, eso hacía.

—¿Geoff? —dijo con voz débil—. Vuelve. Por favor.

De repente, el aire se levantó a su alrededor con una corriente surrealista e impredecible. Los visillos, ya de por sí revueltos por la brisa, empezaron a flotar. Se oyó un tenue sonido, como el viento rugiendo en un túnel muy lejano, seguido de un fuerte golpe. Anaïs miró a su alrededor y vio que *L'Art de la Guerre* se había caído del escritorio. Estaba en el suelo y las páginas pasaban rápidamente hacia delante y hacia atrás, como un campo de trigo al viento. Entonces, los papeles que había sobre el escritorio de viaje se elevaron en el aire y empezaron a girar por la habitación en un ciclón de folios.

Anaïs observó la habitación y un mechón de cabello le golpeó la cara.

—Geoff, ¿qué está ocurriendo? —gritó, aferrándose a él.

Él le agarró los brazos todavía con más fuerza, si eso era posible.

—Va a morir —susurró—. Va a morir. Él la está empujando hacia abajo. La mantiene ahí. La está matando.

—¿Quién? —gritó—. ¿Charlotte? Por el amor de Dios, ¿quién?

—Charlotte —murmuró—. Pobre Charlotte. No ve que...

Entonces Anaïs sintió que aflojaba las manos. Geoff cayó hacia atrás, contra el cabecero. Su pecho subía y bajaba como si fuera un fuelle y Anaïs se desmoronó sobre él.

Durante un momento, fue como si el tiempo se hubiera detenido. Como si ninguno respirara. El rugido se desvaneció como si fuera un tren que se alejaba. Una quietud mortal invadió la habitación. Las cortinas cayeron fláccidas contra el alféizar. El ciclón de color blanco se desvaneció y los papeles dispersos quedaron contra las patas de los muebles y los revestimientos de madera como si fueran hojas muertas.

—*Grazie a Dio!* —susurró ella, apoyando la frente en el hombro de Geoff.

—¿Anaïs? —dijo.

—¿Geoff? ¿Estás... aquí?

Durante lo que pareció una eternidad, él no dijo nada. Pero ella podía sentir que, poco a poco, volvía a su ser. Entonces, con la respiración acelerada, Geoff la abrazó con fuerza, y ella supo que había vuelto al presente.

Se aferró a él y enterró el rostro en su cuello, con miedo y temblorosa.

Cuando Geoff habló, fue como si arrancara las palabras de su interior.

—Será pronto, Anaïs —dijo, todavía jadeando—. No tenemos tiempo.

Anaïs se incorporó y él la soltó. Los ojos de Geoff volvían a ser los de antes, y estaban llenos de dolor.

—¿Estás bien? —susurró ella, mirándole a la cara en busca de una confirmación.

La respiración de Geoff se estaba normalizando.

—Sí —dijo por fin—. Más o menos bien.

Un mechón de cabello oscuro le había caído sobre un ojo. Con suavidad, ella se lo apartó.

—¿Qué acaba de ocurrir? —susurró—. ¿Puedes contármelo? ¿Puedes siquiera explicarlo?

Él negó con la cabeza y se llevó las palmas de las manos a los ojos.

—En realidad, no. —Tenía la voz ronca—. Sólo estaba... intentando ver. Lo siento. ¿Te he asustado?

—En absoluto —mintió Anaïs—. Y no intentaste ver. Viste. Algo. El agua. La arena. ¿Lo recuerdas?

Él dejó caer las manos, como resignado.

—Oh, sí —murmuró—. Encontré el juguete de Giselle. Eso, y el pañuelo. La carta que trajo DuPont. Los usé.

—Intentaste abrir la puerta. —Paseó la mirada por el dormitorio desordenado—. Y parece que funcionó bastante bien.

Él volvió a negar con la cabeza.

—Al principio, no —dijo en voz baja—. Pero ya ves cómo es. Es… es como si me invadiera algún tipo de locura. Lo odio. Asusta a la gente.

Anaïs pensó que, más bien, era algo más que asustar.

—A mí no me asusta —volvió a decir.

Él dejó escapar una risa brusca y furiosa.

—Cuando era un niño, cada vez que venían las visiones se lo ocultaba a mi madre —dijo—. Estaba aterrorizada. Los médicos… le dijeron que yo tenía un trastorno mental. Que al final tendría que internarme.

—Dios mío —dijo Anaïs—. Imagino que no los escuchó.

Él se quedó callado unos momentos.

—No, me llevó a ver a alguien que no era médico —contestó por fin—. Una especie de institutriz que se había formado en Viena y que trabajaba con niños de los que se pensaba que estaban mentalmente enfermos. Locos.

Ella le puso un dedo en los labios.

—Deja de decir esa palabra.

Geoff la miró unos instantes. Sus ojos ahora parecían tan calmados como el agua de un estanque.

—Sutherland me explicó que tu madre es hermana del conde de Treyhern —dijo en voz baja.

Anaïs dejó caer la mano.

—Sí —murmuró—. ¿Por qué?

Él bajó la mirada.

—Era su esposa. Ella era la institutriz.

—¿La tía Helene? —Anaïs estaba sorprendida—. Pero… pero llevan muchos años casados.

—Mi madre no sabía que se habían casado. Pensó en apartarla del conde. En ofrecerle más dinero. Estaba desesperada, tienes que entenderlo. Pensaba que era eso o un manicomio.

Anaïs se rió.

—Me habría encantado ser una mosca para escuchar esa conversación. Pero Helene tiene un don para tratar a los niños... un sentido común fuera de lo común.

—Fue eso lo que me salvó —dijo él—. Le dijo a mi madre que estaba perfectamente bien. Que me dejara ser yo mismo y que ignorara a los médicos.

Un recuerdo se removió en las profundidades de la mente de Anaïs.

—Y entonces encontraste a tu mentor —dijo—. En Escocia, ¿no es así?

Él sonrió con melancolía.

—Ah, ésa es una historia muy larga. Otro cuento para otra noche, quizá.

Pero Anaïs no estaba segura de que contaran con muchas más noches.

Apartó de su mente ese pensamiento.

—Bueno, tienes el don —dijo—. Y lo único que importa es que has aprendido a manejarlo.

—Sí, hasta que lo necesito —dijo con una expresión sombría—. Y entonces es como si invocara al diablo. Pero el diablo no puede ayudar a Charlotte Moreau, ¿verdad?

Ella le volvió a pasar una mano por el cabello.

—Cuéntamelo —lo animó—. Cuéntame exactamente qué ha pasado esta noche. Te llevaste el perro y las otras cosas. Y luego, ¿qué?

Él se encogió de hombros.

—No veía nada. Nada excepto esa horrible oscuridad. Me ha perseguido, Anaïs, desde que estamos aquí. Pero no veía nada, así que intenté dormir. A veces ocurre así, justo cuando la conciencia se escabulle...

—Y caes en esa pequeña grieta entre el sueño y el desvelo, ¿no es así? —murmuró—. Creo que todo el mundo lo siente, en mayor o menor medida. Pero para ti es... Bueno, tú sabes lo que es. ¿Y ahora estás bien?

—Sí, pero Charlotte no —contestó. Y volvió a agarrarle los brazos—. Anaïs, piensa. ¿Cuándo dijo que se iban de vacaciones?

—Pasado mañana —respondió rápidamente—. ¿Por qué?

Geoff cerró los ojos.

—Lezennes va a ahogarla —susurró—. Pretende seducirla con un paseo a la luz de la luna junto al mar… y declararse por última vez.

Anaïs se incorporó de un salto.

—Oh, Geoff. No.

Pero él tenía la mirada perdida.

—Sin embargo ella… lo rechaza —continuó—. Él sabe que lo hará. Y está preparado. Por eso se la lleva lejos. Lejos de la casa y de los sirvientes. De su sacerdote. Incluso de ti, quizá.

—¡Dios mío, sería tan fácil! —susurró Anaïs—. En la oscuridad, con las faldas y el miriñaque… No tendría ni una posibilidad de sobrevivir en el agua.

—Él dirá que tropezó —susurró Geoff—. Que una ola vino de repente, como salida de la nada. Que estaban caminando junto a la orilla y que no pudo salvarla.

Anaïs se llevó una mano a la boca para ahogar un grito.

—Un paseo romántico, cogidos de la mano. —Geoff tenía los ojos cerrados—. Él… él la mantiene bajo el agua. El oleaje rompe sobre ellos. No le lleva mucho tiempo. Ella es tan pequeña… —Se calló y tragó saliva con dificultad—. Es pequeña y está cansada. Después de todo por lo que ha pasado, no le quedan ganas de luchar.

—Pero… ¡eso es monstruoso! —exclamó Anaïs—. Debemos decirle…

En ese momento, el reloj de la escalera dio las cuatro, y fue un sonido lúgubre en la penumbra.

Anaïs cerró con fuerza los ojos.

—¡Oh, Geoff! —susurró—. ¡Hoy es viernes! ¡Ya es mañana!

—Sí, así es. —Se levantó y la apartó un poco—. Anaïs, debemos prepararnos para irnos. Debemos llevárnoslas por la noche. Es la única manera.

—Sí. —Anaïs se levantó y se dirigió a la ventana para mirar al otro lado de la calle, hacia la casa de Lezennes—. Sí, es la única manera. Pero primero debo advertirla.

—¿Te creerá?

Anaïs se volvió. El dobladillo de la bata ondeó alrededor de sus tobillos.

—Haré todo lo posible —dijo con determinación—. Le pediré que me acompañe a confesarme esta mañana. No le parecerá extraño. Y, cuando estemos en Saint Nicholas, se lo contaré todo. Si es necesario, le enseñaré mi marca.

—Sí, la reconocerá —dijo Geoff, y él también salió de la cama, alto y esbelto—. Puede que funcione. Por lo menos, no creo que le cuente a Lezennes lo que nos proponemos. Pero debes convencerla de que está más segura con nosotros que con él. Aun así, no me termina de gustar. No me he ganado su confianza… y puede que tú tampoco.

—Entonces, recurriremos a la escalera y al láudano —dijo Anaïs gravemente.

—¿Conseguiste quitarles el pestillo a las ventanas?

—Sí, a todas.

—Buena chica —dijo mientras recogía sus calzones.

—¡Oh! —exclamó ella un poco con pesar—. Desearía…

Él se quedó quieto y le lanzó una mirada en la penumbra.

—¿Qué?

—Desearía que no tuvieras que ponértelos otra vez —soltó abruptamente, y se mordió el labio—. Pero no es el momento, ¿verdad?

Y, si fuera inteligente, nunca volvería a ser el momento…

¿Lo sería? ¿Sería inteligente esta vez?

Él hizo una mueca con la boca.

—Me temo que debemos seguir adelante, amor —contestó, y metió una pierna en la prenda—. Despierta a todos en la casa. Quiero que, a media mañana, esté todo recogido y cargado, de camino a Ostende. Petit debe adelantarse y decirle al capitán Thibeaux que esté preparado. Mañana partiremos hacia Inglaterra.

A las diez y media Anaïs estaba en la puerta del vizconde de Lezennes luciendo su vestido más recatado y con el libro de oraciones metido en la cesta del mercado, que colgaba de su brazo. Le sorprendía que nadie oyera el ruido que hacían sus rodillas al chocar entre sí.

La puerta la abrió una criada vestida de gris a la que Anaïs reconoció vagamente como una de las doncellas del piso inferior. Le hizo una reverencia, pero no abrió la puerta por completo.

Cuando Anaïs le pidió ver a Charlotte, negó con la cabeza.

—Lo siento mucho, *madame* —dijo en un inglés forzado—. Pero *madame* Moreau sufre *mal de… de…*

Anaïs sintió que el miedo le atenazaba el pecho.

—¿Está enferma?

—*Oui, merci…* enferma, y no recibe visitas.

—Es horrible. —Con cuidado, Anaïs metió un pie en el umbral—. Anoche parecía estar bien.

La doncella volvió a inclinar la cabeza y bajó la mirada.

—*Désolé, madame.* Fue… ¿cómo dicen ustedes?, *oui*, rápido. Todos esperamos que se recupere pronto.

La criada hizo ademán de cerrar la puerta, pero Anaïs no sacó el pie y, además, se las arregló para poner un codo a modo de cuña en el marco de la puerta.

—Oh, pero si pudiera verla sólo un momento… —le rogó—. Solamente lo suficiente para asegurarme de que no es culpa mía. Oh, pero es espantoso. La mantuvimos despierta hasta tarde… ¡tocando el pianoforte para entretenernos! ¡Qué desconsiderados que fuimos! Me siento muy mal.

—*Non, madame* —dijo la chica con voz algo temblorosa—. Son los deseos de su señoría. A *madame* no se la debe molestar.

Anaïs metió el otro pie en el umbral y también consiguió introducir la cesta. Como esperaba, la muchacha por fin retrocedió un paso.

—¿El vizconde, entonces? —dijo, ya que no le quedaba otra alternativa—. ¿Puedo hablar con él? ¿Sólo para asegurarme?

La chica miró rápidamente hacia arriba con lo que fue casi una mirada de advertencia. Después, tras un instante de duda, por fin abrió la puerta.

—*Bien sûr, madame* —le dijo—. ¿Quiere tomar asiento?

Anaïs hizo lo que le pedía y paseó la mirada por el recibidor. Un reloj de pie junto a las escaleras. Un paragüero al lado de la puerta. Una alfombra muy elegante. Todo parecía perfectamente normal. Durante unos instantes, cerró los ojos e intentó moverse por la casa mentalmente. No era la primera vez que lo hacía. Y posiblemente tuviera que hacerlo aquella noche, a oscuras.

Todavía con los ojos cerrados, intentó relajarse. Tal vez viera algo si intentaba abrirse al vacío. Algún fragmento o pista de lo que Lezennes estaba pensando.

Fue inútil. No vio nada... aunque tampoco había esperado lo contrario.

La muchacha regresó enseguida, todavía con la mirada baja, y le hizo señas para que la siguiera.

Anaïs se levantó y siguió a la doncella contando los pasos, fijándose en la distancia que había desde la entrada hasta las escaleras. El número de escalones. Dos pasos en el descansillo. Seis pasos más.

Lezennes se unió a ellas en la parte superior de las escaleras y se inclinó levemente. Llevaba una chaqueta de la India elegantemente bordada sobre una camisa blanca, con las mangas subidas que dejaban ver una franja de raso negro, y no se había puesto pañuelo de cuello.

—Madame MacLachlan, ha regresado —murmuró, y la recorrió fríamente con la mirada.

Tal vez a la luz del día, y sin vino, el comportamiento de Anaïs de la noche anterior ahora le pareciera sospechoso.

—¡Oh, su señoría! —dijo, poniéndole una mano en el brazo con gesto lastimero—. Dígame cómo sigue la pobre Charlotte. Por favor, tranquilíceme. Oh, me siento fatal al pensar que pudimos haberle exigido demasiado anoche.

Él sonrió levemente y agitó con elegancia la mano en el aire.

—En absoluto —dijo—. Quédese tranquila. No es nada... sólo una jaqueca, y yo quería que descansara.

—Bueno, gracias a Dios —contestó Anaïs—. Esperaba que pudiéramos ir juntas a la iglesia esta mañana.

—Me temo que eso es imposible —dijo Lezennes.

Anaïs abrió mucho los ojos e intentó parecer inocente.

—Entonces, ¿puedo pasar a verla? —rogó—. ¿Sólo un momento? Tal vez pueda traerle algo. ¿Un poco de gelatina de mano de ternera, quizás?

Él dudó, mostrando una sonrisa de suficiencia, y después inclinó levemente la cabeza.

—Es usted muy amable, *madame* —le dijo—. Un breve momento no le hará daño. Pero ya verá que todo está bien. Por favor, sígame.

Anaïs estuvo a punto de decir que sabía muy bien dónde se encontraba la habitación de Charlotte, pero sospechaba que el vizconde no pensaba perderla de vista.

Y tenía razón. Caminaron por el pasillo, dejaron atrás el dormitorio de Charlotte y llegaron a una puerta que estaba en el extremo del pasillo. Lezennes la abrió y reveló una pequeña salita elegantemente amueblada con otras dos puertas a ambos lados. Anaïs se dio cuenta de que era una habitación que conectaba el dormitorio de Lezennes y el de Charlotte. Aquel hombre no tenía vergüenza.

Charlotte estaba reclinada en un diván junto a la ventana, y la puerta que daba a su dormitorio se encontraba abierta.

—No, Louisa, los rojos, por favor —dijo, haciéndole señas a alguien a quien Anaïs no podía ver.

—*Ma petite*, mira a quién te he traído —dijo Lezennes, entrando en la habitación.

Charlotte giró la cabeza lentamente.

—¡Anaïs! —dijo, haciendo ademán de levantarse.

—¡No, no, no debes levantarte! —exclamó ella—. Sé que no estás bien y sólo puedo quedarme un momento.

Una sombra de emoción indescifrable ensombreció la cara de Charlotte.

—Lezennes quiere que descanse —dijo—. Mañana salimos de viaje. Pero es muy agradable verte. Siéntate.

—Sólo un momento —respondió Anaïs, mirando a Lezennes mientras se sentaba—. Tal vez el vizconde se pueda quedar con nosotras. Prometemos no cotorrear sobre sombreros y lazos, señor. Y verá que tengo intención de cumplir mi promesa. Solamente me quedaré unos instantes.

Algo de la sospecha pareció abandonar el rostro de Lezennes y se sentó cerca de ella… lo que sin duda había pensado hacer de todas maneras.

—Gracias a los dos, por cierto, por una velada encantadora —dijo Anaïs, arreglando las dobleces de sus faldas—. Fue la mejor cena que hemos tomado en mucho tiempo, milord. Charlotte, ¿tu cocinera se dejaría convencer para que le diera su receta de suflé a la señora Janssen?

—Se lo preguntaré antes de que nos vayamos.

Pero Charlotte parecía pálida e inquieta.

Entonces Anaïs se dio cuenta de que había una doncella en la puerta que comunicaba con el dormitorio de Charlotte, con los brazos llenos de ropa.

—Sí, todo eso, Louisa —le dijo Charlotte—. Gracias. Eres muy amable.

—¡Oh, estás haciendo las maletas! —dijo Anaïs.

—Sí. Bueno, Louisa las está haciendo por mí.

Anaïs movió un dedo delante de ella.

—Pues si tienes intención de coger el tren, ten mucho cuidado.

—¿Cuidado? ¿Por qué?

—Mete todas las cosas importantes en una bolsa pequeña y tenla siempre a mano —le aconsejó—. Sobre todo, las cosas de valor sentimental. Una vez me robaron los baúles... ¡en Gloucestershire, nada menos! Iba a visitar a mi abuela y, de alguna manera, desaparecieron. ¿Te lo puedes creer?

—¡Es terrible!

—Oh, sí que lo fue —contestó con seriedad—. Afortunadamente, mi madre fue previsora y metió todos mis recuerdos y una muda en mi bolsa. Si no, no habría tenido ni un par de pololos limpios cuando hubiera llegado a... ¡Oh, perdóneme, milord!

Lezennes enarcó una ceja.

—No tengo que perdonarle nada, madame MacLachlan —dijo fríamente—. Todos los llevamos, *n'est-ce pas* Anaïs se rió tontamente.

—¡Claro que sí!

Charlaron un rato sobre los placeres de la costa y sus recuerdos de infancia. Anaïs no tenía ninguno, porque su familia había estado demasiado ocupada con la granja y los viñedos en el extranjero... y ella con sus viajes a la Toscana.

Pero no habló de nada de eso, mantuvo su fachada burguesa y contó una chistosa historia sobre cómo su hermana se había caído una vez de cabeza en el puerto de Cobb en Lyme Regis, y si alguno se dio cuenta de que el relato era casi igual a uno que la señorita Austen había contado una vez en una novela, fueron lo suficientemente educados como para no mencionarlo. La hermana ficticia de Anaïs salió cojeando sólo con el orgullo y las enaguas lastimados, y las vacaciones familiares no se vieron alteradas.

Charlotte empezó a hablar entonces de los planes que tenía para entretener a Giselle con castillos de arena y buscando conchas durante el viaje a la playa. Pero, como si el tema lo incomodara, Lezennes se puso en pie de un salto.

—Charlotte, por favor, debes descansar si vamos a viajar mañana.

Anaïs supo que era el momento de marcharse.

—Su señoría tiene razón, por supuesto —dijo, y se levantó rápidamente—. No te levantes, Charlotte. Voy a correr a casa y a enviar aquí a la chica de la cocina con un cuenco de mi gelatina de manos de ternera. Debes calentarla y tomártela despacio... ¡Oh, y un libro! Tengo un libro que creo que te gustará.

—¿Una de sus inusuales novelas, *madame*? —preguntó el vizconde, arrugando levemente la nariz.

Anaïs tuvo la decencia de ruborizarse.

—Oh, no, milord, es un volumen de poemas del señor Coleridge —dijo—. Pensé que podría ser una lectura agradable para el viaje de mañana.

—Gracias —dijo Charlotte rápidamente—. Seguro que me distraerá.

Anaïs les deseó que tuvieran unas maravillosas vacaciones y salió de la estancia, contando los pasos. No dejaba de mirar alrededor, buscando obstáculos con los que se podría tropezar fácilmente en la oscuridad.

Lezennes la dejó en lo alto de las escaleras tras desearle un buen día y volvió a la salita de Charlotte. Anaïs lo observó alejarse, más agradecida que nunca por no tener el don de Geoff. Agradecida por no saber, y no sentir, el mal que acechaba a ese hombre. Porque no hacía falta tener un don para darse cuenta de que Lezennes vigilaba a Charlotte como un halcón, y pensaba seguir haciéndolo hasta verla comprometida o muerta.

Anaïs estaba decidida a que no ocurriera ninguna de las dos cosas.

Pensativa y muy preocupada, atravesó la Rue de l'Escalier y entró en la casa. Después de dejar la cesta, siguió hasta las habitaciones públicas de la residencia. Como no encontró a nadie, miró por la ventana trasera y vio una carreta en el callejón que había al fondo del patio trasero. Ataviado con botas altas y cómodos pantalones bombachos, Geoff estaba subido a la carreta, ayudando a Petit a atar con correas el equipaje.

Tras permitirse admirarlo durante unos momentos, dejó caer la cortina y se fue directamente al piso superior, atravesó su habitación y entró en la de Geoff.

Su libro de poemas de Coleridge seguía entre el montón ordenado de volúmenes. Después de hojearlo para asegurarse de que contenía el poema que buscaba y de que la guarda no tenía ninguna nota sentimental, lo cogió y atravesó el vestidor.

Lo tiró sobre la cama, abrió la caja de *nonna* Sofia y rebuscó en el tarot hasta encontrar la carta que quería.

Il cavaliere di spade. El rey de espadas.

Durante un instante, cerró los ojos y se apretó la carta contra el pecho.

Sabía que era muy posible que no volviera a verla. Tras más de dos siglos pasándolo de generación en generación, *i tarocchi* de su familia estaría incompleto... y sería culpa suya. El mazo quedaría inservible.

Al pensarlo se le hizo un nudo en la garganta.

Por lo menos, no era su carta. No era *le re di dischi.* Aun así, aunque resultara extraño, tampoco quería sacar esa carta de la caja. Sus fantasías de niña, y la predicción de su bisabuela, parecían haber quedado lejos, muy lejos en su pasado, y el anhelo que ahora sentía no tenía nada que ver con un estúpido mazo de cartas.

Anaïs había empezado a sentir el paso del tiempo con más intensidad. De repente, se sintió cansada de esperar. En realidad, se sintió casi tonta por haberlo hecho. Deseaba tener una vida con un marido y niños a quienes amar. Ya no le importaba si nunca aparecía su apuesto príncipe toscano.

De hecho, casi deseaba que no lo hiciera. Casi deseaba...

Aunque no quería deshonrar a *nonna* Sofia, no había duda de que algo había cambiado dentro de ella. Estaba empezando a cuestionarse la sabiduría de esperar al hombre perfecto. En realidad, toda la predicción le parecía tan alocada que se preguntó si alguna vez la había creído. Y, aparte de Maria, nadie más la conocía. La historia era demasiado excéntrica como para repetirla.

Pero *nonna* Sofia la había repetido... o, al menos, lo había hecho el tarot. Una y otra vez, la misma carta había aparecido para ella. Una y otra vez, el rey de oros había sido su destino.

Pero si arrojaba *le re di dischi* a los cuatro vientos, si Charlotte nunca le devolvía *il cavaliere di spade*, ¿acaso importaba? Ella no quería leer *i tarocchi.* No tenía intención de volver a consultar las cartas en serio. La lectura que le había hecho a Charlotte todavía le preocupaba. No deseaba ese don con el que su linaje la había maldecido; no, ni siquiera deseaba esa versión débil y aguada.

Eso la hizo pensar de nuevo en Geoff; en el niño que había sido, asustado y trastabillando en la oscuridad sin nadie que lo guiara.

Y, de repente, se le ocurrió algo muy extraño.

¿Por qué no había habido nadie?

¿Cómo era posible que su madre no hubiera sabido lo que era el don? Había procedido de ella o de lord Bessett. Alguno de ellos tenía que haber reconocido las señales, tenía que haber sabido que Geoff necesitaba ayuda... y tenía que habérsela proporcionado. Un guardián, un prior que lo aconsejara, un mentor en su linaje... Alguien, por el amor de Dios. Así era como el don había sido protegido durante siglos.

En lugar de eso, su madre lo había llevado a un montón de médicos. Había temido que estuviera loco.

Por primera vez, Anaïs se dio cuenta de que aquello no tenía sentido.

Santo Dios, no le extrañaba que Geoff se compadeciera tanto de Giselle Moreau... y también de Charlotte. No le extrañaba que comprendiera tan bien el miedo y la incertidumbre que Charlotte sufría como madre; que no hubiera querido hacerle daño ni llevarse a la niña. Era lo que los médicos habían querido hacer con él.

Y Charlotte sabía que su hija tenía el don. ¡Qué dura habría sido su vida si no lo hubiera sabido! Anaïs no alcanzaba a comprender la preocupación que una niña extraña y sobrenatural podía infundir en el corazón de una madre ignorante.

Pero el pasado de Geoff era un misterio que tendría que esperar... tal vez para siempre, porque tanto su pasado como su futuro no parecían ser asunto suyo. Para bien o para mal, los días que estaba pasando con él terminarían pronto. Y no podía evitar preguntarse si, cuando regresara a Inglaterra, a la hermandad y a su casi prometida, se sentiría aliviado de alejarse de ella.

No quería pensar en ello, y sus patéticos lloriqueos no ayudarían a Charlotte. Cogió el libro y la carta, saltó de la cama, se dirigió al escritorio que tenía junto a la puerta y abrió el cajón para coger un lápiz. Puso la carta a la luz y pasó la yema de un dedo por el dibujo, observando la cabeza inclinada del caballero. La espada que colgaba a un lado. El fondo, que era un paisaje estéril y sin color.

Una vida vacía. El abandono. Un espadachín sin ningún enemigo con el que luchar.

Pensó que era parecido a la vida de un guardián rechazado.

Cerró de golpe el cajón del escritorio e inclinó la cabeza para llevar a cabo su tarea. En el pequeño margen que había en la parte inferior de la carta escribió sólo cuatro palabras:

Esta noche. Estate preparada.

Dejó el lápiz a un lado y la miró.

Era bastante vago, pero tendría que valer. Y era casi imperceptible. De hecho, a simple vista era sólo una vieja carta, como la que cualquiera metería en un libro como marcapáginas. Una carta gastada e inusual, sí, pero la mayoría de las personas no le prestaría atención.

Charlotte, sin embargo, la recordaría muy bien. Era la carta que la había hecho llorar. Cuando la volviera a ver, seguramente la estudiaría con más detalle, buscando alguna señal de su padre.

El padre que no estaba muerto.

El padre que la quería con todo su corazón.

Rápidamente, Anaïs pasó las páginas del libro de poesía, buscando su poema favorito. Era *Escarcha a medianoche*, la oda que había escrito Coleridge a la nostalgia que sentía de su hogar, de su lugar natal en la campiña inglesa.

Lo encontró y rodeó con un círculo algunas palabras:

> *Colmado de presagios, contemplé*
> *Sobre el hierro a ese inquieto visitante,*
> *Cuántas veces, con párpados abiertos,*
> *Soñaba con el pueblo de mi infancia...* *

Era improbable que alguien se fijara en esas pocas palabras marcadas. Casi todo el mundo señalaba pasajes de poesía, o fragmentos de prosa que uno quería estudiar o recordar.

* Versión de Jordi Doce. Cf. http://wwwentrelashojas.blogspot.com.es/2010/03/coleridge.html.

También era improbable que Charlotte se fijara en ellas. Probablemente, ni siquiera abriría el libro aquella noche.

Anaïs maldijo en voz alta y enérgicamente. No, lo más seguro era que lo guardara junto con sus otras cosas, tal vez en esa pequeña pieza de equipaje de mano que ella le había aconsejado que preparara.

Dejó escapar un gran suspiro. Seguramente, aquello tampoco ocurriría.

De hecho, lo más probable era que Charlotte arrojara el libro al fondo del baúl de viaje y que gritara como una loca cuando ella la despertara aquella noche. Y si no lo hacía y si por algún milagro conseguía despertarla en silencio y explicarle la situación, seguramente querría vestirse, preparar un baúl, buscar su lazo del pelo favorito o sus zapatos preferidos... hacer todas esas cosas tontas que las mujeres solían hacer cuando se iban de casa o, en ese caso, cuando lo abandonaban todo.

Y después tendrían que sortear a la doncella y coger a Giselle.

Santo Dios, iba a ser imposible.

A Anaïs se le cayó el alma a los pies. Pero ¿qué otra elección tenían? Estaba claro que Lezennes no pensaba apartarse de Charlotte y que quería mantener la intimidad en la casa. No iba a permitir que viera a Charlotte a solas.

En ese momento alguien llamó a la puerta abierta y entró Geoff. Los tacones de sus botas resonaban en el suelo y llevaba una fusta en la mano. Anaïs se giró en la silla para mirarlo. Estaba increíblemente atractivo con el abrigo y los pantalones ceñidos, y la brisa primaveral le había desordenado el largo cabello.

Su mirada, sin embargo, era sombría e inquisitiva.

—¿Y bien?

Anaïs negó con la cabeza.

—Lezennes sospecha —respondió—. Dice que Charlotte no se encuentra bien.

—Entonces, no la has visto.

Su voz tenía un dejo de decepción.

—Sí, conseguí verla, aunque me costó un poco.

Geoff se sentó en el borde de la cama de Anaïs, con la confianza de alguien que pertenecía a ese lugar.

—Ésa es mi chica —dijo con una leve sonrisa—. Incluso la taimada.

—Pero Lezennes no nos dejó solas —continuó—. Ni por un instante. La doncella está haciendo el equipaje y se van por la mañana en tren.

—Por lo menos, sabemos eso —dijo mientras golpeaba distraídamente la parte superior de la bota con la fusta.

Anaïs le enseñó el libro y la carta y le explicó el plan.

—¿Qué piensas? —le preguntó, sentándose en la cama, a su lado—. ¿Demasiado arriesgado?

Geoff enarcó una ceja y leyó el poema.

—Bueno, los versos no demuestran nada —murmuró—. Yo mismo he subrayado una docena de pasajes en el libro. En cuanto a la carta, es vieja, está gastada y las palabras casi se funden con el dibujo. Hay que mirarla con muchísima atención para verlas. No, por Dios, podría ser brillante.

Anaïs le sonrió un momento y después se puso seria.

—Ah, Geoff, ¿qué probabilidades tenemos? —le preguntó—. ¿Mirará la carta esta noche? ¿Y si de verdad tiene jaqueca? Lo más seguro es que no le haga caso.

Geoff la cogió por los brazos.

—Es una buena idea —le dijo con firmeza—. Además, es todo lo que tenemos. Y si no funciona… Bueno, rezaremos para que no grite y despierte a toda la casa e intentaremos convencerla para que venga con nosotros.

Anaïs le mantuvo la mirada con tristeza.

—Oh, la convenceremos —murmuró—. Deberías haberla visto hoy. Parecía… aterrorizada. Creo que lo sabe, Geoff. ¿Es posible que Giselle haya… no sé… visto algo?

Geoff se había levantado y empezó a caminar por la habitación.

—Es difícil de decir —murmuró—. Los niños y sus padres por lo general no pueden leerse los unos a los otros.

—*Nonna* Sofia me leía las cartas —dijo Anaïs.

Geoff lo pensó.

—Pero tú eras la cuarta generación —dijo mientras cruzaba los brazos y se apoyaba contra el marco de la puerta—. El linaje era débil. Además, ¿quién sabe? El don es extraño, sobre todo cuando es fuerte. Es más probable que Giselle pueda leer a Lezennes, o sentir la maldad que hay en él. Demonios, hasta yo puedo sentirla sin ponerle una mano encima a ese bastardo... Lo siento. La frustración me hace hablar mal.

—No importa —contestó Anaïs, y suspiró—. Creo que Charlotte sabe que Lezennes pretende proponerle matrimonio una última vez. Y también sabe que lo va a rechazar.

—Sí, y eso puede ser suficiente para hacerla huir —murmuró Geoff, todavía con los brazos cruzados—. Le pido al cielo, Anaïs, estar haciendo lo correcto. Que Charlotte esté bien y que podamos llevarnos a la niña sana y salva. Y, por Dios, si tengo que apuñalar a ese bastardo de Lezennes en el corazón para hacer el trabajo, que así sea.

Anaïs supo después que fue en ese momento en el que se enamoró completa y locamente del que antes era el frío y distante lord Bessett. El momento en el que el príncipe de sus sueños se convirtió no en el misterioso y galante pícaro toscano, sino en un caballero inglés práctico y despiadado con ojos que parecían hielo ártico y un cabello besado por el sol. El momento en el que se dio cuenta de que el sueño de su bisabuela no era necesariamente el suyo propio, y que la suerte, quizá, podía alterarse si de verdad se deseaba.

Por supuesto que podía alterarse.

¿No era eso precisamente lo que estaban haciendo allí? Estaban salvando a Charlotte de un destino espantoso. Le estaban arrebatando a Giselle a un hombre destinado a utilizarla para el mal. Nada de eso estaba escrito en piedra y, si lo estaba, ¿por qué se encontraban ellos allí? ¿Para qué servía entonces el don?

La posibilidad la dejó sin respiración y el corazón le dejó de latir.

Nonna Sofia se había ido, y el hecho de permitir que su sueño siguiera vivo no se la devolvería. No conseguiría que estuviera menos muerta... y tampoco significaba que fuera menos importante. *Nonna* Sofia había tenido razón en muchas cosas... bueno, en realidad, en todo.

Pero no en eso.

En ese asunto se había equivocado... o, al menos, Anaïs esperaba que así fuera.

Con paso vacilante, se levantó de la cama y se acercó a él. Le puso una mano en la mejilla, se puso de puntillas y lo besó levemente.

—¿Alguna vez te han dicho, Geoffrey Archard, que eres asombroso? —susurró.

La mirada de Geoff se suavizó.

—¿Ah, sí? —contestó—. ¿A qué viene eso?

Anaïs se apartó un poco, pero no quitó la mano.

—No estoy del todo segura —admitió—. Pero te lo diré cuando lo sepa.

Al oírla, él echó la cabeza hacia atrás y se rió. Anaïs sonrió con ironía, fue a la cama y quitó la colcha.

Él dejó caer los brazos y frunció el ceño.

—¿Qué haces con eso?

Anaïs se la echó encima del brazo.

—No creo que monsieur Michel la eche de menos cuando recupere su casa —dijo ella—, no más que esas viejas espadas que tiene arriba.

—¿Las espadas? —Geoff abrió mucho los ojos—. ¿Vamos a llevárnoslas?

—Sólo las afiladas —dijo ella, pasando por su lado y besándolo de nuevo—. Después de todo, dicen que, si vas a cenar con el diablo, es mejor que lleves una cuchara larga.

—Oh, sí, eso dicen. —La siguió por la habitación—. ¿Y la relación con nuestro caso sería...?

Ella se detuvo en el pasillo, todavía con la colcha sobre el brazo.

—Bueno, es posible que uno de nosotros tenga que apuñalar a Lezennes en el corazón —dijo—, así que me gustaría que tuviéramos una hoja larga cuando lo hagamos.

Capítulo 18

«Las operaciones secretas son esenciales en la guerra; de ellas
depende el ejército para hacer cualquier movimiento.»
Sun Tzu, *El arte de la guerra*

Como ocurre en la mayoría de las grandes ciudades, la noche nunca
cae del todo sobre Bruselas y, cuando los relojes dieron las tres, el
tráfico en las principales calles apenas había disminuido. Teniendo
cuidado de mantenerse en las sombras, Geoff estaba acuclillado contra la valla que había tras la casa de Lezennes, y hacía ya rato que tenía
las piernas entumecidas.

Aquella noche la luna se asomaba de vez en cuando por detrás de
las nubes y apenas podía ver el espacio del que disponían, que consistía en una letrina, una especie de caseta de jardín en la parte de atrás y
un cobertizo de almacenaje adjunto a la casa. Más abajo, en el callejón,
los caballos coceaban con impaciencia y sus arneses tintineaban levemente.

Pensó que no tendrían que esperar mucho. En unos minutos,
Anaïs y él lo habrían conseguido o habrían fracasado estrepitosamente. En silencio, le hizo una seña a ella para atraer su atención y movió
la cabeza hacia el cobertizo.

Anaïs sacó los dedos. *Dos metros y medio.*

Él asintió y volvió a pensar en sus opciones. Le pareció que había
pasado una eternidad desde que se burló de la idea que había tenido
ella de entrar por la ventana. Pero ninguno de los dos tenía experiencia abriendo cerraduras y, aunque hubieran conseguido abrir la puerta, tendrían que correr el riesgo de atravesar la casa y volver al piso

inferior para salir, en vez de trepar simplemente a una ventana. Según Petit, había un sirviente que solía dormir cerca del salón principal.

Así que iba a ser por la ventana. Y gran parte del éxito dependería de la valentía de Charlotte. A la niña, suponiendo que fuera tan disciplinada como Geoff creía que era, la podrían bajar. A Charlotte, no.

Volvió a mirar a Anaïs y se maravilló de la transformación. Tenía el cabello trenzado en la parte superior de la cabeza, de manera que lo podría cubrir con un sombrero de ser necesario. Sin embargo, sólo llevaba unas botas suaves, una camisa holgada, un chaleco y los pantalones de su hermano.

Una hora antes la había visto prepararse, al igual que había hecho él; un puñal enfundado sujeto con una correa a la muñeca, otro en la bota y una cuerda enganchada a la cintura. Había estado aparentemente calmada al vestirse y, desde que habían salido, había seguido todas sus indicaciones, como si comprendiera que esa noche debían moverse y trabajar como uno solo.

Entre los dos, llevaban dos pistolas, innumerables espadas, una caja de cerillas, una vela y una botella pequeña de éter moderno, que Von Althausen había obtenido para Geoff antes de que se marcharan, y que rezaba para no tener que necesitar. Volvió a mirar hacia la ventana y se decidió.

Juntó la cabeza a la de Anaïs y dijo en susurros:

—¿Sabes si todavía hay alguien despierto?

Ella inclinó levemente la cabeza. Salió de los arbustos y se deslizó hacia el patio, agachada y siempre en las sombras, dando pasos certeros. Realmente era como un gato en la oscuridad.

Geoff la seguía a medio metro de distancia. En la parte trasera de la casa, ella se detuvo y empezó a moverse a lo largo del edificio, completamente en silencio, deteniéndose de ventana en ventana. Cuando llegó al cobertizo, se arrodilló y apoyó una mano en la piedra de la fachada.

Él se inclinó hacia ella.

—Alguien está roncando cerca de las cocinas —susurró Anaïs—. Aparte de eso, nadie se mueve.

Él asintió, se levantó y trepó por un lateral del cobertizo, poniendo una bota contra un barril de lluvia y, la otra, contra el marco de la puerta. Entonces se alzó hasta quedar sobre el alero inclinado. Una vez hecho eso, se inclinó hacia abajo y tiró de Anaïs. Como ella ya estaba en equilibrio sobre el barril, subió fácil y silenciosamente.

Ya habían acordado que Anaïs entraría primero por la ventana de Charlotte, aunque a él no le gustaba la idea. Sin embargo, si Charlotte se despertaba, era mucho más probable que reconociera la voz de Anaïs. Ella se acercó al canalón y le dio un fuerte tirón para comprobar la solidez. No se movió. Empezó a subir trepando como un mono, usando la cañería, las cornisas e incluso algunas grietas en la fachada.

Posiblemente aquello era lo más difícil que Geoff había hecho, estar de pie sobre el tejado del cobertizo amparado por las sombras de la casa de Lezennes, viendo que Anaïs se dirigía a un posible peligro. Pero ella le había dado argumentos para hacerlo, y había tenido razón. Él la seguiría si, y sólo si, conseguía abrir la ventana.

Y eso sería lo complicado. No era tarea fácil abrir una ventana desde el exterior, usando sólo una mano mientras estaba colgada del canalón. Pero ella puso la palma de la mano contra el listón barnizado y levantó el marco inferior centímetro a centímetro, y los contrapesos se deslizaron suavemente por el marco.

Él rezó para que el leve ruido no despertara a Charlotte. Empezó a subir detrás de ella justo cuando Anaïs apoyaba las dos manos en el alféizar y se impulsaba para entrar. Cuando él asomó la cabeza entre los finos visillos, Anaïs estaba acuclillada junto a un gran objeto blanco; la cama. La vio en cuanto sus ojos se acostumbraron a la oscuridad.

Anaïs se señaló los ojos con dos dedos y después apuntó con el índice a la izquierda y a la derecha. Él giró la cabeza. Una lámpara sobre la mesita de noche y una butaca en el lado contrario de la ventana. Geoff asintió. Después, moviéndose hábilmente entre los objetos, se deslizó dentro de la habitación.

Charlotte estaba tumbada de lado, dándoles la espalda, abrazada a una almohada y cubierta con la ropa de cama. Anaïs se levantó y le puso una mano en la boca.

Geoff sintió el instante en el que Charlotte se despertó, porque el miedo invadió la habitación.

—Shh, soy Anaïs —susurró—. Sólo soy yo. Por el amor de Dios, Charlotte, no hagas ruido. Asiente con la cabeza si me has entendido.

Geoff escuchó el sonido que hizo el cabello de Charlotte al restregarse contra la almohada.

—Gracias a Dios —dijo Anaïs, y apartó la mano.

Charlotte se dio la vuelta y se apoyó en un codo.

—¡Anaïs! ¿Qué demonios…?

—Charlotte, no tenemos tiempo —susurró Anaïs—. Corres un grave peligro. Creo que lo sabes.

—S…sí —dijo con voz temblorosa, y se incorporó en la cama.

—Charlotte, tenemos que llevarnos a Giselle —murmuró Anaïs—. Creo que sabes por qué. La hermandad francesa de la *Fraternitas Aureae Crucis* nos ha enviado. Un hombre llamado DuPont. ¿Lo conoces?

Charlotte negó con la cabeza y se llevó la colcha al pecho.

—¿Puedo confiar en ti? —susurró con voz cortante—. ¿Cómo sé que puedo hacerlo?

—No tengo tiempo para contártelo todo. Y, en realidad, no tienes muchas opciones. Pero sabemos lo de tu marido. La hermandad francesa cree que Lezennes lo asesinó.

—¡Oh, Dios! Yo… Yo también lo creo.

Parecía a punto de echarse a llorar.

—Charlotte, ahora no es el momento —dijo Anaïs con dureza—. Pero te diré que estoy marcada… Llevo la marca de los guardianes, y Geoff también.

Él salió de entre las sombras y Charlotte ahogó un grito.

—Ya sabes lo que significa la marca —continuó Anaïs—. Cuando tengamos más luz, te la enseñaré. Podrás decidir en quién vas a confiar, si en Lezennes o en mí.

—En ti —dijo Charlotte, temblorosa—. En cualquier persona menos en Lezennes.

—Bien. Levántate y coge una bolsa —le ordenó—. No hay tiempo de vestirse.

—Ya la tengo preparada. Una bolsa, como me dijiste. Y la carta en el libro… Me pregunté si…

—Muy bien, cógela sin tropezar con nada. Recogeremos más tarde las demás cosas… si podemos.

A pesar del miedo que sentía, Charlotte no dudó.

—Es la que está en la butaca —susurró—. Con eso servirá.

Geoff la cogió. En un santiamén le había atado una cuerda a la pequeña maleta y la descolgó por la ventana mientras Charlotte se ponía los zapatos. Hizo un poco de ruido al golpear las tablillas del tejado del cobertizo, pero aparte de eso, todo estaba en silencio.

Entonces tuvieron otro golpe de suerte.

—Voy por Giselle —dijo Anaïs—. ¿Tiene el sueño muy profundo?

—Está aquí —susurró Charlotte, y señaló el bulto que, después de todo, no era una almohada—. Estaba asustada... Lleva varios días asustada. Lezennes no suele dejarle venir, pero hoy ha transigido.

Al oír esas palabras, Geoff sintió un escalofrío. Él sabía perfectamente por qué la niña estaba asustada, y por qué Lezennes había transigido. Ese demonio creía firmemente que Giselle sería suya en cuestión de días... y que Charlotte estaría muerta.

—Despiértala —le pidió Anaïs—. Primero vamos a bajarla a ella por la ventana.

—¿Por la ventana?

Charlotte se llevó una mano a la boca.

—No podemos arriesgarnos a despertar al lacayo que duerme abajo —respondió Anaïs—. Estará bien. Hacemos esto a menudo.

—¿De verdad?

—Constantemente —repitió Anaïs.

Le explicó el plan con pocas palabras. La voz de Charlotte empezó a temblar hasta el punto de que Geoff pudo sentir su intenso miedo. Era mejor moverse, presionarla.

—Despiértala, Charlotte —le ordenó Anaïs—. Mantente tranquila y dale órdenes claras.

Charlotte asintió. Sacudió ligeramente a la niña para despertarla y le habló en francés tan bajo y tan rápido que Geoff no pudo entenderla. Sin embargo, en cuestión de segundos Giselle estaba levantada, aunque atontada, asintiendo ante las instrucciones de su madre. Como Geoff había esperado, Giselle cooperó en todo, aunque no dijo ni una palabra a nadie. Era casi como si supiera por qué estaban allí... o tal vez simplemente comprendiera que había fuerzas malévolas amenazando a su madre.

Fuera lo que fuera, Geoff pensó que era una carga que ningún niño tan pequeño debería llevar, y volvió a encogérsele el corazón por Giselle Moreau.

Pero no tenía mucho tiempo de pensar en ello. Con unos nudos que enorgullecerían a un marinero, Anaïs ató a la niña por los hombros y por la cintura. Enseguida volvió a salir por la ventana y cayó sobre el tejado. Cuando Anaïs bajó a Giselle poco a poco, ésta se aferró a la cañería del desagüe, pero aparte de eso, no hizo ningún ruido. Geoff la cogió en brazos y de inmediato la niña lo abrazó por el cuello. Aun así, siguió sin decir ni una palabra.

Enseguida Charlotte empezó a bajar por la ventana, con un grueso abrigo de lana sobre los hombros y el camisón blanco ondeando al viento. Aunque Anaïs le había atado una cuerda alrededor del pecho y la había ajustado bien bajo los brazos, Charlotte consiguió, más o menos, bajar ella sola, perdiendo pie sólo una vez. Hizo un ruido, una especie de gritito agudo, pero enseguida se agarró a la tubería.

Anaïs tiró fuerte de la cuerda y Charlotte dejó de balancearse. Cuando terminó de bajar, estaba temblando de la cabeza a los pies. Geoff pensó que tendrían mucha suerte si nadie los oía.

Momentos después, todos estaban en tierra firme. Geoff tenía a la niña apoyada en la cadera y Giselle seguía abrazándolo fuertemente por el cuello, aferrándose a él como si le fuera la vida en ello.

—Vamos.

Anaïs cogió la bolsa de viaje de Anaïs y se quedó paralizada.

—¿Qué? —articuló Geoff, sin hablar.

Anaïs intentó escuchar.

—Alguien está despierto —susurró—. Alguien dentro de la casa.

Charlotte empezó a hablar, pero Anaïs le tapó la boca con la mano.

—Rápido —dijo Geoff—. Por el callejón.

Anaïs se movió rápidamente, con un brazo enganchado al de Charlotte y el corazón en la garganta. Hasta el momento, todo había salido según lo planeado, pero no sabía cuánto más aguantarían los nervios de Charlotte.

Sin embargo, se dio cuenta de que el cochero de Dieric van de Velde tenía nervios de acero. Abrió la puerta del carruaje y ayudó a Charlotte y a Giselle a subir con mucha calma y después saltó al pescante con agilidad, como si huyera en mitad de la noche una o dos veces por semana.

Geoff desató su montura y tiró de Anaïs para llevarla detrás de la puerta del carruaje, donde le dio un rápido beso.

—Bien hecho, amor —dijo en voz baja—. Sólo espero no tener que verte hacerlo otra vez.

Anaïs se inclinó hacia delante para devolverle el beso, pero de inmediato, se le erizó el vello de la nuca. Con el corazón encogido echó un vistazo a la casa por encima del hombro.

Alguien había encendido una luz en la habitación de Charlotte.

Anaïs maldijo entre dientes.

—Nos han descubierto —musitó—. Monta, San Jorge, tu dragón se ha despertado.

El cochero inició la marcha despacio al principio, tan silenciosamente como pudo, y fue cogiendo velocidad según se alejaban del centro de Bruselas. Tras echar las cortinas y encender la pequeña lámpara del carruaje, Anaïs ayudó a Charlotte y a Giselle a vestirse. Había tomado la precaución de hacer que la señora Janssen guardara unas prendas extra de ropa, pero Charlotte había hecho bien su pequeño equipaje.

—Veo que seguiste mi consejo —dijo, sonriendo en la penumbra.

—Sí, y vi la nota en la carta —confesó mientras envolvía a Giselle en su abrigo—. Parecía tan vieja y tan extraña... Aunque, aun así, me pregunté...

Anaïs vio que Charlotte abrigaba con ternura a la niña y sintió admiración... y algo de envidia. Giselle era una niña encantadora, aunque tímida, y obviamente era mucho más normal de lo que el vizconde creía.

—Sólo me atreví a escribir con lápiz un mensaje en la carta —murmuró—. Lezennes ya sospechaba demasiado.

—¡Oh! —Charlotte empezó a rebuscar en la bolsa. Sacó el libro, extrajo de él la carta y se la dio a Anaïs.

Con sentimientos contradictorios, ella se la metió en el abrigo que llevaba sobre un chaleco de brocado y un pañuelo de cuello atado apresuradamente. Toda esa ropa había pertenecido a su hermano y ella había decidido que llevarla hasta Ostende era lo mejor.

Estaba segura de que lo primero que haría Lezennes después de despertar a toda la casa y buscar en todas las habitaciones sería cruzar la calle y exigir que a Geoff y a ella los sacaran de la cama. Sin embargo, lo único que encontraría sería una casa vacía, y que todos los sirvientes habían desaparecido tan repentinamente como habían aparecido.

Pero Lezennes no era ningún tonto. Sacaría sus propias conclusiones. En caso de que averiguara cuál era su trayecto e indagara sobre ellos durante el camino, y ambas cosas eran probables, estaría buscando a dos mujeres, no a una dama acompañada de un joven.

Sin embargo, debían sacarle ventaja. Los caminos eran buenos, el carruaje era ligero, estaba bien preparado y de él tiraban cuatro excelentes caballos. Prácticamente no llevaban equipaje. Petit se había adelantado para tener dispuestos para ellos caballos de recambio a lo largo de todo el camino. Si tenían un poco de suerte, llegarían a la costa a media tarde.

Pero a Lezennes lo movía la rabia. Y la rabia era un factor que jamás debían subestimar. Podía renunciar a la comodidad de su carruaje o, simplemente, enviar a sus subordinados a caballo. O, si estaba muy seguro de cuáles eran sus planes, podría esperar a los trenes, dirigirse directamente a Ostende y llegar allí antes de que ellos pudieran zarpar. Aunque nada de eso era probable, todo era posible, y Geoff y ella habían hablado sobre ello durante todo el día y parte de la noche y hecho sus planes.

Lo único que tenía que hacer era confiar en su buen juicio. Tenía que confiar en Geoff.

Charlotte estaba mirando por la ventanilla, viendo pasar las afueras de Bruselas.

—¿Adónde vamos, Anaïs? —susurró. En su voz se reflejaba el miedo—. ¿Quién cuidará de nosotras ahora? ¿Los franceses? ¿La *Fraternitas*? ¿Quién...?

Anaïs se inclinó hacia delante y la agarró firmemente del brazo.

—La *Fraternitas*, siempre. Pero, esta vez, en Inglaterra. Es más seguro, Charlotte. Y a Giselle se le puede asignar un nuevo guardián.

Charlotte giró de repente la cabeza. Tenía los ojos muy abiertos.

—¿Tu marido?

Anaïs se ruborizó.

—No, y Geoff no es mi marido —le confesó—. Sólo era una tapadera, Charlotte.

—¿No es... tu marido? —Charlotte estaba boquiabierta—. Entonces, ¿quién es?

—Ni el señor MacLachlan ni yo estamos casados —contestó—. Ni siquiera nuestros nombres son... bueno, no importa.

Pero Charlotte estaba pálida como la leche a la luz de la lámpara.

—Y las cartas —susurró—. ¿También eran una mentira?

—Casi desearía que lo hubieran sido —musitó Anaïs—. Pero no. No lo eran. En cualquier caso, la Confederación gala nos ha pedido que protejamos a Giselle hasta que alcance la mayoría de edad. La *Fraternitas* tiene buenos hombres en Essex. Seguramente, se le asignará uno de ellos.

—¿En Essex?

Charlotte abrió mucho los ojos.

—Sí. —Anaïs metió la mano en su bolso para buscar la carta de Sutherland—. Nuestro prior ha estado en Colchester haciendo los arreglos necesarios con tu familia —dijo, dándosela a Charlotte.

Ésta desdobló la carta y la acercó a la lámpara. Entonces el papel comenzó a temblar ligeramente y, por primera vez, su cara recobró algo de color.

—Se refiere a mi padre —susurró, leyéndola rápidamente—. ¡Dios mío! ¡Ha hablado con mi padre! ¿Es eso lo que significa? ¿Que de verdad puedo volver a casa?

Por fin, Giselle habló. Fueron sólo unas cuantas palabras, pero pronunciadas con entusiasmo.

—*Maman! Nous allons à l'Angleterre!*

Charlotte la abrazó con fuerza.

—Sí, *ma petite* —susurró contra el pelo de la niña—. Creo que sí. Creo que, por fin, vamos a Inglaterra.

Anaïs extendió el brazo y le levantó la barbilla a Giselle.

—Pero tenemos un largo camino por delante, Giselle —le dijo suavemente—. Y conocerás a tu abuelo. Ahora, es mejor que duermas un poco.

Charlotte apretó los labios hasta convertirlos en una fina línea y se dio unos golpecitos en el regazo.

—Buen consejo —dijo—. Pon aquí la cabeza y descansa.

Giselle hizo lo que le pedían. Charlotte le pasó la mano suavemente a su hija por el cabello, y después volvió a mirar a Anaïs.

—¿Sabes?, siempre lo supe —murmuró en tono acusador—. Desde el día en que nos conocimos en la iglesia. Había algo... algo en tus ojos, que no concordaba con tu comportamiento. Y después me leíste esas cartas y yo... lo supe. Para bien o para mal, algo muy grave estaba a punto de ocurrir.

Algo muy grave casi ha ocurrido, pensó Anaïs con remordimiento.

Lezennes había querido ahogarla en el mar. De no ser por la visión de Geoff, y por su determinación inflexible, Charlotte podría haber muerto antes de que acabara el día. Pero se dio cuenta de que la mujer estaba de nuevo conteniendo las lágrimas. Lágrimas de alegría, a menos que se equivocara. No tenía sentido pensar en los horrores de los que había escapado.

Como si se hubieran puesto de acuerdo, no dijeron nada durante un rato. Giselle dormitaba mientras la campiña flamenca pasaba de largo en la oscuridad, pero no cayó en un sueño profundo hasta que cogieron el camino principal hacia Gante.

Entonces, Charlotte habló más claramente.

—Nos dirigimos a la costa —murmuró—. A Ostende, ¿no es así? Y Lezennes nos estará persiguiendo.

—Sí —contestó Anaïs—. Un barco nos está esperando allí. Y sí, me temo que Lezennes no estará muy lejos.

Charlotte se llevó los dedos a los labios.

Anaïs le contó rápidamente lo que había visto, y la decisión que habían tomado de viajar en carruaje en vez de esperar a que saliera el tren, porque los trenes eran demasiado públicos. Rezó en silencio para que no tuvieran que arrepentirse de haber tomado esa decisión.

—¿Y desde Ostende?

—Directamente a Harwich —dijo Anaïs—. Nuestro prior todavía está allí, visitando a sus familiares. Esta mañana, Geoff ha mandado a un hombre para que se adelantara en el primer barco. Con un poco de suerte, Charlotte, tu familia te estará esperando en el puerto.

Pero Charlotte había bajado la mirada.

—Eso es esperar demasiado —dijo en voz baja.

Después de tantos años, Anaïs podía entender sus sentimientos.

—Charlotte —susurró—, ¿qué sabes de los planes que tenía Lezennes para Giselle?

Los ojos de Charlotte se llenaron de dolor.

—Al principio, era demasiado estúpida para darme cuenta de que tenía planes, o de que comprendía el don de Giselle —le confesó—. ¿Qué tipo de madre podría ser tan necia?

Una madre desesperada, pensó Anaïs.

—Sí que lo comprendía, Charlotte, y quería controlarla. ¿Sabes por qué?

—Creo que quería criarla como si fuera su propia hija, tenerla completamente dominada. Quería obligar a Giselle a usar el don para ver el futuro y poder usarlo en su propio beneficio, política y económicamente, o intentar alterarlo por completo.

—¿Sabes para quién trabajaba?

Charlotte levantó la mirada, recelosa e insegura.

—Siempre supuse que para el gobierno francés —dijo—, pero una noche...

—¿Sí? —la animó Anaïs a continuar.

Por un instante, Charlotte se tapó la boca con la mano.

—Vino un hombre a la casa —susurró—. Un hombre al que yo conocía de París... Un agente de los antiguos borbones, se decía. Anaïs, hay mucha gente entre la nobleza francesa que no cesarán hasta que consigan verlos de nuevo en el trono. ¡Quieren volver a sesenta años atrás! A la vieja monarquía. A las crueldades de antes. Y Lezennes es uno de ellos. Lo sé. Me puse a escuchar detrás de la puerta. Tenía que saberlo. Y fue entonces cuando supe que nunca podría casarme con él. Que teníamos que huir.

Era justo como Geoff había sospechado. De repente, a Anaïs se le ocurrió otra pregunta.

—Charlotte, ¿qué sabía el vizconde de tu familia? ¿Sabía de dónde eres?

—No —susurró—. Y yo le dije lo que le digo a todo el mundo: que no tengo familia. Parecía más fácil que la verdad. Que me habían repudiado.

Eso era un golpe de buena suerte. Anaïs intentó relajarse.

El plan de Geoff era viajar sin pausa, deteniéndose sólo para cambiar los caballos. Cuando llegaran al puerto, pensaba correr la voz de que el *Jolie Marie* se dirigía a Dover. Para Lezennes, eso tendría sentido. Con un poco de suerte, si se atrevía a seguirlos, se iría en la dirección equivocada desde Ostende. Tal vez ni siquiera se atreviera a seguirlos.

Ah, era una débil esperanza.

Pero ahora no podían hacer nada al respecto. Seguramente, Lezennes no los alcanzaría en los caminos. Sin embargo, Anaïs no pudo evitar sacar las pistolas del carruaje del señor Van de Velde y comprobarlas por quinta vez mientras Charlotte la miraba con ojos como platos a la luz de la luna.

—Todo saldrá bien, Charlotte —le dijo de modo tranquilizador—. En dos o tres días, estarás en casa.

—¿Sa-sabes usar eso? —le preguntó Charlotte.

—Si tengo que hacerlo, sí —contestó con suavidad—. Pero no será necesario. Ahora, intenta descansar un poco.

Charlotte asintió, apoyó la cabeza contra la pared del carruaje y cerró los ojos.

Tras volver a guardar las armas, Anaïs se puso cómoda en el asiento y también dejó que el vehículo la arrullara hasta entrar en algo parecido al sueño. Pero sus sentidos no se adormecieron por completo y, cuando soñó, lo hizo con Geoff. Él estaba en un callejón húmedo y oscuro y cogía con audacia el puñal del hombre que la había asaltado. Atrapada en ese lugar que estaba a medio camino entre el desvelo y el olvido, Anaïs sonrió, sintiéndose extrañamente a salvo, extrañamente reconfortada.

Capítulo 19

«Es esencial buscar agentes enemigos que hayan realizado
espionaje contra ti.»
Sun Tzu, *El arte de la guerra*

Geoff se abrió paso entre la marea de humanidad que rodeaba el puerto de Ostende. Llevaba a Giselle apoyada en la cadera y la niña lo abrazaba por el cuello. Se la veía impaciente, como si supiera que algo estaba a punto de ocurrir. Aquella mañana, cuando la había bajado del carruaje para entrar a una posada, la niña había empezado a hablar con su madre en susurros, en francés, y a él le pareció que le estaba transmitiendo palabras tranquilizadoras.

Rezó para que la niña supiera algo que él no sabía, porque tenía los nervios de punta.

Detrás de él iban Anaïs y Charlotte, que aquel día estaba pálida y ojerosa. Anaïs todavía llevaba su atuendo masculino, y se cubría el cabello con un sombrero alto. Si alguien la hubiera mirado con atención, sin embargo, habría descubierto el engaño. Pero nadie se molestó en hacerlo; otra familia joven en el puerto no le interesaba a nadie.

Delante de ellos, los pasajeros se arremolinaban alrededor del ferry de Dover. Geoff se sumergió en la muchedumbre, llevó a Giselle a la taquilla y, empleando un tono de voz resonante, compró un pasaje para cuatro personas. Después volvieron a fundirse con la multitud y pasaron al otro lado.

Bajo el reinado de la nueva monarquía belga, el puerto estaba en proceso de modernización y expansión gracias al ensanche de los canales, un hecho que simplemente se añadía a la presión de la gente.

Rodeado por el incesante jaleo de la construcción, el capitán Thibeaux había estado ocupando un amarradero cerca de la cuenca comercial, y la tripulación había aprovechado para descansar. Pero cuando Geoff subió a bordo, todos estaban en la cubierta, una suave brisa soplaba del mar del Norte y las gaviotas volaban en círculos, graznando por encima de ellos.

A pesar de algunas nubes de mal agüero que se estaban concentrando al norte, Geoff decidió tomárselo como un buen presagio.

Thibeaux los vio y se apresuró a recibirlos.

—*Bonjour, bonjour!* —El capitán se detuvo lo suficiente para pellizcarle la barbilla a la pequeña mientras Geoff la bajaba, y después le hizo una seña a su mozo de cabina—. ¡Étienne —vociferó—, *viens ici!*

El muchacho se separó rápidamente del rollo de cuerda en el que estaba trabajando y se acercó a ellos.

Después de echarle una dudosa mirada al atuendo de Anaïs, que estaba muy arrugado por haber dormido con él, Thibeaux hizo una pequeña reverencia ante Charlotte y ella.

—Mi sobrino Étienne las acompañará abajo para que se refresquen —les dijo—. Señor MacLachlan, ¿tendrá la amabilidad de venir conmigo a inspeccionar el barco?

Sin embargo, Geoff agarró a Anaïs de la muñeca y la hizo girarse. Entonces se dio cuenta de que ella había deslizado el puñal desde la manga y lo tenía en la mano, asiendo la empuñadura. Ella también estaba muy inquieta.

—Mantenlas abajo hasta que estemos en mar abierto —le pidió en voz baja—. Ya nos ha visto embarcar demasiada gente.

Anaïs asintió, volvió a echarle un vistazo al embarcadero y comenzó a bajar los escalones detrás de los demás. Geoff se dio la vuelta para mirar al capitán.

—Thibeaux, me temo que no tenemos tiempo —dijo—. Usted sáquenos de aquí.

El capitán asintió.

—*Monsieur* Petit dijo que a Harwich, ¿no es así?

—Sí, y rápido —dijo Geoff gravemente—. Creo que Lezennes nos viene pisando los talones.

—Pero el viento no es lo que esperábamos, monsieur —dijo Thibeaux—. Sin embargo, por lo menos podemos sacarlos de Bélgica.

Geoff no podía estar tranquilo y estuvo recorriendo la cubierta incesantemente mientras la tripulación lo preparaba todo para navegar. Sin embargo, la tarde estaba cayendo sobre ellos y las multitudes llenaban los muelles; el mismo tipo de multitudes que uno veía en las costas por todo el continente. Toneleros y estibadores. Prostitutas y hombres vendiendo pasteles de carne. Y los eternos secretarios corriendo de acá para allá, con sus abrigos negros y las cabezas metidas en los libros de contabilidad.

Geoff los observó cuidadosamente y no vio a nadie conocido. Dirigió la mirada a los otros barcos y no vio nada fuera de lo normal, excepto una elegante barca longa de tres palos. Era una pequeña embarcación diseñada para poca tripulación y alcanzar una gran velocidad, pero no tenía bandera. Aun con viento ligero, la embarcación podría haber alcanzado a cualquier navío del puerto, y nunca fue más acertado aplicar la expresión «grupo variopinto» que al puñado de hombres que se movían por la cubierta.

Geoff le hizo señas a uno de los hombres de Thibeaux para que se acercara.

—¿Qué sabe de ese navío? —le preguntó, señalándolo con la cabeza.

El francés hizo un gesto desdeñoso.

—Bah, sólo son contrabandistas.

—¿Contrabandistas? —dijo Geoff—. ¿En Ostende?

El francés se dio unos golpecitos en un lado de la nariz.

—*J'ai du flair* —dijo con complicidad—. Llevan aquí dos días, y no han hecho otra cosa que beber e ir de putas. Marroquíes, españoles y un par de bretones. No hablan con nadie. No hacen preguntas. ¿Qué otra cosa podrían ser?

Claro, ¿qué otra cosa podría ser?

—¿Qué tipo de bandera llevan? —preguntó Geoff cuando el hombre ya se alejaba.

El francés se giró y le sonrió.

—*Vive la France* —dijo, guiñándole un ojo—. Ahora todos somos iguales.

Aun así, Geoff sabía que debía prestarle atención a la sensación de zozobra que tenía. O tal vez fuera algo más, no sólo una sensación. No estaba seguro. Pero, de todas formas, fue abajo, llamó a la puerta del camarote y le hizo señas a Anaïs para que saliera. Ahora llevaba una larga y gruesa trenza que le caía por la espalda y se había quitado el abrigo y el pañuelo del cuello. Tenía en la mano una taza de algo humeante.

—¿Va todo bien? —preguntó él.

Anaïs sonrió, pero sus ojos parecían cansados.

—Giselle está empezando a hablar como una cotorra. Y el joven Étienne me ha preparado una taza de té de jengibre y Dios sabe qué más…, aunque me asegura que no es opio.

Geoff le devolvió la sonrisa.

—A lo mejor te ayuda.

—Eso dice él. —No parecía tener muchas esperanzas—. ¿Cómo van las cosas en cubierta?

Él se encogió de hombros y se apoyó en la puerta.

—Hay una barca longa francesa atracada cerca de nosotros —dijo pensativo—. No me gusta la pinta que tiene.

Ella abrió mucho sus ojos oscuros.

—¿Crees que podría ser de Lezennes?

Geoff negó con la cabeza.

—No veo cómo —masculló—. Pero tengo un mal presentimiento.

—No es algo que deba ignorarse —dijo Anaïs—. ¿Qué puedo hacer yo?

Geoff se encogió de hombros.

—Nada más. El segundo de a bordo dice que sólo son contrabandistas pasando el rato, y es probable que tenga razón.

—Tal vez, pero ¿qué hay más oportunista que una tripulación de contrabandistas aburridos? —señaló Anaïs.

Geoff pensó en ello. De pronto, se sintió contento de que Anaïs estuviera allí, y un poco desconcertado por lo mucho que había llegado a depender de ella. A confiar en ella. Sabía con certeza que podía contar con ella para que mantuviera a Charlotte y a Giselle a salvo hasta que se hubieran puesto en marcha.

Se pasó las dos manos por el cabello.

—Deberíamos habernos quedado con las pistolas de Van de Velde —murmuró.

—Yo llevo mi pistola de bolsillo —le aseguró ella—. Tú vete a cubierta y no te preocupes por nosotras.

Geoff asintió y se separó del marco de la puerta.

—Muy bien —dijo—. Pero voy a acercarme a ese navío. Tal vez... tal vez pueda sentir algo.

Hizo además de irse, pero Anaïs lo cogió del brazo y su mirada se suavizó.

—Geoff, yo...

Él inclinó la cabeza.

—¿Sí?

Ella bajó la vista.

—Ten cuidado —susurró.

Momentos después, Geoff paseaba con indiferencia por la plancha de desembarco del navío francés. Siguió caminando durante otros cincuenta metros y después se dio la vuelta y volvió sobre sus pasos. A la débil luz de la tarde, se podía leer el nombre del barco, que estaba escrito de manera chabacana en el escudo.

Le Tigre Doré.

El Tigre dorado. Un hombre que a Geoff le pareció el contramaestre estaba en la regala con las piernas muy abiertas, gritándole órdenes a un marinero que se había subido al cordaje para darle martillazos a algo. Siguiendo un impulso, Geoff subió por la plataforma. La media docena de hombres que había en la parte superior dejó de hacer lo que estaba haciendo y lo miraron de manera amenazadora. El contramaestre, un tipo corpulento con un chaleco de cuero manchado de grasa, se acercó y le gritó algo en una mezcla de holandés y francés.

—Estoy buscando al capitán Reynard —contestó Geoff chapurreando francés—. Es un viejo amigo. ¿Está a bordo?

La expresión del contramaestre se oscureció aún más, pero cambió de inmediato al inglés.

—Está equivocado, *mon ami* —dijo el hombre, curvando el labio superior—. Debe irse.

Geoff enarcó una ceja sin dejar de concentrarse en el hombre, en las emociones que surgían en torno a la cubierta. Hostilidad. Sospechas. Lo estaban evaluando... y no les gustaba lo que veían.

Al otro lado de cubierta, un tipo delgado y con la cara picada de viruela se metió la mano en el chaleco, como si estuviera buscando un arma.

—Sabot —dijo—, *puis-je t'aider?*

—*Non*, Navarre —contestó el contramaestre, y levantó una mano. No necesito ayuda. Nuestro amigo ya se marchaba, *oui*?

Navarre se retiró, con la expresión ensombrecida por la decepción.

Geoff se obligó a relajarse, a parecer amistoso y un poco tímido.

—Le pido perdón, monsieur Sabot —murmuró—. ¿No es ésta la embarcación de Reynard? *¿El Tigre plateado?*

—*Non* —dijo el contramaestre, y señaló a popa con el pulgar—. Se ha equivocado de barco, *mon ami*. Yo soy el capitán aquí. Ahora, váyase.

Geoff retrocedió un paso.

—Ah, lo siento, señor. Mi francés… no es muy bueno—. Tendió una mano, intentando que el tipo también lo mirara a los ojos. Intentó abrir la mente y concentrarse—. Entonces, le deseo que tenga un buen día.

—Hmm —dijo el capitán, que apenas lo miró. Pero aceptó la mano que le tendía y le dio un apretón rápido y flojo.

En ese instante, algo destelló en la mente de Geoff con una llamarada de color y de luz. Fragmentos de pensamientos parpadeando en su cerebro como los rayos de sol colándose entre el ramaje de los árboles. Sin embargo, no pudo sacar nada en claro excepto una desagradable sensación, una ráfaga de algo que no llegaba a ser dolor, pero que se le parecía mucho.

—*Merci, monsieur* —consiguió decir.

Entonces, levantó la otra mano como si quisiera protegerse del sol, retrocedió por la plancha de desembarco, se dio la vuelta y caminó, con fingida despreocupación, en la dirección contraria al *Jolie Marie*.

El trayecto hacia el mar del Norte no fue fácil, porque el canal estaba lleno de embarcaciones y el viento era débil contra las velas del *Jolie Marie*. Cuando el barco por fin entró en mar abierto, Thibeaux puso rumbo nor-noroeste, mientras que una capa de nubes altas bloqueaba lo poco que quedaba de la luz del día.

Maldiciendo su suerte, Anaïs estaba en la cubierta de popa, siguiendo la línea del horizonte con la mirada. Aunque Bélgica le había parecido bonita, de repente se sentía como si no pudiera escapar de ella lo suficientemente rápido. Deseaba que el viento arreciara. Por lo menos, no estaba mareada. Todavía no.

O tal vez el joven Étienne sabía lo que estaba haciendo, después de todo.

Geoff estaba abajo, oteando el malecón cada vez más lejano de Ostende con el catalejo de Thibeaux. Su cabello de color bronce ondeaba desordenado con el viento. Anaïs se dio cuenta de que su preocupación había aumentado, y con razón.

Justo cuando el *Jolie Marie* había zarpado, un hombre con una levita oscura había subido a la barca longa que a Geoff le parecía sospechosa y había entablado una acalorada discusión con el tipo que era, aparentemente, el capitán del barco. Según Geoff, los dos habían ido a la parte inferior y diez minutos después habían vuelto a subir estrechándose las manos. Enseguida, el barco comenzó a prepararse para zarpar.

La tripulación de *Le Tigre Doré* se dirigía a alguna parte, y Anaïs tenía un mal presentimiento.

Con cuidado, dio un salto hacia abajo hasta quedar junto a Geoff.

Él bajó el catalejo y le pasó un brazo por la cintura.

—¿Te sientes bien? —murmuró, inclinando la cabeza para mirarla.

—Bueno, todavía no me he mareado —admitió—. Pero esas nubes altas y este viento tan tranquilo me ponen nerviosa. Y tengo miedo de que hayamos cometido un error en Ostende.

—¿Sí? —dijo—. ¿Por qué?

—Tal vez deberíamos haber hecho que Charlotte saliera a ver a ese hombre que subió a *El Tigre Dorado* —dijo—. ¿Y si es uno de los secuaces de Lezennes?

Geoff entornó los ojos contra el sol, que caía rápidamente, y negó con la cabeza.

—No merecía la pena correr ese riesgo —dijo con calma—. Podría haberla visto. Aun así, si alguien hubiera preguntado lo suficiente por el puerto, habrían sabido en qué barco estábamos. Pero habrían gastado un tiempo precioso haciéndolo.

—Así que esperamos —dijo Anaïs.

—Así que esperamos —repitió Geoff. Entonces, tras echar una rápida mirada a su alrededor, le acarició la mejilla con los labios.

—¿En qué estás pensando? —murmuró ella.

Él hizo un sonido que parecía una risilla irónica.

—En que estoy cansado de esperar —respondió—. Una parte de mí desea que estemos ya a salvo en Inglaterra, mientras que otra está condenadamente contenta de que te encuentres aquí.

Ella levantó la cabeza y la inclinó para mirarlo.

—Y yo también me alegro de que estés aquí —dijo Anaïs—. Me alegro mucho.

Él le dedicó una sonrisa casi anhelante, le colocó un rizo rebelde detrás de la oreja y dejó caer el brazo. Regresó a la vigilancia paseando arriba y abajo, con el catalejo en el ojo. Anaïs volvió a subir a la otra cubierta, con intención de mantener la mirada sobre la tierra firme mientras hubiera luz.

No tuvieron que esperar mucho. El sol acababa de desaparecer tras el horizonte cuando el marinero que estaba en el puesto de vigía gritó:

—¡Embarcación francesa a estribor, señor!

Anaïs oyó que Geoff maldecía entre dientes mientras ajustaba el catalejo.

El vigía bajó y, momentos después, tras deliberar, Thibeaux se dirigió hacia ellos.

—Puede que sea la barca longa francesa —dijo con voz grave—. Pronto estará demasiado oscuro como para saberlo.

Geoff plegó el catalejo y se lo metió en el bolsillo.

—¿Tenemos alguna posibilidad de dejarlos atrás?

—*Non, monsieur* —contestó Thibeaux—. El viento casi ha desaparecido, lo que significa que les llevará algún tiempo alcanzarnos. ¿Qué cree que van a hacer?

—Si están compinchados con Lezennes, intentarán abordarnos —dijo Geoff con calma—. Quieren a la niña. No harán nada que la ponga en peligro… y nosotros tampoco.

—¿No quieres que carguemos las armas? —dijo Anaïs, mirando los dos pequeños cañones montados en la cubierta de proa.

Geoff apretó los labios.

—Demasiado peligroso —dijo—. Además, tienen bandera francesa. Thibeaux podría pagar un alto precio por ello… suponiendo que alguno de nosotros sobreviviera. No, creo que es mejor que esperemos el momento adecuado.

—*Monsieur*, son contrabandistas —dijo el capitán.

—Sí, y por tanto son codiciosos y sobornables. Pero lo único que quieren es coger a la niña… y posiblemente a madame Moreau. Debemos impedirlo. Y pronto se darán cuenta de que somos un hueso duro de roer.

—Muy inteligente, *monsieur*.

Thibeaux parecía aliviado.

Sin embargo, Geoff seguía mirando al mar, como si estuviera pensando en una estrategia.

—¿Qué tipo de tripulación tendrá la barca longa? —le preguntó al capitán.

Thibeaux se frotó la barbilla con una mano.

—Una muy pequeña, creo —contestó pensativo—. Veinte hombres como mucho, y diez serían suficientes. Durante los últimos dos días, no he visto a más de seis u ocho a la vez en cubierta.

—¿Y de cuántos hombres consta su tripulación?

—De catorce, sin contar a Étienne —dijo el capitán—. Todos son buenos… y están orgullosos de luchar para la *Fraternitas*.

—Gracias, Thibeaux —dijo Geoff—. Las nubes se están acumulando al norte. Tal vez la oscuridad juegue a nuestro favor.

—No podrán abordar lo que no pueden ver —dijo el capitán—. Esta noche no encenderemos ninguna lámpara en cubierta.

Por fin Geoff sonrió, aunque fue una sonrisa tensa y de agotamiento. Eso le recordó a Anaïs que él había pasado la mitad de la noche y gran parte del día sobre una silla de montar, mientras que ella se había podido permitir el lujo de dormitar, aunque no muy cómodamente, en un carruaje.

—Por otra parte —añadió Thibeaux—, si nos encuentran, podrían estar encima de nosotros antes de que nos demos cuenta.

Anaïs suspiró. Thibeaux tenía razón. Parecía que ninguno iba a dormir esa noche. Sería demasiado peligroso. Consiguió apartar la vista del rostro de Geoff y miró el agua, pero ya estaba demasiado oscuro y sólo podía ver el brillo ocasional de las olas.

—Llame a todos sus hombres, Thibeaux —le ordenó Geoff—. Que cojan espadas y pistolas, por favor. Anaïs bajará a proteger el camarote de popa.

No por primera vez, Thibeaux le dedicó a Anaïs una mirada extraña, como si no entendiera por qué se le asignaban tales tareas a una mujer. Ella todavía llevaba las botas y los pantalones, lo que era una suerte. En unos cuantos pasos alcanzó la escotilla y prácticamente saltó por la escalera, algo que nunca habría conseguido hacer con un vestido.

En el camarote, Charlotte y Giselle estaban durmiendo. Étienne todavía estaba allí, doblando mantas en las otras dos literas a la luz de un único farol. Anaïs lo evaluó con la mirada; parecía rápido y listo y, además, era bastante alto.

—Étienne, *viens ici* —susurró.

—*Oui, madame?*

El muchacho se acercó de inmediato.

Anaïs levantó una pierna y se sacó la pequeña pistola de la bota.

—¿Sabes cómo usar esto?

El chico asintió. De todas formas, ella se lo explicó, paso a paso.

—Sí, *madame* —dijo en un inglés perfecto—. Puedo hacerlo.

No apartó de ella la mirada ni un momento, solemne, y Anaïs lo creyó. Pero volvieron a hacerlo una y otra vez, siempre lo mismo, hasta que el muchacho empezó a mirarla con exasperación.

—Excelente —dijo ella—. Ahora, Étienne, voy a subir para proteger el camarote de popa. Se acerca una embarcación... los contrabandistas, quizá, pero no creo que nos causen muchos problemas.

El chico sonrió, un tanto desconcertado.

—*Non, madame* —dijo—. Mi tío tiene una tripulación muy valiente. Pero usted... *Pardon, madame*, pero usted es una mujer. ¿No quiere que yo proteja el camarote?

Ah, hombres. Parecía que eran iguales en todas las partes del mundo.

—Creo que podré arreglármelas —dijo ella, y cogió una de las pequeñas sillas que había junto a la mesa—. Cuando me haya ido, coge esta silla y colócala debajo del picaporte. No la quites aunque te lo pidan. A menos que reconozcas la voz: la mía, la del señor MacLachlan, o la de alguien de la tripulación.

—*Oui, madame* —asintió.

Ella se inclinó hacia delante y le puso un dedo bajo la barbilla.

—Y ahora viene la parte difícil, Étienne —le dijo—. Si alguien intenta forzar la puerta, debes...

—Disparar —dijo el chico.

—Antes de que abran la puerta —insistió ella, volviendo a enseñarle el mecanismo—. Un disparo a través de la puerta como advertencia. Y, el segundo, sólo si es necesario. Y apoya la espalda contra la pared, o el retroceso te tirará al suelo y no podrás volver a disparar.

—*Oui, madame* —dijo todo serio—. Mi tío me ha enseñado. Puedo hacerlo.

—Te creo —dijo Anaïs, y se dirigió al equipaje que habían llevado.

Sacó la colcha de monsieur Michel, se la puso debajo de un brazo y se marchó. Sólo esperó lo necesario para escuchar cómo Étienne ponía la silla como le había dicho.

—*Alors, madame* —dijo él a través de la puerta—. El mar está muy tranquilo. ¿Se siente mareada?

Anaïs se quedó inmóvil, se llevó la mano libre al vientre y sonrió. Se sentía… bien. Perfectamente normal. Y no tenía que ver con la calma del mar, a juzgar por sus experiencias anteriores. Pero no tenía tiempo de pensar en eso.

—No, Étienne —dijo en voz baja—. *Merci*.

Capítulo 20

«El arte de la guerra nos enseña a no confiar en que
probablemente el enemigo no venga, sino en que estamos
preparados para recibirlo.»
Sun Tzu, *El arte de la guerra*

A Geoff siempre le había parecido que la noche caía con sorprendente rapidez cuando uno estaba en el mar. Esta vez no fue diferente. Observó la cubierta mientras los hombres de Thibeaux parecían convertirse en uno solo con la penumbra, hasta que al final sólo pudo ver a quien estaba inmediatamente a su lado. Pronto él también se desvaneció y se encontró en la más completa oscuridad, con sólo el suave vaivén de las olas y los crujidos de las jarcias como compañía.

Estaba empezando a preocuparse por Anaïs cuando sintió su calidez a su lado.

—Toma —le dijo ella con voz ronca en la oscuridad—. Te he traído una espada.

—Gracias.

Con cuidado, palpó hasta encontrar la empuñadura y la cogió. Después, como no tenía vaina, la clavó en la madera de la cubierta.

—Santo Dios, qué oscuro está —susurró ella—. Gracias a Dios que estás aquí.

Él había entrelazado los dedos en la empuñadura, que todavía conservaba el calor de Anaïs.

—Sí, todavía estoy aquí —dijo con voz ronca.

Todavía estoy aquí... siempre estaré aquí... si eso es lo que deseas.

Pero eso eran sólo pensamientos, no palabras que debiera decir en voz alta, porque no era el momento ni el lugar.

Por otro lado, vivían en un mundo incierto. ¿Cuándo sería el momento? ¿Cuál era su lugar? ¿El universo? ¿El corazón de Anaïs? Santo Dios, estaba cansado de esperar. Y, de repente, lo asaltaron las dudas y las preguntas. Siguiendo un impulso imprudente, tiró de Anaïs hacia él y la besó profundamente en la noche oscura.

Ella dio un leve grito ahogado y después se abrió a él, recibiendo el beso y devolviéndoselo. Y, durante un breve instante, Geoff olvidó todos los detalles de su misión, que quedaron desplazados por la imperante necesidad de saber.

La ironía de todo aquello no se encontraba en su interior, ni siquiera cuando ella deslizaba las manos, cálidas y tiernas, por su cuerpo, y sus lenguas se entrelazaban sinuosamente, porque en ese momento de besos apasionados y repentina desesperación, Geoff habría dado todo lo que poseía, todo lo que era, para hacer lo que siempre había temido: ver el futuro… el futuro de ambos.

Sin embargo, fue Anaïs quien interrumpió el beso. Tenía la respiración un poco entrecortada cuando le puso una mano en el pecho, y después la deslizó hacia abajo.

—Cielo santo —murmuró, frotando seductoramente la protuberancia que se había formado en los pantalones de Geoff—, es verdad eso que dicen. Uno nunca sabe qué peligrosas criaturas acechan en la oscuridad.

Geoff volvió a tirar de ella y la presionó contra su miembro hinchado mientras deslizaba la boca por su cuello.

—Al infierno con la oscuridad —dijo entre dientes—. Te juro, Anaïs, que cuando salgamos de esto, te voy a hacer el amor a plena luz del día… todo el día, y tú vas a permitírmelo, ¿me oyes?

—Umm —contestó ella, separándose un poco.

Pero él no quería dejarla marchar.

—Dilo, Anaïs —le ordenó—. Di que me crees. Di que sí.

Ella dejó escapar una risita, bajó la mano y dio un paso atrás.

—Me temo que será una noche muy larga teniendo una promesa como ésa en mente —susurró.

En esa ocasión la dejó ir, aunque odió hacerlo.

—Sí —dijo apretando los dientes—, y mucho más larga si Lezennes nos alcanza. Entonces, la lujuria no saciada será el menor de mis problemas.

Oyó que Anaïs hacía un leve sonido gutural. Sintió que dudaba.

—¿Nos alcanzará? ¿Sientes algo?

Sabía lo que ella le preguntaba. Sabía lo que había visto, aunque sólo habían sido breves destellos de una visión. No había sido nada. Nada, y todo. Y todavía le pesaba.

—Viene hacia acá —dijo Geoff—. No lo vi... pero lo sé.

—Y ahora está demasiado oscuro como para verte la mano delante de la cara.

—Thibeaux tiene los faroles del barco preparados, para usarlos ante el menor choque o rozadura sospechosos —le aseguró él.

—Eso debería funcionar —dijo Anaïs secamente—, ya que no hay nada de viento para alejarlos. ¿Qué tipo de botes lleva *Le Tigre Doré*?

Geoff lo pensó un momento.

—Sólo un pequeño cúter —contestó—. De unos seis metros.

—Entonces, probablemente intentarán abordarnos con él, dejándose llevar por el impulso del agua en el último momento para que no oigamos los remos. Por cierto, he dejado un par de dagas y un florete bajo una lona junto a la escotilla de popa. El florete no es lo ideal para usar de cerca, pero...

Entonces, los dos lo sintieron. Un estremecimiento muy leve del barco, como si hubiera topado con un muelle.

O con otra embarcación más pequeña.

Geoff cogió a Anaïs por los hombros.

—Por favor, Anaïs, vete abajo. Quiero que estés segura.

Ella se zafó de sus manos y echó a correr. Sus pisadas se oían rápidas en la oscuridad. Sin embargo, Geoff sabía que no iba a huir. Que se quedaría y lucharía como un hombre... mejor que un hombre, quizás.

Oyó otro ruido, una especie de rozadura, y Thibeaux dio la orden. Justo cuando se encendía el primer farol, un gancho pasó volando por encima de la barandilla y después, ¡clonc!, ¡clonc!, ¡clonc!, otros tres. En un segundo, unos hombres se lanzaron a la cubierta.

Los hombres de Thibeaux estaban preparados con una salva de balas. Un contrabandista gritó, se agarró el brazo y cayó al agua. Geoff apuntó a un tipo moreno y con barba. Quiso darle en la pierna pero falló el tiro. Sin embargo, la explosión de madera astillada le dio al hombre de lleno en la cara. Cayó a cubierta, tapándose un ojo.

Los hombres cargaban los unos contra los otros, con el ruido de las botas tronando por toda la cubierta, haciendo cortes con los cuchillos, que brillaban a la luz del farol. Pero los hombres de Thibeaux tenían ventaja; a su alrededor, los traficantes vacilaban, pillados desprevenidos por el repentino destello de luz.

Las pistolas no eran apropiadas y enseguida se acabó la munición. Casi de inmediato se deshicieron de ellas. Sacaron las espadas y el ruido de entrechocar el metal llenó el aire. En medio de todo el barullo, Geoff vio un destello de luz. Lo esquivó moviéndose a la izquierda justo cuando un alfanje pasaba zumbando junto a su oreja derecha.

—*Alors, mon ami* —resonó una voz ronca—. ¡Nos volvemos a encontrar!

El capitán de *El Tigre dorado*. La cara rechoncha y bronceada por el sol de Sabot brilló en la penumbra.

Geoff se movió a la derecha y después a la izquierda, esquivando sus ataques con la espada de Anaïs.

—Esta lucha no le concierne, Sabot —le dijo, devolviéndole las estocadas con frenesí—. Váyase mientras pueda.

La sonrisa irónica de Sabot se hizo más profunda.

—¡Ah, pero un hombre está obligado a luchar! —dijo, y volvió a embestirlo, una y otra vez, con estocadas pesadas pero efectivas.

Geoff trazó círculos con la espada alrededor de la de Sabot.

—La palabra de Lezennes no vale más que una bota llena de pis. Llévese su dinero y olvídelo todo.

Pero Sabot se rió, y sus dientes frontales podridos eran como pozos negros en la penumbra. Durante un rato, los dos hombres se atacaron y se esquivaron, ajenos al caos que se había desatado a su alrededor. Geoff intentaba no pensar en Anaïs; muerto, no le serviría de nada. En lugar de eso, contraatacó a Sabot con una ráfaga de rápidas estocadas, haciéndolo retroceder casi hasta la barandilla. Éste empezó a gruñir por el esfuerzo, pero no se rindió.

A su alrededor, todos estaban luchando. Dos hombres se rindieron y se lanzaron por la borda, pero Sabot continuaba, impertérrito. Ser rió con malicia y trazó un amplio arco, haciendo que el alfanje casi rozara el cuello de Geoff.

—Ah, *mon ami* —dijo entre dientes—. ¿Está preparado para morir?

—Los únicos que morirán serán sus hombres —replicó, e hizo que retrocediera de nuevo—. Lezennes le ha mentido, Sabot. Lo ha metido en una trampa.

Entonces Geoff vio la oportunidad y lanzó la espada contra la garganta de Sabot.

Sin embargo, en ese momento, el armador de Thibeaux empujó a uno de los contrabandistas entre ellos. Habiendo perdido de vista a su objetivo, Geoff raspó con la punta de la espada la tráquea de Sabot. Éste sangró, aunque no mucho. El hombre de Sabot estaba tambaleándose; el pobre demonio se había tropezado con el pie de su capitán.

Demasiado tarde, Sabot echó hacia atrás el alfanje, cortando al hombre en el hombro. El marinero cayó entre ellos, sangrando. Se miraron por encima del hombre que gemía, los dos jadeando. Entonces Geoff arremetió contra él, saltando por encima del contrabandista herido, y envió a Sabot contra la mesana.

Éste interceptó la espada y se la sacó de encima. Geoff hizo amago de atacar y después lo golpeó con fuerza, atrapando la parte plana del alfanje de Sabot. El arma del traficante cayó a la cubierta. Geoff lo empujó contra el mástil y le puso la espada contra el cuello sangrante.

—No ha contado con el elemento sorpresa, Sabot —dijo, jadeando—. Y los sobrepasamos en número. Sus hombres lo saben, aunque usted no quiera verlo.

Y era verdad. Además, no sentían lealtad hacia Lezennes; se podía ver en sus caras, ahora pálidas a la vacilante luz del farol. Sabot maldijo, pero Geoff pudo sentir su incertidumbre. Sin duda le habían dicho que podría pillarlos desprevenidos y coger a la niña antes de que dieran la alarma.

Había una escaramuza a la izquierda de Geoff, fuera de su vista. Aparte de eso, el barco estaba en silencio.

—Ordene a sus hombres que se retiren, Sabot —le dijo con los dientes apretados—. ¡Ahora!

El capitán sólo dudó un instante.

—*Arrêt!* —gritó, y su voz resonó por toda la cubierta—. ¡Basta! ¡Hemos terminado aquí!

313

Pero Geoff no apartó la espada. Los hombres estaban desapareciendo por la borda casi tan rápido como habían aparecido.

—Lezennes es un sinvergüenza más grande que toda su tripulación junta —le dijo—. Quiero a ese bastardo, Sabot. Ahora.

Sabot volvió a sonreír con ironía, curvando los labios hacia arriba.

—*Et voilà* —dijo, inclinando la cabeza en dirección a la escotilla—. Lo tendrá, *mon ami...* si queda algo de él cuando la mujer haya acabado con él.

Solamente entonces se giró para ver lo que el resto del barco ya estaba observando.

Anaïs estaba haciendo retroceder a Lezennes hacia los camarotes de proa, con una daga en la mano izquierda y su querido florete en la derecha. Le aguantaba todos los golpes esquivándolo con facilidad, usando la daga sólo para mantener el equilibrio. Geoff empezó a caminar hacia ella y luego se detuvo, aunque era lo más difícil que había hecho nunca.

Pero lo único que conseguiría sería distraerla. Y se dio cuenta de que no lo necesitaba. Lezennes luchaba con los dientes apretados, como si fuera un perro rabioso; como si no creyera lo que estaba viendo.

Una y otra vez se abalanzaba contra ella con furia, entrechocando las espadas. Pero Anaïs solamente le daba la distancia que ella quería, retirándose con elegancia, casi con sorna, y luego tirándole una limpia estocada al cuello o a un costado, pero siempre sin llegar a golpearlo; moviéndose siempre como ella quería, jugando con Lezennes como un gato jugaría con un ratón.

—*Stupide pétasse!* —maldijo Lezennes, embistiendo furiosa pero imprudentemente.

Riendo, Anaïs interceptó la estocada, giró la espada de Lezennes con la suya y lo apartó de un empujón, haciendo casi que perdiera el equilibrio. Los hombres se habían apartado. Ahora el espacio ya no era una limitación para el largo florete. Detrás de él, Geoff oía a los últimos hombres de Sabot trastabillando para bajar por las cuerdas, retirándose mientras podían.

Lezennes, sin embargo, no tenía intención de marcharse. Sin duda, había comenzado aquella lucha de espadas con gran confianza. Pero la iba a terminar con sangre.

Ningún hombre se movió para ayudar a Anaïs, y Thibeaux tampoco lo ordenó. Parecían saber, al igual que Geoff, que sería en vano.

Una y otra vez, ella apartaba al vizconde y luego lo volvía a atraer. Él atacaba sin parar, embistiéndola con furia. Anaïs lo esquivaba y se deshacía de él ingeniosamente. Lezennes giró con rabia, cogió en el movimiento unas cuerdas del puño de escota con la punta de la espada y las rasgó. En algún punto por encima de ellos, una vela se hinchó y después cayó, balanceándose torcida justo detrás de él como si fuera el telón de una representación barata de Punch y Judy.

En respuesta, Anaïs se inclinó hacia delante y lo pinchó limpia y deliberadamente en la sien.

Lezennes gritó, rabioso. Tenía una expresión salvaje y la sangre le resbalaba por la mejilla.

—¡Zorra inglesa! —volvió a gritar—. ¿Cómo te atreves?

—Está acabado, Lezennes —respondió ella con calma, sin dejar de hacerlo retroceder—. Pretendía matar a Charlotte... y ahora a mí me gustaría matarlo.

Lezennes sintió pánico. Embistió contra ella furiosa e inútilmente, retrocediendo centímetro a centímetro, hasta que al final topó contra un montón de lonas dobladas, se subió a ellas y quedó contra la borda.

Fue un error fatal. La madera lo golpeó con fuerza en la parte trasera de las piernas. Movió los brazos en círculos, con el horror reflejado en el rostro. Su espada repiqueteó contra la cubierta en un último intento de salvarse. Demasiado tarde. Cayó hacia atrás, por la borda.

En cubierta se hizo un momento de completo silencio, hasta que se oyó una fuerte salpicadura en el agua.

Entonces fue cuando Geoff se dio cuenta de que casi estaba temblando. Los hombres de Thibeaux comenzaron a vitorearla y uno de ellos se acercó para estrecharle la mano a Anaïs. Pero pronto se vieron interrumpidos. Un enorme estallido procedente de la parte inferior resonó por todo el barco, como si hubiera explotado algo en la bodega.

Con el corazón en la garganta, Geoff corrió hacia la escotilla, se agarró al borde con las manos y se dejó caer. Una vez abajo, corrió hacia el camarote de popa, con Anaïs pisándole los talones.

Al otro lado del palo de mesana, se detuvo en seco. Navarre, el hombre con la cara picada de viruela, estaba tumbado en el estrecho pasillo con los brazos y las piernas extendidos. Estaba cubierto de esquirlas de madera y tenía una pierna retorcida debajo del cuerpo. La puerta del camarote tenía un agujero del tamaño de una pelota de críquet.

Anaïs saltó por encima del cuerpo.

—¡Étienne! —gritó.

Metió una mano por el agujero y empujó algo. El objeto golpeó el suelo con estrépito y ella abrió la puerta. Con los ojos muy abiertos, Étienne Thibeaux seguía con la espalda contra la pared, sosteniendo la pistola.

Al instante, la dejó caer.

—*Bonjour, madame* —dijo—. *C'est fini.*

Geoff levantó la mirada del contrabandista tirado en el suelo. Arriba, en la litera superior, Charlotte estaba de rodillas, encogida de miedo, y Giselle se encontraba detrás de ella, como si quisiera protegerla. Charlotte se derrumbó cuando vio a Anaïs, llevándose una mano al corazón.

—¡Oh, gracias a Dios! —gritó—. ¡Oh, gracias a Dios!

Geoff se arrodilló junto al cuerpo y puso dos dedos en el cuello de Navarre. Étienne se acercó cautelosamente, con curiosidad.

—¿Está muerto, *monsieur*? —preguntó con calma.

—No —contestó Geoff, mientras lo palpaba en busca de una herida—. No, creo que sólo se ha golpeado la cabeza.

—Oh. —Étienne pareció decepcionado—. *Tant pis!*

Capítulo 21

«Otorga recompensas que no sean necesarias por ley; impón excepcionales órdenes gubernamentales. Dirige a las masas de los Tres Ejércitos como si mandaras a un solo hombre.»
Sun Tzu, *El arte de la guerra*

*E*l reverendo Sutherland era, ante todo, un hombre de fe. Como estricto tradicionalista que era, pensaba que la mano de Dios podía verse en muchas cosas que el hombre estaba destinado a no comprender mientras viviera, y situaba a la *Fraternitas* directamente en esa categoría. Eso quería decir que el buen prior creía firmemente en la hermandad, y entendía que uno debía sacrificarse de vez en cuando por la rectitud de su causa. Y en esas raras ocasiones, cuando veía que sus principios personales entraban en conflicto con sus inclinaciones naturales, se preocupaba.

Estaba preocupado en ese momento, de pie junto a una de las torrecillas de ladrillo que flanqueaban Colchester Station, observando mientras la lluvia caía con fuerza cómo terminaban de bajar el equipaje del carruaje de Charlotte Moreau, o, mejor dicho, del padre de Charlotte, a la acera. Entonces el cochero fustigó a los caballos y el séquito partió, una carreta y un carruaje de viaje traqueteando bajo la lluvia.

Charlotte se despidió de ellos con la mano hasta que el vehículo entró en el camino principal. E incluso entonces, Sutherland pudo ver la carita de barbilla afilada de Giselle en el cristal trasero, mirándolos mientras se hacía cada vez más pequeña. Entonces, en el último momento, levantó una mano y la puso contra el cristal… al igual que la nariz, y Sutherland ya no pudo ver más, aunque no podría haber dicho si era por la lluvia o por la débil neblina que le empañaba los ojos.

En el pavimento, Geoffrey y la señorita De Rohan se dieron la vuelta y corrieron desde la calle hasta situarse bajo el alero de la estación, bajando los paraguas y agitándolos vigorosamente. Vestidos con ropa oscura, con un atuendo casi formal, él de fina tela negra y deslumbrante lino blanco, y ella con prendas de satén de color berenjena oscuro, podrían haber sido una pareja adinerada de duelo.

El conde seguía mirando el carruaje, que ya se perdía en la distancia.

—Bueno —dijo, casi para sí mismo—, ¿creéis que estarán bien sin nosotros?

Sutherland sonrió beatíficamente.

—No eres el único guardián, hijo mío, capaz de cuidar de esa niña… a pesar de lo unidos que los tres hayáis podido estar estos últimos días.

Geoff se rió.

—El señor Henfield protegerá bien a la niña, Geoffrey.— Sutherland le puso una mano reconfortante a su amigo entre los omóplatos—. Es un buen guardián… y creo que a Charlotte le gusta bastante. La señorita De Rohan y tú habéis hecho el trabajo del Señor, porque Él tiene un objetivo para esa niña, aunque todavía no sabemos cuál es.

—Ya ha predicho la caída de una monarquía —dijo Geoff con preocupación—. Me da miedo pensar qué será lo próximo que diga.

—Precisamente —murmuró el prior—. Y ahora estará a salvo hasta que aprenda a comprender el don. Tal vez decida no usarlo, pero al menos tendrá elección. Ése es el don que vosotros dos le habéis dado.

La lluvia escogió ese momento para volver a caer con fuerza, salpicando el pavimento y rebotando como guijarros.

—Vamos —dijo Geoff, instando a Anaïs a caminar hacia la puerta—. Entremos.

Una vez en la estación, los caballeros se internaron en la marea de pasajeros y maleteros para comprar los billetes y ordenar que se hicieran cargo del equipaje. Se reunieron con Anaïs cerca de la entrada, justo cuando un tren se detenía, escupiendo vapor y silbando.

—Bueno —dijo Sutherland haciéndose oír por encima del ruido—, supongo que aquí es donde nos separamos. Señorita De Rohan, ¿está completamente segura de que no quiere venir conmigo? Mi hermana tiene una cocinera excelente, una casa muy cómoda y le encantaría tener compañía.

Por tercera vez desde el desayuno, Anaïs negó con la cabeza.

—Es muy amable, señor —contestó—, pero ya echo de menos mi casa.

—Entonces, permítame alquilarle un carruaje para cuando regrese hoy —insistió el prior.

—¿Qué le pasa, Sutherland? —preguntó Geoff con mordacidad—. Hay trenes que van y vienen desde Londres durante todo el día.

El prior apretó los labios.

—Bueno, no se trata de eso, Geoffrey, incluso en estos tiempos modernos —dijo finalmente—. ¿Una dama soltera, quiero decir, en un tren, encerrada en un compartimento de primera clase? ¿Con un caballero con el que no está casada?

Al oír esas palabras, Geoff miró a Anaïs de manera extraña.

—Puede estar tranquilo, señor —contestó con cierta severidad—. Pretendo solventar ese fallo en cuanto pueda hablar con el padre de la dama.

El señor Sutherland enarcó sus tupidas cejas.

—¿De verdad?

—Sí, por Dios. Aunque eso no es asunto de nad...

—¡Ya vale, los dos! —exclamó Anaïs con expresión sombría—. Geoff, ese anuncio es un poco prematuro, ¿no crees? Vete a casa y arregla lo que tienes pendiente, si puedes. En cuanto a usted, señor Sutherland, le diré que he pasado muchos días en compañía de Geoff... al servicio de la *Fraternitas*, debo añadir. Creo que ya ha pasado el momento de preocuparnos por mi reputación.

Ése era precisamente el conflicto que Sutherland se veía obligado a superar. Estaba muy bien sacrificarse en nombre de la *Fraternitas* cuando uno era parte de ella... y un caballero, protegido contra el desprecio de la sociedad. Sin embargo, era muy diferente si esa persona era una dama. Una dama a la que se le había negado la membresía y que, aun así, había acudido a la llamada del deber.

Pero ya era demasiado tarde para luchar con la ambigüedad ética de todo aquello. O con la culpa. No obstante, ésta le picaba como si fuera un mosquito; continuamente, mordisqueándole la certidumbre moral de que los hombres eran el sexo fuerte. De que no había sitio

319

para las mujeres en la hermandad. Si sólo la mitad de lo que había oído era cierto, esa joven había sido extremadamente valiente.

El tren había dejado escapar otro estallido ensordecedor y la marea de pasajeros empezó a dirigirse a las puertas. Anaïs tenía una expresión sombría.

De repente, Sutherland se dejó llevar por un impulso... o tal vez fuera por el buen juicio. Se quitó el sombrero alto y lo dejó sobre su baúl de viaje.

—Querida —dijo—, dame la mano.

A ella se le reflejó la sorpresa en el rostro, pero lo hizo, poniendo sus dedos largos y fríos sobre los del prior.

—Ahora —continuó él—, di las palabras. Y rápido, por favor.

—¿Las palabras?

Anaïs frunció el ceño.

Sutherland agitó la mano libre mientras el tren volvía a silbar.

—«Solicito humildemente ser admitida, etcétera, etcétera» —dijo Sutherland.

—¿Para la *Fraternitas*?

Ella lo miró boquiabierta.

—Sí, sí, sólo es una formalidad —contestó el prior—. Lazonby ya dijo su parte.

Geoff lo miró sombríamente.

—Por el amor de Dios, Sutherland —siseó—. ¿En una estación de tren?

Pero la señorita De Rohan ya estaba hablando, en voz baja pero clara, en perfecto latín.

—Solicito humildemente ser admitida en la hermandad —dijo rápidamente—. Me he ganado ese derecho con mi devoción, con mi fuerza y con mi linaje. Y prometo por mi honor que defenderé por medio de la palabra y de la espada el don, mi fe a mi hermandad y a todos los que dependen de ella, hasta que el último aliento abandone mi cuerpo.

Sutherland le puso la otra mano en el hombro.

—Entonces, que tu brazo sea, hermana, como la mano derecha de Dios —dijo—. Y que todos tus días sean para la *Fraternitas*, y para Su servicio.

—Y que también lo sean los tuyos —contestó ella.

Sutherland dejó caer ambas manos e hizo una ligera reverencia.

—Muy bien —dijo—. Ya está hecho.

La señorita De Rohan aún estaba un poco confusa.

—¿Y... eso es todo? —preguntó—. ¿Ya está hecho?

—Bueno, podemos terminar la ceremonia formal de iniciación cuando regresemos a Londres, si lo deseas —sugirió Sutherland.

—Gracias, pero no —dijo Anaïs con firmeza—. Ya he tirado la túnica.

—Entonces, sí —dijo el prior—. Eso es todo.

—Bueno, creo que debería haber una votación —intervino Geoff con indecisión—. La Sociedad de Saint James. ¿Los miembros...?

Ella lo miró con intensidad.

—¿Y qué votarás tú?

La mirada de Geoff se suavizó.

—Ya sabes lo que votaré —respondió.

—Y yo sé lo que votarán los demás —dijo Sutherland. Recogió el sombrero y se lo volvió a poner—. Si no, ya pueden ir buscándose otro prior.

Geoff le dio la mano a Sutherland y se la estrechó con fuerza.

—Entonces, anticipo un veredicto unánime —dijo, y se giró hacia Anaïs con una tierna sonrisa en los labios—. Felicidades, querida. Te lo mereces.

—Ah, bien. —Sutherland se aclaró la garganta—. En cualquier caso, estoy deseando saber cómo acaba este pequeño misterio de vuestro futuro juntos —afirmó, y se descubrió en dirección a Anaïs justo cuando el tren volvía a silbar—. Y ése es mi tren a Ipswich, creo. Permitidme volver a daros las gracias por el ejemplar servicio que le habéis prestado a la *Fraternitas Aureae Crucis*.

Dicho eso, se colgó el paraguas de un brazo, cogió el baúl y echó a andar hacia el andén.

Sintiéndose de repente incómoda, Anaïs observó a Sutherland mientras se marchaba. Todavía le daba vueltas la cabeza por lo que el prior había hecho. Eso, por encima de todo, la desorientaba mucho. Casi se sentía como si la hubieran disparado con un cañón.

Geoff y ella habían pasado casi tres días en Essex, informando a Sutherland y al señor Henfield, reuniendo a Charlotte con sus padres y resolviendo las dudas de Giselle. Y, ahora, la misión había terminado. El peligro había pasado. Era como si todo hubiera cambiado entre ellos.

Entonces Geoff le agarró la mano y le dio un firme apretón, haciendo que todo volviera a estar bien.

—Vamos, amor —susurró—. Vamos a casa.

Frente a ellos, otra locomotora estaba resoplando y sacudiéndose mientras entraba en la estación. Se detuvo y la marea de gente volvió a moverse, en esa ocasión, en dirección contraria. Anaïs tomó el brazo que Geoff le ofrecía mientras él cogía el equipaje de ambos con una mano, levantándolo como si no pesara nada.

Sólo les llevó unos momentos instalarse en el compartimento y colocar el equipaje de mano. A lo largo de todo el andén, las puertas se cerraron con un ruido sordo. La locomotora dio dos violentas sacudidas que enviaron a Anaïs de espaldas contra el asiento. Se había pasado los últimos cinco días con los nervios a flor de piel, y ahora se sentía como si su cuerpo se encontrara en un estado constante de alerta.

Geoff alargó el brazo y le puso una mano sobre las suyas.

—A veces es así —dijo en voz baja, como si le hubiera leído los pensamientos—. Pronto estaremos en Londres y la vida volverá a la normalidad.

De eso precisamente tenía miedo ella, de regresar a casa como se habían marchado, como unos desconocidos recelosos, cada uno con su propia vida. Tenía miedo de que los días que había pasado con Geoff hubieran sido algo fuera del tiempo, un extraordinario interludio que no tenía cabida en la realidad… ni en el espacio. Que el deseo que sentía por ella fuera solamente eso, y nada más, y que la claridad que por fin había encontrado sobre la vida, el amor y los sueños a los que dejaba marchitarse se desvaneciera según se alejara de Bruselas.

Sus dudas habían aumentado por el hecho de que, desde que habían huido de la casa de Lezennes, Geoff y ella no habían tenido ni un momento a solas, exceptuando un apasionado beso en la oscuridad a bordo del *Jolie Marie*. Durante días enteros habían vivido codo con codo y habían aprendido a confiar el uno en el otro. Habían trabajado juntos, aunque a veces a regañadientes, para conseguir un objetivo común. Y se habían convertido en amantes; amantes con una pasión extraordinaria y febril.

Y entonces, tan repentinamente como había empezado, se había acabado. Y ella sabía bien que las pasiones a menudo se consumían. Aun así, se sentía como si fuera una persona completamente diferente. Muchas de las cosas que creía de ella misma habían cambiado, dándole la vuelta por completo a su mundo bien organizado. Y ahora, aquello por lo que había trabajado tanto, la iniciación en la *Fraternitas Aureae Crucis*, era suya. Entonces, ¿por qué se sentía apática?

El tren vibró, rechinó y comenzó a moverse. Anaïs vio que el andén se alejaba entre un siseo de vapor y humo. Apartó la vista de la ventana y se dio cuenta de que Geoff le estaba tendiendo una mano.

—Ven aquí —dijo él. Como todas sus órdenes, la pronunció con suavidad, pero firmemente.

Anaïs no tenía ganas de discutir. Se sentó enfrente, en el asiento que había al lado de él, mientras el tren ganaba velocidad y empezaban a ver pasar la campiña.

Geoff la rodeó con un brazo y le hizo poner la cabeza en su hombro.

—Anaïs de Rohan —dijo en voz baja—, te amo.

Ella se tensó entre sus brazos.

Geoff inclinó la cabeza para mirarla.

—¿Qué? —dijo—. No esperabas que eso cambiara, ¿no? Pareces una prisionera de camino al patíbulo de Tyburn.

Ella lo miró con fijeza, sin pestañear.

—Hemos pasado unos extraordinarios días juntos —dijo—, pero ahora tenemos que regresar a nuestras antiguas vidas.

Geoff no dijo nada; se quedó mirando por la ventana unos momentos. Después, añadió:

—No estoy seguro de que pueda regresar a una vida en la que tú no estés. Pero si no sientes lo mismo, lo aceptaré.

—¿De verdad?

A ella se le encogió el corazón.

—Sí, pero sólo el tiempo suficiente para cortejarte debidamente. Estoy esperando el momento oportuno, Anaïs. Voy a casa a hacer lo que me has pedido que haga. Y después pretendo ganarte trabajando duro. Voy a asediar tu corazón. No voy a aceptar un no por respuesta.

—Geoff —dijo ella, que sentía de repente la boca seca—, no he dicho que no. No ese tipo de no. Intenta entender la culpa con la que he tenido que viv...

Él la interrumpió al ponerle un dedo en los labios.

—Shh, Anaïs. Lo sé. Y pretendo aclarar las cosas con la dama en cuestión en cuanto baje de este tren. Quiero explicárselo yo mismo. Todo estará hecho antes del atardecer, te lo aseguro. Y, probablemente, ella se sentirá aliviada.

Anaïs no sabía qué decir. Quería a Geoff, pero ¿lo quería a expensas de otra mujer?

Para su vergüenza, sí. Apartó la mirada y tragó saliva. Tenía que confiar en su buen juicio y en que Geoff tenía razón. Y en que su *nonna* había estado... bueno, equivocada. Pero estaba segura de su amor. De su elección. Y ahora tenía que vivir su vida; era su oportunidad y debía aferrarse a ella, porque Geoff era un hombre por el que merecía la pena esperar.

Viajaron en silencio durante un buen rato, hasta que llegaron a la siguiente parada y la marea de pasajeros y maleteros comenzó de nuevo. Geoff giraba la cabeza de vez en cuando para mirarla pero no decía nada, se limitaba a sonreír. Entonces las puertas volvieron a cerrarse con estrépito, una después de otra, y comenzaron de nuevo los silbidos y las nubes de vapor.

Geoff posó los labios en la sien de Anaïs.

—Me temo que tardaremos bastante en llegar a la siguiente estación —le dijo.

—Oh —respondió ella—. Eso es... prometedor.

—¿Sí? —Geoff levantó la cabeza, perplejo—. ¿Por qué?

—Porque me estaba preguntando —dijo Anaïs en voz baja— cómo sería hacer el amor en un tren en marcha...

Aquella tarde, las nubes grises que cubrían Londres se despejaron milagrosamente y revelaron un cielo extraordinariamente azul, y un sol tan brillante que las damas que habían salido de compras por Saint James tuvieron que abrir sus parasoles para evitar que les salieran pecas en la nariz.

Rance Welham, lord Lazonby, estaba bajando los escalones de la entrada de la Sociedad de Saint James, sin haber pensado en su nariz, cuando un faetón negro con ruedas de color rojo rubí tomó bruscamente la esquina con Saint James Place, atravesó los últimos charcos de la mañana, salpicando, y se detuvo a unos pocos metros.

Los elegantes caballos negros patearon y agitaron la cabeza con impaciencia, pero la conductora los controló con facilidad.

—Buenas tardes, Rance —le dijo lady Anisha—. Qué sorpresa tan agradable.

Él observó estupefacto a la dama, que descendió y le tendió las riendas al lacayo de Belkadi, que se había apresurado a bajar los escalones para inclinarse ante ella.

—¡Bueno, bueno, Nish! —dijo Lazonby, apoyándose en su bastón con empuñadura de latón—. Ahora te vales por ti misma, ¿eh?

—La vida es dura. —Lady Anisha sonrió y se quitó los guantes mientras se acercaba—. ¿Te gusta?

—Es... elegante —dijo Lazonby, esforzándose por no quedarse con la boca abierta—. No estoy seguro de que seas tú.

—Bueno, tal vez debería serlo —murmuró ella enigmáticamente.

Lazonby observó el vehículo con mirada crítica, encontrando mucho que admirar. Era alto, pero no tanto como para resultar peligroso. Estaba perfectamente armado, con ruedas delanteras que le llegaban al hombro a lady Anisha y una pintura que brillaba como ónice tachonado de rubíes. Era un carruaje al que ningún joven a la moda habría renunciado voluntariamente... y uno que muy pocas damas se atreverían a conducir.

—En cualquier caso —continuó lady Anisha—, solamente se lo estoy cuidando, por así decirlo, a mi hermano Lucan.

—Ah —dijo el conde con complicidad—. Se ha metido otra vez en líos, ¿no es así?

La sonrisa de lady Anisha se tensó.

—Más o menos. En esta ocasión, ha sido el bacará. Pero ha aprendido que, si quiere mi ayuda, ésta tiene un precio. Esta vez, el precio es su faetón. Confieso que me está gustando bastante. No estoy segura de que mi hermano vaya a recuperarlo.

Lazonby desvió su atención del carruaje a la hermosa mujer.

—¿Has venido a visitar otra vez al señor Sutherland? —preguntó con curiosidad—. Porque sigue en Essex.

—Bueno, difícilmente podría haber hecho el viaje hasta Colchester y no visitar a su hermana, ¿no? —dijo Anisha—. Pero, en realidad, he venido a recoger a Safiyah. Voy a intentar convencerla para que conduzca en el parque conmigo.

Lazonby dio un paso atrás.

—Pues buena suerte.

—Lo sé. —Anisha hizo una mueca—. Seguramente, se negará. ¿Y tú? ¿Te atreverías a dejar tu vida en mis manos?

—Se me ocurren pocas personas en las que confiaría sin reparos —dijo Lazonby con sinceridad—. Pero no, iba a cruzar la calle hasta el Quatermaine Club.

—¡Rance! —exclamó con tono de amonestación—. No vas a volver a jugar.

Él le sonrió.

—No en el tugurio de Ned, eso te lo aseguro. No dejaría que nadie de la Sociedad de Saint James se sentara a sus mesas.

—¡Cielos, me pregunto por qué! Por lo menos, acompáñame a la biblioteca un momento. Debo decirte algo, y no quiero que sea en la calle.

Con renuencia, Lazonby inclinó la cabeza y le ofreció el brazo.

Dos minutos después, estaban sentados en los grandes sofás de cuero de la biblioteca privada del club, mirándose el uno al otro con cierta incomodidad ante la mesa del té. Lazonby esperaba que lady Anisha hubiera olvidado la última vez que había estado con él en esa habitación.

Él se había encontrado en un estado lamentable, hirviendo de rabia y frustración y de algo más en lo que no quería pensar. El hermano de Nish lo había pillado en lo que, aparentemente, era una situación comprometida… con ese mierdecilla de Jack Coldwater. Y lo que era aún peor, Nish había estado con Ruthveyn. Solamente esperaba que ella no hubiera visto… Bueno, lo que hubiera estado ocurriendo.

Su hermano sí que lo había visto… y le había echado un buen rapapolvo. No porque Ruthveyn fuera un moralista; no, la regañina había sido por causa de Nish. Nish, que probablemente era la mujer más hermosa que había visto nunca.

La observó en ese momento. Sus ojos oscuros brillaban, sus pechos, pequeños y perfectos, estaban ceñidos en su vestido negro de seda, su largo cuello era elegante como el de un cisne y deseó, con un poco de tristeza, no habérsela pasado tan rápidamente a Bessett.

No era que Nish perteneciera a nadie para pasarla. No era así. Ya no. De alguna manera, ese día lo sentía con más intensidad.

Como si quisiera romper ese momento incómodo, lady Anisha

levantó una mano para quitarse el largo alfiler de su garboso sombrero, y dejó ambas cosas a su lado.

—Ya está —dijo con un suspiro—. Me estaba pinchando. Y ahora, Rance... hiciste muy mal al abandonarme en Whitehall el otro día. ¿En qué estabas pensando?

Él se puso en pie de un salto.

—No te abandoné —dijo de forma impaciente y malhumorada—. Te dejé mi carruaje, a mi cochero y a mis lacayos... con instrucciones para que te llevaran sin incidentes a Upper Grosvenor Street. Pensé que sería mejor irme andando a casa, porque estaba muy irascible y no era buena compañía para una dama.

—Me abandonaste —repitió, y lo siguió a la ventana—. Sinceramente, Rance, no sé qué te ha pasado estos últimos meses. Te comportas de manera muy extraña.

Lazonby miró hacia la entrada del Quatermaine Club, donde Pinkie Ringgold, uno de los matones del club, estaba abriendo la puerta de un carruaje que se había detenido.

Se obligó a darse la vuelta y enfrentarse a ella.

—Lo siento —dijo con voz ronca—. ¿Qué era, Nish, lo que querías decirme?

Ella le lanzó una rápida mirada apreciativa de la cabeza a los pies.

—Dos cosas. Primero, ¿qué sabes de los orígenes de Royden Napier?

Lazonby se encogió de hombros.

—Nada en absoluto, excepto que es el engendro del viejo Nick Napier.

—¡Rance, cuida tu lenguaje! —Anaïs puso los ojos en blanco—. En cualquier caso, lady Madeleine me dijo algo muy interesante anoche, durante la cena.

Lazonby sonrió.

—Ya te estás haciendo íntima de tu futura suegra, ¿no es así?

Los ojos oscuros de lady Anisha brillaron con furia.

—Tú calla y escucha. Hace unos meses, cuando Napier corrió al lecho de muerte de su tío...

—Sí, a Birmingham, según dijo alguien —la interrumpió Lazonby—. Probablemente, algún orfebre incompetente. ¿Qué pasa con él?

—Pues que no era Birmingham. —Lady Anisha había bajado el

tono de voz—. Belkadi lo entendió mal. Era Burlingame... como Burlingame Court.

Durante unos instantes, Lazonby sólo fue capaz de mirarla desconcertado.

—¿A casa de lord Hepplewood?

—Bueno, Hepplewood está muerto, ¿no? O eso dice lady Madeleine. —Lady Anisha agitó una mano con desdén—. Confieso que no sé nada de esa gente. Pero me parece raro que Napier sea el sobrino de alguien tan bien relacionado.

—Entonces, sería por parte de lady Hepplewood —murmuró Lazonby.

—Lady Madeleine dice que no —argumentó lady Anisha—. Me pregunto si tal vez Napier es ilegítimo.

—No, pero el viejo Nick podría haberlo sido. —Lazonby volvió a encogerse de hombros—. Pero no doy ni dos chelines por el apellido de Napier. Sólo quiero que mueva el trasero y haga su trabajo.

Lady Anisha lo miró desde detrás de los abanicos de largas pestañas negras.

—Lo que me lleva al segundo punto —dijo, y su voz pareció flotar alrededor de él.

Lazonby sintió que se le secaba un poco la boca.

—¿El qué?

—He convencido a Royden Napier para que me deje echar un vistazo a los informes del caso Peveril —afirmó.

—¿Que has hecho qué?

La miró con incredulidad.

—Va a dejarme ver los expedientes —repitió. No puedo sacarlos de su despacho, por supuesto. Pero son informes públicos... bueno, algo así, así que me va a permitir verlos. Las notas de su padre. Las declaraciones de los testigos. Ese tipo de cosas. Así que... ¿qué quieres saber?

Rance no podía dejar de mirarla.

—Yo... Santo Dios... todo. Todo lo que puedas leer. Pero ¿cómo...?

Nish apartó la mirada.

—Vinagre y miel, Rance —murmuró—. Ya conoces el refrán. Creo que será mejor que me dejes a mí tratar con Napier de ahora en adelante... sobre todo porque eres incapaz de hablar civilizadamente.

Lazonby cerró los ojos y tragó saliva.

—Gracias, Nish —susurró—. No sé lo que hiciste, pero... gracias.

Cuando abrió los ojos, lady Anisha todavía lo estaba mirando. Su cara, exquisitamente hermosa, tenía una expresión indescifrable y sus grandes ojos oscuros parecían profundos pozos insondables. A veces le ocurría eso cuando la miraba... se quedaba sin respiración. No era amor. Ni siquiera era deseo.

—De nada —dijo ella en voz baja.

Y, de alguna manera, en ese momento surrealista junto a la ventana abierta, escuchando el traqueteo de los carruajes y el arrullo de las palomas desde los aleros, le pareció que lo más sencillo y natural del mundo era coger a Nish entre sus brazos y besarla.

Ella acudió a él con un jadeo entrecortado y sus labios se encontraron. Al principio, Rance la besó suavemente, inclinando la boca sobre la suya mientras inhalaba su aroma; una mezcla misteriosa y exótica de madera de sándalo, champaca y una feminidad sin adulterar que habría conseguido hacer hervir la sangre a un muerto.

Nish le devolvió el beso poniéndose de puntillas, porque apenas le llegaba al pecho. Él lo profundizó, deslizó la lengua en su boca y sintió que le daba un vuelco el estómago y que se le endurecía el miembro. En respuesta, ella gimió levemente y eso hizo que a Rance lo recorriera un estremecimiento de lujuria.

La deseaba.

Podría llevarla a la cama en ese mismo momento y perderse en su cuerpo pequeño y sensual. Podría darle un placer extraordinario, e incluso júbilo. Y ella podría calmar, al menos por un rato, esa profunda insatisfacción que parecía agitarse constantemente en su interior.

Pero no podía permitirse amarla.

Podría follar con ella. Podría usarla... ¡oh, espléndidamente! Pero ella merecía algo mejor. A alguien mejor que él... mucho mejor. Lady Anisha Stafford era como una pequeña joya exótica, a quien las mujeres rajput habían enseñado, si los rumores eran verídicos, mil exquisitas maneras de complacer a un hombre, y merecía a alguien capaz de alabar esa perfección. Y ese hombre no era él. Él había visto demasiadas cosas. Había probado demasiadas cosas. Su paladar estaba embotado por los excesos de la vida.

Lazonby apartó la boca de la de Anisha con algo de brusquedad y la separó de él. Tenía la respiración irregular y, el cuerpo, dispuesto y anhelante.

—Lo siento —dijo con voz ronca, y dejó caer las manos—. Santo Dios, Nish. Perdóname.

Ella bajó la mirada y dio un paso atrás, como si estuviera avergonzada. Ninguno de los dos vio la sombra que casi había entrado en la estancia, y que salió de nuevo.

Instintivamente, él alargó un brazo hacia ella.

—Espera.

—No —contestó lady Anisha, y retrocedió otro paso—. No voy a esperar. Lo que hay entre nosotros… Nunca podrá ser, ¿verdad, Rance?

Él negó con la cabeza.

—No —se mostró de acuerdo—. Podría hacer el amor contigo, Nish. Podría. Yo… quiero hacerlo. Pero Ruthveyn me mataría. Y Bessett… Dios mío, ¿en qué estaba pensando?

Por fin ella levantó la mirada. Los ojos parecían arderle.

—Mejor sería preguntar en qué estaba pensando yo.

—Deberías casarte con él, Nish —dijo Lazonby—. Es un buen hombre. Te dará un apellido antiguo, honorable e intachable…, algo que yo nunca podría hacer. Y será un padre extraordinario para tus hijos. Deberías casarte con él.

Ella apartó un poco la mirada, vacilante.

—Sí. Debería.

—¿Y lo harás? —preguntó—. ¿Te casarás con él? Espero que sí.

De nuevo, una sombra de incertidumbre pasó por sus ojos.

—Quizás —dijo por fin—. Si me lo pide…, porque aún no lo ha hecho, entonces sí, por el bien de los chicos, tal vez lo haga.

Lazonby dejó escapar un suspiro de alivio y sintió que la sangre volvía a fluir por donde debía.

—Bien —dijo con calma—. Nunca te arrepentirás.

Ella lo miró fijamente.

—Y tú tampoco te arrepentirás, ¿verdad?

Él apretó los labios y desvió la mirada.

—Tú no me amas, Nish —dijo en voz baja.

Sobre ellos cayó un silencio largo y expectante. Entonces, ella contestó:

—No, no te amo —dijo finalmente, con una voz sorprendentemente potente—. A veces te deseo, Rance. Eres... Bueno, el tipo de hombre que saca lo peor de una mujer, supongo. O, tal vez, lo mejor. Pero no, no te amo.

Él la miró con cierta sorpresa, sin saber qué decir.

—¿Hay algo más? —preguntó lady Anisha sin alterar el tono de voz—. ¿Antes de que vuelva a Whitehall? No sé cuántos viajes podré hacer antes de que a Napier se le agote la paciencia.

Había algo. Algo importante. Lazonby sintió que la cara le ardía. No parecía un buen momento para pedirle un favor a Nish. Pero llevaba mucho tiempo desesperado.

—Sí —dijo por fin—. Hay algo en especial.

Se dirigió al pequeño escritorio que había cerca de la puerta y sacó uno de los papeles para cartas del club. Garabateó con impaciencia un nombre en él y se lo tendió.

—John Coldwater —murmuró ella, y lo miró con cierta irritación.

—O Jack —dijo Lazonby—. Jack Coldwater.

—Sé quién es —respondió Anisha con voz fría.

—O cualquier nombre en el expediente que esté relacionado con alguna persona apellidada Coldwater.

—¿Y cómo voy a saber eso? —preguntó con aspereza.

—Por eso me dirigía al club de Ned Quatermaine —contestó Lazonby—. Voy a contratar a uno de sus chivatos para que investigue a ese tipo. Para que descubra de dónde viene y quién es su familia.

—¿Por qué? —Lady Anisha apretó los labios con desaprobación—. Creía que habías aprendido la lección sobre ese tema.

Lazonby no se atrevió a preguntar a qué se refería.

—Coldwater me está acosando por alguna razón, Nish —respondió—. Se trata de algo más que un reportaje para el *Chronicle*, porque mi historia ya no es nada nuevo. No, esto es personal.

—Personal —repitió lady Anisha, y se guardó el papel en el bolsillo—. Te diré lo que creo, Rance. Creo que tu obsesión con Jack Coldwater es personal.

—¿Ah, sí? —preguntó, sarcástico.

—Sí. Y muy, muy imprudente.

Por un instante, él dudó, preguntándose si debía decirle que se fuera al infierno o simplemente volver a besarla para hacer que se callara.

Sin embargo, al final no hizo ninguna de las dos cosas. Tomó la opción más cobarde.

—Debes perdonarme —dijo con voz tensa—. Me esperan en otro lugar.

Lazonby giró sobre sus talones, salió de la biblioteca y, cuando giró hacia las escaleras, se dio de bruces con lord Bessett, que estaba fuera del alcance del oído, con la espalda contra la pared del pasillo y apretándose con fuerza el puente de la nariz con los dedos.

Lazonby levantó los brazos.

—¡Cristo Jesús! —exclamó—. ¿De dónde has...?

Se dio cuenta demasiado tarde de que Bessett se había llevado un dedo a los labios.

—Por el amor de Dios, Rance —dijo con un tono de voz en el que no había ni ira ni humor—, cierra esa maldita puerta si vas por ahí besando a quien no debes.

—¡Tú! —dijo Lazonby, con los puños apretados a los costados—. ¿Qué demonios estás haciendo aquí?

—Me parece que yo podría preguntarte lo mismo, viejo amigo —respondió—. Pero yo... Bueno, he venido a zanjar algunos asuntos pendientes. Higgenthorpe dijo que podría encontrar a Nish aquí.

—¿Algunos asuntos pendientes?

—Sí —dijo Bessett con ojos risueños—. Aunque sinceramente, viejo amigo, me parece que estabas haciendo el trabajo por mí.

Sobre las siete, Maria Vittorio estaba echando las pesadas cortinas de terciopelo en la sala de estar en Wellclose Square mientras sus tacones repiqueteaban ruidosamente en los pulidos suelos de madera. A menudo se quejaba de que necesitaban una alfombra, pero aún no habían hecho nada al respecto porque Anaïs no había mostrado ningún interés en elegir una, prefiriendo dejar las habitaciones como habían estado en los días de su bisabuela.

Pero en esa época, las habitaciones no habían estado llenas de butacas tapizadas y grandes divanes a juego, sino de enormes escritorios, cajoneras apiladas y de secretarios zumbando alrededor como diligentes abejas: el imperio que Sofia, había mantenido a mano cuando había envejecido demasiado como para salir de casa. Sin embargo, la verdad era que Castelli & Company se había comido todo el espacio bastante antes de su muerte, y, se habían acostumbrado a ello.

Y ahora el casi vacío de las habitaciones resultaba elegante; amplias y enormes estancias escasamente amuebladas y apenas usadas, porque la casa era grande y sólo vivían en ella dos personas. Dos personas que no solían relacionarse con nadie, que no tenían nada por lo que retirarse a otra habitación, porque no entretenían a nadie excepto a la familia.

Sin embargo, en ese momento Maria paseó la mirada por las amplias habitaciones de techos altos y se preguntó con el corazón de una madre si esas estancias y esa casa no estaban a punto de ver otro cambio. Oh, quizá no era, estrictamente hablando, una madre, ya que Dios no la había bendecido en ese sentido. Pero sí la había bendecido con Nate, Anaïs y Armand, y mucha más gente que la necesitaba.

No obstante, no estaba segura de que Anaïs todavía la necesitara, por lo menos no como antes, porque aquel día había regresado a casa como una persona cambiada, entre otra riada de baúles y bolsos. Cambiada de una manera que ella conocía demasiado bien; con una luz en los ojos, pero con tristeza en el corazón. Y siempre, siempre, había un hombre en mitad de esas emociones contradictorias y de los silencios sutiles.

Maria estaba echando las últimas cortinas cuando oyó la aldaba de la puerta principal. Como nunca le había importado abrir su propia puerta, dejó a un lado la barra con la que corría las cortinas y, al llegar a la entrada, se encontró con un caballero muy alto y esbelto con una levita negra y un sombrero alto que debían de haberle costado, si no la fortuna de un rey, al menos la de un príncipe.

Lo reconoció de inmediato.

Y, aparentemente, Anaïs no había aprendido la lección sobre hombres apuestos y elegantes.

—*Il bell'uomo* —murmuró entre dientes, nada sorprendida.

—Gracias —contestó el caballero, y se quitó el sombrero—. Soy Geoffrey Archard. ¿Está la señorita De Rohan en casa?

Le entregó una gruesa tarjeta de visita de color marfil y Maria la cogió. Pero se dio cuenta de que en ella no ponía Geoffrey Archard.

—*Sì* —dijo ella, ligeramente impresionada—. Entre, milord.

Anaïs se encontraba en la sala de recepción familiar, clasificando el montón de correo que se había acumulado en su ausencia, cuando sintió una presencia en la casa. Una presencia masculina, pensó, pero no era Nate. Tampoco se trataba de Armand. Inspiró profundamente para calmar los nervios.

No tuvo que esperar mucho hasta oír a Maria subir la vieja escalera de roble y otras pisadas, más fuertes, detrás de ella. Dejó a un lado la factura del carnicero y echó hacia atrás su silla, alisándose nerviosa con las manos la parte frontal de su vestido de fustán azul oscuro. Era un vestido viejo y cómodo, no de los mejores que tenía, y la hizo sentirse mal vestida porque sabía, con la misma certeza con la que se conocía a ella misma, que era Geoff.

Esperaba que volviera, porque era un hombre que siempre hacía lo correcto. Pero una vez que hubiera regresado a Londres y a la normalidad, ¿qué pensaría él que era lo correcto?

Desde luego, no se habría imaginado que apareciera tan pronto. No el mismo día en el que se habían despedido en la estación de Bishopsgate, cogiendo carruajes alquilados por separado mientras ella se enjugaba las lágrimas.

Y ahí estaba, llenando la puerta de la sala con la anchura de sus hombros, con el sombrero alto en la mano y sus ojos azules sombríos.

—Tienes una visita, *bella* —dijo Maria, cuyos ojos oscuros le lanzaron una mirada de advertencia—. Yo me voy… pero no muy lejos.

Geoff lanzó el sombrero a una silla y la tomó en brazos. La besó apasionadamente, hasta dejarla sin respiración.

—Oh, Anaïs, ha pasado demasiado tiempo —murmuró, rozándole la oreja con los labios—. Supongo que no podrás hacer nada respecto a eso de «no muy lejos», ¿verdad?

Anaïs se separó para mirarlo a la cara, pero sólo vio sinceridad. Y, por primera vez desde que se fueron de Bruselas, empezó a sentir cierta seguridad.

—¿Por qué? —susurró—. ¿Me has echado de menos?

La volvió a besar con rapidez e intensidad.

—Han sido las cinco horas más largas de mi vida —afirmó—. Vamos, pídeme que me siente. Ponme un brandy, ¿quieres? Ha sido una tarde infernal.

Ella señaló el sofá junto a las ventanas, que ya se estaban oscureciendo, y se acercó al aparador.

—¿Dónde has estado? —preguntó, con un tono de voz ligero.

—Donde dije que estaría —contestó, y se pasó las dos manos por el cabello—. Haciendo lo que dije que haría. Es que ha sido… extraño, eso es todo.

Pensándolo mejor, Anaïs también se sirvió un brandy. Sospechaba que lo iba a necesitar.

Se sentó junto a él en el sofá y le puso el vaso en la mano. Pero Geoff sólo tomó un sorbo y luego lo apartó con impaciencia, dejando escapar el aire con fuerza.

—Anaïs —dijo, abriendo los brazos—, ven aquí.

Ella lo hizo y hundió la cara en su cuello. Inhaló su aroma familiar y reconfortante y se sintió como si, por fin, hubiera regresado a casa.

—Anaïs —murmuró Geoff, apretándola contra él—. Te amo desesperadamente. He venido para avisarte de que de verdad pienso asediar tu corazón. Pienso hacerte olvidar a Raphaele y a cualquier otra persona. Siempre he conseguido lo que me he propuesto…, pero nunca nada me ha importado más que esto.

Anaïs levantó la cabeza y posó los labios en su mejilla.

—Puedes ahorrarte el asedio —afirmó—. Te amo con locura. Y eso nunca cambiará.

Geoff posó sobre ella su mirada de color azul pálido y, tras levantarle la barbilla con un dedo, la besó suavemente en los labios.

—Espero que no —dijo en voz baja—. Lo eres todo para mí, Anaïs. Pero tengo que contarte algo. Algo importante.

Ella sintió que se quedaba sin aire.

—¿Sobre qué? —murmuró mientras no dejaba de mirarlo—. ¿Tiene algo que ver con la dama a la que estabas cortejando? Oh, Geoff, por favor, no me digas que ella…

—Está perfectamente. —Se quedó sin palabras durante un momento y sacudió la cabeza con pesar—. Oh, todavía necesita un marido, por el bien de sus hijos, creo. Pero ahora me doy cuenta de que yo no puedo solucionarle ese problema, a pesar de lo mucho que ella me importa. Pensé que estaba dispuesto a intentarlo, pero no es así. Y ella lo entiende. De hecho, se sintió bastante aliviada.

Anaïs cerró los ojos, aliviada también.

—Entonces, ¿qué querías decirme?

—No tiene nada que ver con eso —dijo, y parecía decirlo con sinceridad.

Pero la reserva de Geoff regresó, tensó la mandíbula casi imperceptiblemente y ella recordó al hombre que había conocido aquel día en la biblioteca de la Sociedad. Era un hombre meditabundo y terco, sí... pero también era un buen hombre.

Y un caballero hasta la médula.

Y Anaïs tenía la sensación de que, fuera lo que fuera lo que lo preocupaba, tenía que ver con eso. Y había estado atosigándolo durante un tiempo.

Geoff se aclaró la garganta con cierta brusquedad.

—Creo que llegaste a darte cuenta, mientras estábamos en Bruselas, de lo preocupado que estaba por Giselle Moreau —dijo—. Desde el primer momento, su seguridad y su futuro fueron primordiales para mí.

—Sentías una gran simpatía por ella —admitió Anaïs—, a un profundo nivel personal que no consigo comprender. Pero no sé lo que es llevar el tipo de carga que las personas como Giselle y tú lleváis... y estoy agradecida por ello.

Tras un momento, él alargó un brazo y cubrió la mano de Anaïs con la suya, apretándola con los dedos.

—Mi infancia fue muy parecida a la de Giselle —dijo—. O a lo que podría haber sido la suya. Hasta que tuve doce años, no conté con nadie. No hubo nadie que me ayudara.

—Sí —dijo Anaïs despacio—. Y, la verdad, me he preguntado por qué.

Geoff curvó la boca en una sonrisa un tanto amarga.

—Mi madre se culpa por ello —afirmó—. Pero no fue culpa suya. Ella... era muy joven; apenas tenía diecisiete años cuando me concibió, y no podía saber lo que esperar.

—Eso es lo que no entiendo —murmuró Anaïs, mirando a Geoff a los ojos—. ¿No era lord Bessett su primo? El don se lleva en la sangre. Todo el que lo tiene lo sabe.

—Mi madre era la bisnieta del cuarto conde de Bessett, sí. Sin embargo, el matrimonio con su primo fue sólo de conveniencia. Es decir, que fue conveniente para todo el mundo menos para ella. Y para mí. Y...

Anaïs lo miró de modo alentador.

—¿Y...?

Geoff tragó saliva con dificultad.

—Y para mi verdadero padre —terminó de decir.

Ella tardó un momento en asimilarlo.

—Ah —dijo finalmente—. Ahora empiezo a comprender.

La sonrisa de Geoff pasó de ser amarga a ser triste.

—Estoy seguro de que no tengo que pedirte que seas discreta. Las conclusiones están claras.

—Geoff, no me importa nada de eso —contestó ella rápidamente, y posó una mano en su rostro—. Lo siento por tu madre... Haber tenido un niño siendo tan joven y fuera del matrimonio debió de ser un horror atroz. Pero no me importa absolutamente nada quién es tu padre. Tienes que creerme. Debes hacerlo.

Él puso una mano sobre la suya, rodeándose la mejilla.

—Nunca lo he dudado —respondió en voz baja—. No eres como esas tontas mujeres a las que les importa tanto la sangre y el decoro. Y yo nunca me he avergonzado de quien soy ni de lo que soy.

—Pensaría mal de ti si lo hicieras —dijo ella.

Él giró el rostro en la mano de Anaïs y le dio un largo beso en la palma. Después entrecerró los dedos con los suyos y colocó las manos de ambos en su regazo, como para estudiarlas mejor.

—Tampoco me he avergonzado nunca de mis orígenes —dijo con calma—. Fui concebido con amor por dos personas que me querían mucho. Y fui concebido dentro del matrimonio... o tal vez uno o dos días antes. Y ahí está la complicación.

Anaïs abrió mucho los ojos.

—¿Quieres... hablarme de ello?

Él encogió un hombro y suspiró.

—Unas semanas antes de su presentación en sociedad, mi madre se fugó con un escocés sin dinero y se casaron en Gretna Green. Pero mi abuelo materno era un hombre cruel. Consiguió alcanzarlos poco después y convenció a mi madre, con unos documentos falsos, de que mi padre se había casado con ella por su dinero, que era una cantidad considerable. Mi abuelo también le dijo que había pagado a mi padre para que anulara el matrimonio. Incluso llegó a enseñarle los papeles.

—¡Oh! —Anaïs se llevó una mano a la boca—. ¡Eso es monstruoso!

—Era un político poderoso —dijo Geoff—. Le había concertado un matrimonio político para calmar su propia sed de poder. Pensó que podría ocultar la fuga e intimidarla, pero no contó conmigo. Una cosa es engañar a un joven para que tome por esposa a una mujer que no es virgen, y otra muy distinta endosarle a una mujer que ya está embarazada. Incluso lord Jessup, mi abuelo, no se atrevió a intentarlo. Por lo tanto, mi madre era una persona despreciable a sus ojos.

—Pero él... ¿no le permitió volver con tu padre?

Geoff negó con la cabeza.

—Nunca —contestó—. Era demasiado rencoroso y orgulloso. Además, había hecho que le dieran una paliza a mi padre hasta casi matarlo. Mi madre creyó que la había abandonado. Así que Jessup se la endilgó rápidamente al primo hermano de mi madre, al padre de Alvin, porque Alvin necesitaba una madre y Bessett estaba tan absorto en los libros de historia que ni siquiera se molestaba en comportarse como un padre.

—Eso es muy egoísta.

Geoff dudó unos momentos.

—Creo que sólo estaba ensimismado —dijo pensativamente—. Bessett era un tipo decente y, a su modo, se preocupaba por Alvin y por mí... y también por mi madre. Si no hubiera sido así, no se habría casado con ella sabiendo que estaba embarazada de mí. Me consuelo con ese pensamiento cuando las noches se me hacen demasiado largas.

Anaïs lo estaba procesando todo en su mente. El horror. La tremenda tristeza.

—Así que Bessett te crió como a su hijo, aunque solamente eras su primo segundo —dijo—. Y el don... ¿Tu madre no sabía nada de él?

—Apenas sabía nada de mi padre —contestó Geoff—. Sabía que era escocés y que tenía un temperamento artístico. Sabía que lo amaba desesperadamente. Pero había vivido siempre en Yorkshire. Apenas llevaba en Londres dos meses cuando se fugaron. Y, en cuanto se celebró su matrimonio con Bessett, si se puede llamar así, se marcharon al extranjero por varios años. Hasta que me llevó a Londres para ver a tu tía, no supo que mi padre seguía allí.

—Entonces, ¿lo encontró?

Geoff sonrió con tristeza.

—Oh, sí. Lo encontró... por casualidad. Y santo Dios, cómo saltaron las chispas. Cuando él se dio cuenta de que yo era su hijo, casi lanzó llamas por la nariz.

—¡Cielos! —Anaïs abrió mucho los ojos—. ¿Qué hizo?

—Me agarró por el cogote como si fuera un gatito perdido, me lanzó dentro de su carruaje y me arrastró a Escocia antes de que a ninguno de nosotros nos diera siquiera tiempo de estornudar. Y le doy gracias a Dios por ello. Al instante supo que lo que lady Treyhern había dicho era cierto. Que yo no tenía ninguna enfermedad mental.

—¡Es increíble! —dijo Anaïs—. Tu pobre madre... ¿Qué hizo?

—Vino con nosotros. Mi padre no le dejó muchas opciones. Él todavía tenía los papeles del matrimonio. Y yo... bueno, pasé los siguientes años con mi abuela, que tenía fuertes lazos con la *Fraternitas* en Escocia. Y fueron buenos años. Hicieron de mí lo que ahora soy. Y sé que Charlotte entiende, hasta cierto punto, lo que Giselle es. Pero no es suficiente, Anaïs. La niña necesita un mentor y, en Essex, lo tendrá.

—¿Y qué pasó con tu madre? —murmuró Anaïs—. ¿Y tu padre? ¿Cómo se las arreglaron?

—Después de un tiempo, se volvieron a casar discretamente. No porque lo necesitaran, sino para guardar las apariencias. Fue todo para mantener la ilusión de mis orígenes y para evitar que a mi madre la tildaran de bígama.

—Oh, Dios —dijo Anaïs sin aliento—. No se me había ocurrido eso.

—A mí sí —contestó Geoff gravemente—. Y nunca comentaré nada sobre ella. No permitiré que sea objeto de cotilleos. Bajo ninguna circunstancia.

—Entonces, tu padrastro no es en realidad tu padrastro. —Anaïs sonrió de repente—. Lo que significa que, cuando firmaste mi retrato en el parque, lo hiciste con tu verdadero nombre.

—Supongo que sí —dijo con una leve sonrisa—. Y el nombre que uso ahora... bueno, también es mi verdadero nombre. —Su expresión se ensombreció un poco—. Mi madre quería cambiarlo cuando se volvió a casar, pero mi padre... dijo que no importaba. Que él sabía quién era yo, y yo también sabía quién era, y que el resto del mundo no le importaba nada.

—Empiezo a comprender de dónde has sacado tu vena independiente —dijo Anaïs—. Y creo que lo hiciste correctamente.

Él se encogió de hombros.

—Lo único que Alvin y yo compartíamos era el nombre. No me importa nada el título de Bessett. Desearía poder devolvérselo..., pero ahora no puedo renunciar a él.

—Pero desciendes de la línea de los Archard —señaló Anaïs—. Aunque el título nunca podría haber pasado a través de tu madre... ¿o sí?

Él se quedó pensativo, con la vista perdida en un rincón de la habitación, que ya estaba oscura.

—En realidad, mi madre dice que el título más viejo y el actual patrimonio habría sido suficiente. Tiene algo que ver con que una vez haya sido ostentado como una antigua baronía por decreto. Pero no, no estaba estipulado que la línea femenina adoptara el título de conde.

—Entonces... ¿tienes otro primo en alguna parte? ¿Alguien que... que...?

—¿Alguien a quien le he arrebatado el título de conde? —Como hacía con frecuencia, Geoff levantó una mano y le colocó a Anaïs uno de los rizos—. No, Alvin era el último, tanto por arriba como por abajo del árbol genealógico. Los condes de Bessett nunca tuvieron muchos hijos... Leían demasiado, supongo. Así que imagino que mi madre en realidad ahora podría ser baronesa, y yo sería su heredero. Ni lo sé ni me importa. Seguiré siendo el conde de Bessett hasta que muera, antes de permitir que mi madre sufra la más mínima humillación.

—Cielos, todo es muy confuso —dijo Anaïs, recostándose en el sofá—. Pero esto... nada de esto influye en lo que siento por ti, Geoff. No tenías que contarme nada.

—Sentía que debía hacerlo —contestó con calma—. Pero tal vez no por la razón que te imaginas.

Por tercera vez aquel día, a Anaïs le dio un vuelco el corazón.

—Entonces, ¿por qué razón?

Él se puso de lado en el pequeño sofá, tarea nada fácil dadas sus largas piernas, y le tomó las dos manos.

—Te lo estoy contando, Anaïs, porque creo que una mujer siempre debería perseguir sus sueños. Mi madre no lo hizo. Era joven, tímida y mi padre la tenía sometida. Pero lo peor de todo era que no tenía fe en sí misma. No creía en su capacidad de haber elegido sabiamente; de saber lo que quería e ir de detrás de ello. Y todos pagamos un precio por ello.

—¿Y eso cómo me afecta a mí?

—Nunca seas cobarde, Anaïs. Creo que probablemente eres la última persona a quien se le tendría que decir esto, pero debo decirlo. Persigue lo que quieres. Me propongo que lo que quieras sea yo. Pero al final, si no lo soy, si piensas que Raphaele o alguien como él es realmente lo que quieres, entonces, apártame de tu lado. Pero sólo porque tú lo desees. No porque tu *nonna* quiso esto o lo otro, o porque tu familia tenga otras expectativas. Las expectativas familiares hicieron que mi madre deseara una muerte prematura, y de no haber sido por mí, creo que la habría encontrado.

Sus palabras eran sinceras y humildes; Anaïs dejó caer la cabeza.

—Sé lo que quiero, Geoff, y no es eso —dijo en voz baja—. Además, de todas formas era una idea tonta. Algo que *nonna* Sofia tenía en la cabeza, sin duda, y que salía en las cartas porque... bueno, porque ella así lo quería.

—¿En las cartas? —preguntó él, evidentemente sorprendido.

Anaïs levantó la barbilla y se dio cuenta de que, en realidad, nunca se lo había contado todo.

—¡Oh, no importa! —dijo, algo avergonzada—. Ahora ya nada de eso importa, Geoff. Sé lo que quiero... al menos una parte, y eres tú.

Él le mantuvo la mirada durante un buen rato, observándola intensamente con sus ojos azules como si quisiera llegar a su corazón para asegurarse por completo. Después se relajó, le soltó la mano izquierda y pasó del sofá al suelo, cayendo sobre una rodilla.

—Entonces, te tomo la palabra —dijo en voz baja y calmada—. Anaïs de Rohan, ¿querrás hacerme el hombre más feliz del mundo y ser mi esposa y mi condesa?

Anaïs cerró los ojos y lanzó a los cuatro vientos por lo menos la mitad del absurdo sueño de su bisabuela.

—Sí —susurró—. Sí, Geoffrey. Te amo. Me casaré contigo y me consideraré afortunada por ello.

Él le besó la mano y se levantó.

—Gracias a Dios que ya está acordado —dijo, y se volvió a sentar a su lado—. Tenía un poco de miedo de que te fueras corriendo a la Toscana para hacer una última búsqueda del hombre adecuado.

—He decidido que tú eres el hombre adecuado —afirmó, llevándose las yemas de los dedos al corazón.

—Oh, Anaïs, siempre lo he sabido —afirmó Geoff con seguridad—. Pero no estaba seguro de que tú lo supieras. ¿Cuándo regresará tu padre? Tengo que hablar con él.

—Dentro de unas semanas, como mucho —consiguió decir con la garganta encogida—. Pero él solamente quiere que sea feliz, Geoff. No sabe nada de las extrañas ideas de *nonna*. No te preocupes.

—¿Cómo no voy a preocuparme? —Su intensa mirada, fría y caliente a la vez, la perforó—. Ahora tú lo eres todo para mí, Anaïs.

Ella se dio cuenta de que estaba conteniendo las lágrimas.

—¡Oh! —exclamó suavemente—. Oh, Geoff, te quiero muchísimo. Y esa historia sobre tu madre y tu padre es tan trágica… Prométeme que nunca, nunca, permitiremos que algo así nos ocurra a nosotros.

—Nunca. Jamás. —Con cada palabra, le besó una lágrima para enjugársela—. Pero tengo otra historia, una historia mejor, con un final feliz.

—Oh, bien —dijo ella—. Oigámosla.

—Érase una vez —susurró, rozándole la oreja con los labios— un conde que no era realmente un conde, que se enamoró de una mágica y extraña chica que tenía una maravillosa melena y un nombre todavía más extraño. Y se casaron, rompieron la maldición de fertilidad de los Bessett, tuvieron una casa llena de niños y vivieron felices para siempre. En Yorkshire. O en Londres. ¿Te gusta más ese final?

—La última parte me da igual —dijo, apoyando la cabeza en el hombro de Geoff—. Pero sí, esa historia me gusta mucho, mucho más.

Epílogo

«El paraíso incluye en yin y el yang,
el frío y el calor y las limitaciones de las estaciones.»
Sun Tzu, *El arte de la guerra*

*A*naïs Sofia Castelli de Rohan se casó un día de primavera con un elegante vestido rojo y blanco en los jardines de Wellclose Square, bajo un sol brillante y una nevasca de flores de manzano que moteaban el chaleco de Geoff, también rojo, y se quedaban en el ala de su sombrero como si fueran copos de nieve. Tal vez no fuera el lugar más de moda para celebrar una boda en Londres, pero después de haberle negado a *nonna* Sofia su sueño, Anaïs decidió que era lo menos que podía hacer para honrar a su querida bisabuela.

El reverendo Reid Sutherland ofició la ceremonia, con un brillo especial en los ojos, y los declaró marido y mujer frente a una veintena de parientes cercanos y la mitad de la Sociedad de Saint James. Después se retiraron a los enormes salones para deambular sobre las nuevas alfombras orientales de Maria Vittorio mientras comían exquisiteces y bebían *vino nobile di Montepulciano*, brindando por la salud, la riqueza y la fertilidad de la pareja, hasta que lord Lazonby empezó a mirar lascivamente a una de las doncellas.

El señor Sutherland llamó de inmediato a su carruaje... pero no antes de que Lazonby se lanzara a contar una loca historia sobre la ironía de haber conocido al novio en un burdel marroquí. Lady Madeleine ahogó un grito y le tapó los oídos a su hija. El prior cogió a Lazonby con cierta violencia por la manga del abrigo y se lo llevó fuera, hasta los escalones de la entrada, mientras levantaba su sombrero a modo de despedida.

A partir de ese momento, los invitados que quedaban comenzaron a marcharse entre un frenesí de chales y carruajes. Incluyendo a Nate; el conde y su nueva condesa tenían varios hermanos y hermanas que necesitaron tres carruajes para que los llevaran de vuelta a Westminster. Otros diez vehículos se encargaron de llevar al resto de los invitados mientras la feliz pareja besaba mejillas y saludaba con la mano, hasta que solamente quedaron los padres de Geoff.

En el umbral, lady Madeleine volvió a abrazar a Anaïs por sexta vez en varias horas.

—Oh, mi queridísima niña —dijo con lágrimas en los ojos—. Parece que era ayer cuando cogí en brazos a Geoffrey por primera vez, asustada hasta la médula, y temerosa de que nunca llegara a casarse. Pero lo ha hecho, y estoy muy contenta, Anaïs. Muy contenta de que te haya encontrado.

—¡Oh, lady Madeleine, es muy amable! —Anaïs se separó de ella, pero siguió agarrando las manos de su suegra—. Pero ¿por qué estaba asustada? ¿Era un bebé delicado?

Lady Madeleine se encogió de hombros y se ruborizó.

—Oh, no, pero yo era muy joven. Y me sentía muy sola, incapaz de enfrentarme a todo aquello. Me desmayé de agotamiento, creo, y cuando desperté, recuerdo que las comadronas decían en susurros: *«Che carino bambino»*... ¿o tal vez era al revés? Y empecé a llorar, estaba tan asustada...

Al oírlo, Geoff se rió y besó a su madre en la mejilla.

—¡Qué gansa eres, mamá! Creo que solamente estaban alabando a tu hermoso bebé.

Ella lo fulminó con la mirada.

—¡No te atrevas a reírte de mí, jovencito! —exclamó, temblorosa—. ¡Apenas estaba consciente y no hablaba ni una palabra de ese idioma! —De repente, se giró hacia su marido, con los ojos llenos de lágrimas—. Y, por alguna razón, se me metió en la cabeza que *carino* significaba «no acarrea». Que estaban diciendo «no acarrea bebé». Ahora parece una tontería, pero pensé que él no estaba. Que había habido algún terrible error. O que tal vez yo me lo había imaginado todo.

—¡Oh, mamá! —dijo Geoff con suavidad—. Has estado mucho tiempo bajo una horrible presión.

—Sí, ven, ven, Maddie —dijo su marido, que abrió los brazos y la apretó contra su pecho—. No podrías haberlo sabido, mi amor.

Pero fue como si toda la tensión del día se cebara con lady Madeleine.

—¡Oh, Merrick, pensé que había hecho algo mal! —gritó, sollozando contra su pañuelo de cuello—. Cuando lo bañaron y me lo dieron, tenía el corazón roto. ¡Me pasé dos días contándole los dedos de los pies y de las manos, y no me atrevía a dormir por miedo a que él se muriera! Y ahora… ¡fíjate! ¡Está casado!

—Y tiene treinta años —dijo el señor MacLachlan con cierto sarcasmo—. Ya has cumplido con tu deber, mi amor. Y ahora le corresponde a Anaïs preocuparse por todos sus dedos.

Nadie se dio cuenta de que Anaïs se había puesto pálida, porque Geoff había vuelto al salón para servirle a su madre un trago de brandy. Cuando regresó, lady Madeleine se lo bebió con gratitud, se disculpó una y otra vez por sus lágrimas y volvió a besarlos a los dos antes de marcharse.

El señor MacLachlan la acompañó hasta los escalones de la entrada como si fuera una frágil flor y la hizo entrar con cuidado en una calesa tan elegante que la mitad de los residentes de la plaza se asomaron a las ventanas para mirarla embobados. El señor MacLachlan se despidió con la mano, subió al vehículo y le ordenó al cochero que se pusiera en marcha.

Anaïs se quedó en el escalón superior, dándole la mano a Geoff, mientras sus suegros rodeaban la plaza.

—Geoff —le dijo en voz baja cuando la calesa desapareció—, ¿dónde naciste?

—En Roma —contestó él. La siguió al interior y cerró la puerta—. O muy cerca. En un lugar llamado Lacio. ¿Lo conoces?

Anaïs lo miró con el ceño fruncido.

—Sí, pero Lacio es una región, Geoff. Es bastante grande.

—Y preciosa, según me han dicho, aunque yo no lo recuerdo —afirmó, y regresó al salón, por el vino que apenas habían bebido—. Creo que fue al año siguiente cuando nos fuimos a la Campania. Y, desde allí, a Grecia. Como ya sabes, Bessett era un gran investigador de las civilizaciones antiguas. Cuando yo nací, él estaba en Lacio, excavando unas ruinas cerca de un lago al norte de Roma. No recuerdo cómo se llamaban.

Anaïs tomó el vaso que él le ofrecía.

—¿Las ruinas etruscas, por casualidad?

Él se encogió de hombros.

—Es bastante probable —contestó—. Pero, en realidad, nunca compartí su pasión por las antiguas civilizaciones. Indudablemente, Bessett era un hombre brillante pero, a decir verdad, no me sorprendió enterarme de que no era mi padre.

—Geoff —dijo ella con entusiasmo—, ¿en qué localidad?

Él levantó la mirada del vaso que estaba llenando junto al aparador.

—¿En qué localidad, qué?

—¿En qué localidad naciste?

Él dejó la botella de vino y frunció el ceño.

—Déjame pensar… Tenía un nombre encantador… «Piggly-Wiggly» o algo parecido, decía mi madre.

—¿Pitigliano? —dijo ella entrecortadamente, y se sentó en el sofá.

El apuesto rostro de Geoff se iluminó.

—Sí, eso es. —Se sentó junto a ella en el sofá, de lado—. Pitigliano. Un lugar pequeño, pero algunas comadronas habían ido allí desde Roma… monjas, creo, para enseñar a un par de mujeres. Mi madre decía que no estaba lejos del lago de Bessett, así que él alquiló allí una casa para el parto.

—*Dio mio!* —susurró Anaïs, y dejó el vaso con nerviosismo en la mesa del té.

Geoff se inclinó hacia ella y le besó la punta de la nariz.

—¿Qué? ¿Acaso importa? Ya te dije que pasé mi infancia en el extranjero.

Ella se giró para mirarlo con los ojos muy abiertos.

—Pero Geoff, ¡es increíble!

—¿Increíble? —Giró la cabeza para mirarla mejor—. ¿En qué sentido?

—Bueno, no sé si lord Bessett excavó toda la región del Lacio —contestó—. Pero sí sé que Pitigliano está en la Toscana.

Él la miró con curiosidad.

—¿Estás segura?

—Bueno... sí. —Anaïs se llevó una mano al corazón—. Está cerca de la frontera, pero, por lo que sé, siempre ha sido una parte del ducado de la Toscana.

—Bueno, pues ahí lo tienes. —Geoff le dedicó esa sonrisa irónica tan familiar y levantó su vaso—. Otro cotilleo interesante sobre mí que ni siquiera yo conocía... aunque menos impactante que mi paternidad.

Pero Anaïs se había recostado en el sofá, muda. Se había quedado mirando su chaleco rojo, donde un puntito blanco de flor de manzano se había quedado tenazmente pegado a la seda.

Él apartó el vaso y la abrazó.

—Anaïs, ¿qué ocurre?

—*Le re di dischi* —murmuró— vestido de escarlata. Geoff, nunca te creerás esto...

Él deslizó una mano cálida de dedos largos, una hermosa mano de artista, por su mejilla, haciendo que a Anaïs la recorriera una oleada de calor hasta la boca del estómago.

—No, no lo creeré, mi amor —susurró, mirándola fijamente a los ojos—, sobre todo si no terminas la frase. La verdad es que te has puesto un poco pálida. ¿He dicho alguna inconveniencia?

Ella levantó la vista de su chaleco.

—No, no, es que tú eres el hombre adecuado —dijo—. Durante todo el tiempo... has sido tú.

Al oírlo, Geoff echó hacia atrás la cabeza y se rió, con sus ojos azules iluminados por la alegría.

—Oh, Anaïs, yo siempre lo he sabido —le dijo por segunda vez—. Pero no estaba seguro de que tú lo supieras.

Entonces, ella lo besó, a su atractivo príncipe toscano.

A su atractivo príncipe toscano, de cabello de color bronce y ojos azules...

www.titania.org

Visite nuestro sitio web y descubra cómo ganar
premios leyendo fabulosas historias.

Además, sin salir de su casa, podrá conocer
las últimas novedades de
Susan King, Jo Beverley o Mary Jo Putney,
entre otras excelentes escritoras.

Escoja, sin compromiso y con tranquilidad,
la historia que más le seduzca
leyendo el primer capítulo de cualquier libro
de Titania.

Vote por su libro preferido y envíe su opinión
para informar a otros lectores.

Y mucho más...